U0591636

国家出版基金项目
NATIONAL PUBLICATION FOUNDATION

文化自信与中国散文丛书

吴周文　王兆胜　陈剑晖　主编

散文文体自觉 与 审美诉求

SAN WEN WEN TI ZI JUE

YU

SHEN MEI SU QIU

吴周文 著

SPM
南方出版传媒
广东人民出版社
·广州·

图书在版编目（CIP）数据

散文文体自觉与审美诉求 / 吴周文著 . —广州：广东人民出版社，2020.3
（文化自信与中国散文丛书）
ISBN 978-7-218-14195-4

Ⅰ . ①散… Ⅱ . ①吴… Ⅲ . ①散文—文学研究—中国 Ⅳ . ①I207.6

中国版本图书馆CIP数据核字（2020）第018746号

SANWEN WENTI ZIJUE YU SHENMEI SUQIU

散文文体自觉与审美诉求

吴周文 著

版权所有 翻印必究

出 版 人：肖风华

责任编辑：古海阳
责任校对：黄炜芝
排 版：奔流文化
装帧设计：礼孩书衣坊
责任技编：周星奎

出版发行：广东人民出版社
地 址：广州市海珠区新港西路204号2号楼（邮政编码：510300）
电 话：（020）85716809（总编室）
传 真：（020）85716872
网 址：http://www.gdpph.com
印 刷：广东鹏腾宇文化创新有限公司
开 本：787毫米×1092毫米 1/16
印 张：22.25 插 页：2 字 数：320千
版 次：2020年3月第1版
印 次：2020年3月第1次印刷
定 价：58.00元

如发现印装质量问题，影响阅读，请与出版社（020-85716808）联系调换。
售书热线：020-85716826

总　序

　　散文在中国源远流长、历史悠久、积累丰厚。它不仅博大精深，是中国的特产，是受西方文艺思潮影响最小的文体，而且是中国人的文化读本，也是中华民族精神的主要载体。可以说，中国散文在中国文化中占有重要的地位，是中国最大的一笔文学遗产。但是，过去我们对散文研究不够，更没有从民族复兴、当代文化建设，尤其是从国家文化战略、文化自信的高度来研究散文。有鉴于此，丛书立足于传统与现代、历史与现实，将散文看作一种精神纽带，将其同当代文化建设、民族复兴、文化自信，以及整个中华民族国民素质、精神文明水平的提高联系起来。

　　本丛书的理论起点，是基于中国散文与中国文化的一种内在逻辑关系。这种关系主要体现在三个层面：一是中国文化为散文的发展提供了丰厚的土壤，而中国散文则是中国文化的组成部分，是中国文化的一种载体；或者说，是将中国文化具体化、书面化和审美化的一种文体。二是散文与文化处于一种共构共荣、相长相生的状态：它们既共同承载着一个国家、一个民族的精神追求，体现了一个社会共同的价值标准，又是现代人的精神、感情和心灵的栖息地。三是中国文化和中国人文精神唯有在散文这种文体里，才能得到最为充分、扎实的传承和发展，这是其他文体所无法比拟的。

当前的中国已进入商业和高科技主导的信息时代，在文化转型的时代急变中，特别在物质文明取得高速发展的同时，要保证国民的精神不空虚、价值不迷失、道德不沦丧、理想不失落、审美不麻木，就必须重新发现中国散文的价值，发掘中国散文丰沃的思想文化和审美资源，以此助益当代文化建设。因此，本丛书的学术价值与现实意义主要体现在：其一，在中国传统散文中挖掘文化的价值。其二，塑造一种新的、符合现代性要求的文化人格，在反思文化中激发对文化生命理想的追求。其三，建构一种适合时代要求，能有效提高国民精神和审美感知水平的审美文化。其四，拓宽散文研究视野，改变传统散文研究就散文论散文的狭小格局。

同时，本丛书还具有较强的创新意识和体系意识。这主要从五个维度的展开与"散文文化"的提出这两个方面体现出来。

五个维度，指的是传统散文的维度、社会性的维度、中西文化融合的维度、国家文化战略的维度、精神建构与审美感知互补的维度。

"散文文化"概念是第一次提出，此前国内尚没有人提出这一概念。在此，我们有必要对"散文文化"进行一点阐释。

以往我们一般提"诗文文化"，但由于我国有强大的诗歌写作传统，且诗歌一直被视为最高级的文学样式，所以在许多研究者那里，诗被抬到了至高无上的地位，而"文"却越来越边缘化。事实上，自唐代举行科举考试后，人们便越来越重视"文"，由是散文的作用也就越来越大。及至"桐城派"，散文更是影响了一个时代的文风。所以，从文学史的演进发展来看，"文"对中国文化和人们日常生活的影响最大，它比小说、诗歌更全面、更深刻地影响着当代文化。尤其在信息化的互联网时代，因全民性的网上写作，散文更是全方位地影响着当代的日常生活。

中国"散文文化"的价值，首先体现在它与普通人的日常生活的关系上。散文既是一种文学写作，又是一种文化操作实践，一种面对现实生活和广大民众的独特发言。从古至今，散文都是从中国文化最根基性的部位，真实记录历史、社会和普通人的日常生活的。散文作为一种根基性写作，作为中国文化的一部分，已渗透进每一位中国人的精神血脉之中。它在不同的领域被应用，并以其潜在、缓慢又富于韧劲的特有气质参与到当代文化建设中。

其次，"散文文化"是中华民族情感的结晶。我们看历史上那些优秀的散文，无不体现了中华民族的感情结构和心理结构，正所谓："读诸葛孔明《出师表》而不堕泪者，其人必不忠。读李令伯《陈情表》而不堕泪者，其人必不孝。读韩退之《祭十二郎文》而不堕泪者，其人必不友。"可见，散文这种文学形式在整个中国文化当中占据非常重要的地位，它凝结着中国人的思想价值、文化理想，渗透进了中华民族浓浓的情感基因。从这个意义上说，我们研究中国散文就不仅仅是研究一种文字的写作，而是探究一种深植于文化中的大爱和人文情怀。我们的散文研究，要尽量透过散文作品的表层文字，挖掘出深藏于文字背后的民族情感原型和精神原型，使其更好地融入当代文化建设中。

再次，"散文文化"还凝聚着中华民族的智慧。中国的散文里充满了一种东方式的智慧，这种智慧有两个特征：一是"以寓言为广"。如《庄子·养生主》中的"庖丁解牛"，就相当典型地体现出庄子诗性智慧写作的特色，这个寓言主要通过庖丁高超的解牛技巧来隐喻某种生存之道。二是倾心于"平常心是道"的禅风与"以心传心，不立文字"的直觉思维方式。柳宗元的《始得西山宴游记》、苏轼的《记承天寺夜游》都是颇具"禅味"的散文小品。

中国的"散文文化"犹如一条大河，它时而波涛汹涌，时而涓涓细流，时而泥沙俱下，时而明净清澈。但不管如何曲折和难以辨析，"散文文化"都是中国人不容忽视的一笔精神财富和文学遗产。梳理、辨析"散文文化"传统的同时，再看看中国当代文学，我们深感中国当代文学从新时期之初开始，骨子里就缺乏一种文化自信和文化自觉。由于缺乏文化的主体性，才会一切唯西方马首是瞻，抱着如此矮化自己的奴性心态，中国当代文学怎么有可能进入"世界文学之林"？所以，在当下这样一个互联网、新媒体和传统文化相碰撞、相融会的时代，中国当代文学的确有必要回归到产生诗性的原初之处，回归到我国"散文文化"的伟大文学传统中。我们当下的文学创作与研究只有从"散文文化"中获取营养，才能使自己孱弱的身体强壮起来，在实现中华民族伟大复兴的新时代中精神饱满地再出发。本丛书的出版即是在这方面作出的有益尝试和探索。

吴周文　王兆胜　陈剑晖

2019年10月20日

目录

contents

上篇 散文文体自觉理念论

第一章 散文特有的文化自信 / 2

　　第一节 国粹性：传承中国国学的自信 / 3

　　第二节 教化性：实施全民接受的人文传播 / 5

　　第三节 典艺性：荟萃传统和现代的形式美学 / 8

第二章 散文文体自觉的"道"与"德" / 15

　　第一节 文体自觉的"道" / 15

　　第二节 文体自觉的"德" / 17

第三章 核心理念的自觉：从互悖到整一 / 20

　　第一节 关于"自我表现"的美学革命 / 20

　　第二节 关于"文以载道"的美学公理 / 24

　　第三节 关于"言志"与"载道"的整一 / 28

第四章 百年散文文体自觉思潮 / 35

　　第一节 "自我表现"与"闲适话语"思潮 / 36

　　第二节 "大我"与"真话真情"思潮 / 40

　　第三节 "文化诗性"与"全民文体"思潮 / 44

第五章　文体自觉范型的演绎与重建 / 50

　　第一节　"道志体"：从刘白羽到韩小蕙 / 50

　　第二节　"诗性体"：从杨朔到赵丽宏 / 55

　　第三节　"俗化体"：从秦牧到叶兆言 / 60

中篇　散文文体自觉范型论

第六章　朱自清：诗教传统范型 / 67

　　第一节　人格与风格的哲学 / 68

　　第二节　隐秀与清逸的风格特征 / 72

　　第三节　新古典主义的新鲜做派 / 75

第七章　林非："使命意识"范型 / 81

　　第一节　"使命意识"及其思维特点 / 82

　　第二节　回到自由、自我及文学 / 86

　　第三节　"无技巧"与传统的"俗化" / 90

第八章　赵丽宏：诗性唯美范型 / 95

　　第一节　本真化与诗性建构的础石 / 96

　　第二节　并行不悖的诗化途径 / 100

　　第三节　文本叙事形式的诗性创造 / 104

第九章　丁帆：悖论思维范型 / 110

　　第一节　人物品藻的自觉意识 / 110

　　第二节　忧伤情怀与悲剧痛感 / 114

　　第三节　作为学者的悖论式思维 / 118

第十章　张泽民：家国颂歌范型 / 123

　　第一节　《一个震撼人心的午夜》的经典价值 / 124

　　第二节　扬州情结与新时代书写 / 127

　　第三节　美文自觉的形式意味 / 131

第十一章　韩小蕙：破体创新范型 / 136

　第一节　"破体"的历史场与现实场 / 136

　第二节　外机制与情的滥觞 / 139

　第三节　"失范"的解构与自我建构 / 142

第十二章　王慧骐：诗性智慧范型 / 149

　第一节　自我裸真的"言志" / 149

　第二节　温暖人间的"载道" / 152

第十三章　邓杰：纯美寻觅范型 / 155

　第一节　裸真自觉与士大夫情怀 / 155

　第二节　美的追寻与文本打造 / 160

第十四章　汪曾祺：闲适认同范型 / 166

　第一节　闲适文脉与传承的必然 / 166

　第二节　闲适话语的个性演绎 / 169

　第三节　先锋的自觉与文学史意义 / 174

第十五章　真实性诉求的四个向度 / 181

　第一节　真实题材与真切思想的诉求 / 181

　第二节　真挚情感与真诚人格的诉求 / 186

第十六章　反真实的"虚构说"批判 / 190

　第一节　"虚构说"及其思潮背景 / 190

　第二节　"虚构说"悖谬性的批评 / 194

　第三节　"假性虚构"与真实性诉求 / 197

下篇

散文文体审美诉求论

第十七章　"格式塔质"的人格审美诉求 / 204

第一节　散文的"格式塔质"审美 / 204

第二节　散文"格式塔质"的本质特征 / 209

第十八章　现代散文文体建构的审美诉求 / 218

第一节　散文文体现代转型的必然性 / 219

第二节　"人学"伟大发现的审美诉求 / 222

第三节　抒情作为最大权重的审美诉求 / 225

第四节　"破体"与创新的审美诉求 / 228

第十九章　现代散文"原创诗质"的审美传承 / 234

第一节　作者"自叙传"的传承 / 235

第二节　"散文化"的会通机制传承 / 238

第三节　"美文"文体形式的传承 / 243

第二十章　散文评论与审美诉求 / 249

第一节　散文评论的审美标准 / 249

第二节　散文评论的审美类型 / 252

第三节　细读性评论文本的写作 / 255

第四节　散文作家论文本的写作 / 265

附录一　当代散文家经典作品审美笔记 / 270

"当小说写"与大美无言的境界

　　——读孙犁《鞋的故事》/ 270

惟有"食"者留其名

　　——读汪曾祺《五味》/ 277

让祥瑞的紫色流过心灵

　　——读宗璞《紫藤萝瀑布》/ 284

拒做高智商的野蛮人

    ——读赵丽宏《为你打开一扇门》/ 291

关于生命哲学的思考

    ——读刘亮程《今生今世的证据》/ 297

豁达、澄明及强大的人格襟抱

    ——读史铁生《想念地坛》/ 304

美在于寻找与发现

    ——读贾平凹《月迹》/ 312

人生"苦旅"与"前方"的呼唤

    ——读曹文轩《前方》/ 319

附录二 书 评 / 327

现代散文审美话语范式的建构与实践

    ——评吴周文《散文审美与学理性阐释》（万士端）/ 327

评吴周文《散文审美与学理性阐释》（孙德喜）/ 335

后 记 / 341

上篇

散文文体自觉理念论

第一章

散文特有的文化自信

　　散文的文化自信问题，是由文化自觉的话题而来。"文化自觉"，是费孝通先生于1997年在北大社会学人类学研究所开办的第二届社会文化人类学高级研讨班上首次提出的，是为了应对20世纪90年代中期之后全球一体化的信息化时代，而提出的解决人与社会、时代、世界等诸多关系的命题。当世界各个国家与民族依凭电子科技回到同一起跑线的时候，如何谋求一个国家与民族的文化在同住一个"地球村"之时而不被消解、消融与消灭，并保持自我文化的独立性，就是一个十分严峻与必须面对的问题。

　　文化自信的实质就是文化自觉，没有文化自觉就没有文化自信，文化自信强调的是对中国传统文化的理性认知，文化自觉强调的是对中国传统文化的传承实践的主动担当。文化自信内涵中的一个问题，是包括散文在内的文学本体的自觉与自信。自然，散文作为一种文化，如何融会到整体的民族文化中而获取自信与自觉，是一个必须面对和讨论的问题。习近平总书记大力提倡的道路自信、理论自信、制度自信与文化自信，是关系到中国命运和民族兴盛的重大方略。在"四个自信"中，文化自信是道路自信、理论自信与制度自信的精神支撑，没有文化自信也就失去了实现中国梦的精神基础。包括散文在内的当下文学的自信与自觉，是延续民族文化血脉与建设社会主义精神文明的载体，是凝聚与创造民族自信心和家国责任感的软性硬件。因此，深入讨论中国散文的文化自信与文体自觉并对其进行学理阐释，实质就是讨论文化自信在散文中如何彰显和如何切实践行；这对于提高当下散文文化生产力的水平，发挥其精神文明建设中不可替代的审美效能，具有毋庸置疑的重大意义。

中国散文彰显着特有的文化自信，这种特有的文化自信，又彰显着散文所特有的文化价值。从文化自信方面来认识散文文体的特质，是一个全新的解读与阐释的视角。笔者将散文文体的特质，定义为国粹性、教化性和典艺性。这三个方面，集中表现了中国散文所特有的文化自信之骨血与品格；散文也正是从这三个方面"文以载道"，书写和证明博大精深、源远流长的中华文明之文化自信。对此，笔者逐一进行学理性的阐释。

第一节　国粹性：传承中国国学的自信

从散文诞生的历史予以认知，散文就应该被看做"国学"的组成部分；散文文体的国粹性，是因其作为"器皿"，传承着中国国学的自信。

国粹性的特质，是散文文体长期在中国传统文化发展中所担当传承的历史责任而决定的。散文这个文体概念，最早出现于宋代罗大经的著述《鹤林玉露》（"四六特拘对耳，其立意措词，贵浑融有味，与散文同"①）。但是，自有文字记载以来，散文这种文体就随之诞生。最早的甲骨文记事，使用的就是散文的文体，距今已有3600多年；记述诸如昭王南巡，穆王西狩等的钟鼎文，距今亦有3000多个春秋。远古的散文，记载的是真实的历史人物与历史事件，文与史的真实性以及两者的结合，是文史叙事的根基。章学诚在《文史通义》中所言，"六经皆史"。"六经"中的文史叙事，均由散文这种文体来担当。《论语》《孟子》《老子》《荀子》《韩非子》《周

---

① 转引自陈柱：《中国散文史》影印本，上海书店出版社1984版，第1页。

易》《尚书》《春秋》《战国策》《史记》《汉书》等，这些不朽的经典文献，都用散文文体作为载体，传承至今。中国文化史与文学史上，散文是诸多文体中唯一担当着中国历史文化的延续、发展与积淀的书写，这是诗歌、小说、戏剧等其他文学体裁所不能完成与替代的宏伟文史叙事方式。唯其如此，朱自清提出了中国"散文学"的概念，并说："中国文学向来大抵以散文学为正宗。"①鲁迅也说过类似的意思，他说："小说和戏曲，中国向来是看作邪宗的。"②其言外之意，散文与诗歌，无疑应该视为中国文学史上正宗的文学体裁。毋庸置疑，散文是历史上所有文学体裁中最有文史叙事担当的文体，是文章学、文体学中具有国粹性的、古老而最具生命力的文学样式。所谓的"正宗"而不是"邪宗"，是以散文历史担当的功能为其立论根据的。它的文史叙事功能的价值判断，强调的是国家的伦理意义，强调的是中华民族文史叙事的绝对价值，而这意义和价值，远远超过寓教于乐的诗歌、小说与戏剧，故而散文被历史庄重而严肃地定尊为"正宗"。

　　散文文体的国粹性，是基于它与国粹是一个历史文化的共同体。所谓中国文化的"国粹"，指完全发源于中国，且是中国五千年文明中的精华。它不仅仅指称中国京剧、中国画、中国医学这"三大国粹"。毫无疑问，中华文化与文明的精粹，还应该包括"国学"。通常所说的"四书五经"及《老子》《庄子》等哲学著述，这些作为国学中的国粹，是由散文作为最古老的传媒形式去物化，而成为传承至今的中国文化之根的。有人打比喻说，中国散文如博物馆，庄子是"编钟"，老子是"大鼎"，韩非子是"刀俎"，先秦文章是"青铜器"，楚辞是"陶器"，魏晋文章是"汉瓦"，唐宋古文是"秦

　　① 朱自清：《〈背影〉序》，《朱自清全集》第1卷，江苏教育出版社1996年版，第3页。

　　② 鲁迅：《徐懋庸作〈打杂集〉序》，林贤治评注《鲁迅选集·杂感1》，广西师范大学出版社2018年版，第397页。

砖"……①当散文作为载体传承这些"国学"的时候，散文便随之成为它们书写、传播的形式，由此而具有了"国粹"的文体属性。在文本内容与形式统一的意义上，"国粹"不可能剥离散文而存在。散文从其诞生之时起，历史的选择便天然地使之担当了"国粹"表述与传播的历史使命。它在传统的文化认同中，与历史俱进，在不断的历史演进和历史书写中承载着创新、发展的文化传统，反复地、恒久地建立起中国文化传统的自信。正是如此，散文成为一个装载传统文化精华、任何文学体裁都不能替代的神圣的"器皿"，它书写着中华民族的智慧，一代又一代地传承着中国文化的自信，使散文文体自身，也成为一种文字传媒的"国学"与"国粹"。

第二节　教化性：实施全民接受的人文传播

从中国古代教育的历史予以认知，散文教育成为一种实现"教化"的教育机制；与之俱生的教化性，实施了全民接受的人文传播。

散文的教化性，是中国古代教育所固有的思想与诉求。孟子提倡教化，认为教化比良好的政治管理手段更有效果，"善政民畏之，善教民爱之。善政得民财，善教得民心"（《孟子·尽心上》）。宋代古文运动的先驱柳开也提出，"可垂教于民"，"道化于民"，"古之教民，以道德仁义；今之教民，亦以道德仁义"。②重教化是古代教育的一贯思想。散文的教化性包含多层意义。首先，在古代教育历史上，诗歌与散文历来被作为传统的教材，且以散文作为一贯到底的必修性功课，诗歌仅是作为文学素质教育的辅助性课程。据甲骨文和古书上记载，商朝时已经有了正式的学校，其后出现了类似后来的国子监的"官学"与类似书院的"乡学"。无论是官办还是民办，均统

---

① 胡竹峰：《散文，写的是情怀和智慧》，《文艺报》，2018年4月9日。

② 柳开：《应责》，《全宋文》第6册，上海辞书出版社、安徽教育出版社2006年版，第366—367页。

一以"四书五经"类的国学经典作为传统教材，正面传授的是孔子的仁爱、孟子的民本、老庄的天人合一、诗教理想的温柔敦厚以及具有传统正能量的伦理情操、齐家治国、正心修身、进德修业等方面的思想内容，这些都是统一通过散文作为教材，正告、流布于天下。教化性的第二层含义，是指散文作为传统教育教材的同时，它的受众无疑是士大夫知识群体，并由这个群体间接地去向其他群体，进行"四书五经"类的国学文化教育，由他们传播传统文化主要的、核心的人文精神。从这个意义上说，散文在中国历史文化与当代文化的演绎与发展中，全民在接受阅读、全民在接受教化、全民在接受国学的普及，是处于一统化的施教与一统化受教的状态。这种倚重散文功能之教育制度的长期践行，形成了文化传承与创新的内驱力、向心力与创造力。由此可见，散文教化性所彰显的文化自信，是中华民族对国学及其传统文化的自信，以至于成为心理学上的"集体无意识"。"我国今天的国家治理体系，是在我国历史传承、文化传统、经济社会发展的基础上长期发展、渐进改进、内生性演化的结果。"①散文经典的国学普及所形成的"集体无意识"，融入全民的骨血与精魂，显然是中国文化发展的"内生性演化"，是一股发自骨血与精魂的难以撼动的文化自信力。

教化性的彰显，离不开中国传统的士大夫，由他们作为教育主体发挥了传承散文教化性的社会功能。基于古代教育制度、教材内容与教学方式的模式化，培养了代代绵延的中国式士大夫阶层。名儒大儒层出不穷、代代不已。他们是中国传统文化发展的中流砥柱，又是中国传统文化传承的代言人与"历史中间物"。像通称古代十大教育家的孔子、老子、庄子、孟子、荀子、董仲舒、朱熹、王守仁、黄宗羲、王夫之，既是著名的教育家，又是著名的散文家。推而广之，古代很多著名的散文家如韩愈、柳宗元、欧阳修、苏轼、苏洵、苏辙、

① 《完善和发展中国特色社会主义制度　推进国家治理体系和治理能力现代化》，《人民日报》，2014年2月18日。

王安石等，也都热忱地躬行于教育。唐朝的私人办学风行时期，韩愈当过国子先生，他和柳宗元还办过私学，为私办教育推波助澜。欧阳修在地方做官，在整顿吏治之时，很注重地方官办的学校。王安石在中央变法改革学校和科举，使官办学校走向兴盛。朱熹亲自办书院、设讲台，传播理学。这些大儒对教育的推动，使私人讲学的书院在北宋时兴起，办教育的风气十分活跃，石鼓、白鹿洞、应天、嵩山书院等，成为著名的传道授业的基地。重要的是，他们用经典名作"文以载道"，传播、演绎着传统文化的继承与发展。如李斯的《谏逐客书》、司马迁的《报任少卿书》、贾谊的《过秦论》、晁错《论贵粟疏》、李密的《陈情表》、陶渊明的《桃花源记》、韩愈的《师说》《进学解》、柳宗元的《捕蛇者说》、王勃的《滕王阁序》、范仲淹的《岳阳楼记》、欧阳修的《醉翁亭记》、苏轼的《赤壁赋》、苏洵的《六国论》、曾巩的《墨池记》、王安石的《答司马谏议书》、苏辙的《黄州快哉亭记》、刘基的《卖柑者言》、宋濂的《送东阳马生序》，以及明代"前七子""后七子""唐宋派"的一些名作等，在历史上都留下了以散文传播文化自信的坐标与轨迹。一些学士还编写《昭明文选》（南朝梁太子萧统所编诗文选）、《古文观止》（清人吴楚材、吴调侯所编散文选）一类的选本，供学子传习或作为私塾教材。从文体来说，传承至今的经典性的名篇都是中国历史上的"美文"，是散文写作的典范；从传承传统文化的精神来说，这些名作又是莘莘学子进德修为的教科书。历朝历代的散文家以及现当代的散文家，他们不仅以名作精品去传承、教育读者如何写作散文，更为重要的是，在这些精品名作里，作家们把所包纳的博大精深的思想和中国文化的骨血，用自己的丰富情感和批判精神，传导给社会及黎民百姓。他们以自身的言传身教及个人的散文创作，表现、探求中华文明独特的人文精神，即既兼济天下又独善其身的"先忧后乐"，"富贵不能淫，贫贱不能移，威武不能屈"的大丈夫操行，以及"自强不息""天人合一""和而不同""上善若水""厚德载物""见贤思齐""温良恭谦"等人文理念和情怀。从士大夫的始祖孔子到"史家之绝唱"的司马迁，从"文道合一"的韩愈到"民族魂"的鲁迅，数千年的历史证明，一代代知识精英以散文作为载道、传道、授业的利器，以伟大瑰丽的散文经典熔铸了传导民族文化传统的脊梁，从而建立了中华文化自豪地立于世界文化之林的自信。

第三节　典艺性：荟萃传统和现代的形式美学

从传承并积淀文学艺术传统方面认知，散文是会通着古今经典技艺的载体；其典艺性，荟萃着传统和现代的形式美学。

散文是中国传统文化的一个的宝库。散文的众多经典里蕴藏着中国古典哲学（儒释道）、古典美学、教育学、伦理学、道德学、心理学、社会学、文章学、审美学等很多学科的、博大精深的内容，这些人所共知，姑且不论。如果往细处寻找则可发现，散文又是中国传统文化中一个艺术的宝库。

追求形式之美，是散文文体的一个传统。虽然五四文学革命时期才从英国引进了"美文"的概念，但在中国散文里一直存在一个美文的传统。散文的典艺性，主要集中表现在它经过几千年的创作实践，经过不断创新、改造、完善，逐步建立了文体叙事系统和叙事学。这个文体叙事系统的建立，用的是加法与乘法，是一个艺术积累、整合的过程。语录体的《论语》，建立了散文夹叙夹议的原始章法，为散文叙事打下最初的根基。《孟子》的对话论辩，新添了议论的譬喻及议论的节奏和气势。《庄子》以寓言的形式，建立了文学的想象，进而奠定了散文进行想象性描写的基本方式。《左传》《战国策》改变了先前史学家记历史、哲学家说哲学的应用性模式，出现了描写人物与叙述故事，使历史与事件的记述"故事化"。如《左传》的《郑伯克段于鄢》写母子冲突，兄弟火并及颍考叔出场的戏剧性，如《国语》中的《越语》关于勾践卧薪尝胆、雪耻报仇的描述，如《战国策》塑造了张仪、冯谖、鲁仲连一系列游说之士的生动形象。这些可以看做散文中小说叙事元素的萌芽。自枚乘的《七发》始，两汉散文中出现了"赋体"散文，使散文脱离应用模式而融入诗歌的元素，并在语言上讲究偶句对称、双声叠韵、互文表意，使散文更具抒情的格调。《史记》完成了历史与文学的两者整合，如"鸿门宴""垓下之围"，可以单独抽出来作为精致的作品来欣赏，由此可窥见散文的文学性如何在司马迁的笔下得到较完美的呈现。他在记述历史人物事件的同时，进行较为复杂的情节处理，使之具有小说叙事的范型；同时还直接对人、事进行褒贬性的议论和抒情，这也是其对散文叙事学中直接面对读者的一个创造。此后"唐宋八大家"直至一批现代散文家，又从方方面面注入新的艺术叙事的元素，更加完善了散文叙事的表现系统。诸如韩愈提倡古文运动，将散文缜密的说理化为"韩文多圆"的磅礴气势。柳宗元的以物寓意，托物言志，增加了寓言叙事的方式与手法，创造了"柳文多方"的讽喻风格。苏轼的以文为诗，欧阳修"亭台记"中时间与空间的移步换形，袁宗道的"独抒性灵"与手心合一，方苞的"义理"，姚鼐的异趣韵味，晚明小品心境的闲适与笔记的自由，以及新文学革命之后，在古代散文的基础上改换了一套白话语体散文的叙事系统。总之，散文文体所建立的叙事系统与叙事学，是继承散文传统并不断予以更新而积淀的结果。这是其典艺性表现的一个方面。

创造与丰富散文文体的形态，这也是散文典艺性表现的一个方面。散文品类繁多、博杂，文本形式不断地在历史的发展中推陈出新，是中国文化"尚文"传统的一个生动证明。常见的古代散文体裁主要有骈文、说、表、赠序、铭、杂记、游记、寓言、疏（又名奏疏）、表等。据统计：南朝梁萧统编纂《文选》，除诗、骚外，将文体分为35类。明代吴讷《文章辨体序说》将诗歌类以外的文体分为41类，明代徐师曾《文体明辨序说》在吴讷的基础上补充修订为97类。清代姚鼐《古文辞类纂》将多种文体合并归类，尚有论辨、序跋、奏议、书说、赠序、诏令、传状、碑志、杂记、箴铭、颂赞、辞赋、哀祭等13大类。^①宋代李昉、徐铉、宋白、苏易简等20余人，接受皇命编纂千卷诗文总集《文苑英华》，将散文分为杂文、制诰、制诏、策问、表、笺、书、疏、颂、赞、序、议等26大类。当代学者钱仓水的《文体分类学》、褚斌杰的《中国古代文体概论》、吴承学的《中国古代文体形态研究》等文体学著作，详实地记述了古代散文文体形形色色的类型及其流变，除诗歌而外，大量篇幅叙述的是散文的类别与文本样式。文体繁多是中国古代散文繁荣的表现，这也使散文形式的审美功能得到了充分的展示，古代散文家的创作也因对多种文体形式的借鉴而得以独立创新。举一个例子说，柳宗元说过，他的散文是借鉴了《诗》《书》《礼》《春秋》《易》的体裁形式，"参之谷梁氏以厉其气，参之孟、荀以畅其支，参之庄、老以肆其端，参之《国语》以博其趣，参之《离骚》以致其幽，参之太史以著其洁"^②。比较而言，五四新文学革命之后，学界对文学体裁进行了"四分法"分类，加之散文纯文学化的趋势，因此现代散文的分类简化、简明了许多。其中纯文学化的，或称为"艺术性散文"的，习惯性分为抒情散文、叙事散文、议论散文三大类；此外，还有杂感、随笔、游记、札记、传记、通讯、特写、悼词、回忆录、讲演稿、短报告、散文诗等文体样式。这些文体形式都是古代散文类型的继承与发展。

虽则当代散文文体分类简明，但它对传统文体形态进行了令人瞩目的创新，而使之更加艺术化和更具形式感的意味。新时期以降，散文与现代传媒整合，出现了配以图像与音乐的电视散文、电视特写与电视报告文学。21世纪以来，散文作家利用已有的散文品类形式、文学作品的体裁形式以及音乐、绘画、摄影、影视等形式，进行了跨文体、跨文类的创造。贾平凹有小说体散文，如《商州三录》；韩小蕙有童话体散文，如《琉璃象奇遇》；赵丽宏有诗性体散文，如《日晷

---

① 参见余恕诚：《中国古代散文发展述论》，《安徽师范大学学报》（人文社会科学版）2005年第2期。

② 《柳宗元集》，中华书局1979年版，第873页。

之影》；残雪有寓言体散文，如《索债者》；陈奕纯有动漫体散文，如《月下狗声》；曹文轩有摄影体散文，如《前方》；苇岸有新语丝体散文，如《大地上的事情》；等等。更多的作家纷纷让散文"变脸"，不胜枚举。在跨文体、跨文类的旁通借鉴中，传统的散文样式失范而破体，而使新鲜的样式纷纷诞生，这是继承传统又打破传统的创新。然而，无论怎么失范与"变脸"，它们依然是传统遗传基因的支撑与演绎，依然是散文的归属。因此，从文体形式方面看，古代散文繁多的样式，加之现当代散文与时俱进地在传统之上的推陈出新，充实了文体样式的典藏金库。这种丰富与博杂的文体学的呈现，是中国制造的特有，是任何国家的散文所无法相比的典艺大观。

最能表现散文典艺性的，是其形式美学中的"诗性"表达系统，即艺术表现系统。所谓散文的"诗性"表达系统，是指自古至今散文创造、积淀了丰富的艺术表现的方法与手法。这些博大精深的形式表现的经验，就是一部"艺海"。所谓诗性，就是艺术性，就是曲致、含蓄、空灵和富于个性情感的书写，是诗情蹁跹的智慧的表达。除了上述的叙事表现系统和文体样式的丰富多样以外，散文文体的形式之美，更多的是指艺术方法、手法的驳杂纷呈和艺术语言的美学呈现。

从孔子最早提出"言之无文，行而不远"①的诉求、创造曲笔褒贬的"春秋笔法"之后，中国散文在既追求形式之美，又反对唯形式主义（韩愈、柳宗元反对骈体文的古文运动与明代前、后七子反抗八股文的复古运动）的悖论历程中建立了自身的形式美学。从典艺性考察，散文的艺术方法与手法，综合了诗歌、小说甚至戏剧的很多艺术元素，经过反反复复的吸纳和"输出"（被诗歌、小说、戏剧所借鉴吸纳），以及散文与诗歌、小说、戏曲之间形成了双向的接受与"输出"的积淀，它甚至还从音乐、绘画、建筑、影视等艺术门类中会通手法与艺术技巧，这使散文的形式美学获得了良性的积淀和发展。如

---

① 左丘明《左传·襄公二十五年》记载，为孔子言；北周庾信《燕射歌辞·角调曲》亦云："言而无文，行之不远；义而无立，勤则无成。"

果予以综合梳理，它无疑是一个庞大、复杂的表现形式体系，且可以从各种层面进行认知。如从立意艺术考察，有托物言志、象征比附、感物起兴、名言释义、慎独絮语等。如从结构艺术考察，有物理时空组接、心理时空流动、明断暗续结架、取点全景扫描、共时共空的蒙太奇链接等。从创造意境考察，有触景生情、情景交融，托物联想、神与物游、比兴象征、附丽情境、梦幻穿越、视通万里，有我之境与无我之境等。从艺术方法考察，有写实主义、浪漫主义、象征主义、魔幻写真、荒诞叙事、寓言警世等。从艺术手法说，有对照、反衬、烘托、渲染、指点、点睛、曲笔、讽刺、夸张、反讽、隐喻等。从创造的语言风格看，有朴实、典雅、清新、隽永、绚丽、绮丽、清丽等类型。这些语言风格的创造，包含语言的基本修辞和实施个性风格的创造性修辞，尤其后者，语言的词法、句法、节奏、情韵与篇章的修辞，呈现了散文家个性创造的千变万化与千姿百态。他们将个人的独特创造，加入了中国汉语散文的"辞海"，而使散文语言无限丰富与无限奇妙。比如说，韩愈在论说文《原道》里用了31个"也"字，欧阳修在的记叙抒情文《醉翁亭记》里用了21个"也"字，两者在不同性质的文体中间，都使用语气词进行独创，发挥其感叹、设问、肯定、停顿、判断、节奏、韵律等独特又微妙的作用，且将作者在文章中各种变化着的思想情感表现得十分真切。再如，《论语》中所创造的"举一反三""文质彬彬""不耻下问""杀身成仁""巧言令色""身正令行""言必信，行必果"等成语，经过2000多年的历史，至今还活在现代汉语里。现今网络语言中流行的"呵呵"，是由古代的表示笑声的象声词演变而来，最早源于《晋书·石季龙载记》（"乘素车，从千人，临韬丧，不哭，直言'呵呵'，使举衾看尸，大笑而去"），后来也在韦庄、欧阳修的诗文中沿用过。可见，散文语言的艺术表现力与生命力，是世界上任何一种语言所无法比拟的文化风景。

坚定文化自信，必须以开放的视野和胸襟，吸收借鉴世界的优秀文明成果。散文在批判地借鉴外来文化上，充满了走向世界与融入世界文化的勇气、胆识和智慧。"五四"时期与改革开放时期，中国散文两度批判地借鉴、接纳西方现代主义的方法和手法，在艺术形式方面，激活了传统与现代的对接。"五四"初期，从借鉴英国随笔开始，散文在形式上融合了英国随笔的叙事笔调和"自我表现"的人格色彩。同时，鲁迅、周作人、朱自清、冰心、何其芳、梁遇春、丽尼等也接受并融入象征主义、表现主义、直觉主义、意识流、感觉派等西方现代派新鲜的表现方法和手法。有了艺术表现形式的借鉴与活用，才使散文这种文体在新文化运动中最终完成它第一次的现代转型。新时期之后，随着一场深刻的思想解放运动，散文与其他文学体裁一样，在批判20世纪五六十年代的文化封闭保守思想之后，又一次与西方现代主义文学碰撞，吸纳接受外国现代派的文学表现技巧，其形式表现出现了更为新奇新异的色调，开始了现代散文第二次的形式转型。如意识流的普遍应用，感觉叙事的广泛呈现，魔幻想象与时空穿越的拼贴，隐喻和象征意象的创造等，这些在王蒙、郭风、斯妤、赵丽宏、韩小蕙、于坚、刘亮程、庞培、残雪等散文创作中都表现得十分显著。传统的艺术表现形式，加上"洋为中用"的现代方法技巧，使散文的形式美学更为丰富和广博。

散文文体经过3000多年的发展，积淀了自己的国粹性、教化性、典艺性的特质。这些特质，既表现了中国传统文化的自信，同时也决定了文体的自觉，表现出它对散文文体自觉的多方面诉求。反过来说，坚持多方面文体自觉的诉求，才有可能坚守"三性"特质的构筑和传承。归根结底，要求"人"的自觉。作为创作主体的散文作家做到多方面的自觉，才能保证散文之文体自觉的践行。三方面特质的整合使散文形成了文体的超稳定性，这是因散文作家所肩负的中国传统文化自信与现代文化自信的大任所致，实质就是散文作家文体自觉的稳定性使然。当代历史文献中，提倡散文文体自觉的是著名散文理论家林非先生。他说："如果能够培育和生长出一种较为自觉的散文意识来，那么这个民族就可以更好地提高自己的思想文化素质。"① "自觉的散文意识"，就是指散文的文体自觉；这一观点先于费孝通先生提出"文化自觉"，尤其显得难能可贵。笔者认为，散文作家必须在认知散文文体的独有特质之后，才能认知散文创作对当下建立文化自信与建设新时代中国特色社会主义精神文明的重要意义与重要价值，才能认识、领悟散文创作之于自身的使命感和责任感，进而在笔下清醒地获得散文文体的自觉。因此，为新时代重建散文美学，多方面认识、把握散文的文体自觉问题，具有特别重要的文化自信的意义。

----

① 林非：《东方散文家的使命》，《林非论散文》，江西高校出版社2000年版，第132页。

第二章
散文文体自觉的"道"与"德"

　　散文文体多方面的自觉，包括核心理念的自觉、文史叙事的自觉、忧患意识的自觉、题材真实的自觉、真我言说的自觉、内容与形式审美的自觉、继承与创新传统的自觉、作家个人进德修为的自觉等。其中至为重要的两个方面，是作家创作理念的自觉与作家进德修为的自觉。

第一节　文体自觉的"道"

　　是不是做到核心理念的自觉，是散文文体是否获得整体自觉的一个关键问题。它牵动着多向"自觉"整一的践行。核心理念是散文文体审美创造机制的灵魂，舍此，一篇散文就是一堆杂乱的素材与失控的文字。讨论散文核心理念的自觉，就是讨论以"文以载道"为创作理念本位的自觉。"道可道，非常道"，"文以载道"的非常之"道"，是具有哲学意义的"天道"，于此可以分作两层含义进行理解。第一，是狭义的，也是传统的理解。"道"，是指在封建统治的时代被赋以为君王立言、为圣贤立言、为三纲五常立言的思想，难以完全剥离与政治的直接关联，而且从汉武帝"独尊儒术"之后，还突出了儒家思想作为哲学基础、作为中心思维的意识形态，从此"文以载道"在很大程度上变成了一个政治概念。故此，五四新文化运动出于彻底反封建的目标与矫枉过正的思维方法，对"文以载道"进行了颠覆性的批判与否定，并代之以"自我表现"的人本主义的新散文之核心理念。第二层含义，"道"是指散文所表现的宽广内容，如林非先生所说："正因为散文是一种自由自在地抒发自己情感与思想的文体，而情感与思想所翱翔的天地异常广大，所以它的触角就必然会是宽阔无垠的，必然会远远地超越文学的藩篱，趋向于思考艺术、哲学、历史、文化、政治，直至整个宇宙之间的许多重大问题。正是这样的审美功能与社会效应，使它具有一种十分蓬勃和强烈的生命力，可以在自己的国家的思想文化土壤上欣欣向荣地滋长，对于提高整个民族思想文化水准的关系极为密切。"①这里所说的"艺术、哲学、历史、文化、政治"，加上经济、教育、伦理、道德等，覆盖溶解于全部人文思想的文史叙事，都是言"道"。笔者以为，当代散文作家必须具有博大的人文情怀，坚持与继承传统文化的人文精神，并体认当今新时代实现"中国梦"的人文关怀，才能坚持继承传统、坚持时代创新的"文以载道"。历来把"文以载道"与"自我表现"看作是两个互悖的理念，这是错误的认知。周作人说，"言他人之志即是载道，载自己的道亦是言志"②，这是把"言志"与"载道"对立起来的最早的说法。其实，朱熹早就意识到载道与言志的相通，通过"德"转化为"言志"，使两者得到统一，云"德足以求其志……可爱可传矣"③。无个性即无共性。"载道"是共性的思想道德准则，但"载道"只有在个人认知的视角和个人思想情感的浸润之下，最终才能在文本上进行最有感染力和完好艺术性的表达。抽象空洞的、缺乏情感和艺术的高头讲章，是散文的大忌。因此，"自我表现"也是"五四"之后建立起来的散文哲学理念。五四文学革

---

① 林非：《东方散文家的使命》，《林非论散文》，江西高校出版社2000年版，第131页。

② 周作人：《〈中国新文学大系·散文一集〉导言》，佘树森编《现代作家谈散文》，百花文艺出版社1986年版，第250页。

③ 朱熹：《朱子语类》第8册，中华书局1986年版，第3319页。

命对中国散文传统中被认为"异端邪说"、时隐时现的"独抒性灵"理念，予以正名，并将之正式引进了散文美学。我们不可因为今天重提"文以载道"，就无视"人本位"科学的进步，而对"自我表现"进行菲薄。只有将政治概念的"载道"回归到文化学和哲学的本身，并同时继承、发扬现代散文"人本位"的传统，散文作家才能将"文以载道"与"自我表现"两者会通融合起来，才能将客观世界的"大道"与主观世界的"小道"整一起来，以辩证地、完整地达到哲学意义上的"文以载道"。

第二节　文体自觉的"德"

根本上关乎散文文体自觉的，不仅是上述的"道"，还有被一起作为最高哲学概念写进散文学的进德修为的"德"。散文作家的进德修为，是完善道德、规范行为的意思，是讲作为创作主体的散文作家对自己的思想情操的严格要求。对此，孔子提倡君子的"德风"，即仁德；《易经》也反复讲"进德修业""崇德广业"；老子要求"上德"或"玄德"。韩愈在《原道》里指称为"道德"，并称为"天下公言"（凡吾所谓道德云者，合仁与义言之也，天下之公言也）。可见，在中国的散文学里，将"人"与"文"之间的关系强调为因果关系，认为只有通过作家个人严格的道德修为，才能达到文章的立德立言、教化于人。正如有的学者所说："在中国的文章学和叙事理念中，写作是一种自觉的文化行为，蕴含着丰富的道德意味和庄严的伦理精神。不仅如此，写作的成败，在很大程度上就决定于作者的德性和自我克制的修养。"[①]强调散文作家进德修为的自觉性，一方面出于散文"三性"特质的命定和当代文史叙事的时代责任，而且还出于散文深层审美的命定。

散文作家通过自己的创作，无一例外地在人格上把自己交给了

----

① 李建军：《作者形象与积极写作》，《中国社会科学》2017年第11期。

读者。人格定格在文本上而永远无法销声匿迹。散文读者深层解读的指向，正是作家在文本上的人格呈现，按照格式塔心理学的理论，作家人格意识的"氤氲物"在散文中无处不在，是读者终极审美所追寻的答案与"格式塔质"的谜底。可见人格自塑，已成为认知散文文体自觉的一个至关重要的方面。散文文体的人格自塑性，诉求着作家自我的严格的进德修为。散文与诗歌、小说、戏剧比较，其中有一个很显著的区别，是散文作家会在作品中自然而然地表现出强烈的人格色彩，自我的生活习俗和思想情感的方方面面，这一切都会披露无遗。作家总是率性地向读者发放自己的"表情包"，在自我不经意的书写中进行着"自我写真"，甚至将自己赤裸裸地和盘托出。这是其他文学体裁所没有的散文之鲜明特征。散文作家只有在进德修为方面尽可能做到完善与完美，努力将自己修炼为知识渊博、思想健康、情操高尚、人格真诚的智者，才能在读者面前自塑为一个完善与完美的自我形象。笔者曾经说过这样的意思：散文构思、熔裁、结构、语言等一切艺术形式所表现的，是人本真的精神生活，形式本身传达着题材的真实、思想的真率、情感的真挚、人格的真诚等这些自我本真的内容。对此，读者阅读时并不存在审美阻隔与心理距离，无须像解读虚构性的现代小说与戏剧那样，进行从"真"到"假"的心理还原和从"假"到"真"的认识还原，就能够直接感受作者的"真我"，与之进行心灵的碰撞与对话。[①]因此，散文文体审美创造的过程，是通过一切方式、方法与手法使形式系统的表现更加本真化与人格化的过程。由此可见，散文比较其他文学样式，更具风格即人、人文互证互鉴的关系。只有充分认识散文文体自觉中的"道"与"德"，散文文体自觉的获得，才能真正找到根本。

增强文化自信的前提，是积极地批判、继承中国宏伟的文化传

---

① 参见林道立、张王飞、吴周文：《论"五四"散文形式审美的价值建构》，《扬子江评论》2010年第2期。

统。阐释并珍视散文文化自信的特质和文体的自觉，无疑会给当下的散文创作与研究，提供历史的参照经验与价值观的指向。如此，作为文化创造主体的散文作家和散文研究者，才能在现代与历史的人文对话之中，肩负"经国之大业，不朽之盛事"①的伟大使命，找到自己讲述"中国散文故事"的价值定位。

---

① 曹丕：《典论·论文》，郭绍虞主编《中国历代文论选》，上海古籍出版社1981年版，第158页。

第三章

核心理念的自觉：从互悖到整一

　　建构任何一门学科的美学，都必须找准自己学科定位与核心理念。五四新文学革命至今，中国现代散文美学就一直在不断地寻觅着自己的这个"核心理念"。这个核心理念的反复寻觅与诉求，则形成了中国现当代文学史，也是中国现当代散文史上具有独立意义的多次散文美学思潮，且形成了历史上"载道派"与"言志派"的此消彼长。1917—2017年散文发展历史的进程中间，出现了一个非常特殊的现象：散文思潮的多次演绎，表现为"文以载道"（简称"载道"）与"自我表现"（简称"言志"）两个核心理念之间替代、互悖的"假性"纠结状态。这种理论上的混乱与困惑，成为既直接影响散文创作，又影响中国散文美学构建及其审美价值话语予以统一的一个症结。因此，对这一症结的释疑、求是与重新认知，关系到当代散文美学的重建，是当下散文理论界不容回避的一个学理性问题。

第一节　关于"自我表现"的美学革命

　　五四新文化运动的一个目标，是激烈地反对封建思想文化，包括彻底打倒与否定"文以载道"的文学理念。那个王纲解纽的时代，满怀激情的"五四"作家从西方借来了人本主义的思想资源与英式随笔（essay）"自我表现"的精神传统。在散文创作中，他们以全新的"自我表现"的核心理念，替代了3000多年文统的"文以载道"。这是现代散文原初的一场核心理念的革命，是散文创作中实施"人的发现"与"人性的觉醒"划时代的超常变革。

历史是这样书写的，彻底打倒"文以载道"是五四新文化运动的先驱和作家群体的共识与共举。如王国维指称它"无纯文学之资格"①。胡适提出文学革命的"八事"主张，第一条便是"言之有物"，这个"物"并非"古人所谓'文以载道'"，是"五四人"的思想情感。②陈独秀提出文学革命的"国民""写实""社会"的三大主义，明确指出是针对历史上"文以载道"传统的"谬见"。③刘半农否定"文以载道"，认为"道是道，文是文。二者万难并作一谈"④。打倒"文以载道"是"打倒孔家店"的组成部分，是"五四"时期一个革命口号。正因为"五四"时期的彻底否定，"文以载道"一直是一个被贬义化与被批判的理念，并且以其被批判的理念，惯性地写进文学史和作为一个评论作家作品的价值观念。

就在"文以载道"被彻底否定的同时，现代文学史上第一次散文思潮——"自我表现"思潮，亦随之蓬勃兴起。这一思潮创作上的标志，是冰心发表于1921年第12卷第1号革新版《小说月报》《创作》栏的《笑》，它无疑是现代散文诞生期的发轫之作。这一思潮理论倡导的标志，是周作人于1921年6月8日《晨报副刊》发表的《美文》（此前提倡美文的还有傅斯年），主张借鉴英式随笔的形式来创作新文学的散文。随后，以周作人、鲁迅为首的北京"语丝"社、以朱自清、俞平伯为首的江浙地区"O·M"社横空出世，两个散文社团南北呼应，使创作上的"自我表现"思潮得以自觉地扩散与发展。这一思潮核心理念确立的标志，是朱自清1928年在《背影》的序

---

① 《王国维文集》第1卷，中国文史出版社1997年版，第29页。

② 胡适：《文学改良刍议》，《新青年》第2卷第5号。

③ 陈独秀：《文学革命论》，《新青年》第2卷第6号。

④ 刘半农：《我之文学改良观》，《文学运动史料选》第1期，上海教育出版社1979年版，第33页。

里发表"我意在表现自己"①的论断，即总结与说明第一个十年散文核心理念在现代文学史上的正式确立。上述史实昭明，"自我表现"思潮以"人"本位替代了"道"本位，是文学理念的一场石破天惊的革命。对此，20多年前笔者在《现代文学观念发展史》相关章节的论述中，曾经自定义为"人本主义为主体的散文观"②。自我的思想和自我情感的表达，在传统的散文与诗词中是受到"礼数"的严格限制的，是"非礼勿视，非礼勿听，非礼勿言，非礼勿动"在诗文中的把控。所谓"乐而不淫，哀而不伤"，或者说"温柔敦厚"的抒写，必须受儒家诗教文学理想的节制。对思想情感进行压抑状态的表现，这是中国文学审美创造的一种艺术思维，实质是传统"诗教"的规约与规范。然而，"自我表现"思潮迎来了一场美学上的革命。它引进并融合德先生（democracy）与赛先生（science）的思想，同时整合英式随笔"自我表现"的核心理念的确立，文体便具有了极其鲜明的嬗变特征。一是自传性，即作家自传的色彩，如郁达夫所总结的，"现代的散文，却更是带有自叙传的色彩了"③。二是抒情性，即注重抒情的特征。如周作人所总结的，"以抒情的态度作一切的文章"④。三是人格性，即人格书写的情调，如梁实秋所说，"一个人的人格思想，在散文里绝无隐饰的可能，提起笔来便把作者的整个的性格纤毫毕现的表示出来"⑤。以上三方面的特征，都直接由"自我表现"的核心理念置换"文以载道"之后而生成。说到底，"五四"时期的散

---

① 朱自清：《〈背影〉序》，《朱自清全集》第1卷，江苏教育出版社1996年版，第34页。

② 包忠文主编：《现代文学观念发展史》，江苏教育出版1992年版，第580页。

③ 郁达夫：《〈中国新文学大系·散文二集〉导言》，佘树森编《现代作家谈散文》，百花文艺出版社1986年版，第261页。

④ 周作人：《〈杂拌儿〉跋》，《知堂序跋》，岳麓书社1987年版，第314页。

⑤ 梁实秋：《论散文》，佘树森编《现代作家谈散文》，百花文艺出版社1986年版，第39页。

文革命，除了将文言文改换成语体文即白话文而外，最为重要的是核心理念的彻底置换，这无疑是文学科学的进步，是第一个十年新文学的历史功绩。历史辩证法告诉我们，这是一个不应该被抹杀的历史里程碑。

但是，五四新文化运动的先驱者和广大作家在激烈反对封建专制及其意识形态的时候，用的并非科学思维，而是采用了一种形而上学唯心主义的批判方式，正如毛泽东所批评的那样："他们对于现状，对于历史，对于外国事物，没有历史唯物主义的批判精神，所谓坏就是绝对的坏，一切皆坏；所谓好就是绝对的好，一切皆好。"[①]"打倒一切"所产生的矫枉过正，是将脏水和孩子一起泼掉，是将中国传统文化中有价值的如"文以载道"等基因，也给予彻底的否定；反传统带来的结果是"载道"的反弹，造成"载道"与"言志"之间的对立与互悖。从这个意义上说，20世纪30年代"论语派"与"太白派"的论争，是"载道"回归的必然。虽然这次论争没有一个谁胜谁负的明确结论，但从舆论气势与讨论文章的数量上，以鲁迅为首的左翼作家群体远远压倒了以林语堂为首的"论语派"群体。甚至，这次文学史上关于散文核心理念"回归"之影响，使后来一种文学作为"齿轮和螺丝钉"的工具理念越来越强势，"为政治服务"的口号实际代替了"文以载道"，但"工具"论并非"文以载道"的本义。经过抗战时期、解放战争时期，一直延续至20世纪的五六十年代，外在的社会文化语境使"论语派"一直蒙上被批判的历史阴影；"五四"新散文建立的"自我表现"理念，在强势的"工具"论面前，也被消解得难以存形。于是，"载道"与"言志"均处于两难的境地。

如前所述，对五四新文化运动及新文学革命的历史功绩，应该充分地予以肯定。然而，在散文创作与理论研究的几十年间，"文以载道"这个被人为打倒的散文公理，却还一直背负着为圣贤立

---

① 毛泽东：《反对党八股》，《毛泽东选集》第3卷，人民出版社1991年版，第832页。

言、为君王立言、为封建意识形态立言的"罪名"而受到批判，其
独立的理论意义一直被扭曲与遮蔽。对这一理念的正名，文学理论
家与评论家在几十年间噤若寒蝉，难以回避之时又含糊其辞。可喜
的是，近几年王本朝先生的《"文以载道"观的批判与新文学观念
的确立》①、刘锋杰先生的《"文以载道"再评价》②，欲对"文以
载道"正名。笔者认为，在当下讨论文化自信的时候，此两文"定
向爆破"，有益于问题的深入讨论，应该引起学术界的重视。但两
文关乎的是文学范畴，却还没有具体到散文这一体裁而予以深入。
散文中"言志"与"载道"是"互悖对立"，还是如王本朝所说是
一般意义上的"相反相成"？抑或是其他关系？这是本章试图从学
理上深入讨论与探寻的一个问题。

第二节　关于"文以载道"的美学公理

刘锋杰先生为"文以载道"翻案，指出"批判'文以载道'，
可谓百年中国文论最大的'错案'"，还指出，百年文论对"文以载
道"的批判，犯了三个"错"：一"将孔孟污名化"，二"将道与政
治相混淆"，三"将载道观与文学的创作规律相隔离"。③然而翻案
者所欠缺的，是没有对作为散文理念的"文以载道"，具体地进行学
理性的阐释和正名。下面所进行的阐述，是笔者为之补正的个人见解
与认知。

在中国文论史与美学史上，"文以载道"是作为一个美学公理而
存在的。最早出现的，是基本同义的"文以明道"的概念。战国时代
的荀子在《解蔽》《儒效》等篇中，将"道"看做客观事物存在的规
律，认为"圣人"是传道的践行者，说出了"文以明道"的思想。后

---

① 　王本朝：《"文以载道"观的批判与新文学观念的确立》，《文学评
论》2010年第1期。
② 　刘锋杰：《"文以载道"再评价》，《文学评论》2015年第1期。
③ 　刘锋杰：《"文以载道"再评价》，《文学评论》2015年第1期。

来扬雄、刘勰赞同沿用这样的思想，《文心雕龙·原道》则很明确地说，"道沿圣以垂文，圣因文而明道"①，强调"道"即"圣"，必须"文以明道"。韩愈在提倡古文运动中，提出了"文以贯道"的概念，主张继承儒家道统，"道""文"并重；"文以贯道"的思想出自韩愈的学生李汉《〈昌黎先生集〉序》："文者，贯道之器也。"后来宋代理学家周敦颐提出了"文以载道"的概念，其《通书·文辞》云："文所以载道也。轮辕饰而人弗庸，徒饰也，况虚车乎。"意思是，"文"像车，"道"则像车上所载之货物，如果车装饰得很漂亮，却不载送货物，那么车再美也是没有用的。文以明道、文以贯道、文以载道，三者说法有些微的差别，内涵却基本相同。自周敦颐至今，之所以一直沿用"文以载道"的说法，是因为他对这一说法，进行了形象化的生动描述，形而下地阐明了文章内容与形式之间存在的哲学关系。

对"文以载道"的认知，关键在于对"道"的含义必须有一个正确的理解与把握。从孔子、老子等论"道"到刘勰、韩愈的"原道"，从周敦颐的解释到朱自清的《论严肃》，对"道"的解释众说纷纭。归纳起来大体有几个方面：一是格物致知的自然之"道"，"道"是客观世界存在的自然规律。二是圣人之"道"，是指古代先哲的思想与德行。三是指君王利用的"道"，成为君王之"道"，对此把握便成为经国之大业。四是民生之"道"，是关乎社会、人生、百姓等济世忧国之思想。以上概括未必全面，但可以说明"道"的内容包含政治性与非政治性的两大类。一方面，"道"具有超越政治的原本功能。如刘锋杰所言："返回道之代表——孔孟的话语中来理解的话，毋宁说，超越具体的政治正是它的本义。"②孟子的"民为贵，社稷次之，君为轻"（《孟子·尽心下》）与荀子的"天之生民，非为君也；天之立君，以为民也"（《荀子·大略》），都说明

---

① 刘勰：《文心雕龙》，人民文学出版社1962年版，第1页。
② 刘锋杰：《"文以载道"再评价》，《文学评论》2015年第1期。

"道"的初始并非为政治服务，而是以民生为本。另一方面，封建君王为维护自己的统治，必定要将"道"的超越性变成"经国大业"的现实性；而且变"为圣人立言"而为"为君王立言"的实用性与教化性，使君王的封建专制统治及其上层建筑形态得以实行。"道"被赋予政治色彩，是源于韩愈把文章作为"贯道之器"的理念，他把文章与道德联系起来，接受了儒家传统的仁义道德的"道"，进而建立了道统。宋代理学家朱熹把"文"看作是"道"的附庸，程颢、程颐等人把"文"和"道"对立起来，将重"道"轻文的主张推向极致，认为"作文害道"。因此，他们以载道与卫道而改造文学，使文学失去了独立意义而成为"载道"的工具。正如有的学者所说："（理学）以理性思辨的方式探索儒家经典义理，从致知穷理以认识圣人之道，通过诚意、正心、修身的道德自省途径以期实现齐家、治国、平天下的最高政治理想。……南宋末以'理学'而被确立为统治思想。"①及至清代的桐城派，继承韩愈的"道统"与程、朱的理学思想，提出"义法"理论，为"制举之文"所利用，因此被五四新文化运动批判为"选学妖孽，桐城谬种"。辛亥革命没有彻底清除封建主义意识形态而失败，"五四"先驱者们总结了辛亥革命的教训，为摧毁思想根基，自然将历史上"文以载道"的传统彻底打倒，不管它有没有合理的、科学的内核；而具有文学史地位的桐城文派首当其冲，则不免被误伤且有几分冤屈。"道"一旦被赋予具有强烈政治色彩的内容，那么就会伤害了"文以载道"的健康存活。

然而，传统毕竟是中国文化的传统。如果离开政治功利的纠结，让"文以载道"回归到散文本体来进行认知，那么，它本身就是一个关于文体学的理论原型，且一直存在于3000多年的文学史上。"文以载道"讲的是文体及文本构建的美学公理，是内容与形式浑然一体的结构形态，是文章的哲学与美学。虽然"道"的内容，曾被历史上的

---

①　谢桃坊：《评新儒学派"文以载道"观念》，《社会科学研究》1995年第5期。

君王等同于封建政治的"道"，并为其所用，这是文学史存在的事实；另一方面的事实是，表现非政治内容的"道"，即表现与政治相关但绝非政治意义的"道"，则是普遍性地、大量地存在，这也是事实。诸如，理想、人生、事业、教育、历史、伦理、道德、情操、乡愁、爱国、友情、爱情等方面的理念与思考，这些构成了散文思想表现的空间。质而言之，散文文体有着它可以包括政治在内的、更宽广的思想，而无限丰富的思想，与具有无限丰富的典艺性之文本形式璧合为3000多年的传统。这是铁定的、中国文化传统所认知、所自信的文章哲学。虽然"文以载道"作为一个公理存在于文学史上，但是对其作为一个公理的理性认知，又有一个理论建构的过程。孔子的"言之无文，行而不远"，说出了语言及其表达的艺术性，对文章"仁德"表达的重要意义，这是论述内容与形式关系的一个开始。后来从文体学方面论述"文""道"关系的，除了周敦颐而外，文论史上还有董仲舒、司马迁、刘勰、曹丕、韩愈、柳宗元、欧阳修、苏轼、程颢、程颐、朱熹、方苞、刘大櫆、姚鼐等名家大儒。此间，韩愈的建树是一个里程碑。文起八代之衰，道济天下之溺，他总结自司马迁之后"八代"的历史经验，把形式的"文"与内容的"道"放在同等重要的地位，整合了道统与文统，进而从内容与形式的关系上完善了"文以载道"的学理建构。从此，中国文论才把"文"作为散文的表现形式，深刻地进行文统方面的学理认知。

"文以载道"中的"文"与"道"，是形式与内容的哲学关系。按照黑格尔的辩证法思想，内容与形式是辩证的统一。"道"的内容既具有"文"的形式于自身之内，形式又是一种外在于内容的形式，这是黑格尔所谓的"双重的形式"。具体地说，作为返回自身的东西，形式即是内容；作为不返回自身的东西，形式便是与内容不相干的外在存在。正是在这种"绝对关系"的设定中，"内容非他，即形式之转化为内容；形式非他，即内容之转化为形式"[①]。列宁也认同

①　黑格尔著，贺麟译：《小逻辑》，商务印书馆1980年版，第278页。

黑格尔的论述，认为"形式是本质的，本质是有形式的。不论怎样形式都还是以本质为转移的"[①]。克莱夫·贝尔的"艺术是有意味的形式"，是脱离了传统内容决定论的美学命题，它融通了黑格尔的"转化"论、克罗齐的"艺术即直觉"、桑塔亚那的"美是对象化了的快感"等美学思想，在内容与形式的关系上，他们获得了一致的见解。用黑格尔等人的理念来解释"文以载道"，自然会发现周敦颐的比喻性解释并没有很准确地解释"文""道"关系。更为深刻的理解是，"道"是散文的思想，"文"是散文的形式，两者是相互"消解性"的转化并交融为一的存在。二者的消解与转化便是整合为一，便是"文"即"道"、"道"即"文"的浑然一体。

可见，如果用现代主义理念来理解作为文体学的"文以载道"，那么，它也是一个美学公理的合理存在，是人为打不倒的一个文论原型，而这正是中国传统文化引以为豪的一个文学之"根"。

第三节 关于"言志"与"载道"的整一

虽则在现代文学史的第一个十年中，散文创作的核心理念由"自我表现"替代了"文以载道"，这个"替代"也是大体上而言，也是一段时间的文学史现象。但是，"载道"还是在实际创作机制中的存在，因为"文以载道"的美学公理不以人们的意志为转移，必定以"根"的机制存在于散文的文本中。笔者在另一篇文章中说过下面的意思："五四"时期对"文以载道"的口诛笔伐之于文学史的深刻影响，是将"载道"与"言志"割裂成两个对立的概念，以致人为造成以政治文化为本位而进行宏大叙事的"载道派"与以作者个性为本位、表现自我的"言志派"之间的对立，并描述其此消彼长的趋

---

① 列宁：《黑格尔〈逻辑学〉一书摘要》，《列宁全集》第38卷，人民出版社1986年版，第151页。

势。①带着五四文学革命对"载道"的惯性认知，以及新时期至今对特殊时期极左文艺思想进行批判之惯性思维，理论界仍然抱有顾忌，对"文以载道"不敢拨乱反正、正本清源，进而也就不可能对"言志"与"载道"的关系，作出一个学理性的解释。

对"言志"与"载道"之间关系的解释，基本上存在两种说法。一种是周作人的"敌对说"。周作人说："集团的文以载道与个人的诗言志两种口号成了敌对。"②他认为"载道"是偏于政治的，而"言志"是"浸在自己性情里"的说理抒情，两者是互悖的。二是朱自清的"相反说"。他在论述新文学时说："一方面攻击'文以载道'，一方面自己也在载另一种道（笔者按：意指自我言志），这正是相反相成，所谓矛盾的发展。"③在既往诸多的中国现当代文学史与难以统计的论文里，文学史家与学者都把两者看成是矛盾的、互悖的关系。这是五四新文化运动中人为打倒"文以载道"的错误之后，在理性认知上出现的另一个人为的错误。究其实质，这一错误认知，是前错接后错的、前因后果的"假性"互悖。

笔者提出"整一说"。

"言志"与"载道"两者并非互悖与相反，是相互会通整合为一的关系。早在20世纪30年代，钱锺书就在批评周作人时说过："'诗以言志'和'文以载道'在传统的文学批评上，似乎不是两个格格不相容的命题。"④钱先生的观点是正确的，不过他所说的，是诗歌的"诗以言志"与散文的"文以载道"。而对于散文的"载道"与"言志"，钱先生未有发表见解。笔者提出"整一说"，是基于下面的一

---

① 参见吴周文、张王飞：《文体自觉：史识美学范型的演绎与重建》，《扬子江评论》2017年第6期。

② 周作人：《〈中国新文学大系·散文一集〉导言》，佘树森编《现代作家谈散文》，百花文艺出版社1986年版，第243页。

③ 朱自清：《论严肃》，《朱自清全集》第3卷，江苏教育出版社1996年版，第140页。

④ 钱锺书：《评周作人的〈中国新文学的源流〉》，《新月》1932年第11期。

些理由。

　　首先，从文学史的传统看，一部中国文学史既是"载道"史又是"言志"史，是将两者整合为一的客观历史存在。刘锋杰说："载道能够转换成言志，在于道的坚守是与个体结合的，这样，载道就必然打上个体烙印。载道观与言志观的并存，表现了中国古典文论的张力，不可用载道去否定言志，也不可用言志去否定载道。载天下之道，言个人之志，将中国杰出知识分子的内在心性统一起来了。表现在文体上，往往是用文来载道，用诗来言志；表现在出处上，达则载道，穷则言志。"①他认为，第一，在文学史上"载道"与"言志"并存不悖。第二，他认为两者在作家个人文体的写作中得以"心性统一"。刘先生论述没有具体涵盖到"言志"的散文与散文的"言志"。朱熹早就认为"载道"与"言志"是两者相通的，甚至是相融的。他说："贯穿百氏及经史，乃所以辨验是非，明此义理，岂特欲使文词不陋而已？义理既明，又能力行不倦，则其存诸中者，必也光明四达，何施不可！发而为言，以宣示其心志，当自发越不凡，可爱可传矣。"②古话"诗画本一律"，其实在文学史上也存在一个隐在的"诗文本一律"的创作规律。20世纪五六十年代的杨朔才捅破这层窗纸，认为古代散文中间有着"诗的意境"，故而以此为据，提出"诗化散文"的艺术主张。造成"诗文本一律"的原因有这样两个方面。首先，是中国历代的文学家基本都是能诗能文、能画能书（书法）的"全才"。陶渊明、李白、韩愈、柳宗元、欧阳修、苏轼等，他们自身的典艺素质决定了他们既是诗人又是散文家，能够在创作散文中很自觉地，甚至形成一种"集体无意识"而天然地融入诗歌的元素。其次，历代的散文家都传承了春秋时代散文寓寄褒贬于笔墨的传统，多以曲笔表现作家"微言大义"的批判精神。而这种"曲笔"的呈现，是"诗可以怨"的"言志"表达方式，具体表现为话不好好

---

　　①　刘锋杰：《"文以载道"再评价》，《文学评论》2015年第1期。
　　②　朱熹：《朱子语类》第8册，中华书局1986年版，第3319页。

说、话不直接说、正话反着说、反话正着说等诗性表达形式。即使像司马迁修史，也时时不忘"太史公曰"的春秋笔法。鉴于上述两点，历史上代代相传的散文家尽管遵循"文以载道"的诉求写作，但自然也会在文章里撼其心志，无论怎样的处境，文章写出来总是"载道"中有"言志"、"言志"中有"载道"。《捕蛇者说》中作者关注民间疾苦，是"言志"，抨击"苛政猛于虎"，是"载道"。《醉翁亭记》中作者寄情山水、与民同乐，是"言志"；对宋仁宗贬谪自己表达委婉发泄，又是"言志"背后的"载道"。古今散文的经典名作，都可以如此进行两面整一的解读。

同时还必须特别地指出，中国文学理论史上存在一个"言志"的传统。从"洵有情兮"（《诗经·宛丘》）的《诗经》到"发愤以抒情"（《九章·惜诵》）的屈原，从汉代的"发乎情，民之性也"的《毛诗序》，到"洞性灵之奥区，极文章之骨髓"（《文心雕龙·宗经》）的刘勰，均十分重视文学作品中的"言志"。后来还出现了"言志"的理论建树。如以袁宏道三兄弟为首的公安派的"独抒说"、汤显祖的"尚真说"、李贽的"童心说"、袁枚的"性灵说"，等等。这些文论的"言志说"，虽被"文以载道"的主流所遮蔽，但毕竟是一个时隐时现的流脉，所产生的影响是对散文创作"言志"诉求的渲染与强化，而且贯穿、整合于中国文学的历史长河。这一土生土长的流脉，也是现代散文建立"自我表现"理念之时另一个与英式随笔并列的历史思想资源。这也证明周作人关于现代散文源流为公安派与英国小品文之"合成说"论断的局限。这说明，五四新文学革命之后的一个世纪，将"载道"与"言志"看成互悖，是人为的错误。百年现当代文学史上所谓的"载道派"与"言志派"的定义与概括，也是人为的、掺杂唯政治功利的价值观使然。所谓散文中两者的互悖，并不符合中国文学史的实情和文学发展的客观规律。"言志"的"根"与"载道"的"根"，都是文化传统的根本，而且两者是会通融合的中国传统文化之"根"。

其次，从文学审美创造的机制来看，散文与诗歌、小说、戏剧一样，是作家主观世界对客观世界的观照与书写。散文家以个体的思想（大体对应的是"载道"）和情感（大体对应的是"言志"）去融通客观事物的时候，所谓"载道"与"言志"实际是同属于一个创造主体的两个自我精神向度：思想表达的方面即"载道"，情感抒发的方面即"言志"。刘勰早就认识到创造主体与客体之间的这种相互附丽、胶着融合的关系。他说："文之为德也大矣！与天地并生者，何哉？……惟人参之，性灵所钟，是谓三才。为五行之秀，实天地之心。心生而言立，言立而文明，自然之道也。"[①]他认为文与天地齐生，因人是天地之心、五行之秀，故而由人的精神活动产生了文学作品。如果人为地将散文的"言志"与"载道"分割对立开来，也就是把创造主体的思想与情感强行分割开来，无疑违背了审美创造的学理认知。这就是说，作为形象思维的文学创作，当灵感来临的时候，情感与思想之间的胶着，常常是一种非理性的释放状态。写作《安娜·卡列尼娜》时，托尔斯泰闻到了安娜的呼吸；写作《包法利夫人》时，福楼拜自己感觉到砒霜的味道；巴尔扎克进入自己作品的情境，在房间里自己一个人与桌子椅子打架，这些都说明作家在写作时非理性的"沉醉"状态。而散文的"沉醉"却又有一半的理性"清醒"。这里存在着一种独属于散文审美机制的认知模式，即散文一方面可以用逻辑思维进行"直说"，"直说"即通过议论或指点，直接将"载道"的思想予以自由呈现；另一方面，散文又通过形象思维，将人事景物或特定的意境和场景，进行情感上的"言志"，含蓄、曲折地予以表达。因此，在散文中，"载道"与"言志"这两种思维可以自由地像一体两翼而并用，这种特殊性仅仅属于散文，也是散文区别其他文学体裁的一个标志。由此可见，散文的"文以载道"，又在思维方式上与"自我表现"实施着天命的整一。

最后，从散文家创作的实际经验看，"载道"与"言志"是属于创作个体的整一机制。周作人说过两句与其"敌对说"自相矛盾

---

① 刘勰：《文心雕龙》，人民文学出版社1962年版，第1页。

的话："言他人之志即是载道，载自己的道亦是言志。"①这两句话表明了关于"敌对说"思维逻辑的某些混乱，但他道出了"载道"与"言志"在一篇散文中或在一位散文作家身上整一起来的主观能动性。这是周作人的个体经验，也是他个人的可贵发现。推而广之，他的论断有着普泛存在的客观性及客观规律。如韩小蕙总结自己创作经验时这样说过："我要求在自己的文章中，力求跳出小我，获得大我的人类意识，或者更准确地说，是以一己的倾吐表现出人类共同的情感与思考。"②举例说，她写过《无家可归》，以自己没有住房的经历，追问20世纪90年代自己为什么困惑，言说自己的生存焦虑与痛苦。这是她的"言志"。她又推己及人地站在知识分子立场上言说，借个人的感受而仗义执言、为民请命，进而说出知识群体的生存境遇，表现出她的"大道人心"，这就是作品的"载道"。韩小蕙就是如此在自己的散文里以"小我"的"言志"，表现并演绎"大我"的"载道"，这无疑也是普遍存在于散文作家审美创造的客观规律，杨朔、秦牧、刘白羽等很多散文家也都有过相似的经验。叶圣陶说，"言志"与"载道"如一个钱币的两面。③这个比喻，引导我们进入"整一"论的学理话语逻辑。究其学理而言，古今散文作家总是在文本上将"载道"与"言志"整合为一体的，总是将大而言之的"载道"与小而言之的"言志"，归一为作家"这一个"自我精神表现的文本，这是不变的散文艺术哲学。而这种散文文体的自觉，是为传统的文化基因所命定的。为什么？答案是，中国古代散文家基本属于传统的士大夫阶层，散文作品是传统士大夫文化的精神产品。中国的士大夫深受儒、道哲学的影响并确认了他们的人格理想和价值取向，即

---

①　周作人：《〈中国新文学大系·散文一集〉导言》，佘树森编《现代作家谈散文》，百花文艺出版社1986年版，第250页。

②　韩小蕙：《我为什么要写作》，《心灵的解读》，海天出版社2002年版，第3页。

③　叶圣陶：《"言志"与"载道"》，《叶圣陶集》第9卷，江苏教育出版社2004年版，第136页。

二元精神价值的不离不弃。对他们来说，无论"达"还是"穷"，都有共性的选择：一是"达则兼济天下"，多在"载道"；二是"穷则独善其身"，多在"言志"。这两者魂不离身，犹如"一个钱币的两面"，始终在左右着他们"载道"与"言志"。而两方面整一起来的精神抒写，则成为他们践行人格理想的宿命。这是笔者从中国散文家审美创造主体机制的构成方面，对"整一"说所进行的深层精神分析。

综上所述，笔者发现并可以总结出来一个关于散文美学基本原理建构的哲学谱系，这是存在于3000多年中国文学史的一个谱系建构。这个谱系，由四个传统文化基因构成。第一，是由古代原生性文史叙事（甲骨文、钟鼎文等）非虚构基因而传承的真实性，这是散文创作不可撼动的基石。第二，是作为哲学公理传承的"文以载道"之教化性。第三，是五四文学革命整合的"自我表现"之率真性。第四，是3000多年积淀而传承的美文性，即文本艺术构成的形式美学。而在这个谱系的结构之中，作为核心理念的"载道"与"言志"，则是撑起整个谱系、相互融合与整一的两个支柱。非虚构题材的真实性，决定了生发"载道"的教化性、"言志"的率真性与艺术呈现的美文性。最终，四个方面的真实性、教化性、率真性以及美文性，会通而为散文作家自我人格的裸真，是自我思想、道德、情操等人文襟怀的真实呈现。这是经过五四文学革命之后散文美学重新建构的谱系，是按照中国谱系学所阐释的散文哲学。在法国哲学家福柯那里，谱系学对历史中的一致性和规律性持坚决拒斥的态度，它明确地告诉人们，这些一致性和规律性完全是可以"虚构"的。然而，中国的谱系学则告诉我们，用不着福柯的虚构与假设，唯有执着于历史的一贯性和规律性进行考据与厘析，我们才能从中国文化传统的础石上建立当下具有中国时代特色的散文美学。以上阐释，即是本章写作的初心和结论。

第四章

百年散文文体自觉思潮

　　散文作为传载国学的文体，其担当与内涵是3000多年来的中国文化自信；而散文的文体自觉，又是它传载国学的一个基本保证。因此，研究散文的文体自觉及其思潮，自然具有极其重要的意义与价值。

　　估衡散文的文体自觉，不仅止于形而上的理念自觉、审美自觉与体式自觉等主要方面，而且还必须形而下地从散文历史发展的进程，去认知与估衡理念、审美、体式等方面所践行的创作实际。只有把握历史的动态演绎，才能判明文体自觉的程度，也就是必须把握与认知不同历史阶段散文创作的接受度、公信力与审美价值。读者接受度大、文坛公信力强、审美价值被广泛认可，这些往往是文体达到自信与自觉状态的有力证明，也是判定散文思潮出现与存续的根据。从这个意义上看，文学史上出现的很多散文思潮，本质上就是散文文体自觉的思潮。

　　1917—2017年中国现当代文学史上，出现过很多次散文文体自觉的思潮。笔者认为，其中六次影响较大的思潮值得关注。这六次思潮恰恰标志着文体的自觉在发展中的阶段性变化与美学思想的演化。唯其如此，关乎文体发展的重要思潮，就必须通过分析和比较，对其文学史的意义加以描述。它们的崛起与衰落，大体构成了散文史及其美学思想建构的轮廓。下面就六次思潮的发生、文化背景、美学坐标以及价值意义，分别从审美价值的权重、审美理念嬗变与发展等角度，进行论纲性的叙述和阐释。

第一节　"自我表现"与"闲适话语"思潮

20世纪20年代初、中期，以周作人、鲁迅为首的"语丝"社和以朱自清、俞平伯为首的"O·M"社为标志，第一次在中国现代文学史上出现了"自我表现"的散文思潮。按传统说法，作为五四散文革命的代表人物自然是周作人。他在1921年6月8日的《晨报》发表《美文》之后，提倡从事新文学创作的作家效法"自我表现"的英式随笔，主张在散文文体体制上进行艺术性颠覆，他所提倡的"美文"实际上是将英式随笔与明代小品进行了理念的整合。随后由周作人、鲁迅、孙伏园、川岛、林语堂、刘半农、章衣萍等人办《语丝》周刊，成立"语丝"社，创造了排旧促新、放纵而谈、庄谐杂出、简洁明快的"语丝体"，彰显了一个社团范型的文体自觉。而在南方宁波、上海等地的朱自清、俞平伯、叶圣陶、刘延陵等人，则早于"语丝"社组织成立了"O·M"社，先后出版了同人刊物《我们的七月》《我们的六月》。两个社团的出现，宣告了现代散文理念革命——旧的"文以载道"被新的"自我表现"所消解和取代，这是传统散文嬗变蝉蜕、开辟新纪元的伟大胜利。

王纲解纽与自我人性发现，使狂飙突进的"五四"时代作家群体反封建的激情澎湃，且这种时代命定的思想与激情成为散文新生的最大原创力，而同时也使"五四"散文崭新的美学脱颖而出。朱自清最早在《我们的六月》上刊发了他的《"海阔天空"与"古今中外"》（作于1925年5月9日）与《"山野掇拾"》（作于1925年6月2日）两篇理论性文献，提出散文写作是"心的旅行"，说海说天"自然仍不曾跳出我佛世尊——自己——的掌心"，必然是"回到自己的灵魂"。①后来，朱自清又明确说"我意在表现自己"②。这就是说，朱自清对20世纪20年代初、中期散文创作的"自我表现"的理念进行了最早的总结，将"自我表现"提到至高的地位。换言之，朱自清最早提出现代散文的美学核心理念，发现了散文美学中的"人"。这是他对建立现代散文美学的一个重要的理论贡献。

　　第一次散文文体自觉的思潮奠定了新散文美学的基本框架，在继承传统散文务"真"、求"真"、写"真"的基石上，其建构的框架为三个方面：第一，散文理念由传统的以"庙堂"话语的"载道"本位，置换为作家"言志"的个人本位，这是散文美学核心理念的一场颠覆性的"革命"。第二，从"道"本位置换为"人"本真，使散文的审美对象发生了根本性的置换，使之由为圣贤、为王权、为社稷立言的内容置换成作家的个人立言，即散文作家本身成为自我审美的对象，文本成为表现作家自己的载体，是自我思想和情感的文体演绎；于是，抒情成为"五四"散文的审美价值取向，旧散文的"存天理、灭人欲"置换为作家个人的自由自在的抒情，作家的人性私情不再处于扭曲、蛰伏的失真状态，正如周作人所概括的，"以抒情的态度作一切的文章"③。第三，建立了人格审美的全新诉求。现代散文作家将英式随笔在文本上的人格色彩与调子为我所用，整合、演绎为现代散文的人格呈现与审美诉求。正如时人所描述的那样："我们仔细读了一篇絮语散文，我们可以洞见作者是怎样一个人：他的人格的动静描画在这里面，他的人格的声音歌奏在这里面，他的人格的色彩渲染在这里面，并且还是深刻的描画着，锐利的歌奏着，浓厚的渲染着。"④

---

　　①　朱自清：《"海阔天空"与"古今中外"》，《朱自清全集》第1卷，江苏教育出版社1996年版，第145页。

　　②　朱自清：《〈背影〉序》，《朱自清全集》第1卷，江苏教育出版社1996年版，第34页。

　　③　周作人：《〈杂伴儿〉跋》，《知堂序跋》，岳麓书社1987版，第314页。

　　④　胡梦华、吴淑贞：《絮语散文》，佘树森编《现代作家谈散文》，百花文艺出版社1986年版，第15页。

自我本位、抒情本位、人格本位，这以"人"本真为中心的三个"本位"，是"自我表现"的文体自觉思潮，为现代散文美学所规定的关于"自我"的最初的理论框架。

笔者把林语堂及"论语派"的"幽默、性灵、闲适"的小品文主张，简称为"闲适话语"①。当时正值日本帝国对中国虎视眈眈，林语堂在上海有宗旨、有组织地结社，先后办起了《论语》《人间世》和《宇宙风》三个言志的小品文刊物；于是，林语堂、邵洵美、李青崖、沈启无、全增嘏、章克标、陶亢德、潘光旦、郁达夫、章衣萍以及周作人（实为精神领袖）等，自觉地形成了一个自由主义的作家群体——"论语派"。对《论语》刊物及这个流派的主要代表人物林语堂，鲁迅曾经写下《论语一年》《小品文的危机》等文章予以激烈批评。在鲁迅的影响下，"太白派"的作家群体就小品文的题材、性质、功能等方面，也随之对"论语派"的美学主张进行了温和的讨论（并非后来一些人以民族矛盾加剧的价值判断所夸大的两派的"争论"与两派的"斗争"，"太白派"这些讨论文章后来结集为《小品文与漫画》，可以见鉴）。两个流派的对峙，正值"左联"及左翼革命文学兴起的时期，从侧面反映了新文学进入20世纪30年代之后，由个性主义走向集体主义的鲁迅与由个性主义走向自由主义的周作人之间文艺观的嬗变；表现在散文理念上，一方面是"载道"理念的回归诉求，另一方面是"言志"理念的坚守。抗战的时需与左翼革命文学的功利，重新把散文的"载道"理念强调到第一的地位，这使林语堂的"闲适话语"处于与"载道"对立而被质疑的地位。

如果避开政治价值功利的判断，回到文学本位，那我们就应该从正面看待与思辨"闲适话语"的思潮。它既是对"自我表现"散

---

① 为叙述方便，笔者如此简称。参见吴周文、张王飞、林道立的《关于林语堂及"论语派"审美思潮的价值思辨》（《中国现代文学研究丛刊》2012年第4期）与吴周文、张王飞的《汪曾祺对林语堂闲适话语的认同与演绎》（《江苏社会科学》2014年第2期）。

文思潮的一次美学范畴方面的开拓，又是对"自我""抒情""人格"三个"本位"审美框架的拓展。对林语堂及"论语派"的"闲适话语"，应该从以下方面认知它之于文体自觉的真正价值：第一，幽默、性灵与闲适，是对"自我表现"的细化，是对作家的"自我"做了幽默、性灵、闲适三方面向度的规约，是本真"自我"的具体化，实际上为散文规约了文体的三个特征。应该说，"论语派"是坚守与发展了"自我表现"思潮的美学理念。第二，闲适即休闲娱乐，这种属性是传统诗歌、小说、戏剧的审美功能，而既往承载国学传播功能的散文，只庄重、严肃地讲究教化与"经国"的诉求而远离闲适。"论语派"在继承"自我表现"的"性灵"之外，又增添了"幽默"与"闲适"，这为完善散文美学拓展了新的诉求范畴，也是规约了文体的具体特征，是在现代散文史上具有开创意义的美学理念建构。第三，"论语派"的群体诉求，在实践中彰显群体言志的自觉，唯其注重散文文体的"休闲"功能，故而在美学趣味上强调大众审美的雅俗共赏。因此，"闲适话语"思潮最早引导小品文走上"俗化"之路，使散文自觉地从典雅、高贵的书斋走向平民与市井。这种自觉诉求，使"论语派"的小品比第一个十年中散文作家的作品，获得了"小资"以外的更多平民阶层的读者。

"闲适话语"思潮深受周作人超政治的纯艺术观念影响，在理论上没有对散文的使命与责任进行过阐说，在创作中缺少对家国情怀、人生社会的深刻书写。这是该思潮的审美缺陷。从"自我表现"到"闲适话语"思潮，健全了"真"的框架，缺失散文"善"的规约与叙说。而此间鲁迅"匕首投枪"的主张与杂文的战斗传统，"太白派"发表的一些理论主张及20世纪30年代茅盾、李广田、何其芳、陆蠡、丽尼等一批社会写实派的散文创作，与"闲适话语"构成互补关系，是这个时期散文美学"善"与"载道"阐说方面的存照，更是今天构建散文美学的历史资源。

第二节　"大我"与"真话真情"思潮

　　"诗化散文"的散文思潮，出现于20世纪60年代初、中期。"诗化散文"的美学主张，是那个时期著名散文家杨朔提出来的。他说过很有影响的两句话："好的散文就是一首诗""拿着当诗一样写"①。其实，"诗化"思潮的引发，是因毛泽东对杨朔《樱花雨》作出"好文章"②的评价，由"点赞"进而引起对杨朔散文充分肯定的"杨朔热"，于是杨朔在冥冥之中"被政治化"。③朱晓进等学者说："鉴于在无产阶级文艺观念中文学的意识形态属性和毛泽东'文艺从属于政治'的特殊观念，建国后17年的政治思想意识形态化的实践过程当然也就必然会表现为文学思想的统一化运动。"④所以"诗化散文"思潮，可以看作是"文学思想的统一化运动"的一个必然。

　　其时的散文创作面临着困境。因服务于政治的需要，散文作家必须以无产阶级与人民群众的"大我"，有时甚至代表党和党的政策的立场，去直接面对读者说思想、说主题，其政治化书写比之小说戏剧更直接、更"工具"化与"轻骑"化，因而也就更加政治化。有莺歌燕舞式的"通讯"叙事（时称文艺通讯或特写），豪言壮语式的"大我"抒情，"兴无（无产阶级）灭资（资产阶级）"式的老套议论，"思想杂谈"式的革命传统说教，以及以"苏式小品"式的假讽刺、佯装"批判"的伪姿态，等等。这些模式、套路的形而上思维，都因简单、机械服务于政治而归属于非文学的、"直说"性的表达，成为创作中普遍的、极其严重的、不利于散文复兴的通病。杨朔正是针对

---

　　①　《杨朔文集》（上），山东文艺出版社1984年版，第642、646页。

　　②　毛泽东：《建国以来毛泽东文稿》第9册，中央文献出版社1996年版，第479页。

　　③　参见吴周文、林道立：《"毛批"杨朔与"诗化"思潮的21世纪价值》，《天津师范大学学报》2014年第4期。

　　④　朱晓进等：《非文学的世纪——20世纪中国文学与政治文化关系史论》，南京师范大学出版社2004年版，第280页。

这一困境与困惑，才提出"诗化散文"这一概念，并且找到了一条"诗化"途径。他因被政治化，故而其"诗化散文"主张与实践，便兴起一股强劲的思潮。刘白羽、吴伯箫、曹靖华、碧野、陈残云、袁鹰、何为、郭风等都纷纷呼应，而加入酿造诗意的一群；多种报刊发表"笔谈散文"的文章，讨论"诗化"遂蔚然成风，收在百花文艺出版社出版的两册《笔谈散文》里的一些文章，就是一个历史的证明。

"诗化散文"思潮的出现，是"闲适话语"思潮之后，"载道"理念一步步消解"言志"理念的必然结果，尤其是由延安文学所建立的文艺为政治服务的核心价值观承续而来。虽然少数散文作家还在表现自我，但绝大多数散文作家"一边倒"，认同与接受创作的时代功利价值。至此，现代散文"自我表现"的核心理念，随着"载道"的逐步回归，已经在绝对的意义上消解殆尽。这一思潮是服从于"载道"理念守护"大我"而远离"自我"（小我）本位，仅仅在艺术形式方面向"诗"求索，这是历史的局限。尤其20世纪五六十年代，封闭的文化生态环境，制约着杨朔及其同时代散文家的思想与创造性。他们在艺术上既不能向西方的现代主义文学寻求借鉴，又不能向中国现代文学直接继承，只有冒险地在厚今薄古的时代，逆袭性地提出，向古典的诗歌与散文寻求诗意的表现形式。唯其如此，就其属性来说，"诗化散文"思潮，是百年散文思潮中唯一的、唯美的艺术上的形式主义思潮，亦可谓之形式美学思潮。用形式美学逆袭政治化写作，其实还是改变不了"大我"政治化的精神表达，"诗化散文"思潮的形式美学与内容表达，构成了难以圆融的一个悖论。

新时期之后对杨朔的批评未免有些苛刻，这在很大程度上影响了对"诗化散文"思潮与美学建构的正确认知。如果除却批评中对"文化大革命"极左政治文化的泄愤情绪，理性地回到散文美学层面予以认识，那么，"诗化散文"的思潮还是有着正面价值的经验，值得我们在今天予以记取。

至少有两点值得肯定的价值。第一，杨朔第一次捅破与挑明诗与散文两种文体之间的那种"血根"亲缘关系，指出诗的元素原本就是几千年散文传统的文学基因，故而向诗借鉴，是今天构建散文美学的途径。这个途径曾经被五四文学革命所否定，甚至被鲁迅所否定，而杨朔及杨朔们重新将它捡漏，写进散文美学，这不能不说是"诗化散文"留给历史的一个理论贡献。第二，"诗化散文"改变了一个时期散文创作标语口号化、为政治服务的困境，而使散文出现了"诗化"的、重新找回在文体上艺术呈现的自觉。正如已故散文评论家佘树森所说，杨朔与他同时的散文家，"……选择了一条'诗化'的道路，来谋求自身的审美建构。回顾50年代末及60年代的中国散文界，寻求'诗意'已构成散文创作的主要倾向"①。实践证明，散文艺术形式的嬗变与更新，也会给散文创作带来发展的机遇，而且会在艺术形式的某些方面，去完善散文美学的建构。这也证明，美文之美，最终要落实于文体的审美操作与形式美学的呈现。

然而，"诗化散文"思潮，出现在1958年"大跃进"之后浮夸风盛行的时期，这使散文创作在内容上，也自然而然地出现了浮夸不实与文过饰非，从而违背了"五四"现代散文所建立的"三位"本真。

"真话真情"思潮，出现在新时期之初至80年代中期。经过非常时期的非常政治，随着一场思想解放运动，散文必然要从千篇一律的"瞒"与"骗"之话语系统，回归到散文本体。其中首要的问题，是回归散文文本作者的自我，回归到一个说真话、抒真情的自我。呼唤文体自觉的先行者，是东山再起的原江苏"探求者"团体的领衔人叶至诚。他依然以"探求者"的姿态发声，在1979年第7期的《雨花》上发表打动冰心老人的《假如我是一个作家》。他说："假如我是一个作家，我要努力于做一件在今天并不很容易做到的事。那就是：表现我。"如何"表现我"，作者说出了在当时一般人很难说出来的一段话："必须严格地说自己真实的话"，"必须披肝沥胆地去爱、去恨、去歌唱——把自己所见、所闻、所感、所思，真实地一无保留地

---

① 佘树森：《中国现当代散文研究》，北京大学出版社1993年版，第53页。

交给读者；把我的灵魂赤裸裸地呈现给读者"。①在叶至诚之后，著名的老作家巴金连续发表了《说真话》《再论说真话》《写真话》的"真话篇"，同时发表了关于"探索"主题的"探索"组篇。他进一步发挥了叶至诚的思想，指出要把一颗真实的、坦诚的、"自我燃烧"的心交给读者。巴金的五卷《随想录》，无疑证明他是"真话真情"思潮的先驱与领航者。

"真话真情"思潮是在散文领域，重回"'五四'起跑线"与回归"五四"时期文学传统的思想解放运动，是当代散文对现代散文的重建。就理念而言，散文回归"五四"传统，就是回归"自我表现"理念，回归"五四"散文所建立的自我、抒情、人格的三个"本位"；是被扭曲、被遮蔽、被放逐"人"的思想与个性，在散文史上再次回归本真。"真话真情"思潮带来的反思，不仅包括对极左文艺思潮和文艺理念的批判，而且包括对中华人民共和国建立之后散文理念的正本清源，甚至包括"论语派"之后30年代与40年代散文理念的重新认知。以巴金为首的一批老作家如曹靖华、吴伯箫、秦牧、孙犁、黄裳、郭风、汪曾祺等，以王蒙为首的中年散文家如张承志、王充闾、艾煊、吴泰昌、苏晨、林非、潘旭澜等，以赵丽宏为首的青年散文家如贾平凹、杨羽仪、王英琦、张抗抗、叶梦、斯妤等，他们演绎着"小我"，在不同向度上"表现自我"。20世纪80年代散文创作的复苏与振兴，完全区别于前30年的文本的内质与体式，向着文体自觉的状态回归。著名散文研究理论家林非论述散文的文体本质时指出："散文创作是一种侧重于表达内心体验和抒发内心情感的文学样式……它主要是以从内心深处迸发出来的真情实感打动读者。"②以林非的这段对散文"人"本位的定义，来概括回到散文本位的"真话真情"思潮的创作实践及美学总结，是一个很恰当的描述。

---

① 叶至诚：《假如我是一个作家》，《雨花》1979年第7期。
② 林非：《散文创作的昨日和明日》，《林非论散文》，江西高校出版社2000年版，第47—48页。

"真话真情"思潮的出现，不是简单地回归"五四"美学传统，它对散文的文体自觉尤其有着回旋发展的里程碑意义。第一，它带着30年来被政治文化所扭曲的伤痛和疤痕，重新建立回归文学并回归散文本真化的体制形式，这是一个收拾残局的边破边立、承上启下的过渡时期，它宣告了"文学思想的统一化运动"与"假、大、空"文本话语系统的历史终结。第二，"真话真情"思潮，使散文文体在自觉的意义上得到了很大程度的解放，那种被政治文化扭曲的僵硬文体——政治说教的"画龙点睛"、寓意主题的象征构思、"大我"身份的直白议论等公式化、模式化范型，基本得到破除而代之以自我"真话真情"的文本呈现。第三，由于一些禁区的开拓、思想的解放及创作环境的宽松，文体获得了空前的大解放。散文作家走出杨朔、秦牧、刘白羽三家范式的捆束，获得了审美的自由与自觉，进而获得了文本结撰的自由与自觉。他们创造出了一些"禁锢"时代完全不可能存在的、全新的文本范式："自我解剖"型（如巴金《随想录》等）、"世相讽喻"型（如秦牧《鬣狗的风格》等）、"生命痛苦"型（如丁玲《牛棚小品》等）、"性爱探索"型（如叶梦《今夜，我是你的新娘》等）、"哲理寻觅"型（如刘再复《读沧海》等）、"反思笔记"型（如孙犁《亡人逸事》等）、"读书札记"型（如林非《现代六十家散文札记》等）、"笔记小说"型（如贾平凹《商州三录》等），等等。可见，改革开放时代的文体自觉，激活了文体的大解放，同时将"破体"意识很早地践行于文本的创造。这些方面，彰显着亟待重建散文美学的渴望与期待。

第三节　"文化诗性"与"全民文体"思潮

"文化诗性"思潮，发端于"文化散文"的兴起，学术界一般认为，始于1988年余秋雨在《收获》上开辟的《文化苦旅》栏目。当文学进入20世纪80年代中期之后，因市场经济促进商品化市场的繁荣、思想解放运动的进一步深入、旧文学理念的即时更新、文学研究方法论的全新嬗变等，文化生态环境出现了前所未有的自由与宽松，这为后新时期的散文创作开拓了更为阔大的视野，激活了散文在此后近20年文化诗性表现的空间。于是，"文化诗性"的创作思潮逐渐形成，开始了散文美学的重建。

关于散文"文化诗性"的内涵，陈剑晖教授解释说："一是对于人类的生存状态、生存理想和生存本质的探询，并在这种追问探询中体现出诗的自由精神特质；二是感应和诠释民族的文化人格；三是对传统文化的批判与守护；四是文化诗性还包含着对'还乡文化'的认同和感受。"①质言之，散文的"文化诗性"具有开阔、宏大的视野与胸襟，具有文化寻根的民族性、面对传统与现代进行整合借鉴的批判性、对社会现实中文化悖论乱象予以正确应对的时代性，以及作家出于大道人心的人格性。这些包罗了"言志"的方方面面，是"善"的生发，实质是"道"即"大道人心"的多维演绎。从美学视角看，"善"是指作家以裸露的人格真诚与道德良知，去观照自己的精神世界与感悟客观世界，包括对社会人生、道德伦理、家国情怀、富国强民、世界祥和等方面的思考，这些"善"与"道"相遇相通相融，故而笔者认为，"善"在散文中的表达，就是指向"载道"并落实于社会文化与政治文化的"道"的表达。"文化诗性"思潮的"四性"，落实于散文的体式，则是散文作家对上述民族性、批判性、时代性和人格性最终在文本上的精神建构。具体说来，当"文化诗性"成为众多作家的共识和诉求的时候，散文的整体趋向，便出现了作家在坚持自我本真前提下的高端视野、深度思考、本质裸露、多元角度艺术扫描的境界，即贾平凹所提倡的"大散文"状态，也就是文化大散文的状态。王充闾、赵丽宏、王小波、史铁生、韩少功、张承志、马丽华等一批作家响而应之。自然，在散文作家中写日常生活的感动、一事一议的感兴、读书思考的感知、山水风情的感悟、交友处世的感端等，还是居多。虽是"小品"，但也同样可以"一粒沙里见世界，半

---

① 陈剑晖：《诗性散文》，广东教育出版社2009年版，第119页。

瓣花上说人情"①，阐释民族、历史、时代、人生、理想、人格等文化内容。应该肯定，诉求"大散文"的"文化诗性"带动了一般散文"文化诗性"的普遍提升，这使散文在20年左右的时间里，持续出现了前所未有的繁荣局面。

"文化诗性"思潮在美学上的多维拓展，除了上述在思想空间的民族性、批判性、时代性和人格性（实为"自我表现"思潮三"本位"的延伸演绎）的诉求而外，在理念自觉上，"文化诗性"思潮是散文史上文体空前自觉的一个时期。它蔚然于改革开放的深层发展与延伸，又蔚然于与西方文化互渗与激烈碰撞的大文化背景，得益于天时、地利、人和。文体的空前自觉，表现为三个"突破"。

首先，"文化诗性"思潮超越了20世纪60年代的"诗化散文"思潮，它突破了单一地向古代诗文"求诗"的局限，把散文形式上"诗"的诉求，提升为内容与形式两方面的"诗性"诉求。从"诗化"到"诗性"，是一个重大思想空间的开拓与突破。其次，"文化诗性"思潮发生在20世纪80年代中期文学理念与研究方法自觉更新与嬗变的时期，故此思潮伴随着理性的自觉，在一定程度上得到"文化诗性"理论的支撑。如散文评论家陈剑晖教授写了《中国现当代散文的诗学建构》与《诗性散文》两部理论专著，试图对散文的诗性内涵进行理论的建构，便是一个散文美学上的佐证。林非如此肯定陈剑晖的努力："他在思考散文本体的建构时，就系统地列举出独创精神与心灵自由的人格主体、文化哲思与诗性的智慧、生命价值的存在意义和它的理想境界。"②此外，还有孙绍振、刘锡庆、佘树森、汪文顶、王兆胜、喻大翔等学者，对散文文体的诗性美学进行了多方面的学理阐释。这些在散文理论研究上，都是难能可贵的突破。再次，诗性的表达需要知性和智慧。这个时期一批学者与学者型的散文家，如

---

① 郁达夫：《〈中国新文学大系·散文二集〉导言》，佘树森编《现代作家谈散文》，百花文艺出版社1986年版，第267页。

② 林非：《对于中国现当代散文本体的深入探索》，《文艺争鸣》2006年第6期。

季羡林、林非、潘旭澜、刘再复、王充闾、张中行、梁衡、余秋雨、姜德明、丁帆、夏坚勇、叶兆言等，加盟散文创作的队伍，使学者散文成为"文化诗性"思潮的一道靓丽的风景线。比之"诗化散文"思潮时期与"真话真情"思潮时期在这一作者类型的缺失，学者散文的出现，也应该是载入史册的一次突破，学者们的同心协力将散文品位与品质提升到"文化诗性"的境界。三方面的突破，将"自我表现"的"言志"，变成了"四性"的"载道"；"四性"的"载道"，也演绎为作家自我的"言志"。如此，合理地建立了散文"真善美"诉求的美学框架。其重要意义，笔者将在下面予以论述。

"全民文体"的思潮，是对全球化时代散文的挑战。

就几种文学体裁比较而言，影响最大的不是诗或小说，而是散文。其影响在于它的教化性与应用性。笔者私见，"全民文体"这个概念是因传统散文一直具有"全民教化"的功能与意义，故而使用。从四书五经作为读书识理的教材开始，几千年来中国散文便一直文以载道，教化于民。识字或不识字的人，都直接或间接地受到传统散文的教育，散文发展的历史实际贯穿着国民被教化的历史。同时，散文又是最接地气的文学体裁，其广泛的应用性远远超过了其他体裁。每一个识字的人，每时每刻都在看散文、用散文、传播散文甚至在写作散文。散文作为一个当代文化传播的平台，与每个人的生活有着悄无声息的密切关系，它时时刻刻在传导着、演绎着人文精神的方方面面。因此，散文在教化与应用两方面的本位功能，区别于诗歌、小说、戏剧，而独有"全民文体"的性质。

"全民文体"思潮出现的时间段，笔者界定为20世纪90年代后期至今。90年代中期出现的信息高度发达的全球化，极大地影响着当下文学尤其是散文生态的发展，以至于在创作中出现了"全民文体"的散文思潮。它的具体表现，是读者通过手机、电脑直接上网，通过社交媒体，无限地发表电子文本作品。于是，无数的网民成为民间写手，每天都有无法计量的随笔、时评、酷论以及闲情絮语等在网络上无拘无束、自由随意地发表。很多机关单位、工厂企业、文化机构、社会团体等设立网站、公众号，开辟名目繁多的散文专栏，发表原创性的作品，转发散文名家的新作与散文经典。各类报刊也转载网络上的好作品，它们的副刊专栏也直接通过电子版与亿万网民见面。"全民文体"思潮把纸质文本时代的读者数量，提升了成千上万倍。学术界把这些通过网络平台而进行无限量生产的散文，称之为"新媒体散文"。2001年王义军主编的五卷本新媒体散文丛书出版，"新媒体散文"正式走入了人们的视野；同时，谢有顺、王小山主编了四卷本新媒体女性丛书，年选本《2001最佳新媒体散文》和《2002最佳新媒体散文》也相继推出。于是，"新媒体散文"堂而皇之地以纸质文本进入图书市场。总而言之，"新媒体散文"的崛起及其能量的漫溢，创造了在纸质文本之外的另一个浩大无垠的散文生产与生存空间。

"全民文体"的散文思潮，也可以称之通俗思潮或平民化思潮，有学者称之为"通俗闲适散文思潮"①。这一思潮具有闲适性、通俗性、网络性的特征。它把散文固有的闲适属性，进行了最大化的夸张，拥有手机十之五六的人，就自然而然地被裹挟而成为网络散文的读者。唯其如此，散文借助于网络途径极快捷地走向平民、走向市井、走向通俗化。因此"俗化"成为当下散文的不以人们意志为转移的选择，"俗化"也随之成为文体自觉中的一种审美时尚和必然趋势。这一思潮虽没有昭示天下的文告宣言，没有或大或小的社团流派，但它强劲地、裹挟性地影响着当下散文家的美学选择与文本写作，而使文学的散文化雅为俗，趋同并适应市井、平民之"地气"的生态环境。叶兆言就是在文体诉求上大俗特俗而创造"俗化体"的典型个案。他一方面以纸质文本发表与出版他的散文作品，另一方面又把自己的散文发在澎湃新闻与腾讯网的个人专栏上，以直接与亿万读者交流。像叶兆言这种在网络游走的作家不在少数，把互联网作为个人的价值传播，已经成为散文作家普泛性的趋同。

与闲适性、通俗性、网络性关联，"全民文体"的思潮还有一个

---

① 陈剑晖：《诗性想象》，广东人民出版社2014年版，第266页。

最大的特征，就是它对传统散文文体的颠覆性。为了达到通俗化的终极追求，它通过审美的趣味主义、文本的无技巧、语言的粗俗化等，对传统散文文体的形式美学，实施着化雅为俗的全面颠覆。这是散文美学的又一次革命，它的这种文体自觉开辟了一个审美失范、价值失范、文体失范的时代，而成为超越既往任何文体自觉思潮的一次最具有"破体"意义的革命。正如散文家周同宾所期待、所描述的那样："散文不妨脱去唐装宋服，长袍马褂，走出王荆公的半山堂和欧阳子的醉翁亭，走出平和冲淡、清静高洁的书斋，放下架子，抓掉面子，到熙熙攘攘、轰轰烈烈的尘世上混一混，闯一闯。"① 当下"全民文体"思潮以先锋状态，奔着周同宾所曾经期待的目标，正在颠覆着传统、再造着散文的文体。网络的力量远远大于人为掌控的力量。走向未来的成败得失究竟如何，究竟怎样正面或负面地影响散文，我们只有拭目以待。

　　上述六次文体自觉的思潮，见证了百年散文的成长、发展的历程。"自我表现"的三"本位"的本真、"闲适话语"自我特征的细化与文体"俗化"、"诗化散文"的形式美学与内容的文过饰非、"真话真情"的"自我"本真的回归与文体范式的蝉蜕革新，"文化诗性"思想空间的"善"即"道"的多维拓展、"全民文体"的全民写作与审美失范，这些散文美学理念践行的关键性坐标，不仅阐释着每次思潮的本质特征，而且阐释着文体自觉状态的阶段性发展及现当代散文文体特征的审美嬗变。百年来六大思潮留给当下散文美学建构的重要关键词组是："自我"的三个"本位"，幽默、闲适、性灵的文体特征，继承、融通古典诗章"诗"的情韵与气脉，"道"（载道）"志"（言志）整一的理念和"大文化"多维的思想空间，化雅为俗的"俗化"与跨文类的文本诉求等。这些散文文体自觉思潮的积淀，成为当下重建与完善散文美学的津梁与基石。这些无疑留给散文美学的重建以深刻的学理探究。

---

　　① 周同宾：《散文要还俗》，《散文百家》1992年第10期。

第五章

文体自觉范型的演绎与重建

从巴金的《说真话》开始，新时期至今的散文创作，逐步从"颂歌时代"（1949—1966）及杨朔、秦牧、刘白羽三家范型中解放出来，而且在散文走向振兴与繁荣的同时，捆束创作的旧理念也得以解脱，逐步重建健康、科学的散文美学。事实上，相较小说与诗，散文理论是很贫乏的。关于散文的理论研究的确存在很多空白与盲区，而其中关于旧散文美学如何被颠覆，新美学又如何在创作实践中演绎与重建，就是一个尚未深入探讨的、关于理念自觉与文体自觉的问题。本章试图在广阔的散文发展的历史背景上，列举最有理念个案意义的三位作家之新范型，进行考察与细读。从中，读者就可以大体看出40年间散文美学重建的嬗变与转型。需要特别说明的是，列举韩小蕙、赵丽宏、叶兆言此三家，是因为他们的散文特有理念嬗变的维度及导向性意义。笔者认为，这种散点扫描式的探究，对散文美学重建的认知具有理论与实践的价值。

第一节 "道志体"：从刘白羽到韩小蕙

文学史习惯性地将代表"颂歌时代"散文成就的标志，归结为杨朔、秦牧、刘白羽"三大家"，也有加上吴伯箫的"四大家"之说法。①在20世纪80年代中期文艺观念嬗变之后，学术界有不少学者又把"颂歌时代"散文创作存在的历史局限，归结于杨朔个人的负面影响，其实这是极偏颇的看法。为此，笔者曾经作《"杨朔模式"及其悖失态势》一文，指出那个特殊的历史时期的局限与模式，是一个散文群体的问题而绝非某一个人的问题；并且指出，"颂歌时代"的散文是杨朔们的"集体的无意识"，是此间"缺乏悲剧精神和健全的审美品格的文学思潮"②。

最能代表"颂歌时代""颂歌"本质的散文家是刘白羽，而非杨朔。刘白羽是众多散文家中自觉听命于《在延安文艺座谈会上的讲话》、悉心听命于那个时代政治文化的呼喊并直接以散文演绎一系列政治运动，甚至在内乱之后还写下《红太阳颂》的、最典范的"放歌体"歌手。可以这么说，刘白羽的《早晨的太阳》《踏着晨光前进的人们》《红玛瑙集》等散文集，继承了延安革命叙事的传统，在当代散文创作中最典型地体现宏大革命叙事的"载道"范型。"文革"的前后，文学史曾经把他列为"三大家"之首，显然是因为其散文的政治文化价值而使其身价显赫。说到底，是因为他的散文最直接地服务于政治，即"文以载道"。"载道"是那个特定时代定为一尊、无可规避的共约思维，而刘白羽也同时被定为慷慨高歌、独尊文坛的范型。有人认为，"批判'文以载道'，可谓百年中国文论最大的'错案'"③。这个质疑和结论是否正确，可以深入地予以讨论。但是，在五四新文化运动和文学革命中，包括胡适、陈独秀、鲁迅、周作人、刘半农等思想先驱和和现代作家都一直把"文以载道"当做一个必须打倒的理论性概念，把它作为在文化领域里"打倒孔家店"总目标的任务之一。其中的"道"被解释为君王、圣贤立言的政治文化的

---

① 佘树森：《中国现当代散文研究》，北京大学出版社1993年版，第63页。

② 吴周文：《自序》，《散文十二家》，人民文学出版社1992年版，第8页。

③ 刘锋杰：《"文以载道"再评价》，《文学评论》2015年第1期。

内涵。"五四"时期对"文以载道"的口诛笔伐之于文学史的深刻影响，是将"载道"与"言志"割裂成两个对立的概念，以致出现了百年文学史上以政治文化为本位而进行宏大叙事的"载道"派，与以作家个性为本位、表现"自我"的"言志派"之对立和此消彼长。

从"载道"到"言志"，是新时期散文美学价值转型首先遇到的一个核心审美理念的问题。应该说，创作实践上巴金的《一封信》与散文理论上叶至诚的《假如我是一个作家》，是最初"言志"的先声，打破了沉闷的、大一统"载道"观的天下，开始向散文美学的"言志"观艰难地转型；20世纪80年代先后对杨朔散文的批评和对"杨朔模式"的反思，则加速了从"载道"向"言志"转型的过程。一些学者通过自己的散文理论研究与作家作品研究，从各个方面营造、回归"自我表现"的核心理念，如写下《散文创作的昨日和明日》等研究散文观念论文的林非、研究周作人的钱理群与许志英、撰写《重回"五四"起跑线》的丁帆、撰写《现代散文史论》的汪文顶、研究林语堂的施健伟与王兆胜、研究并提倡建立当代散文"诗性"话语系统的陈剑晖等，他们也为散文理念的转型制造了功不可没的学理上的舆论。然而，在创作与理论上仍然存在少数作家"载道"与多数作家"言志"的对峙与分流的状况。一批老前辈巴金、孙犁、汪曾祺、柯灵、黄裳等最早"言志"，以巴金的《随想录》为其代表。一批中青年散文家在散文回归"五四"散文观念与传统的时候，执拗地让散文回归到"言志"即"表现自我"的作家本位。在"50后""60后"赵丽宏、贾平凹、王英琦、史铁生、丁帆、夏坚勇、张抗抗、叶梦、马丽华、刘亮程、王兆胜、庞培等"言志派"作家群体中，韩小蕙是一个很突出的典型个案。她将"载道"与"言志"两种散文观结合起来，进行了"道"（载道）"志"（言志）整一的创作实验。

笔者在《韩小蕙散文创作论》一文中对其"道志体"（姑且名之），进行过这样的评论："韩小蕙作为大报的记者编辑，既要无可规避地为'发言人'的身份去完成职守，又要兼及知识精英的人文立场，这种自悖的尴尬及其自我调整，就产生了她散文的'载道'意识。她选择了散文，因为她觉得唯有散文，才可以更直接更自由地作为她应对人生的思想表达与生命表现，才可以让自己在'认识不清，思想不透'中再认识、再追问与再发现。"①她具有职业记者与散文作家两重身份。以记者论，她是《光明日报》的公众人物，职责使她必须站在报人立场上发言；以散文作家论，她必须在创作中"自我表现"，才能成为散文家而自立于文坛的一席之地。她的双重身份使她立于传统思维定势中所谓"载道"与"言志"的自悖与两难。然而，她却将两者整一融合起来。她的这种整一融合，在创作实践中无意间证明了刘锋杰"批判'文以载道'，可谓百年中国文论最大的'错案'"的结论。这是韩小蕙范型的第一个意义。

就在学术界忌讳"大我"一词的时候，韩小蕙却持有"大我小我统一"论。她说："我要求在自己的文章中，力求跳出小我，获得大我的人类意识，或者更准确地说，是以一己的倾吐表现出人类共同的情感与思考。"②"人类意识""人类共同的情感与思考"，这是她"大我"的内涵，并非直接服务于政治的内容。而她的"小我"，则是她个人面对社会、人生及当今社会上种种文化悖论事象的困惑、反思和抨击。她以个人的声音在"言志"。韩小蕙的散文一以贯之地表现她个人生命的焦虑和疼痛。如写于1993年的《无家可归》，可以作为解读她全部散文寓"大我"于"小我"的一把钥匙。作品里，她一改平时的低调而明确表白自己："是报社里干活非常出色的'业务骨干'"；接着不顾面子地抛出一份"唯一的要求就是一套房子"的"寻工启事"，因为偌大的北京没有属于她和女儿的住房，所以只能像冰心老人那样悲凉地呼喊："可我们真正的家在哪里？"进而问责社会，问责那些有公房出租、专吃社会主义的假"寓公"："太阳还

---

① 吴周文、张王飞：《韩小蕙散文创作论》，《中国现代文学研究丛刊》2014年第2期。

② 韩小蕙：《我为什么要写作》，《心灵的解读》，海天出版社2002年版，第3页。

是红的么天空还是蓝的么大地还能托得起世道人心么？"可见，韩小蕙对人世间诸多黑暗、腐朽、丑恶的现象，站在大众立场上进行揭露与批判，这是她的大道人心使然。因此，她将世间大道与社会责任的哲理性思考——"载道"，演绎为个人思想的疾恶如仇和情感的悲天悯人——"言志"。于是，韩小蕙是回归真实意义的"文以载道"，是将"大我"的"载道"与"小我"的"言志"整一起来的、典型的散文范型。"文以载道"本义出自孔子的"无文不远"（言之无文，行而不远）与"文质彬彬"、荀子的"文以明道"，意思是说"文"像一辆载车，"道"像车上装运的货物，通过车的运载可以到达预想的终点。也就是说，文章应该以好的形式来表现好的思想，强调的是思想与内容的完美统一。韩愈、柳宗元的古文运动之后的"文以载道"，所提倡的"道"则被赋予了封建统治的功利性。五四新文化运动反对"道"的政治功利是出于反封建的时代需要，但《在延安文艺座谈会上的讲话》实施之后，又过分、绝对地强调"道"的现实教化的政治功利性。这种突出政治、图解政治的共约性得以形成创作与理论的惯性思维，以至于在新时期，人们对"文以载道"的本源性还不敢拨乱反正。然而，韩小蕙以她的创作实践，正面回答了它的本源性的美学价值；同时，还证明"载道"与"言志"是可以而且也应该结合起来，可以在一篇散文中得到整一，甚至还可以在一位散文家的全部作品中得以整一。

　　韩小蕙"道志体"范型的意义，还表现在"道"本质置换之后，演绎了"放歌型"抒情方式的存在和传承的可能性，而这种存在与可能，必须以彰显创作个性为前提与根本。刘白羽的"放歌型"代表着魏巍、魏钢焰、华山、袁鹰等的雄迈豪放之风格，他们的"直抒胸臆"就是说思想、谈政治、表忠诚，歌颂党的英明正确与社会主义时代的莺歌燕舞，直奔"道"的政治教化功能。所呈现的"小我"即"大我"，基本上由"大我"消解并替代了"小我"，几乎无作家的个性可言。从刘白羽到韩小蕙，是"颂歌"理念转型中一种"直抒胸臆"范型本质的置换。在艺术表现形式上，韩小蕙因为弃绝简单图解政治的思维模式，所以比刘白羽消解自我、简单直接的政治抒情要科学且艺术得多。韩小蕙酷爱直抒胸臆，其"载道"里既有个性的批判，又有独特的思考。她面对真假、善恶、美丑的事象慷慨坦陈，无遮蔽地综合叙事、描写、议论、抒情等表达元素，直接将之由火灼激情所统驭、所主使，万川归一，而浑成激情表达与沉着思考的意境。从表现自我的视角来看，韩小蕙艺术的"直白"，太过自我以及急于自我表达，甚至使很多作品的抒情形成唯自我的"独语"情态，这是其创作个性的极度彰显。

显见，韩小蕙的范型为散文美学理论里重建"文以载道"的本源性以正确启示；同时，还为散文如何整合"载道"与"言志"，提供了自我实验、可供时下借鉴的一种范型。实际上，"道"与"志"整体为一的情况普遍存在，只是碍于五四新文化运动"打倒孔家店"的批判与新时期至今对"颂歌"政治教化的批判，理论界还没有把"文以载道"堂堂正正地写进散文美学而已。

第二节　"诗性体"：从杨朔到赵丽宏

杨朔，是"颂歌时代"一位被毛泽东称赞过的散文家。因为党的最高领导人对《樱花雨》评价为"好文章"，所以产生了一个意想不到的结果：在政治文化的隐秘氛围之中，引发了20世纪60年代前后的"诗化散文"思潮。①进入新时期不久，学术界对杨朔进行批评，进而批判杨朔的"诗化型"模式，杨朔也成为学术界对"颂歌时代"散文创作进行历史批判和反思的第一个对象，他被批得几乎一无是处。这种批判多少有点过分与夸张，作为一种历史存在，杨朔的"诗化散文"思潮已永远定格，代表着吴伯箫、郭风、何为、陈残云、菡子等酿造诗意的群体，至今依然有他作为散文美学历史资

---

① 参见吴周文、林道立：《"毛批"杨朔与"诗化"思潮的21世纪价值》，《天津师范大学学报》2014年第4期。

源的存在价值。

　　杨朔散文最大的正价值在于，他提出了"诗化"的美学主张。他提出，"好的散文就是一首诗""拿着当诗一样写"①，并通过《海市》《东风第一枝》《生命泉》等集子进行实践。这个主张在散文美学史上，是他第一个提出来的。笔者说过，杨朔提出他的主张之后，"事实是：散文比之50年代更美、更精致、更有文本意义上的艺术性了；一个实实在在的作家群体在从事'诗化'散文的实践；散文出现了前所未有的振兴和繁荣的局面，且得到包括报刊、广播在内的舆论界、学术界、出版界和广大读者的支撑与支持。散文，被当作一种精品文化并同时被当作一种大众审美文化在传播，被当时整个社会所接受与尊重……如果诗化思潮放在历史的时空与历史的生态环境中去还原历史，还原那个时代的散文审美的机制，并思考与认定它为文学史增添了积极的、美学元素的'思想资料'，那我们对'点评'调适的良性效应与诗化思潮的正面能量，应取基本肯定的态度。如果不加分析地全盘予以否定，那不是历史唯物主义的方法和态度"②。基于这样的认识，杨朔的"诗化体"范型的当下价值是它的艺术精神。在中国几千年的文学史上，就一直存在"美文"的传统。杨朔不过在"颂歌时代"散文创作中出现简单化、标语口号式的时候，提出了逆袭这些不良倾向的一剂"良方"，强调让散文美些、艺术些，真正当"诗"一样来写。无疑，这在当时与当下都是正能量的美学思想。杨朔范型的最大缺陷，是外在的"诗化"形式与内在的"载道"——"颂歌"的主题，在真诚表现政治文化的时候达到了一种被后人诟病的"矫情"。

　　事实上，新时期至今，我们的散文作家在反思"杨朔模式"的时候，都在传承与发扬杨朔范型的艺术精神，虽然不再像杨朔那样刻

　　①　《杨朔文集》（上），山东文艺出版社1984年版，第642、646页。

　　②　姜艳、吴周文：《诗化：散文审美范畴的一个视角》，《文艺争鸣》2016年第10期。

意"求诗"，但有一批散文家如史铁生、贾平凹、王英琦、刘亮程、庞培、于坚、苏叶等在追求、营造着散文的诗性。在他们中间，赵丽宏最有代表性，他创造了属于自己，又建构当代散文美学的范型——"诗性体"或称"文化诗性体"的范型。

很多散文家与评论家谈到杨朔的时候，要么批评，要么嘲讽。而赵丽宏谈到杨朔的时候表现得最为清醒、最有学养和最实事求是。他说："杨朔作为一个散文家，在文体上确实影响了一大批人。"①在谈到散文"诗化"问题的时候，他说过："我以为，散文和诗一样，应该给人以美的陶冶、美的享受。我总想使自己的散文有一些诗的意境。"②还说："好诗的一个重要特点，便是内涵丰富，往往是言已尽而意无穷，余音绕梁。好的散文也应该有余味，可以让人咀嚼，引起读者的思索，产生许多作品之外的联想……假如这就是'追求散文的诗化'，我愿意继续努力地追求下去。"③可见，赵丽宏对散文的"诗性"是自觉予以追求和实施的。

笔者认为，赵丽宏传承和发扬杨朔范型的艺术精神，是为当代散文美学的重建树立了一个更新的"诗性体"范型——把"美文"的精致做到了极致。不妨先看一个中小学语文教材向赵丽宏寻求"美育"的事实：他的美文如《雨中》《望月》《周庄水韵》《致大雁》《诗魂》《顶碗少年》《与象共舞》《晨昏诺日朗》《炊烟》《在急流中》《囚蚁》《假如你想做一株腊梅》《为你打开一扇门》等入选教材的作品，竟然有31篇之多。面对审美粗鄙化与低俗化的现状，赵丽宏范型的回答是："不仅通过主体'本真'的定位、'诗化'途径的选择来创造美，而且通过文本形式的精美打造，使自己的散文在'新

---

① 赵丽宏：《散文的"起承转合"》，《赵丽宏文集》第5卷，上海文艺出版社2010年版，第233页。

② 赵丽宏：《〈生命草〉跋》，《赵丽宏序跋集》，华东师范大学出版社2002年版，第2页。

③ 赵丽宏：《〈爱在人间〉自序》，《赵丽宏序跋集》，华东师范大学出版社2002年版，第12—13页。

艺术散文思潮'中与时俱进"，"使自己的作品永远具有生气勃勃的前沿性和创造性"。①

从杨朔的"诗化"到赵丽宏的"诗性"，不是简单的传承，此间有着赵丽宏自己在散文艺术形式方面的创造。他最初在《晚香玉》中去效法杨朔的象征比附，但很快就从杨朔的套路中走了出来，以自己的特立独行，去演绎杨朔的艺术精神。比较起来，杨朔并不幸运，其范型在"颂歌时代"封闭的文化生态环境里，只能向古老的、传统的古典诗章寻求借鉴，畏首畏尾，仅此一途。而赵丽宏迎来了一个改革开放的文化生态环境，加之政治"载道"本位置换为作家个性本位，于是，赵丽宏可以自由地去超越杨朔，开拓散文表现的诗性空间。

"诗性体"范型的价值首先在于，赵丽宏再次证明了杨朔"诗化"美学的正确性和可行性。向古典诗章问诗、学诗，应该是任何时候、任何作家不可或缺的基本功。以赵丽宏而言，他学习中国古典诗词的修养程度，恐怕是当下任何一位散文家都难以达到的。《云中谁寄锦书来》是解读、欣赏中国古典诗学的一部著作，它从一个方面证明了古典诗学滋养了原本就是诗人的赵丽宏的诗之感觉。诸多的情绪、想象、联想及意境等，灌注于他的审美心胸并糅合在纸上，这在建构的意义上便结实地打下了古体"诗化"的础石。

开拓性，应该是赵丽宏范型所启示的、打破杨朔范型的另一种价值。所谓开拓性的第一层意思，是指赵丽宏的艺术形式及其方法手法，在传统的基础上向现代主义开放。诸如意识流、感觉派、魔幻主义等等，被他灵活地整合进文本，形成了散文表现形式方面的奇异色彩。更难能可贵的是，他熟稔绘画、音乐、建筑等艺术，将这些元素也运用到文本中来，形成了跨文体、跨艺类的借鉴整合的多元化呈现。

开拓性的第二层意思，是赵丽宏创造了完全开放的叙事方式，

---

① 吴周文：《重建中国当代散文审美诉求的诗性》，《文艺理论研究》2014年第3期。

即打破时空逻辑叙事对文笔的限制和捆束，把自己的叙述形式从单向、僵硬、封闭的时空定位的传统模式中解放出来。交叉闪回、意象拼贴、象征隐喻、多角度展示等方法，再加上拟小说"讲故事"的情节、细节的嵌入与糅合，这些使他的散文叙事呈现多元形态，杂糅"复调"、多变节奏与艺术化抒情，充满诸多文化诗性元素胶着的独异色彩。对此，笔者曾经做过举证：如《日晷之影》，出于博大的人文情怀，以思接千载、视通万里的想象，追问时间、历史、宇宙、人间、生命，同时把这些追问演绎成作者与"小青虫"、希腊神话中西西弗斯之间的心灵对话，演绎成与后羿、阿波罗、"发现黑洞"的霍金、无影去踪的"小花雀"以及被暴风雨摧残的芦苇之间的幽幽呓语，这些都是借助意识流小说常用的自由联想和抒情自白，整合成诗情跳跃的叙事方式。其中所产生的审美效应，是创造了一个以人与自然、人与自由的哲思来统命的多维度想象、多角度展示的隐喻意境。再如《印象·幻影》，由作者的幻觉作为意识流动的生发点，以魔幻的诡奇想象，描述梦境里诸多的"印象"与"幻影"：幻化的光点、梦境的色彩、海鸟鸣叫的声音、假模特的假笑以及对"我"的穷追不舍、牵牛花的萌芽及其后的生命过程，以及各种颜色的"门"忽至"我"的面前，让"我"疑惑……这些意象纷至沓来、扑朔迷离，匪夷所思地编织成一个现代主义的文本。它用感觉与魔幻对各种意象进行拼贴、切换并予以糅合，进而隐写了一个"现代人"在选择"自由天籁"之门时的焦虑、痛苦和惶惑不安。[1]特别是近20年来的作品，赵丽宏在艺术性方面的诉求告诉读者，"美文"姓"美"，这是他的散文美学，也是当下散文规避粗鄙化与低俗化而必须重建的美学。唯其"美文"姓"美"，所以在自我本真化呈现、对泛文化悖论现象批判的同时，散文的艺术形式必须完美。赵丽宏既已物我一体地深悟着所写对象，所以不惜殚精竭虑，以使他所心动心仪的真善内容，披上

---

① 参见吴周文：《重建中国当代散文审美诉求的诗性》，《文艺理论研究》2014年第3期。

最靓丽、最完美的形式。

总之，时代选择了赵丽宏，因此让他没有重复杨朔模式的可能。其"诗性体"范型走出杨朔"求诗"的历史局限，在传承杨朔艺术精神的同时，又能走出杨氏"诗化"狭窄封闭的理念，将其"诗化"空间进行多向拓展，将文本的打造为向现代主义、向各种文体与艺类、向一切包括工艺品在内的艺术进行借鉴的精美制作。我们读他的散文，永远有一种诗的唯美的享受，自然会认知：美文的"唯美"，理所当然的是重建散文美学的不容忽视的艺术理念。

第三节　"俗化体"：从秦牧到叶兆言

"颂歌时代"的秦牧，因散文中丰富的"知识性"而备受读者欢迎，其散文被读者与评论家称之为知识的"花城"。就在散文家几乎都在"莺歌燕舞"的时候，秦牧虽然跳不出时代所局限的政治性"载道"的审美理念，但在审美趣味上另有自己独特的选择，在当时的文坛上独树一帜，为"十七年"文学史树立了另一种范型。

区别于一般散文家写社会主义新任务、新思想和新风尚，区别于去直接讴歌伟大的时代和图解党的路线、方针与政策，秦牧散文中的绝大部分作品是运用具有新奇感和趣味性的"知识性"题材，表现他对真善美的认知与对假恶丑的批判，尽管是在大一统"颂歌"思维的框束之下，却难能可贵地表现出时代所压抑的、有限度的批判精神。不仅如此，秦牧的难能可贵，还表现在他对散文休闲娱乐功能的强调，以呈现"知识性"，去创造"休闲娱乐"的审美情趣。他在《艺海拾贝》的跋里说："美学，也好像变成十分艰深的东西了。这使我不由得想起自然科学出版物中《趣味天文学》《趣味物理学》一类的书籍来……世上既有那种趣味的自然科学著作，自然也应该有更多趣味的文艺理论……这本《艺海拾贝》，就是我的一个小小的尝试。我想寓理论于闲话趣谈之中。"①这部关于文艺理论的随笔，至少在秦牧个人出版史上创下了印刷发行逾百万册的纪录。关于文艺创作的立意、剪裁、提炼、语言、风格、修辞及各种艺术方法和技巧等，秦牧以随笔的形式，阐释着艺术的、文学的、美学的常识与真知。不仅是这部随笔，秦牧绝大部分的散文，都如此谈天说地、言古论今、纵横万里，涉及自然科学和人文社会科学的林林总总，以其丰富的知识储存，支持着他的随谈、随想及颖悟，从而建构了一种"闲话趣谈"体即"闲趣体"的范型。

与杨朔的"诗化体"一样，秦牧在"颂歌时代"以自己特殊的"闲趣体"范型，独立于当年的文坛，成为"三大家"中最受读者欢迎的一位散文大家。寓教于乐的知性，于读者默化文化修养和养精怡情的知性，对散文创作来说至关重要。可在"颂歌"期间恰恰因为急于表现功利性的思想和内容，而忽略了"知性"的表达。知性是"颂歌时代"散文创作的严重缺失。那个时期虽然还没有"学者散文"一说，专家学者写作散文的并不多见，但也有一些饱学之士如老舍、邓拓、吴晗、李广田、唐弢等从事散文的创作，而秦牧则是他们之中一位罕见的、真正具有学者睿智的思想者，其散文也因此成为罕见表达知性的一种范型。

以诸多的个人感受来普及、传授知识性，这使秦牧散文强调了个人性的表现，因此具备"言志"的成分。秦牧的范型在那个特殊时期建立了自己"言志"的话语系统，而与普泛的"载道"形成悖论，这是一种半"载道"、半"言志"的体式，是其范型难能可贵的价值之一。然而，其范型更为重要的价值，是借知识性的呈现，表现了在趣味性掩盖之下的"闲适性"。自从批判林语堂及"论语派"的"闲适"小品观之后，"闲适"在其后近30年间就成为一个贬义词，知性散文遭遇被压抑和排斥的命运。所以，聪明的秦牧只能隐晦地以"趣味"与"闲话趣谈"来替代，但背后的散文理念与林语堂的"闲适"

---

① 秦牧：《艺海拾贝》，上海文艺出版社1962年版，第224页。

观十分相近。从文本创造的实际审美功能来说，秦牧的闲适性是一种抹不掉的、备受读者欣赏的客观效应。其范型的这一特性，是1949年后"闲适"文脉阻断之后隐现的一道回光，也是"颂歌时代"吐露秦牧个性的、以"趣味主义"呈现的美学思想。

"趣味主义"在新时期艰难地延续了下来，这就是叶兆言的散文。他说："阅读和写作都有一个共同的起点，这个起点就是有趣，没有趣就没有艺术。没有趣就没有艺术的创造，也没有艺术的欣赏……离开了有趣，文学可能什么都不是……"①他在创作小说的同时，以46部散文集的创作总量，像秦牧那样与读者谈天说地、海侃山聊，实施其"趣味主义"，执拗地把散文的审美引向通俗化、市井化与大众化，从而创造了他的"俗化体"范型。从秦牧的"闲趣体"到后新时期叶兆言的"俗化体"，表面上是"趣味主义"的传承，而在本质上是"闲适"观的发展。

笔者指称叶兆言的散文为"俗化体"或称"闲适俗化体"，其作品品位俗中见雅、化雅为俗，是网络时代与大众审美思潮背景造就的一种散文范型。他的承传资源，一是"言志"的周作人与林语堂，二是敢于在"颂歌时代"进行知性散文探险的秦牧，三是在新时期初、中期认同林语堂闲适话语的汪曾祺。因秦牧是比汪曾祺仅长一岁的同代人，故而可以说叶兆言是垂直继承秦、汪二人的文脉；但汪的散文基本上写于打倒"四人帮"之后，在"颂歌时代"终结与新时期"闲适"散文开启之史脉承传意义上看，顺乎逻辑的还应该是秦牧。

一个很有意思的现象是，秦牧、汪曾祺、叶兆言三人散文中多为随笔或随笔性的小品。秦强调文本的"闲话趣谈"，汪强调文本的"悠闲"，叶强调文本的"有趣"，说法相近，有它们内在的一致性：从审美的娱乐功能出发，为了读者接受的趣味，而去选择适宜表现闲适的随笔体式。然而，叶兆言的散文比他俩更接地气，更有化雅

---

① 叶兆言：《塞万提斯先生或堂吉诃德骑士》，《群莺乱飞》，上海书店出版社2010版，第169—170页。

为俗的胆量。换句话说，他更有自己的创造性。尤其相对于秦牧，叶兆言以超常的开拓精神，去实施对秦牧的多面超越，将他"俗化体"的休闲性本质，发挥到了极致。

就选择知识性题材而言，叶兆言多选择人文方面的知识性题材，将秦牧普及知识、制造趣味的娱乐性，提高到关注人性与命运疼痛的精神层面，甚至在他的人文叙事中融合了一个民族的集体记忆。叶兆言的随笔与小品内容隐藏着一般散文家都不可能有的三代人（叶圣陶、叶至诚、叶兆言）的家族史，以家族于浩劫时代的精神痛苦为底色，闲话中外近现代史和中外文学史上的雨果、巴尔扎克、莎士比亚、巴金、茅盾、沈从文、林风眠、傅斯年、陈立夫、陈果夫、陈西滢、齐白石、张爱玲等，仅《陈旧人物》与《陈年叙事》两集就有几十号人物。叶兆言借人物事件、所见所闻、读书感兴、家国情怀、内心沉积的酸楚，来叙说人文的知识性和个人的感悟，从而把知识性题材经过"对口味"的"闲话闲说"的处理，赋予了闲适性的趣味，不仅符合秦牧时代一般读者的趣味，而且符合当下有阅读能力的一切读者之审美趣味，这是叶兆言熔炼题材的闲适美学思想。

网络时代把纸质文本时代的读者数量扩大了成千上万倍，网络成为创造当今大众审美文化最大的平台。这个时代的诉求与读者的诉求，使叶兆言不能满足于秦牧的当年文体范型面对一般读者的通俗性与亲和性，不满足于明达流畅、与口语仍有距离的通俗。他跃跃欲试，敢作敢为，甚至自己把散文发在澎湃新闻网与腾讯网上，直接与亿万读者交流。"全民文体"的现实背景，直接影响着叶兆言的价值取向：在审美失范、价值失范、文体失范的时代，以"大俗"与"奇俗"为大众审美的诉求，让素来高贵雅致的散文文体，因闲适的需要而执拗地趋俗、随俗，放弃"论语派"的高雅，提升秦牧散文通俗的维度，创造很另类、很有趣味的"俗化体"范型。

叶兆言的"俗化体"之最大特征，是"口语"文本，每篇作品仿佛就是作者与读者"说话"的实录。他将口语化的词句、俗语、节奏、韵味，经过艺术提炼而变成散文的语言。这其中，作者仅仅注意了词序的安排、句子的长短、调性的升降，仅仅注意到将可有可无的字词一一删除。因此，文本与口语同质同构，极富内心"言语"的本源性和朴拙性。因出于学问博识的作者之手，故而又兼有浓浓的书卷气。这就使其大俗的"口语"文本，掩盖不了知识精英的儒雅底蕴。

"俗化体"的散文属性是非技术性的，与赵丽宏的技术性写作形成明显的美学反差。技术性诚然需要，叶兆言的非技术性写作并非否认技术，而是将技术性变为"大俗""奇俗"的返真，以质朴与简约的"无技巧"状态将艺术方法、手法与技巧融为一体，这是叶兆言散文范型重要的艺术特征。以郑板桥的"删繁就简三秋树，领异标新二月花"的对联，来形容叶兆言"俗化"的审美诉求，笔者认为是恰如其分的概括。艺术上最大化的"删繁就简"，其实对于他而言是最大化的"俗化"途径。在叶兆言看来，写散文只要闲适和有趣，什么立意、构思、结构、篇章、修辞及种种的方法、手法、技巧，统统可以不顾，什么陈规旧套也可以置之不理，为了"大俗"与"奇俗"，叶兆言可以进行反形式的美学革命与建树。譬如说，他基本上只依赖于叙述，行文走笔除了叙述与说明而外，很少运用描写与抒情。譬如说，他很少运用华丽的修辞，只是在必要的时候，才偶尔露峥嵘地华彩一番。譬如说，在语言的锤炼上，他基本以南京口话为底腔，向汪曾祺学，几乎不用形容词与过多的修饰语。这些"领异标新"，构成了叶兆言文本范型"闲话闲说"的美学特征，而这些"俗化"特征，也解释了叶兆言很多散文集能畅销、热销的原因。

综上，走出"颂歌时代"并演绎刘白羽、杨朔、秦牧范型的"道志体""诗性体""俗化体"，是悖失"颂歌"理念的全新范型。注入疼痛感与历史批判精神的韩小蕙、赵丽宏、叶兆言，分别代表着从思想、艺术和文本三方面进行演绎的路向，并在演绎中改造、革新直至颠覆"颂歌"的美学，进而对新时期以来的散文美学实施理念的重新建构。从这个意义上看，韩、赵、叶三家的新美学范型，代表着新时期至今理念价值的取向与转型，为散文美学的重建提供了思想资源和正价值的经验；同时，他们又代表着这个时期获得理性自觉的散文实践，取得了毋庸置疑、不容低估的创作成就。对此，我们应该在文学史的背景下，认真深入地进行总结性研究。

中篇

散文文体自觉范型论

第六章

朱自清：诗教传统范型

朱自清的散文，是中国现代散文中传承文化传统的最典型的"诗教传统范型"。

中西文化的碰撞，造就了一大批中国现代散文家，同时开创了中国现代散文的历史。从周作人大力提倡横向移植英式随笔之后，外国文学里一种艺术性的"美文"，连同它的"自我表现"的美学精神，便在中国散文的创作中流传开来。由此，散文便开始了一场观念与文体的革命。周作人、冰心、瞿秋白、鲁迅、郑振铎、俞平伯、叶绍钧、许地山等一大批散文家身体力行，使一种史称为小品文的新散文体制脱颖而出，从此建立中国现代散文全新的文体审美特征。

朱自清是进行美文创作实践的作家中的一位独树旗帜并产生极大影响的美文家。

1924年初，《东方杂志》第21卷第2号刊发两篇同题散文《桨声灯影里的秦淮河》之后，便有了"朱俞"并称之说，也同时有了把朱自清的散文称之为"白话美文"（"白话美术文的模范"）的说法。那个时候，文言写作的守旧派，反对白话文运动，认为用白话写不出凝练、缜密、漂亮的现代散文来。当时的评论针对守旧派认为，朱、俞的同题散文做出了一个样板，向旧文学进行了充满力量的"示威"。朱自清以此开手，殚精竭虑地把一篇篇散文当成"美文"来写。在英式随笔中国化的过程中，他执着地把散文引入文学的、艺术的殿堂，从而渐渐地建立了个人美文的艺术风格。

第一节　人格与风格的哲学

从借鉴英式随笔的角度来看，朱自清的散文十分自觉，也很典型地接受这种文学样式"自我表现"的精神传统，我写我心，自说自话，将自我人格浓厚的色彩表现出来。之所以称朱自清的借鉴具有自觉性，是因为在写作《桨声灯影里的秦淮河》一类美文之前，他早就清楚地认识到这种借鉴的主要精神指向。这里需要插入一个事实的说明。1922年1月18日朱自清于杭州写了《民众文学的讨论》，刊于1月21日、2月1日的《时事新报》副刊《文学旬刊》上（比周作人1921年6月8日于《晨报副刊》上发表《美文》，仅迟了半年）。他在文章中说：

> 一篇优美的文学，必有作者底人格、底个性，深深地透映在里边，个性表现得愈鲜明、浓烈，作品便愈有力，愈能感动与他同情的人；这种作品里映出底个性，叫个人风格。

显然，朱自清与对英式随笔认知透彻的厨川白村取得共识。他从舶来品那里得到启悟与会通，切中肯綮地抓住表现自我的"人格调子"及其在散文中特殊的统帅地位，而进入审美创造的过程，从而有意识、很清醒地创造了属于个人风格的文体和属于自己文体范式的风格。他的散文总是给读者以直抒自我情调的印象与感觉，这正是他所创造的风格魅力之所在。诚如郁达夫所说："历来我持以批评作品的标准，是'情调'两字。只教一篇作品，能够酿出一种'情调'来，使读者受了这'情调'的感染，能够很切实的感着作品的'氛围气'的时候，那么不管它的文字美不美，前后的意思连续不连续，我就能承认这是一个好作品。"这是说，"情调"或称"人格的调子"，既然成为接受主体评判作品的标准，那自然是美与风格创造至关紧要的因素。其实，散文比起其他样式来，更能够在文本上表现出审美创造的主体性，是否真实、自由地表现自我，正是风格走向的主要标志。

朱自清也正是从这一方面，创造了个人风格，并通向信实与真挚的风格底蕴。

于一事一物，于一情一景，或叙述，或描写，或抒情，或议论，朱自清总是透映着自己的人格、个性，恪守一个"意在表现自己"的原则，以表现自我人格的情调作为审美与风格创造的最高目标。他的散文实践，不仅完全否定了以"文以载道"为本位的旧散文观念，而且也改变了"情志合一"的诗的传统思维模式。"情志合一"，要求在思维运动中既以"言志"作为审美起点，又以"缘情"作为审美轴心；在本质上，"言志"则是要求合辙于政治道德教化的散文之"道统"。朱自清的早期散文中西整合，改变了诗与散文传统的价值观念，把抒写自我人格的情调，作为审美价值取向的唯一标杆。这样，朱自清赋予散文本体以纯然抒情的性质，其风格必须而且必然地走向自我人格情调的表现。为了自由自在、无拘无束地裸露自己的内心世界，他自约、规定了小品文"谈话风"的语体特征。在他那里，"谈话风"不仅是语体特征，而且是文体和风格的特征。它让作者与读者共同拥有特定的时间和空间，虚拟悬想读者直接参与，构成彼此自由对话、交心的语境。它虚拟读者与自己灯下对坐或比肩散步，加强作者在"谈话"情境中的语感、氛围、动作感和心理色彩，完全打破了第三人称全知全能的客观叙述模式。因此，朱自清的散文完全消解了文体感，消解了旧文体对表现自己的一切障碍，只剩下赤裸裸的自我灵魂，只剩下适应表现自己的章法与笔法。"用笔如舌"，或者说"作文是用笔说话，说话是用舌作文"，成为朱自清的文章哲学。于是，一切表现自己的章法与笔法，便成为朱自清散文的"有意味的形式"——一种文本意义的范式；一切归趋于表现自己，也便成为朱自清散文的风格——让读者走进一个笃实可信的、真切诚挚的、裸露着自我人格情调的灵魂世界。

当朱自清找到并创造了"谈话风"的文体范式，当他的文体范式与其抒写自我的人格理想结合起来时，朱自清的风格便全盘透明、里外浑成地表现出"人格的调子"。一方面，朱自清在实现道德自我完善的理想中，流溢着对祖国与时代的忧患意识、对家人亲友与普通人群的博爱意识，以及修炼自己道德情操的自尊意识，这些都生动地透映着其道德家人格。对此，笔者在前文里进行了相关的论述，此处无须赘言。另一方面，朱自清的散文尤其是早中期散文，生动地流溢着那种小布尔乔亚（petty bourgeoisie）的情调。他在《那里走》一文里，坦白地说：

> 我虽不是生在什么富贵人家，也不是生在什么诗礼人家，从来没有阔过是真的；但我总不能不说是生在petty bourgeoisie里。我不是个突出的人，我不能超乎时代。我在petty bourgeoisie里活了三十年，我的情调，嗜好，思想，论理，与行为的方式，在在都是petty bourgeoisie的；我彻头彻尾，沦肌浃髓是petty bourgeoisie的。离开了petty bourgeoisie，我没有血与肉。

这是日常生活中的自我描画，一个真实人格的存在。而他的散文，恰恰再现和表现的也是这个真实的小布尔乔亚的朱自清。爱与恨、苦与乐、忧与伤、梦与真、追求与迷惘、理想与幻灭等小资产阶级的情调，浑然而成朱自清人格的又一重色彩。无论是道德家的音容笑貌，还是小布尔乔亚的举手投足，这两种互融的人格情调，都发自抒情或论理的主人公的自我。散文通过自然风景、人情世态、身边琐事、文化心理的叙写，焕发出浓得化不开的氛围，仿佛朱自清眼睛里的神采、嘴巴里的热息、鼻腔里的烟雾等都从字里行间透映、搏动、辐射着，冲着读者的脸面贴近，直逼而来。朱自清的散文昭示了通向风格的审美命题：人格即氛围。且看《给亡妇》中的一段文字：

> 除了孩子，你心里只有我……你还记得第一年我在北京，你在家里。家里来信说你待不住，常回娘家去，我动气了，马上写信责备你。你教人写了一封复信，说家里有事，不能不回去。……但见了面，看你一脸笑，也就拉倒了。打这时候起，你

渐渐从你父亲的怀里跑到我这儿。你换了金镯子帮助我的学费，叫我以后还你；但直到你死，我没有还你。

作者"此恨绵绵无绝期"的怀念悲恻的氛围，表面上看从叙说有关"你"的事实中生出，实质上却是从"我"的情调流动中弥漫开来。"我"的人格在这里创造了作品的抒情氛围。朱自清无意提供什么文体范式，只管"意在表现自己"地一路写来，然而他恰恰创造了一个象征隐喻的表现模式。很多作品所描写的风景、所叙述的事件、所勾画的人物，都是自我的载体，具有隐喻自我人格、象征个人情调的意味，溢出题材与表达方式层面的，是赤裸裸的"这一个"生命意识的"氤氲物"。按照格式塔理论看，这种"氤氲物"是"格式塔质"。笔者在论述这种人格审美的文章里，对此进行过以下形象的描述：

> "格式塔质"这个颇似玄妙的存在，其实并不玄妙，它是精神文化产品所吐属的文学与美学的特征，而且是现当代散文审美中确确实实存在的，又难以捉摸的一个"迷宫"。打个不很确切的比方，散文的"格式塔质"就像少女或少妇房间空气里漂浮着的清芬，你看不见、摸不着，可你空对无人的房间，却实实在在地闻到女主人的味道。——从那些她穿过的衣袜、睡过的被褥、用过的发具等物件上，散发出来的鲜活气息。散文"格式塔质"审美的妙趣与永恒的魅力，正是在这里。

朱自清散文本体范式的这种强烈、浓厚的人格意识的隐喻式表现，是继"谈话风"之后的又一特征：从客观的视点导向主观的视点，以客观的人、事、景、物，反观主观的人格情调，艺术对象之本身，最终成为审美活动的主体。于是朱自清建立了自己的风格哲学。

可见，朱自清的文章哲学和风格哲学，是"彻头彻尾""沦肌浃髓"地实现自我人格理想的哲学，使其道德家的人格与小布尔乔亚的情调在自我再塑中表现得更为信实和更为真挚。不错，"一个作家的风格是他的内生活的准确标志"，雄伟的风格出自雄伟的人格，美的风格出自美的人格。套用李卜克内西的话说，"如果布封的'风格即其人'这句话可以适用于某个人的话"，这个人就是朱自清，一个可以像勇士丹柯那样，向读者掏出自己的心而高举头上的朱自清。

第二节　隐秀与清逸的风格特征

宗白华认为，中国美学的出发点是人物品藻。品藻者，定其差品及文质。美的概念、范畴以及用语，发源于人格美的评赏。"拿自然界的美来形容人物品格的美，例子举不胜举。这方面的美——自然美和人格美——同时被魏晋人发现。人格美的推重已滥觞于汉末，上溯至孔子及儒家的重视人格及其气象。"

从人物品藻发展到人品藻，成为古典文学艺术的审美观。所谓诗品、赋品、文品、词品、曲品、乐品、画品、书品等，引申而为作者人格美在各类文艺样式的作品中所表现的优劣高下。朱自清指出："神、妙、能、逸四品，后来成为艺术批评的通用标准，也是一种古典的标准。"这种古典标准，一般多用于诗、书、画。当"五四"以后的现代散文可以自由地表现作者自己的时候，人格美的表现常常成为美文风格的范式及其审美特征。在这一方面，朱自清的风格，也是"白话美术文的模范"。

朱自清痴迷地追觅精神生活中的理想人格，必然执着地推崇人格品藻的美学观念和标准，并以此通过创造意境，含蓄委婉地抒写自我的思想感情，从而创造美文风格秀与逸的特征。这样，朱自清又自然而且必然地皈依中国古典诗学和诗教的理想。

在很多散文中，朱自清惨淡经营诗的意境，将人格美的"情"，与自然美的"景"两者交融起来，创造了情景交融的艺术意境。这种境界的构思，整个地展现自我人格，以美妙的意象作为人格的外化手段，于是他的笔下，自然美成为自我人格的精神拟态或象征性的写真。个人特定的情绪、思想，也因自然美的依附，得到了诗意的渲染，或者说得到了模糊性的象征。怎样创造这种意境，完成自然美与人格美二者的附丽与联结？对此，朱自清则是继承弘扬以形传神、重在神似的艺术精神，这一整体性的审美把握，加上"诗可以怨"审美理想的制导，生成了风格的隐秀与清逸的色彩。这里，不妨以《荷塘月色》《绿》等写景散文为例证，予以解说与论述。

先说隐秀。

隐秀，在《文心雕龙·隐秀》中讲的是修辞："深文隐蔚，余味曲包。辞生互体，有似变爻。言之秀矣，万虑一交。"把"隐"与"秀"结合起来而作为一种风格或艺术方法，是指作品的思想情感若深溪蓄翠，隐蔽沉着，曲折婉致地予以表现；唯其借助于事象、外物，唯其隐蔽曲婉，便愈见诱发脱颖之情趣。如《荷塘月色》意境中的诗情，包含着互为联体的三个结构层次：

第一，哲理性的思考。大革命失败后，朱自清面对血雨腥风的丑恶现实，在荷塘里发现了另一个与现实世界对立的美的世界，一个超然的冰清玉洁的世界。在"超出了平常的自己"的忘我的刹那间，他沉入哲学境界的思考：美，永远不会毁灭。

第二，个性化的人格。古来以香草、美人，比喻君子的人格。作者在荷塘里发现了"荷"的"独处"之美，并以荷花、荷叶超脱凡俗之美，发现了自己"独处"的逸怀与操守，顿悟到自己倾心以求的人格理想，"她"，是"刚出浴的美人"。

第三，特定性的情绪。作者夜游荷塘的原因，是因为"这几天心里颇不宁静"。这"颇不宁静"的愤怒与痛苦，严酷的现实所激发的情绪，在荷塘里暂时得到排解、抚慰。这是诗人在彼时彼刻所产生的意绪，如果换一个时间来此夜游，就不可能有现在作品里这般的规约和特殊。

三个层次的诗情内涵，实为一个情结，即人格理想的寻觅与发现。作者以出淤泥而不染的"荷"为自我人格写照传情，以荷花、荷叶在夜月中美的情致，隐约婉转地传达着自我的理想，使之成为沉着至深的内在情思，虽落笔于夜色夜月及主体形象的"荷"，却由此生发出人格美的情味神韵。这里的意境创造，假如没有"荷"的形似的附丽，便没有人格美的神似的隐蔚，也就没有"心术之动远""文情之变深"的隐秀魅力，也便没有《荷塘月色》的内在诗意。由《荷塘月色》还可以窥探这类散文隐秀风格的审美心理机制与哲学意蕴。从心理机制看，因以形传神的附丽与联结，因人格美的寻得与符号化，从中实现了一个化怒为怨、化伤为哀的诗意化、中和化的过程，于是原本特定性的情绪——现实的愤怒与痛苦，统统化解为淡淡的哀愁与喜悦。从哲学意蕴看，这类散文意境的创造走向了古典的和谐——"美是和谐"。"这一片天地"与"另一个世界"、白天的"自己"与超乎平常的"自己"、颇不宁静的心境与幽探静谧的荷塘，用"以他平他""执两用中"的中和哲学，把对立的两面引向互融与和解，变作现实向人格理想的妥协。最终，创造了作者所倾心的"和谐就是诗"艺术境界。显而易见，命意于荷、绿、春、秦淮河等的散文，反映了作者在社会理想幻灭之后转而寻求人格美的"软着落"心态；同时可见，隐秀是朱自清散文风格软性表现的特征。

再说清逸。

清逸，是文艺作品表现人格美的至高品位，是虚静脱俗、淡泊致远的古典审美人格在艺术创造中的表现，也是艺术家抱朴守真之意绪、狷介不群之德行的曲射与流逸。所谓清逸，则是指这种人格精神的曲射与流逸进入空灵淡远的境界。朱自清的不少散文不仅以形传神，而且能够重在神似，因神得韵。《荷塘月色》将作者的人格美与"荷"妙合起来，两者统一于似与不似之间。"我"似"荷"，又不似"荷"；"荷"似"我"，又不似"我"。这样，意境的创造便气韵生动，人性美的内在神气便弥漫四溢，通篇旋逸着如品名茗的清芬。

正因为朱自清以人格力量空诸一切，所以在散文意境中以表现自我的内在神气为旨归，重视形似，重视由神得韵，使客观景物、事象的内在神气——外物之"神"，转化、升华为人格美的怀想沉思——

自我之"神"，因而产生诗里有"谜"、有"情趣"的氤氲物，即古人常说的"生气远出""超以象外"，以至于达到情生弦外、韵味无穷的艺术境界。表现在具体艺术方法上，他常常运用大写意的笔法，逸逸草草地妙造自然，因而得其玄淡、清远的神韵。如《绿》中，赋予梅雨潭之绿以女神的魔力与伟力：

　　　　那醉人的绿呀！我若能裁你以为带，我将赠给那轻盈的舞女；她必能临风飘举了。我若能挹你以为眼，我将赠给那善歌的盲妹；她必明眸善睐了。

《绿》的意境创造中，不只是暗以女神的形象，还或明或暗地以少妇、处女、妻子、西施、女儿等一组女性意象群，为"汪汪一碧"写意。通过比拟、夸张与瑰奇的想象，渲染外物之"神"，甚至离形写"神"，在似与不似之间，创造了一个更广阔、更自由的心理时空，一个包纳自我之"神"的审美空间：让读者从中品赏作者回归自然、抱朴守真的意绪、如痴如醉的人格之美，领略情流弦外、不绝如缕的情韵。显然，朱自清的清逸，使其风格的表现走向意境的深层建构，开拓了一个气韵盎然、淡中见远的审美层面，有一股逸与清的情致、氛围流溢于字里行间。打个比方说，其风格的清逸特征，有如一块晶莹无色的璞玉，在阳光下透映、逸射着五彩斑斓的灵气清辉。

第三节　新古典主义的新鲜做派

从表现自我的角度看，朱自清散文的风格信实、真挚；从创造意境的角度看，他的散文风格清逸。这些特征里浸润着中国古典诗学的精神。同时，从艺术表现形式方面看，朱自清又十分自觉地借鉴传统的艺术形式与技巧，使其散文向古典艺术传统认同与回归，显示了漂亮、缜密的风格特征。

鲁迅总结"五四"以后现代散文创作时说："散文小品的成功，

几乎在小说戏曲和诗歌之上。这之中，自然含着挣扎和战斗，但因为常常取法于英国的随笔，所以也带一点幽默和雍容；写法也有漂亮和缜密的，这是为了对于旧文学的示威，在表示旧文学自以为特长者，白话文学也并非做不到。"这里，鲁迅指出了当时散文创作的两种风格倾向：一是艺术表现形式倾向"取法于英国的随笔"的，多表现为幽默和雍容；二是艺术表现形式倾向于中国传统，以此与古典散文相媲美的，多表现为漂亮和缜密。朱自清则属于后者。在后一类现代散文作家中，朱自清是一位杰出的美文家代表，剖视朱自清的散文，可见五个方面的结构层次：一，白话范式的语言；二，"谈话风"的文本；三，自我表现的人格品藻；四，诗教理想与诗学情趣；五，古典主义的艺术技巧。这五个方面充满了现代内容与旧有形式的矛盾，朱自清却把它们融会并统一起来，创造了一个独异的美文模式——现代散文中的新古典主义。事实是，诗教、古典诗学支撑着朱自清散文形式创造的智慧和激情，它们左右着他散文的形式选择。美文模式的创构，既为内容所确定，又以形式的意义，确定着儒雅君子与小布尔乔亚的二重人格，以及自我道德完善的内容。朱自清不仅发现了白话语言与"谈话风"文本，而且他惊喜地发现，古典主义的方法技巧，与自我温柔敦厚的心灵是那么的和谐共生、息息相通。两种错位的形式因素相反相成，同时成为具有内容意味的"自我"形式，因此这种美文模式带来了一种寓意：古典主义的艺术技巧参与了朱自清的审美创造，成为一种自然生命与艺术生命的符号。这是以表现为主的艺术所带来的"形式即内容"的正效应。所以，新古典主义在艺术形式上昭示着创造的继承与继承的创造。离开了古典主义的技巧，朱自清的美文及其漂亮缜密的风格便不复存在。

朱自清的散文通体融贯着古典主义的方法技巧，赋予其新的"形"与新的"色"，成为美的情致与标志。

首先，朱自清向诗借鉴了一些表现方法和技巧，使其散文具有诗的色调。在他看来，诗画一律，书画同源，诗与文也是同律的。《归去来兮辞》《小石潭记》《赤壁赋》《秋声赋》等，都是古来诗文同律的典范作品。"五四"新散文诞生不久，他就在评论孙福熙的散文时，提出了向诗借鉴"诗中有画，画中有诗"的艺术技巧。他说："他的文几乎全是画，他的作文便是以文字作画！他叙事，抒情，写景，固然是画；就是说理，也还是画。人家说'诗中有画'，孙先生是文中有画；不但文中有画，画中还有诗，诗中还有哲学。"笔者以为，以这段话来评论朱自清自己的散文，也是贴切的。他确实在创作实践中，运用诗的表现方法与技巧，有意识地打破诗文界限，使散文走向诗、切近诗或变成了诗（如《匆匆》等）。创造诗的意境，是朱自清打破诗文界限的集中表现。对此，前面论述文体的独创性与风格的隐秀清逸之时，笔者已经进行了相关的阐述。

　　这里需要强调的是，朱自清常常把自己的敏感与内心体验，变成诗与画，几乎在刻意追求诗情画意，使散文变作有形的画与无声的诗。同时，在艺术描写中用"拆开来看，拆穿来看"的联想和想象，反复把感觉、体验的真妙，化作多角度显示的画面，渲染景也融融、情也融融的诗韵。早期散文固然如此，《欧游杂记》《伦敦杂记》两本游记，以诗人的感觉和诗的笔致，绘制系列山水画、风景画和风情画，其诗情隐含于画笔之中，妙造了自然同时也妙造了自己，如《威尼斯》中对名城的轮廓进行勾画：

　　　　威尼斯是"海中的城"，在意大利半岛的东北角上，是一群小岛，外面一道沙堤隔开亚得利亚海。在圣马克广场的钟楼上看，团花簇锦似的东一块西一块在绿波里荡漾着。远处是水天相接，一片茫茫。这里没有什么煤烟，天空干干净净；在温和的日光中，一切都像透明的。中国人到此，仿佛在江南的水乡；夏初从欧洲北部来的，在这儿还可看见清清楚楚的春天的背影。海水那么绿，那么酽，会带你到梦中去。

"会带你到梦中去"一句，有如辉照画面的诗句之"眼"，尽得风流。作者在钟楼上鸟瞰全城的那股微醺如梦之情，因此被引吐出来，原来描写的字字句句都饱蘸着梦与醉的情。诗情在画面背后脉脉流动，使这幅轮廓画变成无声的音乐、白描的绘画。类似这样的例子在朱自清的游记和散文中比比皆是。正因为"文中有画""文中有诗"，故他的散文被读者称为诗人的散文。杨朔曾经创造了"诗化体"的散文。其实，最早创造"诗化散文"的，不是杨朔，而是"五四"时期的朱自清。

其次，朱自清的散文借鉴、融会古典散文的艺术方法与技巧，别有传统的风神和美。

鲁迅曾经指出20世纪30年代初期散文创作的情形："现在的趋势，却在特别提倡那和旧文章相合之点，雍容，漂亮，缜密。"朱自清从一开始，就在他的散文中追求"和旧文章相合之点"，在思想上批判封建主义"道统"的同时，却继承着韩、柳、欧、苏的"文统"。他以表现自我为美学理想，整合着传统散文的叙述模式，使旧模式适应其"谈话"体式：一方面因袭旧的时空观念，保持空间维度的稳定性和时间维度的连续性；另一方面，以抒情的态度代替"载道"的态度，试图打破封闭和半封闭的叙述框架。《冬天》出现了互不相关的三个冬天生活片断的奇特组合，以前两个片断的"父之怜""友之谊"，铺垫渲染第三个冬天的"妻子爱"。《春》以诗情的跳跃和作者鸟瞰春天的"眼睛"，联结着春草、春花、春风、春雨等多幅画面。这些创造，强调了主体情绪的流动、突现，大大增强了叙述模式及文章基本表达方式的情感容量与心理色彩，从而显示了模式被局部打破之后的另一种抒情形态的缜密。另外，朱自清执意在章法上、技巧上寻求与名家典范作品的"相合之点"，显示了其散文古典式的缜密和美。从《桨声灯影里的秦淮河》，可以看到柳宗元山水记那种移步换形、散点透视的作风。从《荷塘月色》的"这几天心里颇不宁静"起首句，以及拈出一个"静"字写"不静"的构思，可以看到欧阳修的《醉翁亭记》、苏轼的《喜雨亭记》中，分别拈出一个"醉"字和一个"喜"字以经营全篇的风致。《给亡妇》与韩愈的了《祭十二郎文》比较，两文都打破传统祭文的固定格套，以自由的散体抒写对故者的哀思伤感；朱自清甚至还从韩愈那种琐数家常的行文方式，找到了与之合致的笔法与情调。然而，古典散文家的方法技巧，经过朱自清的加工，已经化为他的风格创造，而成其为散文的有意味的形式，因而平添他的文章之美。

再者，朱自清的散文浸透着对立统一之艺术法则的美。

反与正、曲与直、明与暗、浓与淡、藏与露、虚与实、形与神、张与弛、抑与扬、刚与柔、平与奇、断与续、哀与乐……这些艺术辩证法，是书、画、诗、文、音乐、建筑等古老文艺门类惯用的表现型的艺术方法与技巧，在大量画论、诗论以及《文心雕龙》《艺概·文概》一类文论著述中均有论述。对此，朱自清自觉地将这些运用到自己的散文里来。与一般散文作家相比，他用得自然、娴熟、圆足，对它们有一种独到的敏感，而且在作品中交叉并用，频率比谁都高。在立意、构思、熔裁、结构、意境创造、人物描写等方面，朱自清用它们创造了散文内在的诗意和外在的形式美感。从这个意义上说，朱自清散文的美，都因艺术辩证法变幻运思而充分表现出来。《冬天》结构的明断与暗续，情景片段由"我"的情思贯穿。《给亡妇》的抒情，以乐写哀，使作者对亡妻的悲恻沉郁之情以平淡恬静出之，越发令读者感染至深。

《白水漈》以形传神，以虚映实，将一个小瀑布渲染为两双纤手争夺一段飘带的"写意"图画。《白种人——上帝的骄子！》，先放肆笔墨写小西洋人的"可爱"与美，然后写他对作者的侮辱及丑；在欲抑先扬、平中出奇中，抒发对外国侵略者的义愤和爱国主义的思想……总之在朱自清的散文里，生动巧妙的辩证法无时不用、无处不在。他谙熟中国艺术表现系统的精髓，在对立中求得写意传神的统一，在相反相成中走向"美是和谐"，使艺术辩证法在他的手中淋漓尽致地发挥其表现性、素朴性与和谐性，能动地使其美文在总体艺术表现上变化和谐，而又显露出玲珑剔透的美。

以上三个方面，集中显示了朱自清"新古典主义"文本的审美特征与精神气象。"唯有整体才是美的"，唯有构成一种基本倾向，才能表现艺术风貌的整体之美。只有把上述古典色彩的漂亮缜密，与其信实真挚、隐秀清逸的风格以及整个风格所指向的人格品藻的内涵结合起来考察，才能最终认识一个完整美文范式的真实存在，才能最终认识一个完整美学风格的创造。它别具一种价值和意义。

我们之所以特别强调朱自清散文对古典诗学和古典艺术传统的认同，是为了实事求是地揭示他的散文与民族文化传统的内在骨血联系。没有这种文化基因与个人继承传统的自觉性，也就没有朱自清独立的美文风格及其独立的价值。正如李广田所说："在当时的作家中，有的从旧垒中来，往往有陈腐气；有的从外国采，往往有太多的洋气，尤其是往往带来了西欧世纪末的颓废气息；朱先生则不然，他的作品一开始就建立了一种纯正朴实的新鲜作风。"在现代散文初创和繁荣时期，在"名士风""绅士风""隐士风"种种流派和风格蔓衍中间，朱自清的风格脱颖而出，独领风骚，其"新鲜"与"纯正朴实"，就在于他在中西文化的撞击互补中建立了中国文化传统的自信，恰如20世纪40年代在理论上所提倡的"中国作风和中国气派"。质言之，朱自清的散文浸润着5000年的文化传统及其艺术精神，创建了属于"五四"新文学之时代的、崭新的民族风格。他的这种民族风格，实际上还代表了一个由朱自清、俞平伯、叶绍钧、刘延陵为核心的白马湖散文创作群体，代表了"O·M"社所共持的思想倾向、文化选择、创作主张和艺术风貌。归根结底，朱自清的散文风格代表了一个新古典主义散文流派，这在中国现代文学史和"五四"现代散文史上，无疑都写下了极其重要的篇章。

第七章

林非："使命意识"范型

　　林非的散文，是新时期之后作为"历史中间物"的"使命意识"范型。

　　林非，先以《现代散文六十家札记》《中国现代散文史稿》两部著作，获得了现代散文研究家的声誉，后又以《访美归来》《西游记和东游记》《绝对不是描写爱情的随笔及其他》《云游随笔》《读书心态录》以及《林非散文选》等结集的散文创作，赢得了他的广大读者，成为文坛瞩目的一位散文大家。正如有的评论家所说："林非，从散文名家的研讨，到现代散文观念的倡导，又至崭新散文创作的实践，前后十年，他同时完成了散文学子和散文名家的两项工作。人们将此誉之为新时期十年文坛上引人注目的'林非现象'。"①

　　如果认同"林非现象"这一概念，那么"林非现象"还有别的更深刻的内涵。他在完成《现代散文六十家札记》《中国现代散文史稿》之后，面对寂寞的散文界和1949年至"文革"之前散文创作的历史，在一段时期内陷入了痛苦的思考。随着1986年前后文艺界关于文学观念和方法论的讨论，林非先后撰写了《散文研究的特点》《散文创作的昨日和明日》《散文的使命》等一系列重要论文并出版《散文新论》《散文的使命》《林非论散文》等著作，在宏观研究中国现代

---

　　① 冒炘、庄汉新：《中西兼容　哲情互补——林非散文论》，《当代作家评论》1990年第6期。

散文经验教训的基础上，明确提出了新时期的散文创作必须冲破20世纪五六十年代散文思维模式和更新散文理念的问题。他力图在沉静已久的散文界振臂一呼，奋然开拓出一条振兴与繁荣散文的新路。他期待散文创作与昨日作决绝的告别，迎来充满希望的明天。于是，林非作出了更大的努力和自我牺牲。他宁愿搁下鲁迅研究、中国现代文学研究的一些课题，宁愿不再在学者、专家的花环上增添更红亮的光彩，而一头钻进被冷落的散文园地默默耕耘，以试炼并亲自实践他所提出的散文理论。他无意去做一位理论的权威，却有意在实践中维护其理论的可行性与权威性。于是，他自己背负了一个寂寞而又沉重的十字架。

显然，林非在实现自我的超越。他希冀散文实现时代的超越，让散文的"颂歌时代"告别历史，开创一个真正肩负自身使命的争奇斗艳的散文时代。

林非的散文在自己的理论与创作实践结合的意义上，向读者昭示了他的散文创作主张，实现了思维模式的突破和散文艺术观念的革新。正是在这一层意义上，林非显示了他的全部审美价值；也正是在这一层意义上，作为散文家的林非远比作为散文理论家的林非更为重要。林非对新时期散文创作的突出贡献，也正在于此。

第一节　"使命意识"及其思维特点

林非正面提出并阐述了"散文的使命"。

他认为，散文与文化建设之间的重要关系，主要是通过审美的鉴赏与情感的熏陶来完成，从而提高人们的道德、伦理、情操，同时帮助读者开拓文化知识的视野，提高思考和分辨的能力，以重整和建设整个民族文化精神——"民族的情操、精神境界和心理素质"[①]。在《散文的使命》中，林非更明确地提出："凡是高瞻远瞩的散文家都

---

① 林非：《我的散文历程》，《文学评论家》1991年5期。

必须将自己创作的生命，跟整个民族建设这种崭新文明的根本任务结合起来，成为总的文化轨迹中的一条线索，这样写起散文来，才会愈写愈觉得有使不完的劲头，这种崇高和神圣的使命感必然会更好地激励自己去完成散文创作的任务。"①

这里，林非从接受主体和创作主体两个方面，论述了散文创作的审美功能，并从提高整个民族文化精神的水准上，强调了散文创作的价值观念。显而易见，林非切入散文本体的"使命"观，区别于过去的"工具论""武器论"以及"骑兵说"。他绕开文艺与政治的关系这个长期争论而难以说清的问题，从"文学是人学"的层面，从散文这一文学样式的审美属性与审美功能（如果说文学是人学，那么散文则是人学中的人学），重新对其"使命"予以阐述。这就避免了散文创作中容易出现的倾向，在理论上科学地与极左的文艺观念，彻底划清了界限。

这个"散文的使命"的提出，林非是建立在对新时期散文总体认识的基础之上的。他在《散文创作的昨日和明日》中，肯定了五六十年代散文所取得的成绩，同时又实事求是地指出："要从产生这些作品的生活土壤和时代主潮，看到它们在思想艺术方面的长处和局限。如果这样的尺度是准确的话，那么可以肯定地说，有些被反复称赞的名篇，由于受到当时'左'倾思潮的沉重压力或不自觉的渗透，在真实性这一点上不能不受到了很大的削弱，有的甚至是矫揉造作或完全虚假的。离开了'真'，当然就说不上'美'。"②20世纪五六十年代的散文，受"左"的文艺观念和历次政治运动的影响，在创作中出现了客观写实的虚饰性和自我抒情的封闭性，而且在艺术表现上随之出现了"长期存在的框子和格套"。林非正是针对那个时期散文创作中的这些经验与教训，才多次地、反复地提出今天的散文必须冲破旧

---

①　林非：《散文的使命》，《林非论散文》，江西高校出版社2000年版，第67页。

②　林非：《散文创作的昨日和明日》，《林非论散文》，江西高校出版社2000年版，第51—52页。

的思维模式、"框子"和"格套"的问题。显然，林非不是简单、机械地从政治需要出发，而是从文艺为人民服务、为社会主义服务的正确方向出发，重新界说散文作为一种文学样式在新时期的时代使命。

于是，林非以自己的创作，践行他自己提出来的"时代的使命"，而在散文中表现了他的全新的思维方式，显示了开放性、批判性和哲理性的特征。

所谓开放性，是与20世纪五六十年代散文思维模式的封闭性比较而言的。我们阅读林非的散文，不难发现一个改革开放的时代，怎样给一位学者的思想带来了青春与活力。他的思想不仅与时代同步向前，而且在文化理念的革新嬗变方面，他也努力做一名解放思想与正本清源的开拓者。他坚持科学的立场、观点和方法，一边否定旧我的理念和旧我的思维方式，一边批判着政治、经济、历史、文化、伦理、道德、哲学等领域里"左"的、僵化的、保守的观念，引导读者面对今天与未来，去追求、觅取正义、真理和生活的真善美，从而显示了其锐意开拓进取、弃旧图新的思维定势。

林非思维方式的批判性，不只见之于对"左"的观念的批判，而且见之于对"国民性"的剖析批判。作为鲁迅思想和作品的研究者，林非更多地从鲁迅这位"五四"思想革命和文学革命的先驱者身上，汲取了批判"国民性"的精神传统，把重整与建设民族文化精神，作为自己创作的使命和社会责任。《普陀山记行》批判了善男信女烧香拜佛的愚昧和麻木，作者面对那些磕头跪拜的人流，发出"像鞭子一样抽痛了我的心"的感叹。《从乾陵到茂陵》批判了中国历代帝王建造陵园的狂妄与愚蠢，并且批判揭露了武则天杀害自己子孙的独裁、残忍，提出"争夺、倾轧、阴谋和杀戮"这些绝灭人性良知的行径，"就在最华贵的家族中迸发出来"，他们制造着人性的丑恶。那些回忆特殊时期生活的《我和牛》《吴世昌小记》以及《读书心态录》中的《囚屋夜读》《牛棚背诗》《钻研近代思想的典籍》《令人神往的〈革命军〉》《对儒家思想的反思》等篇，除批判国民性的弱点外，又反复与多侧面地弘扬国民性中最可宝贵的精神传统以及民族心理素质，探索国民性形成的原因以及与儒家等古典哲学之间的密切关系。总之，林非反复在散文中呼唤着人性意识的觉悟，呼唤着民族现代精神文明的建立。可以这样说，探索国民性的思想，贯穿、奔突于林非的散文，成为一个生动而又鲜明的思维轨迹。

哲理性，是林非思维方式的显著特征。唯其时时思考着民族和祖国的命运、前途，唯其探求着民族精神文明的建设，所以他的散文中内含深刻的哲理性。尽管他的散文习惯于记事、写景与状物，但在叙述、描写中积淀着个人的深切感受和理解，总是由个人的痛苦经验，尤其是以"文革"时期之后所获得的痛苦内省，推及民族与祖国、世界与未来，所以作品中处处可见思辨的色彩。他不再像五六十年代散文那样，仅从社会政治的层面去反映与阐释生活，而是从社会学、人类学、历史学、文化学、伦理学、心理学等多个层面，立体交叉地剖示历史与现实，集中到一点，寻求和表现哲理的存在。这样便冲破了五六十年代散文从单一层面思考分析生活的思维模式。如果说五六十年代散文大体上走进了一个物态与理念对应以简单图解政治与生活的格套，那么新时期巴金、孙犁以及林非等作家，则是企图在散文创作中建立一个求真、求善、求美的哲理意蕴的框架。身为学者的林非比之于一些散文家，又更多具有理性思考的心理定势与自觉追求。《读书心态录》典型地体现了新时期至今散文的这一思维特征。名曰"读书心态录"，其思想意蕴远远超出了描述个人读书心态的范围。作者的笔致放纵不羁，上下五千年，东西几万里，思想的触角深入到中西文化的各个时空领域。时而与中国古代孔子、孟子等先哲对话，时而与马克思、托尔斯泰、卢梭等西方思想家絮语；时而，思想从清代的"文字狱"，跳到史无前例的"非理性"时期；时而，思想又从"新潮书"的评判，跳到个人放弃写《叶赫那拉氏传》……既以历史反观现实，又以现实反观历史。作者把主观心灵切近中外古今的文化，描述个人的感应与体验，同时又融自然观、宇宙观、人生观于一体，把整个宇宙——从天地到人生，视为一个整体，将它们之间联系起来加以透视通观，因而形成了主观感应、通观整体的哲理品格。哲理思索的制导与规范，使林非新时期的散文获得了思想的深度与魅力。诚如一位外国友人所评论的那样，他"真像从云端里往下张望的哲人"①。

思维方式的开放性、批判性、哲理性，显露出林非的文化性格：他尊重传统，但不保守；他锐意革新，但不偏颇。他以正面的建设为目的向旧的传统挑战，抛弃了所谓的好是绝对的好、坏是绝对的坏那种形而上学观点和实用主义的陋习，在传统与革新之间始终保持着一种批判继承的张力与磁力，而不是那种带有随意性、偏激狂的"全面轰毁""彻底决裂"。正因为如此，林非散文的思维既冲破了五六十年代的模式，又同时与文化传统保持着密切的承接关系。在"决裂"与"回归"的良性循环中，林非作出了自己的选择。

第二节　回到自由、自我及文学

在散文的艺术表现方面，林非也同样努力突破20世纪五六十年代散文的框子和格套。他曾一针见血地指出："正是由于当时'左'倾思潮造成的封闭和禁锢的原因，有些散文作品不仅思想情绪的表达是拘谨的，甚至连艺术技巧的表达也是拘谨的，所以它们呈现的艺术美往往显得单一化和定型化，而不是丰满的和辐射性的。"②在一些框子和格套中，他特别地指出有人概括出来的"形散神不散"。他认为这主张之所以能够流行，因它"完全符合于当时盛行"的文艺思想。③笔者也认为，那个运动迭起的时代所要求的"神不散"，实际上强调的是主题先行的先验论和表现完全政治化的主题。一种艺术手

---

① 林非：《再见，山内一惠小姐》，《林非散文选》，山东文艺出版社1990年版，第191页。

② 林非：《散文创作的昨日和明日》，《林非论散文》，江西高校出版社2000年版，第52页。

③ 林非：《散文创作的昨日和明日》，《林非论散文》，江西高校出版社2000年版，第53页。

法或技巧，一旦为"左"倾思潮所利用，反而成了创作中的羁绊。

这里且不论"形散神不散"作为一种艺术方法或技巧，是否在古今一些散文中存在的问题。林非指出"形散神不散"的负效应，我认为其根本意义在于：突破过去散文创作中的条条框框，在思想表现与艺术表现上获得解放与自由，而使散文真正成为一种最自由、最无羁绊的文学体制。为此，林非在散文中孜孜以求，试图以他的实践最大限度地"破体"，并在自己的散文中贯彻、践行他所提出的一些理论主张，实现散文艺术观点的革新，而且在这方面积累他可供借鉴的经验。

林非的经验之一：从"形散神不散"到"形散神亦散"，使散文变成绝对自由的文学体制。

在他的审美理念里，既然"形散神不散"体现了20世纪五六十年代散文的单一化和模式化，那么只有反其道而行之，才能彻底改变单一化和模式化的格局。林非明确地说："主旨的表达应该千变万化，有时候似乎是缺乏主题的很隐晦的篇章，对人们也许会产生极大或极深的思想上的启迪，这往往是那种狭隘的艺术趣味所无法达到的……事实上一篇散文之中的'神'，既可以明确地表现出来，也可以意在不言之中，这有时比直白地说出来，还要能强烈地震荡读者的心弦。"[1]这也就是说，刻意地追求神聚、神凝、神圆等"神"的集中、明确、紧凑与环扣，除了人为地束缚散文的思想表达以外，在很大程度上还影响着思想表达效果与艺术表现的情趣。因此，林非散文带着解放文体的自觉性，总是自由自在地、无拘无束地抒写自己的思想感情，随时随地地记下个人的所见所闻、沉思默想、缕缕情思、点点感触……几乎每篇散文的"形"是"散"的，"神"也是"散"的，似乎缺少一个明确的中心或主题，但不是无中心或无主题，只是服从思想意识的流动和感情的冲击，而自由地叙述、自由地描写、自

---

① 林非：《散文创作的昨日和明日》，《林非论散文》，江西高校出版社2000年版，第53页。

由地议论、自由地抒情。在林非的笔下，散文俨然缺少固定的程式和文体感，体制得到了一次解放，表现出充分的自由、最大限度的随意性，确乎变成了绝对自由、"四不像"的散文。《绝对不是描写爱情的随笔》《女人，你的名字是弱者吗？》《"男子汉，你好！"》等真人真事的回忆录，文本中有人物有情节，且情节跌宕起伏、引人入胜，简直就是短篇小说。《零碎的回忆——赵树理》，并非"零碎"的回忆，而是一幅线条粗犷、色彩明朗的人物素描。《江南琐谈》，则像一篇很完整的文艺通讯。《我和牛》与《普陀山记行》，可以看作思想沉深、别具锋芒的杂文。《读书心态录》中，有的是杂感与议论文，有的像独语式的絮语，还有的像抒情散文。对于这些作品，读者几乎无法区别每篇的形式，"破体"使散文文体获得了极大的自由，催生了文体特征的模糊性和多边交叉性。

林非的经验之二：从反映时代风云到表现个人丰富的内心生活，使作家自己建立真挚、至诚的创作品格。

针对20世纪五六十年代散文矫情、封闭自我思想和情感的状况，林非反复地强调散文要表现个人的真情实感，重新界定散文的主要审美特征。他说："散文创作是一种侧重于表达内心体验和抒发内心情感的文学样式，它对于客观的社会生活或自然图景的再现，也往往反射或融合于对主观情感的表现中间，它主要是以从内心深处迸发出来的真实情感打动读者。"[①]（这里，林非没有排斥散文反映时代社会这一层面，但强调反映这一层面时的观照方式，是"反射"或"融合"，而不是图解。）他把抒写作家的"真情实感"进一步概括为表现真实自我的为文品格："除了要求真情实感之外，率直和诚恳地进行内心生活的展示，也是散文创作另一个十分重要的素质。"[②]又

---

① 林非：《散文创作的昨日和明日》，《林非论散文》，江西高校出版社2000年版，第47—48页。

② 林非：《散文研究的特点》，《林非论散文》，江西高校出版社2000年版，第31页。

说："一切出于真挚和至诚，才是散文创作唯一可以走的路。"①林非这样在理论上界说散文的审美特征，为的是恢复"五四"新文学的散文那种被认为"现代散文之最大特征"，即"意在表现自己"的艺术传统。在他看来，这是散文审美价值观的核心。为此，他大声疾呼：千万注意坦率地表露出自己的真情实感和内心图景，千万别将内心封闭起来假装崇高，否则是无法让读者相信作者是崇高的。

盖于此，林非的散文改变了20世纪五六十年代散文审美观照的方式。他不是用政治嗅觉与心理上的安全需求去感应政治气候，而是用"心"与用那通往审美五官的艺术感觉去感受生活，同时他不是以大话、假话和虚假佯装崇高，而是以他为人的真率与诚挚，像巴金那样，把自己的心完完全全地交给了读者。

林非的散文明显地带有"自叙传"色彩。几乎所有的散文都是写他个人的见闻、经历、感触、思想，不加任何掩饰地敞开自己的心灵，绝不自欺也不欺人，以一颗真诚的心与读者对话。时而，你可以感受到他指点江山、评说帝王的大胆与坦率，以及反思历史时的忧国忧民之情（《古都西安》《从乾陵到茂陵》）；时而，你可以感受到他探访祖国山河名胜时那种孩子般的天真和童心，以至于让你与他一道生出各种奇思妙想（《天涯海角》《庐山的云》《初探九寨沟》等）；时而，你会感受到一个中国学者在异域他邦的心跳与脉息。《在伯奇教授家里做客》《再见，山内一惠小姐》《江南琐记》等记述与境外朋友交游的作品以及《旧金山印象》《东京之夜》等很多游记中，林非以炎黄子孙的心感受着海外风情与人情，既赞赏现代化的物质文明，又剖析灯红酒绿下畸形的社会现象、人性的善与恶。在读者面前，他既是维护祖国尊严的赤子，又表现出对朋友充满信任、理解、尊重的宽厚的中国学者之风范。在描述个人"读书心态"的时候，林非把个人的出身、家世、禀性、爱好、习惯，个人的交游与

---

① 林非：《散文研究的特点》，《林非论散文》，江西高校出版社2000年版，第31页。

"文革"遭遇、读书写作、家庭生活，甚至与妻子一起上街卖书等细节，一一和盘托出……林非的笔端流着浓浓的自我人格色彩。如果说中国现代散文，是借鉴了英式随笔"表现自我"的传统，那么今天从林非的散文中，我们仿佛可以看到蒙田、兰姆、哥尔斯密等作家"表现自我"的一些人格色调，看到鲁迅、冰心、朱自清等为人为文、直抒血性的真诚与精神血液。

唯其在散文中表现了个人丰富的内心精神生活，并在表现内心生活时又恪守着真挚与至诚的品格，唯其使散文创作从客观转向主观、转向深层的精神境界，所以林非的散文能够以鲜明活脱的精神个性去把握审美对象与客观万物，以宁静脱俗、淡泊致远的审美心态，让看取世界与听取灵魂的真妙感觉，真正诉诸自己的审美感官。于是，林非以他的内心审美体验与审美感情评判现实与历史的生活。现实的图景与往事的漫忆，均"反射"着、"融合"着他的痛苦与欢乐、追觅与思考、理想与憧憬。也正因为如此，不是诗人的林非，获得了诗人的观照生活的思维与方式。艺术理念的革新，使林非的散文在创作中完成了审美的回归与超越：散文又回到了表现自我内心精神世界的故都。

综上，可得出的结论是：林非的散文是从昨日走向明日的"历史中间物"，是散文观念和散文精神内容嬗变演进的载体，他执拗地要使散文回到诗与文学。

第三节　"无技巧"与传统的"俗化"

林非十分赞赏巴金的一句话："艺术的最高境界是无技巧。"[1]针对"十七年"散文中的矫情、雕琢与做作，他有点偏激地认为，就艺术性而言，"散文确实没有多少复杂的技巧需要掌握"[2]。诚然，

---

[1]　巴金：《探索集》，人民文学出版社1980年版，第127页。

[2]　林非：《散文研究的特点》，《林非论散文》，江西高校出版社2000年版，第31页。

凡是优美的散文总是充满艺术性的。林非之所以反对把散文引上艺术净化的路子，是因为他认为，矫情、虚假、雕琢、做作是散文生存与发展的大敌。没有独到的见解，便不是林非。艺术家和评论家都有偏激和求异思维，否则他们就不能成其为有创造性的艺术家和评论家。

林非的散文，有意识地淡化艺术技巧。他不像杨朔的散文那样，琢磨诗的意境和园林式的结构；不像刘白羽的散文那样，讲究构思与艺术抒情；不像秦牧的散文那样，讲究开合变化的章法以及画龙点睛的议论。他反叛20世纪五六十年代散文艺术表现的模式，不重视运用多少艺术形式与技巧，只是一任个人的感触，我手写我心，去创作只属于他自己的散文，去创造一种完全自由的、"无技巧"的艺术境界。因此，林非散文在总体上流露出重内心生活、轻艺术技巧的倾向。

唯其如此，他的散文具有了鲜明的个人特色。

传统，总是具有很强的惯性和制导性。林非在散文创作中无意地、不自觉地受艺术传统的制导，向中国古典散文和现代散文的艺术传统回归。传统的艺术方法与艺术技巧，使他的散文在自由挥写中焕发出很强的艺术魅力。

叙议结合，是古老而拙朴的艺术方法。在一般作家手中，这一方法可能显得平淡无奇，但在林非散文中却得到了有声有色、圆熟自如的发挥。他对20世纪五六十年代散文创作中出现的泛诗化现象及其惯用的比兴、象征、话语蕴藉等方法技巧，缺乏借用的热情；对外国现代派文学的技巧，也缺乏借鉴的兴趣。因此，他主要凭借叙述、描写、议论、抒情作为自己文章的基本表达方式与基本艺术技巧。同时，从抒写真情实感来说，边叙边议又十分切合林非散文表现内心生活的审美理想。舍此，他似乎便感到思想感情的表达存在着阻隔。在人与事、景与物的真实叙述与描写之间，自由随意地插入议论、抒情，又以痛快淋漓、直陈胸臆的议论与抒情，强化、深化叙写中的思想和感情，自然而又顿挫地形成了思想演变层次和感情旋宕的波澜。叙与议两方面的结合，使林非一任其性，挥洒自如，自由放纵，不受羁绊，思想感情的表达圆足酣畅而无不达之隐。正是这个原因，他的绝大多数散文，因这一拙朴的技巧而显得浑然天成，通体皆朴皆真，通向思想的真实、人格的真诚和文格的率真，直指向其风格的底蕴。总之，叙议的结合，命定林非的笔致通往"真"的艺术境界。

白描，也是传统的艺术手法。如鲁迅所说，"并不细画须眉，并不写上名字，不过寥寥几笔，而神情毕肖"①。白描因其具有以少胜多的造型与传神效应，普遍地为小说和一些散文所采用，成为传统的技巧之一。林非散文中写人物的散文占很大比重。在这类散文中，他善于运用白描手法，为吴伯箫、赵树理、吴世昌等众多人物勾画素描，使他们带着各自的音容笑貌，亲切而又逼真地向读者走来。如《再见，山内一惠小姐》中，林非这样描写自己在大阪与山内一惠的再次见面：

> 当我在一间铺满了红地毯的会议厅里，跟赶来参加座谈会的日本学者握手寒暄时，一个矮矮黑黑的女子，走上前来跟我握手。她抬头望我，见我没有认出她来，噗哧一声笑了。"老师！"她向我深深地鞠躬。

这里，对山内一惠的描写，没有用浓艳的色彩和繁复的线条去精描细绘，只是以简洁、朴实的语言，白描重逢的情景和对她粗略而又深刻的印象。作者仅是用几根线条，勾画了一个粗粗的轮廓，恰如一幅纯用铅笔做成的人物素描。然而她却栩栩如生，跃然纸上。作者刻画人物，用白描手法的同时，结合了人物语言、行动方面特征性细节的描写。"走上前来跟我握手""抬头望着我""噗哧一声笑了"和"深深地鞠躬"几个动作的细节，凸显山内一惠再次见到"我"那般激动喜悦之情和敬重老师的仪态。再如，为了让客人好好

---

① 鲁迅：《五论"文人相轻"——明术》，王得后编《鲁迅杂文全编》下册，陕西师范大学出版社2006年版，第1025页。

休息，伯奇教授劝慰哭闹的小外孙女安静下来的细节（《在伯奇教授家里做客》）；病重的吴伯箫躺在床上，"挣扎着要下来"送作者的细节（《一颗燃烧的心》）；雨夜吴世昌将作者的布鞋搁置高处土坯上以及他拒绝在"毛泽东思想讲用会"上发言的细节（《吴世昌小记》）；等等。这类例子在林非的散文中颇为多见。他所描写的这些细节，本来就经过了严格选择，自身就有原初的表现力与造型美，再以白描手法予以点化、表现，就越发能凸显人物思想性格的某些特征和规定情境中的诗意内涵。"有真意，去粉饰，少做作，勿卖弄"①，仿佛作者在揣摩着鲁迅描画人物的个中三昧，使白描手法在自己的手中得心应手、运用自如，获得了以形传神、形神兼备的效果。林非总是以"我"的眼睛和内视觉（内心体验）来运用白描，这一艺术技巧又归趋于表现内心精神生活的求"真"的理想，因此在白描的笔触中焕发着"有真意"的审美情趣。

　　景与情会、情景交融，是中国古典诗学的艺术传统。这一传统在林非的游记中得到了有个性的借鉴与弘扬。如前所说，其散文一般直接抒写个人自由的思想，宣泄自己流泻的感情，形成了直率流畅的抒情特色。在写景记胜的游记中，除直率流畅的抒情外，他同时还借助风景画、风物画、风情画的细致描写，将自己的情思和内心体验，融合于外在的景物，创造出情景交融的意境。而这又形成了林非散文含蓄隐秀之抒情风格的另一个方面。这一艺术技巧，分明给他的散文增添了诗意。故而，林非散文不全是质朴和明豁，在他的很多作品中往往蕴藏着极婉曲、极绚丽的真诗。如关于千佛洞佛像的描写："多少尊塑像正是用自己红润的嘴唇，在吮吸着洞窟里凉爽的空气。那脸庞很丰满的观音，使人想起了婴儿细腻的皮肤，那微笑的佛像，似一个纯洁的少女，袒露出内心的追求和喜悦……"几句话就把读者引入人神冥合、哲理与诗情交融的艺术创造的境界。《五花海和珍珠滩》

---

　　① 鲁迅：《作文秘诀》，《鲁迅文集全编》，国际文化出版公司1995年版，第828页。

《黄龙的水》《走向长海》《你好，吐鲁番》《庐山的云》等篇章，让读者更多地感到作者对大自然的敏感和天真、内心的寻觅与喜悦。它们涵容着如痴如醉的诗情，使读者能领略"化景物为情思"的意境和美。可见，林非散文又吐露着古典诗的清新俊逸。

　　叙议结合、白描手法、情景交融等传统技巧的运用，证明林非在淡化技巧的同时，又在重视着艺术技巧，并证明其散文的内容与形式、思想性与艺术性是完好统一的，并且建立了富有个性的艺术风格。林非与五六十年代的散文实行断裂，寻求思维模式的突破和艺术理念的更新，使散文走向文体的自由，走向自然和朴素。但是，他又不能抗拒文化传统的导引，就在他追求新的审美自由的同时，其散文在艺术上又在不自觉的状态中，与"五四"以后的现代散文相承接——在借鉴英式随笔"表现自我"之精神传统同时，又批判地继承着中国古代散文的艺术传统与古典诗学。于是，他的散文不乏清新，又有几分典雅。林非散文本身提供了一个生动的例证：新时期以降的散文，在20世纪五六十年代旧的模式和旧的理念中痛苦地蝉蜕之后，产生了解放散文文体的"破体"现象，而其中传统文化的基因，使它在与现代主义的碰撞交融的同时，又在古老的文化传承中建立起21世纪的散文自信与文体自觉。

第八章

赵丽宏：诗性唯美范型

赵丽宏的散文是当代散文中最有代表性的"诗性唯美范型"。

如果在文学批评中把某种创作风格、文本样式、艺术方法与技巧等，奉若楷模，定为一尊，实际上是对文学创作与批评的一种形而上的误导。新时期之初，一些学者与评论家在反思"十七年"散文经验教训的时候，过度地、很不公正地批判杨朔及其"杨朔模式"，全盘否定杨朔及"杨朔们"的文学史意义，事实上也是矫枉过正的误导。杨朔在继承古代诗文的基础上，提出了把散文"当诗一样写""寻求诗的意境"[①]的"诗化散文"的艺术主张无疑是正确的，这种科学的美学主张在20世纪50年代末期至60年代中期为很多作家所接受、响应，并在创作中普遍实施，形成了持续五六年的"诗化"思潮。应该说，这是杨朔等散文家对现代散文美学的理论建构的积极贡献——他们积极地寻找着、追求着当代散文审美的诗性。虽然他们最终因无法规避的"大我"本位及功利性而没有真正建立散文的诗性，但在散文创作的美学进程中，历史应为他们留下重重的一笔。笔者在拙著《杨朔散文的艺术》的结语中借用惠特曼的诗向读者说明杨朔作为"历史中间物"的价值："我自己将写下指示未来的字，我只将露面片刻，便转身退到黑暗中去。"

---

① 杨朔：《〈东风第一枝〉小跋》，《杨朔文集》（上），山东文艺出版社1984年版，第646页。

　　进入新时期之后，当代散文经过对"十七年"散文的反思，从"载道"转向了"言志"，并且回归"五四"散文审美的传统与诉求，即把散文当"美文"来写，使散文在"十七年""载道"（服务于政治与颂歌诉求）的悖反与裂变中，重建"言志"（回归作家个体的审美自由）的本位、品格与诗性。我以为，新时期以来散文创作的实践，作家们一方面弃绝"杨朔模式"，另一方面又在艺术精神上继承着杨朔"诗化"的诉求，并且追求"诗性"的更为理想化的建树。作家们在挣脱了"载道"藩篱之后，获得了杨朔时代前所未有的从容和审美自由。从某种意义上说，这种诉求甚至比杨朔时代更有激情、更为强烈和更为执着，因而也更为自觉。针对这种情形，散文评论家陈剑晖教授写了《中国现当代散文的诗学建构》与《诗性散文》两部理论专著，试图对散文的诗性内涵进行理论的建构。而以创作的实情而言，除老一辈的冰心、巴金、孙犁等在新时期之初的实践以外，数十年来一大批中青年散文家如林非、王充闾、徐开垒、王蒙、张承志、史铁生、韩少功、贾平凹、韩小蕙、周涛、刘亮程、庞培、于坚、王英琦、赵丽宏等，他们则带着"诗化"情结进行艺术的探寻。而在他们之中，我以为，赵丽宏是最具代表性的散文家之一。以他的创作为个案进行分析研究，我们就可管中窥豹，大体认识从新时期到当下散文作家们理念革命、重建诗性的轨迹。因此，本章对赵丽宏散文进行关于诗性的个性阐释，进而讨论、认识重建诗性话语的途径与必要性。诗性话语对散文美学理论的完善以及21世纪散文创作的振兴，无疑具有探究性的价值。

第一节　　本真化与诗性建构的础石

　　本章所讨论的散文"诗性"的概念，不同于西方文论中的"诗学""诗艺"，也不同于中国古代"诗话""词话"，而是指与散文的审美主体与审美创造密切相关的一个美学概念。陈剑晖说："我所推崇的'诗性'首先是建立在人的个体存在、人的生命本真和丰饶的内心世界，是建立在事物的本原之上的诗性。这种诗性，从本质上来说是一种内在的整体性和综合美。"①这段话说得不错，很有参考的价值。而笔者认为：诗性，是创作主体本真化的定位、"诗化"理念的选择与实施、文本形式的诗意创造等方面综合起来所构成的美与和谐。散文作家的自我本真作为诗性的第一特征，其渊源可以追溯到孔子的"修辞立其诚"和庄子的"法天贵真"（贵在天然率真）。但几千年的"文以载道"扭曲、遮蔽了散文中的真我，凡表现真我性情的散文和关于"童心""性灵"的理论，都被视为"异端邪说"。直至"五四"时期，作家们接受了西方人性觉醒与个性解放的思想资源以及英式随笔的"自我表现"观念，散文才第一次建立了审美本真的作家个性本位。以后又几经风雨，本真的个性本位，被"载道"本位所遮蔽和替代，这种"载道"与"言志"的二元循环，延至1976年"文革"的终结。

标志新时期文学观念转型的1985年，赵丽宏在《爱在人间》自序中写道："虚假的文风曾经统治了我们文坛那么漫长的岁月，我们这代人深受其害，多少戴着作家桂冠的写作者从来是言不由衷，发不出属于自己的、出自心灵的声音，那是何等的可悲……如果能有一个奇妙的警铃能于无形之中提醒作家们的话，我愿它时时都在人们的耳畔响着：要真！要真！要真！"②连用三个惊叹号的"要真"，可见，赵丽宏对散文表现自我本真化的呼唤，是多么自觉，又是多么强烈。他对"真"的大彻大悟，是其散文诗性形成的最初的，也是终极的诗性建构；从纵向的继承来看，赵丽宏就是要求让散文归真到"五四"的"自我表现"，归真到"论语派"所提倡并实行的"性灵"。其实，他对此早就开始感悟了。巴金在新时期之初写出的关于"说真话"的"随想录"组篇，是新时期散文回归作家主体性的第一声呐

---

① 陈剑晖：《中国现当代散文的诗学建构》，江西高校出版社2004年版，第40页。

② 赵丽宏：《〈爱在人间〉自序》，《赵丽宏序跋集》，华东师范大学出版社2002年版，第12页。

喊。这是继"五四"散文革命、"闲适话语"思潮之后，开启的散文第三次革命的先河。巴金的声音，对于赵丽宏等散文作家来说，是励志的、悖反"十七年"散文而重建散文美学的启蒙先声。我们可以肯定地说，身在上海的赵丽宏，从同在一个城市的、他所敬仰的文学泰斗巴金那里所感受到的鼓舞，自然要比上海之外的青年作家来得更强烈。当年读《一封信》的时候，赵丽宏如此描述巴金对自己的震撼："看到了一颗善良而又坚强的心怎样在黑暗中搏动……他的愤怒，他的年轻人般的憧憬，搏击着我的心灵。"[①]正因为如此，他早期的散文集《生命草》《诗魂》《爱在人间》里的作品，就在散文再次革命的意义上，让自我本真的理念回到了散文本体，表现了一个青年散文作家创作伊始就敏感于转型的天时，听大师指导，注定要走上一条正确和健康的道路。在新时期之初，一些处于观念革新过渡期的散文作家，或因"十七年""颂歌"的思维惯性与表现"真善美"的定势，或因怕过多地抒写自我情绪与情调会被扣上"小资"的帽子，散文中的"自我"犹抱琵琶，多多少少还有一些遮蔽。然而，赵丽宏没有犹豫，没有迟缓，没有遮蔽。他散文观念主体性的更新嬗变，以及历史转折的"诗性"启蒙，事实上比同时期的中青年散文作家更快捷、更果敢、更自觉，因而显得更为确定。

本真化的自然定位与赵丽宏个人疼痛的人生体验有着极为密切的关系。在"文革"初期他被划为"可教育好子女"，没有资格参加"红卫兵"；他亲历"插队"做了一个"岛人"，怎么顺应时局去接受"贫下中农再教育"，又怎么规规矩矩地学农活学种地……这些使他经历了极大的痛苦，但痛苦反而使他增进了智慧和练就他本真生命的意志。唯其如此，赵丽宏才如此快捷和明确地在早期散文中把握和真切地表现了本真的"自我"。他在《生命草》里表现了渴望生命的思索，在《小鸟你飞向何方》表现了对真情的寻觅，在《晚香玉》里

---

① 赵丽宏：《和巴金在一起》，《赵丽宏散文选》，上海三联书店1990年版，第653页。

表现了对生活中温馨事物的微笑，在《秋风》《厚朴》等篇中表现了对底层弱势人群的悲悯，这些作品里都表现了一种温婉善良而又沉静儒雅的本真。本真的裸示使他崭露头角。同时，也是读者往往忽视的，他又在早年散文中去书写另一个疼痛的自我。而在这方面，《岛人笔记》是集中表现作家痛定思痛后的大彻大悟，以及本真生命对荒诞的抗争和批判。

《岛人笔记》是赵丽宏的金刚怒目式的写作，也是书写自我疼痛力度最大的一部散文集。这部集子与冯骥才的《一百个人的十年》、杨绛的《干校六记》、陈白尘的《云梦断忆》等相似，都是跟随巴金的步伐，向读者展示了作家对整个"文革"的反思和彻悟，也同时让读者看到了一个剑拔弩张、义愤填膺，具有强烈批判精神的赵丽宏。作家把历史批判当作散文"诗性"的上帝，于是他自己便成了"上帝"。正如泰勒所描述的审美意境："正是在这个典型的第一人称活动中，我努力使自己对自己变得更加完全地在场，努力认识到全部的潜能，这潜能在于认识者和认识对象是同一存在的事实，这样我就有效而令人信服地达到了关于上帝在我之上的意识。"①故此，当赵丽宏把文化批判当作"上帝"，当作自我生命的本真，当作是自我历史使命的时候，他没有用巴金式的自我解剖——与整个民族一起忏悔，而是与整个民族一起疼痛，引领读者直面历史悲剧的图景与成因。在后来的创作中，赵丽宏一直延续与演绎着他的这种反思与批判，并把批判的疼痛，融化于很多篇章中。

从某种意义上说，历经"文革"并在新时期成长的散文作家以及复出的老作家，是否在散文中回归"自我"的主体性，是否真正回归到"本真"的澄明境界，就是看其对历史批判是否达到令读者满意的深度与力度。你用散文的形式批判得越深刻，就越见你的疼痛、你的悲悯、你的真诚和你为民请命的责任。赵丽宏的理性批判，绝不

---

① 查尔斯·泰勒著，韩震等译：《自我的根源：现代认同的形成》，译林出版社2001年版，第201页。

是作为"他者"的意志、立场与声音，而是发自内衷的疾恶如仇的性情、仗义执言的品格与绝对本真的理性，这些构成了道德情操的人格力量，充分表现了主体本真化的全盘透明。这一点，正是赵丽宏散文诗性建构的基石，也是他以后坚守真实、真诚的"自我"，怀抱大爱之心的基石。舍此，便没有赵丽宏散文的诗性，便没有赵丽宏散文之魂，便没有其30年散文创作突出的成就和广泛的影响。

第二节　　并行不悖的诗化途径

就艺术风貌而言，在新时期文学转型的过程中，散文作为超稳定性的文体，比之诗歌、小说等的转型大致要迟缓几年。它既没有诗歌的三个"崛起"，又没有小说多个"主义"诞生那样有着变革的浩浩声势，比较起来，散文似乎显得稳定与沉寂。然而，散文在改革开放中悄悄地嬗变，它在沉寂中寻觅并重新营造着审美的诗性。首先，是当时的青年散文家要求散文进行全新的革命。如赵玫指出："有新诗的崛起有新小说的崛起，为什么不能有新散文的崛起！你要重新获得生命就应当暂且忘记那史前的八股，那几大家，那因循不变的习惯和定势……没有叛逆没有冲击就永远不会创新。"[1]如王英琦向散文作家呼吁："真正把散文从老套子解放出来，开始散文创作的新纪元。"[2]其次，文体学专家把散文界定为与报告文学、杂文、史传文学并列的"艺术性散文"、"文学的散文"（五四文学革命中刘半农提出来的）、"美文"（周作人所提倡的文体）的概念。1986年第5期《天津文学》上还发表了《提倡美文》的署名文章，如此狭义的界定与共识，为散文走向"纯文学化"提供了理论和舆论的支持。于是，散文创作在反思与批判"杨朔模式"、要求回归"五四"现代散文审美属性的同时，又形成了自身的一个悖论，即对20世纪60年代杨

---

[1]　赵玫：《我的当代散文观》，《天津文学》1986年第5期。
[2]　王英琦：《散文三昧》，《散文选刊》1992年第1期。

朔"诗化散文"的思潮，在剥离了功利性的内核之后，再度予以纵向近距的承接。

不知赵丽宏是否同意，我认为他的早期散文多少受到杨朔"诗化"主张的影响。笔者还说过，他"接受了前辈作家杨朔关于诗化散文的艺术主张"①。赵丽宏自己也很实事求是地指出，不要把杨朔作为"嘲讽的对象"，因为"杨朔作为一个散文家，在文体上确实影响了一大批人"②。在谈到散文"诗化"问题的时候，他先后说过：

　　我以为，散文和诗一样，应该给人以美的陶冶、美的享受。我总想使自己的散文有一些诗的意境……③

　　好诗的一个重要特点，便是内涵丰富，往往是言已尽而意无穷，余音绕梁。好的散文也应该有余味，可以让人咀嚼，引起读者的思索，产生许多作品之外的联想……假如这就是"追求散文的诗化"，我愿意继续努力地追求下去。④

赵丽宏自觉地追求"诗化"，采用"诗化"手段熔造散文的诗性，所以在他的作品中清逸着灵动的诗美。以上谈"诗化"的文字中，其诉求可以概括为三个互为连接的诗性价值内涵：有着"诗的意境"即诗情画意的感觉、有着"余音绕梁"的"余味"以及引起"思索"和"联想"的审美效果。这些表明他站在读者的立场上，非常在乎读者作为第二审美主体二次创造的审美感受，这就是他所期盼的诗

---

　　①　吴周文：《捕捉生活色彩与芬芳的诗》，《文艺理论研究》1984年第4期。

　　②　赵丽宏：《散文的"起承转合"》，《赵丽宏文集》第5卷，上海文艺出版社2010年版，第233页。

　　③　赵丽宏：《〈生命草〉跋》，《赵丽宏序跋集》，华东师范大学出版社2002年版，第2页。

　　④　赵丽宏：《〈爱在人间〉自序》，《赵丽宏序跋集》，华东师范大学出版社2002年版，第13页。

性。而他作为创造主体，必须使自己做到有充沛、饱满的诗的感觉，唯有让诗的情绪、诗的想象、诗的联想、诗的意境等元素灌注自己的审美心胸，才有可能创造出具有诗质、让读者得到诗美享受的散文。也就是说，赵丽宏在很多时候，达到了这样的审美自由。他没有刻意求"诗"，没有杨朔们的"服务"意识、"大我"功利的心理负荷而生成的困厄，也没有形式表现大于内容的尴尬，而是心无挂碍地向"诗"借鉴，因此自然而然、游刃有余地去生成自己的诗美感觉，从而很自由、很随性地进入文本的审美创造过程。

于是，赵丽宏对杨朔时代的"诗化"艺术主张进行了重新认识、重新发现与重新创造。他觅取诗性的写作，便有了超越杨朔、属于自己的诉求与特点。

首先，他把诗的多种元素化解、会通成自己灵动的艺术感觉，而且把这种感觉按在纸上，糅合成作品的诗性。杨朔爱琢磨"久经岁月磨炼的古典诗章"，从中得到了"寻求诗的意境"的启示。[①]赵丽宏也期盼自己的散文能够创造"诗的意境"，觅取诗一般的审美趣味。我们从其鉴赏中国古典诗词的著作《云中谁寄锦书来》来看，可以逆证他对古典诗词的酷爱；同时也逆证，正是深厚的诗学基础，支撑着他近30年来的散文创作。如果说，杨朔在《茶花赋》《海市》《雪浪花》等作品里，更多地运用古典诗词的比兴与象征，托物言志、以物比物、以物拟人，表现了比较单一、相对封闭的借鉴视野；那么，赵丽宏在改革开放的历史时期，其视野就显得远比杨朔要灵活和开放得多。除了如《晚香玉》（以"晚香玉"托物比附而成意境）、《雨中》（"雨"有滋润、甜蜜与美好的象征意味）少数篇章运用比兴与象征以外，很多散文是把古典诗词与现代诗歌氛围、情韵、情绪、节奏等诗的种种感觉，整合、融化于立意、布局、叙事、描写与抒情之中，构成了诗的和谐。例如，《周庄水韵》抓住周庄特有的民俗风情

---

① 杨朔：《〈东风第一枝〉小跋》，《杨朔文集》（上），山东文艺出版社1984年版，第646页。

画——小桥、流水、游人，进行文中有诗、诗中有画的描述，营造了抒情诗的浓浓氛围。《望月》结合月照的景物、人物的对话与关于写月的诗词，创造了恬淡静谧的境界，这是整合了诗的情韵。《小鸟，你飞向何方》，仅仅通过在书店里"我"与那位姑娘同时欲取书架上仅有的《飞鸟集》的细节，把亲历"文化沙漠"之后青年一代对知识的渴求敷衍成诗，让读者感受到是作者深深的诗绪，在字里行间悠悠涌动……读赵丽宏的散文，仿佛在读诗。

其次，向"知性"求诗，也应该看成是赵丽宏超越杨朔的另一途径的"诗化"。所谓知性，是指散文叙写的各类知识及其解说的智慧与机智。"十七年"散文的软肋，就是知识性的匮乏。除了秦牧等少数人重视知识性和趣味性的结合而外，绝大多数作家只关注描写社会变革的"莺歌燕舞"、抒写时代使命赋予的壮志豪情，而忽视了散文寓教于"知"、寓"知"于乐的审美功能。余光中先生说，"大致说来，散文着重清明的知性，诗着重活泼的感性"，"我写过的散文里面，有许多篇抒发诗情画意，放乎感性，但也有不少篇追求清明的知性，原是本位的散文"。① 余光中提倡的知性散文在新时期尤其是在90年代的中后期，为大陆众多的散文家所接受、所激赏，一时间受其影响兴起了"学者散文""文化散文"的思潮。后来贾平凹办起《美文》杂志，大张旗鼓地提倡"大散文"。在全国范围里呼吁散文开拓文化内涵、提升艺术品格的那个时期，赵丽宏开始了对知性散文诗性的自觉诉求。他认为，写好散文应该具备三个要素——"情、知、文"，"知，应是智慧和知识，是作者对事物独立独到的见解"②。也是在这个时期，他的创作题材特别注意向音乐、绘画、舞蹈、雕塑、建筑等艺术门类开拓，如《莫扎特的造访》《和古人对话》《无形的手指》《天地之间》《钻石和雪花》《流水和高山》《大师的背

① 余光中：《〈记忆像铁轨一样长〉序》，洪范书店（台湾）1987年版，第5—7页。

② 赵丽宏：《散文的"起承转合"》，《赵丽宏文集》第5卷，上海文艺出版社2010年版，第234页。

影》《为石头流泪》《当我看见你时》《智慧女神》《城市之美》
等大量作品，不胜枚举。他为读者创造了一个纯艺术的世界。关于
达·芬奇、毕加索、贝多芬、莫扎特、马勒、德沃夏克、勃拉姆斯、
舒曼、卡拉扬、小泽征尔等画家、作曲家、指挥家的创作与成就以及
鲜为人知的故事，关于玛雅人及其古代历史上辉煌的玛雅文明，关于
乐曲《流水》及伯牙钟子期的传说，关于"为石头流泪"的那些知名
的和无从考据的雕塑家等，作家把这些题材及内容，生动地、知性地
而且又是艺术地介绍给他的读者。这类专司艺术解读的散文在文化散
文的创作中显得稀少，除江苏作家王川而外，就数赵丽宏了，因此显
得难能可贵。赵丽宏的"谈艺录"，不同于20世纪90年代出现的"文
化散文"与"学者散文"，它同时具备了余光中所要求的知识阐释的
"清明"与诗情画意的"感性"，也就是说，它既是知识阐释的文化
散文，又是有着诗性诉求的抒情散文。唯其在每篇作品中注意个人抒
情与艺术解说的整合，唯其注意人物（艺术家）、事物（作品）与相
关故事、细节的整合，所以，艺术题材本身固有的艺术美感和作者个
人的艺术感悟之间的物我交融，自然而然地获得了两者互融之后的
"诗"的感染力。这类艺术题材散文的成功及其美的表现，固然离不
开作家诗文两栖的艺术经验；然而，更重要的是源于作家灵动飘逸的
艺术感觉与我思我在的感悟，以及作家对音乐、绘画等的知识积累和
鉴赏的学识。两栖经验、艺术感觉、感悟能力以及学识修养，这些方
面的整合，是赵丽宏创造诗性的智能结构。

　　总之，赵丽宏的智能结构，加上对中外"诗化"两途并行不悖的
选择，使他的散文往往在不经意中完成了诗性的诉求。

第三节　　文本叙事形式的诗性创造

　　20世纪90年代以降的散文创作，大体呈现两种走势：一种是顺
应并媚俗于大众审美文化市场的粗鄙化写作，诸如所谓的小女人散
文、休闲散文、性情散文、新媒体散文等；另一种是坚持自我本真，

坚守散文家的道德良知，坚持诗性的艺术化写作。史铁生、赵丽宏、刘亮程、韩小蕙等一大批散文家引领着主流话语，执意延续并发展"五四"新文学的诗性"美文"传统。在艺术化写作中，还出现了以散文集《当代先锋散文十家》（王军等主编）为标志的"新艺术散文"思潮，以及王开林、古清生、伍立杨、李辉、梅绍静等新生代作家，彰显着"凸现的密度""诗象语言""心绪高于细节"的艺术化诉求。我们研究赵丽宏的散文，不能不思考这样一种问题：为什么他入选中小学语文课本的作品，竟有31篇次之多？答案只有一个：赵丽宏是一位美的追求者与美文作家。在"粗鄙化"与"艺术化"两种思潮的对峙中面对诗性价值写作，他不仅通过主体本真的定位、"诗化"途径的选择来创造美，而且通过文本形式的精美打造，使自己的散文在"新艺术散文"思潮中与时俱进。他尤其通过叙述方式个性化的创造，使自己的作品永葆生气勃勃的前沿性和创造性。

从打造多样、精致的文本形式来看，赵丽宏形成了属于自己的审美艺术思维定势。为了打破时空逻辑叙事对文笔的限制和捆束，他以开放的艺术思维，试图用现代主义的意识流、感觉化与魔幻手法整合文本的叙述方式。在早期创作的《诗魂》里，他就开始了这方面的尝试。由于抒写深层内心感觉与生命体验的需要，把自己的叙述形式从单向、僵硬、封闭的时空定位的传统模式中解放出来，并对传统的叙述方式进行了很大的改革。如《日晷之影》，出于博大的人文情怀，以思接千载、视通万里的想象，追问时间、追问历史、追问宇宙、追问人间、追问生命，同时把这些追问演绎成作者与"小青虫"、西西弗斯之间心灵对话，演绎成与后羿、阿波罗、霍金、"小花雀"以及芦苇之间的幽幽呓语，这些都是借助意识流小说常用的自由联想和抒情自白，整合成诗情跳跃的叙事方式。其中所产生的审美效应，是创造了一个以人与自然、人与自由的哲思来统命的多维度展示的隐喻意境。《印象·幻影》以作者的幻觉作为意识流动的生发点，以魔幻的奇诡想象，描述梦境里诸多的"印象"与"幻影"：幻化的光点、梦境的色彩、海鸟鸣叫的声音、假模特的假笑以及对"我"的穷追不舍、牵牛花的萌芽及其后的生命过程，以及各种颜色的"门"忽至"我"的面前，让"我"疑惑……这些意象纷至沓来、扑朔迷离，匪夷所思地编织成一个现代主义的文本。它用感觉对各种意象进行拼贴、切换并予以糅合，进而隐写了一个"现代人"在选择"自由天籁"之门时的焦虑、痛苦和惶惑不安。赵丽宏的这些作品，不仅比新时期之初出现的意识流散文《雨中，我看到蒲公英》（郭风）、《橘黄色的梦》（王蒙）、《忆念中的欢聚》（徐开垒）等要复杂、朦胧得多；比之"后新时期"出现的同类具有现代主义色彩的《有话对你说》（韩小蕙）、《并非梦幻》（斯妤）、《这种感觉你不懂》（胡晓梦）以及《想念地坛》（史铁生）等作品，在表现上也要更"现代"得多。赵丽宏的这些散文深藏着神秘的哲理玄机和更夸张的现代手法，因此思想更为大气与深刻，意境更具心理疼痛和诗性。可见，对其以现代手法叙事及所创造的意境，是不能用"融情入景""情景交融"的老套理论话语来进行分析评论的。在艺术品质上，这些实验性作品与鲁迅象征主义的《野草》，有着几分神似，完全属于另类的审美心理机制。显而易见，他在这里对传统的诗美与诗性进行了颠覆与改造。残雪主张把外国的"从西方传统中长出的植物"，移栽到"中国的土壤里"。①赵丽宏的实验也在"移栽"的意义上，重建了中国散文的诗性，而且让用西方现代主义的手法创造全新的文本，成为一种可能。唯其如此，散文才能实施如余光中所说的"剪掉散文辫子"②，也如周同宾所说，让散文"脱去唐装宋服，长袍马褂"③。

综观赵丽宏全部文本的构造，我们可以厘清其三种艺术思维的方法和创造途径。除了借鉴古典诗词实施"诗化"的"诗化体"、借助现代手法创造现代主义文本的"现代体"而外，他还用小说"故事性"及其故事文本相切合的表现形式，进行了林林总总"故事体"散

①　残雪：《为了报仇写小说》，湖南文艺出版社2003年版，第151页。

②　余光中：《听听那冷雨》，山东文艺出版社1994年版，第3页。

③　周同宾：《散文要还俗》，《散文百家》1992年第10期。

文的审美创造。赵丽宏很重视散文中的叙事元素，他的哲学便是以"故事"作为第一定位。换句话说，在"故事体"类型作品里，作家永远是一位故事的讲述者。莫言在诺贝尔文学奖颁奖仪式上称，他是一个"讲故事的人……因为讲故事而获得了诺贝尔文学奖"[①]。笔者也可以说，正因为赵丽宏善于在散文中"讲故事"，故此这也成了他获得非凡成就的一个重要因素。不过区别于小说的虚构，他散文中所讲述的全是生活中的真实故事。在他的审美感觉里，人的真实与事情的真实，天然存在诗意与诗性。他说："有人说：'世界上最美丽的风景，是人。'这种说法，本身就富有诗意，就是对人间美好现象的一种诗意的解释。"[②]在占很大比重的"故事体"中，作家往往通过叙述一个小故事、一个情节、一两个细节来展开文本叙事，仅仅凭着它们生成初始的灵感，并以此作为构思的原点以撑起全篇的构架。很多散文评论家和理论研究者对散文这种叙事策略与功能，没有给予足够的关注，对其所呈现的诗性也因此估计不足。而赵丽宏的文本创造，却在这方面给我们以下两方面现实意义的启示。第一，他极力反对"散文可以虚构"的理论，其所描写的人物与相关的"故事性"做到了绝对的真实。诸如路人在雨中帮助小姑娘捡起翻车的苹果（《雨中》），老队长在队会上帮知青的"我"评定8分的工分值（《老队长》），一封十多年前让投稿者放弃写作而今反而感恩的信（《投稿者》），"赤膊人"在街头拿小女孩当成卖艺的"商品"（《卖残忍》）……这些都是生活中发生的真实的人与事，曾经深深打动过作家本人。这些人和事再在笔下用自己的歌哭表现出来，自然会使读者过目难忘，为之动容。所以在客观上，赵丽宏以"故事性"的绝对写真值及其产生的亲切感和公信力向散文界警示，特别对那些以虚构的、"卖萌"的、花里胡哨的伪散文者以严正警示：虚构，就是从根

---

① 莫言：《莫言：我是一个讲故事的人》，《京华时报》，2012年12月8日。

② 赵丽宏：《诗意》，《赵丽宏文集》第2卷，上海文艺出版社2010年版，第108页。

本上取消了散文的生命，失真就失其美。散文作家们应该从赵丽宏的"故事体"散文中，汲取恪守真实性的经验，对那些危害散文命运的奇谈怪论予以抵制。第二，一个情节或几个细节，虽然不是完整的故事，但它们也是形象的、感性的画面——人事表现的画面，其实也是另一种形式的"画中有诗"。正如法国理论家布封所认定的那样："人们经常拿诗来比画；但是人们从来没有想到散文之能刻画，有胜于诗。"①赵丽宏的文本把它们作为构思、熔裁和结构全篇的契机与焦点，而且对之进行形式化了。在中国当代文学与外国现代主义文学碰撞与交融的时候，"形式即内容"的现代理念也同时在实践中被我国当代文学所接受，而且在文本上有了确定性的表现——把作品所表达的思想情感形式化、符号化了，成了"有意味的形式"。例如，《挥手》以父亲的"挥手"作为"一种父爱的象征"，也成了抒情命意的符号，仿佛乐曲中贯彻始终而又不断回旋的主旋律。作家让它反复在作品中出现，伴随着父亲故事的讲述，"挥手"也成了"我"作为儿子怀念父亲的符号，以此向父亲倾吐温暖终生的感念。在《母亲和书》中，作者发现了母亲多少年来默默珍藏自己著作的专用书柜，这个秘密，使作者产生了对母亲的感动、感激与感恩，情感如江涛海浪般在笔下呼啸起来；由此围绕着"书柜"，并且伴以张弛两宜的叙述节奏，产生了感兴的缘起、气氛的烘托、细节的铺垫及最后千呼万唤而推出的抒情高潮。这个"秘密"表现的叙事结构中每一个相互连接的环节，都因思想及特定情愫的呼请，而获得诗性。"故事性"里的某个情节或某个细节特定性和规定性的意义，这些被赵丽宏称作"诗意"的东西，对于文本操作来说，成了一个集构思、熔裁、抒情为一体的"核心"符号，成了散文"讲故事"并产生审美感染与期待的一种根据。内在恒定的诗情演绎成外在变化的根据，即编织成故事（或一个情节或几个细节）的话语叙述链，这就构成这类文本精致的翘楚与诗性表达的关键。

---

① 布封著，任典译：《布封文钞》，人民文学出版社1958年版，第16页。

　　因叙述方式设置的殚精竭虑与每篇作品的因文制宜，赵丽宏创造的文本美感呈现出千变万化的形态。如从归类的风采看，"诗化体"更多的是清丽，"现代体"更多的是华彩，而"故事体"更多呈现的则是质朴的美。美的风采各异，但都为赵丽宏30年孜孜以求的诗性所吁请和所命定。

　　综上，笔者从创作主体本真化的定位、中外"诗化"途径的选择以及文本叙事形式的创造等三个方面，论述了赵丽宏30年来对散文审美诗性的诉求，究其实也是阐述其散文生命的哲学。换言之，赵丽宏的散文是其个体艺术生命形式的诗意呈现。借用宗白华的话说，他所创造的是美，"所表现的是生命的内核，是生命内部最深的动，是至动而有条理的生命情调"[①]。而这些方面的诉求，正标志着几十年来中国当代散文在曲折迂回、艰难振兴中被不断质疑、反复讨论而没有真正取得共识的问题。笔者认为在重建散文诗性的诸多困惑之中，用散文作为个体生命形式的赵丽宏，在面对"五四"与"十七年""诗性"传统的时候，以他再认识、再发现与再创造的实践，为现在和未来做出了关于散文命运走向的正确选择，为当下建构散文美学提供了有益的、不乏启悟的"诗性"话语。赵丽宏的意义正是在这里。

---

　　① 　宗白华：《美学与意境》，人民出版社1987年版，第148页。

第九章

丁帆：悖论思维范型

丁帆的散文，是当代学者散文中独具个性特点的"悖论思维范型"。

作为散文评论家和文学史家的丁帆，从1979年发表《论峻青短篇小说的艺术风格》之后，40年来先后出版了《中国乡土小说史论》《新时期小说读解》《文学的玄览》《十七年文学：人与自我的失落》《中国大陆与台湾乡土小说比较史论》以及《中国乡土小说史》等著作，成为现当代文学研究的著名学者。在教学、科研的同时他还坚持散文创作，至今已出版《江南悲歌》《夕阳帆影》《枕石观云》等散文集。然而，作为散文家的丁帆却似乎被人们所漠视。我们以为，认识散文家丁帆与认识评论家丁帆同样重要。因为他的随笔体散文在当前散文创作中有着特别重要的价值，这正是我写作本章以进行探寻的缘由。

第一节　人物品藻的自觉意识

20世纪90年代起，出现了持续至今的"散文热"。仅就概念来说，出现了"大散文""文化散文""历史散文""艺术散文""女性散文""小女人散文""荒诞散文""学者散文""新媒体散文"等，品名繁多，难以周计。个中原因，除了改革开放的深入和商品经济的急剧发展而外，还有一个主要的原因：中国知识分子在经过了新时期初期的思想解放运动、80年代的思想启蒙以及观念嬗变、方法论更新之后，他们回到自我的内心，进行远比"反思文学"阶段更为深刻的反思，随笔成为他们反思的最好的文化港湾和内心言说的最好形式。从这个意义上说，"散文热"就是"随笔热"。就在随笔创作中间，出现了"读书随笔""思想随笔""哲理随笔""学术随笔""文化随笔""艺术随笔""生活随笔"等；而在诸多的随笔创作者中，有老中青的作家和很多文化人，值得我们注意的是，还出现了很多学者组成的作家群。除了被热捧的余秋雨外，可以列出很多名字：林非、潘旭澜、梁衡、卞毓方、王充闾、赵园、雷达、周国平、李辉、孙绍振、南帆、陈平原、蔡翔、刘小枫、夏坚勇、王兆胜、徐治平……而在他们之中，丁帆是应该给予特别关注的一位。他认为散文进入90年代以后，是"人们在视觉的信息时代里，惟一可以驻足审美的文学样式"①。这是丁帆致力于随笔外在的创作背景。

对于这个时期的随笔创作，有人批评说："仅一'随'字，就足以能够代表和准确地体现这些退守者们此时此刻的人生况味和悲剧心绪——随意、随世、随大流甚或随便，以及与之相随的'荒诞感'、'虚无感'、'无聊感'。"②这是一种信口雌黄、很不负责任的治学态度。如果我们以丁帆的散文进行个案分析，就可以反驳批评者不符实际的奇谈怪论，且认识随笔文体的自觉意识。

收在《江南悲歌》里的很多篇章，是关于明清、民国及中国现代史上"江南士子"和秦淮名媛的随笔，是丁帆整个随笔创作中极有分量的作品。把历史人物作为题材与载体，抒发作家自己个人的感想、感念与感悟，是很多随笔作家书写、言说自己思想的方法和途径。如果说，卞毓方书写蔡元培（《煌煌上庠》）、毛泽东（《韶峰郁郁 湘水汤汤》）、鲁迅（《凝望那道横眉》）、马寅初（《思想的

---

① 丁帆：《〈世纪末启航〉序言》，《夕阳帆影》，知识出版社2001年版，第335页。

② 王聚敏：《论抒情散文》，《海南师范学院学报》2005年第4期。

第三种造型》）等，是重新感受先哲们的心路历程；如果说，李辉书
写赵树理、老舍、吴晗、邓拓等（见《人生扫描》《风雨中的塑像》
等集），是从他们的个人遭遇中寻找为后人留下的历史扭曲命运的车
辙；如果说，梁衡书写瞿秋白、周恩来、邓小平（见《觅渡，觅渡，
渡何处？》《大无大有的周恩来》《一座小院和一条小路》），是以
"思想解放"的观念重新评说共产党的领袖人物；那么，丁帆则是反
复考量、审视其笔下钱谦益等历史人物的人格——作为"士子"的人
格。而这种人格审美，成为他散文最能够让读者感动并引起深深思考
的思想价值所在。

人物品藻起源于"魏晋风度"。它是以"竹林七贤"为代表的
士族意识形态的一种表现。为了对抗由曹丕刚刚建立起来的"九品中
正"制度，那时提出对人物品评鉴别的标准不再是官本位的政治理想
与建功立业，而是人自身所具有的内在的智慧、个性、胸襟、性情、
品质以及由此表现出来的气度做派；后来整合儒家"文质彬彬"的君
子理想，发展成文艺创作的美学标准和人格主体的审美理想。随着改
革开放和市场经济的急剧发展及其价值观念的嬗变，文学创作与批评
正在消解与悖失这一审美传统。丁帆的可贵之处是他不仅在文学批评
中把握人性的基本价值，而且在创作中一如既往地坚持着研究人性的
价值理念。他对江南士子进行人格的审视与考量，读者由此在他的文
本中见证了"这一个"丁帆的价值不群。

首先，在丁帆的人格价值观里，他把是守节还是变节，看作人
格审美的第一价值。他大体写了四类士子。第一类，在仕变节降敌的
贰臣，如钱谦益、侯朝宗、吴梅村、刘师培、冒辟疆等；第二类，与
敌对抗或与奸党斗争或坚持真理信仰的"大丈夫"，如金圣叹、方孝
孺、张溥、高攀龙、杨涟、顾炎武、夏完淳、胡风等；第三类，对皇
帝愚忠、最终实现道德自我完成的"忠臣"，如王国维、翁同龢等；
第四类，心忧天下、独善其身的民间"精神贵族"，如吴敬梓、袁
枚、归庄等。在这四类士子的书写中，丁帆都无一例外地聚焦于他们
的精神节操。对第一类士子，作者站在历史主义的立场上，批判他们

在人格上背叛历史、背叛民族的变节与失节。作为东林党魁首的钱谦益"创下了文人变节的历史纪录",背叛东林、卖身投靠南明朝廷,后又举白幡投降清军,这些都是认贼作父的变节。侯朝宗归顺清朝后失节参加乡试,中了榜眼;曾经激烈批判吴三桂降清的吴梅村,自己经不起诱惑重蹈吴三桂覆辙而出仕清廷;刘师培出仕清廷,又绝意仕途参加革命加入"光复会",后又被清政府收买"骤然变节",反过来充当告密者出卖了革命党王金发等人……他们纵有高深的学问,但他们的变节与失节永远是人格的耻辱。正是由此出发,作者对第二类英雄士子人格的褒扬,是通过书写其在与异族统治者、皇权、奸党等邪恶势力的抗争中不惜身家性命的壮举,感悟他们坚守人格节操的无私无畏与"硬骨头"精神。对第三类士子人格的品评,作者还是看他们是否守节。对"头脑是近代式的,感情是封建式的"、以一种悲壮的形式来完成自己信仰的"最后仪式"(自沉昆明湖)的王国维,对晚年被"开缺回籍"后仍然关切朝政动态、怀抱着有朝一日光绪皇帝重掌朝政之心灵"悲剧死结"的翁同龢,丁帆有不同于一般人对"愚忠"人格的理解。在丁帆看来,"愚忠"也是对自我节操的坚守,也是对自我人格的最终完善,因此也就具有美的意义。丁帆的人格价值观认为,信仰与理想执着如一的追求,永远是士子人格价值内涵的核心。

其次,丁帆的人格审美把士子的思想行为置于对国家、对民族、对历史的道德责任之上,认为出于良知道义并为此坚持抗争、舍生取义的,才是"大丈夫"的人格。唯其如此,丁帆的人格审视中把明代东林党中与魏忠贤奸党不共戴天的士子高攀龙、杨涟当作人杰予以讴歌:他们为黎民社稷而除暴安良,不怕坐牢杀头,视死如归。同样,丁帆把顾炎武当做东林党的精神领袖予以书写,其"家事国事天下事事事关心"的道德良知,始终不渝地伴随着后者走完了"人格的楷模"的一生。丁帆把忧国忧民的良知道义,看作是至高无上的人格境界。在他看来,人总是有缺点和局限的,但只要有了忧国忧民的道德责任感,那他的道德情操就可圈可点。故此,尽管续范亭当时在国民党任职，但他为了拯救国家和民族的命运，为了警醒腐败当局和四万万同胞，而在中山陵前拔剑自剖，要求抗日，不失为一名铮铮铁骨的爱国志士。尽管吴敬梓向往明代的名士之风、放浪形骸做"精神贵族"，但他"在无为而治中来达到兼济天下的目的"，以《儒林外史》来解"胸中块垒"，就是其心忧天下的见证。

丁帆在其人格审美中尤其强调个人的特立独行，也就是强调自我人格的主体性。坚持信仰与理想追求，坚守忧国忧民的道德责任，这些都是人格审美的共性。作者把握士子们的共性的同时，更注意到因人而异，抓住他们各自的个性——人生经历的特殊和思想境界的差异，进行审视剖析，这就使他笔下士子的人格画廊丰富多样、各呈异彩。有伟丈夫，有谦谦君子，有独善其身者，有作为人格侏儒的变色龙、失节者、卖国贼、叛徒、告密者……就成仁来说，有金圣叹"与妻书"的慷慨，有方孝孺披麻戴孝的死谏，有夏完淳少年英雄路的赴死，有高攀龙笑对生死的从容，有杨涟的割喉酷刑的惨烈，有陈布雷的幡然自尽的耿狷……总之，作者凸显了江南士子人格的个性，凸显了他们不同的人格魅力；进而使作者的人格审美，对今天知识分子的精神建构有着发人深省的普泛性启示。

第二节　忧伤情怀与悲剧痛感

我们认为："散文……等一切艺术形式所表现的是人本真的精神生活的真实，形式本身传达着题材的真实、思想的真率、情感的真挚、人格的真诚等这些自我本真的内容，对此读者阅读时并不存在着审美阻隔与心理距离，无须像解读虚构性的现代小说与戏剧那样，进行从'真'到'假'的心理还原和从'假'到'真'的认识还原，就能够直接感受作者的'真我'，与之进行心灵的碰撞与对话。"[1]丁

---

① 林道立、张王飞、吴周文：《论"五四"散文形式审美的价值建构》，《扬子江评论》2010年第2期。

帆用他的随笔与读者对话，坦率地吐露自己的真情实感，让我们深切地感受到他的那种挥之不去的"悲歌"的忧伤。

　　还是先从他的士子人格审美说起。丁帆谈到这些作品的写作时说过："这些文章的写就，除却查阅一些资料外，还依赖平时读书的积累，目的不在考据，而在于史实之外的一些感触，所谓'借题发挥'是也。"①所谓"感触"，就是有感于"中国现代文人……自身人格力量的极度萎缩"，有感于"弘扬那种毫无媚骨的文化人格，恐怕是当今知识分子亟待的文化前提"。②董健教授则对丁帆的"借题发挥"作了如此的描述与概括："他学着鲁迅'救救孩子'的呼喊，喊出了两个声音：一曰为士子招魂，二曰为全民启蒙。他痛切地看到与感到'文化转型期'里物欲横流、斯文扫地、精神萎缩、士子无魂的可悲事实，于是他来呼喊'招魂'与'启蒙'。"③董先生的概括无疑切中肯綮。不过，丁帆的"招魂"与"启蒙"不仅在人格审美和人格审视的层面展开，而且连同自己一起审视，表现着自己的忧伤情怀。

　　诚然，丁帆所描写的士子以及秦淮名媛都是悲剧性的题材，之所以选取这些悲剧题材，是源于他满腔的悲剧文化情结，是为了更方便他的"借题发挥"罢了。借古鉴今成为他的随笔的理性思维定势。我们发现，他每次言说士子生平事迹和人格亮点的时候，关于人格的议论都会一处接一处地喷涌而来，那种源于现实的感触忧愤，时常情不自禁地溢出。如感怀方孝孺时，作者感叹："告诉下一代……告诉未来吧……告诉当代文人吧，作为一个文化监护人，少了方孝孺的正气和骨气，他将成为一个精神的瘫痪者，一个媚俗的'言说人'，一个文化的侏儒。"如写到李香君时，说："作为现代文人，我们不仅不能被物化了的世界所征服，也不能被异化了的人格所压倒。李香君

---

① 丁帆：《后记》，《江南悲歌》，岳麓书社1999年版，第249页。
② 丁帆：《后记》，《江南悲歌》，岳麓书社1999年版，第249、248页。
③ 董健：《序》，《江南悲歌》，岳麓书社1999年版，第3页。

尚且能保持自己的精神操守，而吾辈非得在臣服淫威时低下高贵的头颅吗？！"诸如此类针对当今知识分子人格的议论随处可见。他为现代文化人人格的"软骨""奴化""萎缩"而焦虑、痛心、忧伤和愤慨。这种情感的抒发，贯穿于整个秦淮文化的历史反思之中，曲包在人物品格的言说之中，见之于他作品的议论之中；同时从技术上看，作者还擅长创造悲剧性的叙事情境，即在游览历史人物生死行踪的现实场景时，创造出贯通古今、情景交融的境界。举例说，《豁蒙楼上话豁蒙》写作者行吟于豁蒙楼，由豁蒙楼抚今追昔，生发出关于戊戌变法中殉难的杨锐、储安平写作《豁蒙楼暮色》所自述的"默念自己……罪人"的谶语、"难得糊涂""见风使舵"的郭沫若也曾来此地的联想，这就使悲剧性的人、事、景、物会通交叠、浑然一体，从而淋漓痛快地把借古鉴今、怀古伤今的情愫抒发出来。这里，我们可以借斑见豹，大致管窥丁帆随笔中忧伤情怀所创造的文本风格，它一方面是直抒胸臆的奔放，另一方面又因深切的忧伤，常常使情感的表现变得沉郁顿挫起来。

从丁帆评论峻青的短篇小说的悲壮风格起，我们便能感到他带着悲剧美的理想研究文学创作的审美。在文学批评中养成的这种理性的悲剧审美经验，也自然会被带到他的随笔创作中来，从而整合成其审美创造的情感机制。然而，忧伤因疼痛而起，最终还是源于个人对社会人生的责任而生成的焦虑。而这种焦虑，早在丁帆青少年时期就开始形成。《插队故事》的系列随笔，是写他到苏北落后穷困的宝应县农村插队的往事。表面上看，也许如他所说，"写出一些亲情、友情和乡情来"①，其实从实质看，有着更为深切的文化情结。他对知青生活的回首与一般知青作家不同。他不是去发泄关于插队与回城遭遇的怨恨（如梁晓声等），不是去进行文化"寻根"（如王安忆等），不是去感激"贫下中农"给予的温馨和重温民风民情（如王英琦等），而是写自己在成长中所经历、所感觉、所体验的刻骨铭心

---

① 丁帆：《自序》，《夕阳帆影》，知识出版社2001版，第2页。

的疼痛感受。他怀着太多的忧伤，来写今天依然感悟着的那种心灵的震颤。在那里，穷得"每个工分值（10分工）也就二三角钱"，每户社员"只许养2—3只鸡"，他们的日常生活的必需品，煤油、盐、酱、火柴、肥皂等，"都得从鸡屁眼里抠"（《进队》）；在那里，让他"没齿难忘的事"是一名社员下田拉犁时"把惟一剩下的裤头也奋然褪下"，"甚至他和老婆及孩子每晚睡觉都是赤条条的"（《犁田》）；在那里，人们穷得吃不上猪肉，只有猪得"二号病"（霍乱）死后才等到全村男人的"盛大的宴席"（《打平伙》）；在那里，他患病昏睡了七天，与死神擦肩而过，"整整掉了20斤膘，形销骨立，瘦骨嶙峋"，后来回城养病，连母亲也认不出自己（《濒死》）……作者把他的这段人生经历看作"精神的炼狱"。他忧伤地抒写它，是因为他在这里获得了心忧天下的良知与道义。他在《苦难——人生航程的风帆》中写道：

> 我不想奢谈我与第二故乡父老乡亲的"亲情"——确实，我在他们身上汲取过苦难生命的精髓；同时亦看到过一个个阿Q式的面影。但我要永远礼赞我那16岁青春停泊地上的第一次生命的起航——它载着生命苦难的风帆，让我用苦难的眼光去寻觅人生征途中的每一次幸福——从这个意义上说，一个历史的错误反而造就了一代人……而今我们拥抱这苦难，咀嚼这苦难，直到永远。①

独特的个人感悟，让读者感到忧伤中的悲壮和悲壮中的忧伤。我们阅读丁帆的随笔，感觉他在审视士子人格的同时，也在进行着自我人格的裸露与审视。我们认为，如果要读懂丁帆的"悲剧文化情结"，就要读懂他人生中的宝典——《插队故事》系列。我们感受丁帆全部随笔中所表现出来的忧伤情怀与悲剧痛感，仿佛读出了范仲

---

① 丁帆：《夕阳帆影》，知识出版社2001版，第37页。

淹、欧阳修那种"宋儒"精神；借用鲁迅的话说，"好像全世界的苦恼，萃于一身，在替大众受罪似的"①。是的，他写历史人物、往事回忆、日常见闻、即兴感怀的文化随笔，其实就是写自我襟怀的表现和自我身份的认知。表现忧伤，仅是他文学书写的情感形态；忧伤表达的背后，抒写的却是他自己品格操行的坚守和道德责任的担当。

第三节　作为学者的悖论式思维

丁帆这样说自己的随笔："这些不成文的东西漫溢着一种'古典'的情愫，往往与'现代'与'后现代'的时尚思想不合拍，被人指为'文化保守主义的思潮'。"②对此，我们不以为然。诚然，他的文本技术操作是偏于传统，故而还有几分古典的儒雅；但是，他的思维方式和表达的思想却是与时俱进，而且殊于他人。随笔的品格的水平，取决于作者的思想境界、美学理想、社会阅历、情感深度以及艺术形式的表现。然而在评论作家作品时，研究者却常常无视或忽视了对作家个性思维方式的研究。如果说丁帆的文本操作是非"现代"、非"后现代"的，那么，他的悖论式思维的支撑，就使其随笔在思想上有了"现代"和"后现代"的生机。

《辞海》（上海辞书出版社1979年版）对"悖论"作了这样的解释："悖论，是逻辑学名词。一命题B，如果承认B，可推得﹁B（非B），反之如果承认﹁B又可推得B。故称B为悖论。"1902年罗素发现了集合论中的一个悖论，此发现对数理逻辑学产生了积极的推动作用，同时也在认识论上对思维方式产生了广泛深远的影响。所谓悖论式思维，大体包含两层意思。第一，抓住事物中互相对立的矛盾，把握复杂矛盾中的异常、错乱与错谬；第二，从矛盾的异常、错乱与错

---

① 鲁迅：《〈二心集〉序》，《鲁迅文集全编》，国际文化出版公司1995年版，第682页。

② 丁帆：《自序》，《夕阳帆影》，知识出版社2001年版，第1页。

谬中，寻找并得出与普泛事理相悖的反论。我们觉得，丁帆擅长于逆向求异思维，在逆向求异思维中更擅长他的悖论式思维。其作品的一些题目，如《悲剧的理性　理性的悲剧》《殉情的浪漫　浪漫的殉情》《人格的矛盾　矛盾的人格》《抗争的猛士　猛士的抗争》等，就有强烈的思辨意味，这不得不引起读者的注意，从而进一步想解读他的特殊的思维方式了。

悖论式思维是对传统思维方式的反动。长期以来，"矛盾对立的两个方面"和"一分为二"这种简单化的思维模式，把本来鲜活的辩证法僵化为"非此即彼""非左即右""有一无多""以一盖多"的形而上学。而这种先入为主的简单定向思维，带着先验的框框条条，束缚着我们对很多事物的正确认识并作出正确的判断。丁帆告别传统思维，以其人物随笔和很多文化文学随笔告诉我们，必须突破简单化思维的模式与定势，必须逆向求异、"一分为多"、多元思考，才能抓住症候、解开死结，得出符合事物本质的结论。这也就使他的作品有了敢说真话的根据，有了自己的发现和走近真理的思想。对此，只要走进丁帆的文本就可明白了然。《悲剧的鲁迅　鲁迅的悲剧——鲁迅》抓住了鲁迅在作品里所必表现的悖逆、含混、反常、佯谬等疑难现象，用感觉印象式的素描，对鲁迅进行了辩证的悖论思维分析。如对《阿Q正传》，作者指出，一切"非逻辑、反逻辑"的人物设计，使得小说"滑稽可笑"，疯狂的背后蕴藏的是"对那种死寂的呐喊与控诉，大'佯谬'之下冷峻地阐释出理性的哲理"。其悲剧因素"并不是同情和怜悯"——"哀其不幸，怒其不争"，而是尼采张扬的"酒神精神"，作家借此裸露的"是对旧秩序的破坏欲望而达不到时的宣泄愤懑"。一般研究者指出《过客》等散文诗里抒写了鲁迅的"反抗绝望"；而在这里，丁帆又在其小说中发现了一个"反抗绝望"的经典文本。如，通过《故乡》和《社戏》的对照，丁帆指出鲁迅的"悲剧情感"和其理性主体"格格不入、呈游离和悖反状态"，则是对"酒神精神"的剥离。再如，对作为"思想的巨子"的鲁迅为何"最终选择了直接表述的杂文来向旧世界营垒进攻的情感宣泄形式"，丁帆解释其主要动因是"那种来自对'再现'或'表现'艺术的一种本能的审美疲倦和排拒"。丁帆在这里指出，"遵命文学"与"一切文艺是宣传"的理念制约着鲁迅的创作心理机制。这些独特的感悟与独特的见解，是解读鲁迅身上诸多二律背反现象所作的悖论思考的结果。黑格尔说："多样性的东西，只有相互被推到矛盾的尖端，才是活泼生动的，才会在矛盾中获得否定性，而否定性则是自己运动和生命力的内在脉搏。"①写出《女神》《屈原》的郭沫若为何变成了"侍臣文学"的郭沫若，甚至作诗称"亲爱的江青同志，你是我们学习的好榜样"？早年入党又脱党，临终却致信党中央要求"追认"的茅盾，为何在其"人格分裂进入不可解脱的高潮时"，他的创作却"达到了顶峰"？丁帆抓住人生经历、思想情感与创作机制之间诸多症候，用他的B即非B、非B即B的悖论，并且用二律背反的哲学原理，在包括对政治功利的眷恋、自身身份的认同、道德节操的坚守等的人格审视中，给他笔下的郭沫若、茅盾等各类人物身上的种种症候、盲点，作出了不同于他人的评论与解释。他的评论与解释是黑格尔式的"否定性"，往往是新颖和辩证的，也是令人信服的。于是，读丁帆的随笔你会受到思想的启迪，相信思想的解放源于认识论和方法论的嬗变与观念的彻底解放。

丁帆对士子人格审美的一个价值杠杆，就是文化批判精神的品鉴，进而表现自己的文化批判品格。他与友人讨论"东林悲风"时充分肯定东林党人对抗朝廷与奸党的无畏，他多次赞颂鲁迅、朱自清的"硬骨头"精神，认为："知识分子……文化批判功能则是读书人从历史的故纸堆里找到的属于自己本性的独特素养。"②丁帆出于这种理性的自觉，把文化批判当作自己的使命，正如他所表白的："我仍以十二分的热诚去关注文化和文学现状的变化，坚守一个知识分子的

---

① 黑格尔著，杨一之译：《逻辑学》下卷，商务印书馆1976年版，第69页。

② 丁帆：《江南悲歌》，岳麓书社1999年版，第49页。

文化底线，向人类文化的倒行逆施现象作不疲倦的抗争……"①悖论式思维让丁帆有了说真话的勇气和胆识，给他的随笔带来的是激烈而充沛的文化批评精神。应该说，悖论式思维是其随笔的一种深层次的智能结构，它使丁帆建立起犀利敏锐的认识力、洞察力和判断力。这具体表现为在错综复杂的文化现象中发现和捕捉对象本质的能力，使多元阐释、悖反认识完全成为一种可能。如，人们一直把顾炎武当作"知识分子人格气节的楷模"，可丁帆从他晚年的"流亡苟活"发现了他"忠贞不贰的道德掩盖之下，删除的是知识分子对统治阶级的文化批判功能"，以至于这成了后期东林党钱谦益等人投降清廷的"答案"。再如，丁帆从蒋介石"御用"的陈布雷吞食安眠药自杀的事象中，发现"在江山社稷与人伦道德之间不能调和时"，他的自杀不是为即将覆灭蒋家王朝"成仁"，而是为自身的"富贵不能淫"人格作一个"最后归属"。这里还有必要提及丁帆送别许志英教授的《直面人生的果敢与坦然》。自杀在常人眼里是性格的懦弱和对人生消极悲观的逃离，但作者以哀伤痛惜之情对许先生去世前的两个电话以及留下遗嘱等举动进行反复渲染，从中表现先生的果敢、坦然、坚强、从容与智慧。无须赘言，经过丁帆文化批判的审视，顾炎武、陈布雷、许志英等士子，自身就是一个个令人深思的悖论。

当破除简单化的思维模式与定势之后，悖论式思维使丁帆的文本有了归一而灵动的深度张力。它使丁帆的文本有了反常的、多维度的智能整合秩序。材料的组织与结构的安排，叙述方式的运用以及文章体制的选取与艺术手法的调配等，一切都服从于悖论式思维而呈"反形式"的状态。于是，文本的一切形式都因丁帆的悖论式思维而变成了"有意味的形式"。丁帆大体形成了悖反传统、理胜于辞的写作风格：叙述方式"太随笔"，结构形态"太自由"，技巧手法"太自我"……不成文章的方圆，却成了丁帆文章的规矩。而这个形式表现的问题，则是应该专门予以讨论的。

---

① 丁帆：《自序》，《枕石观云》，经济日报出版社2002年版，第1页。

　　总之，人格审美的传承与坚持、自我人格的裸露与审视、思维方式的破立与嬗变、文体形式的解放与创新等，丁帆在这些方面为当前随笔创作提供了可供研究和借鉴的审美价值。而作家反复讨论的知识分子人格精神重建的理念与理想，则超出了其随笔自身的文学价值。

第十章

张泽民：家国颂歌范型

张泽民的散文，是属于老一辈散文家的"家国颂歌范型"。

张泽民先生大半辈子供职于同一个单位，用他自己的话说，"从苏北师专中文科，到扬州师院中文系，再到扬州大学文学院，可算得'从一而终'"[1]。作为写作教师与后来中文系的主任，繁重的教学事务与繁忙的领导工作消耗了他生命绝大部分的正能量。然而由人民文学出版社出版的报告文学与散文的自选集《岁月履痕》，则证明在工作之余他始终放飞着美丽的文学梦想，坚持着作为作家这另一个身份的责任。张泽民这份业余的事业，难能可贵的正在于他的坚守。

读张泽民的报告文学给我们的一个强烈印象，就是他自定义的"扬州情结"。他说："60年来，古城深厚的文化底蕴，给我以无声的熏陶；扬州丰富多彩的生活，给我以取之不竭的写作素材。我所写的文字，大多是扬州的人、扬州的事，或者与扬州相关的事情，也算是我的扬州情结吧。"[2]扬州情结既是作家对自己写作的经验总结，也是我们对张泽民报告文学创作机制进行解码的一把钥匙。笔者对其扬州情结的理解，有这样三层含义：第一，张泽民是无锡人，从青年到晚年客居扬州60年，这生命中最重要的青壮年之履痕，已经刻留在

---

[1]　张泽民：《自序》，《岁月履痕》，人民文学出版社2013年版，第2页。

[2]　张泽民：《自序》，《岁月履痕》，人民文学出版社2013年版，第2页。

扬州这片土地上了。其实，扬州几乎就等同于他的"第二故乡"了。第二，他在扬州这个著名的历史文化古城接受大学教育，后来在此结婚生子、成家立业，一直从事大学师范教育的工作，故而完全接受了扬州地方文化与最能表现儒家诗教的扬州传统文化。这种无声的熏陶，养育了其与扬州生死相依、脉息融通的情怀，一种"生于斯、死于斯、歌哭于斯"的"本土性"。第三，出于对扬州社会的热爱与关切，率真、潇洒、谦和的个性以及文学创作的激情，使他与扬州文化界的名士名儒、媒体记者以及政府官员，建立了亲和友善、志同道合的关系，为其创作提供了不可或缺的人脉与信息的资源。

唯其如此，张泽民才有可能在扬州这方热土上获得他创作的成功。他作为写作教师的身体力行，更获得了示范于读者的经典性价值。

第一节　《一个震撼人心的午夜》的经典价值

扬州情结表现在报告文学的创作上，是张泽民以一种常人所难有的关注与热情，自觉地把发生在扬州古城的一些重要事件和扬州社会生活中出现的最具有道德价值与人性价值的"扬州好人"，作为其写作的对象。这是他创作题材的指向，也是自我诠释与释放扬州情结的自觉表现，进而表现了他作为散文作家的责任与时代使命。《一个震撼人心的午夜》（以下简称《午夜》），就是最好的例证。

《午夜》是张泽民报告文学之中的杰出作品，也是他的成名之作。毋庸讳言，1949年后的文学创作遵循着"为无产阶级政治服务"的理念，继承了延安文学"为工农兵而创作，为工农兵所利用"的传统，这自然限制了作家创作的审美自由与创造性才智的尽情发挥。虽则如此，但我们也不能以虚无主义的态度无视或全盘否定"十七年"文学所取得的正价值。就报告文学而言，自从20世纪60年代初期《文艺报》发表了《充分发挥报告文学的革命威力》以及中国作协举办以报告文学的时代精神与作家的时代责任感为主题的座谈会之后，报告文学创作就出现了写新风（社会主义新风尚、共产主义新风格）、树新人（社会各个行业涌现的英雄模范人物）的思潮与积极趋势。《午夜》就是在这种思潮与趋势中出现的赢得声誉的一部作品。它与《为了六十一个阶级兄弟》（《中国青年报》记者）、《旱田不旱地——记闽南抗旱斗争》（郭小川）、《县委书记的好榜样——焦裕禄》（穆青等）、《手》（巴金等）等作品一起，成为讴歌60年代一批报告文学优秀作品，为这种文体在曲折中的发展留下了时代的记录与烙印。《午夜》无疑可以看作60年代颂歌性"事件报告"的经典之一。这篇作品至少从以下三个方面留给文学史以"经典"的价值。

第一，作品证明，时代的使命感与责任感是报告文学作家的最高职业品格。作者出于对社会主义祖国的热爱与对扬州生活本土性的关注，把报告午夜的突发事件，当作了义不容辞的责任和必须肩负的使命，并且把这种责任与使命化作了自己不可遏制的写作激情。故事发生在扬州1963年6月14日的午夜。当日下午，协茂中西药店误把两小包"滴滴涕"当作"小苏打"卖给顾客，伤害生命的后果即将发生。由此，整个扬州城打响了一场找回这两包毒药的"人民战争"。翻开当代文学史查证，60年代报告文学经典作品的作者，都是如穆青、巴金、郭小川等名记者和名作家。照理说，这个关于"午夜"的文学报告应该由媒体记者或者专业作家来完成的。此事件发生之后，相关媒体肯定予以及时报道过，只是没有引起一些名记和名家的注意与兴趣罢了。而这篇文学报告却由其时在高校教书的一位普通教师张泽民，率先"破门而出"，最终完成了这项弘扬社会主义主旋律的使命。笔者在论述刘白羽肩负时代使命而创作的时候说过，其表现政治文化的"内涵与外延所演化的民族意识与国家意识"，进而变成个人"个人生命中最根本的欲求，甚至变成了自我救赎的第一需求、变成了个人一生的精神有约与坚守"①。写作《午夜》的张泽民也有着如此的内

---

① 吴周文：《肩负时代使命的刘白羽及其散文的正价值》，《文艺报》，2013年8月26日。

衰机制。他把报告这个事件的责任与使命，在道德与伦理的两重意义上，演绎成了切实实现"匹夫有责"的生命需求，创作《午夜》灵感与激情也由此而生。

第二，《午夜》切入的思想视点，是具有哲学深度的家与国之间的伦理关系，而这种哲理性表达应该是报告文学家更高层次的思想追求。当年《文汇报》的评论员文章《人民安危重如泰山》认为，《午夜》有三个"充分体现"，即充分体现了"党的伟大""社会制度的优越性""人民群众力量的伟大"，因此是"一曲动人的共产主义的颂歌"，"我国人民崇高的道德面貌的赞美诗"。《人民日报》评论员文章《为人辛苦为人忙》指出，《午夜》"展开了一幅社会主义制度下人与人之间新型关系的画卷"，从市府到医药卫生部门的干部、从居委会主任到七十高龄的老人甚至正在哺乳的妇女，围绕着找回危及生命的毒药而为别人忙碌和辛苦，从而表现了"毫不利己，专门利人"的境界。这两篇评论基于60年代的创作理念与文艺服务于政治的颂歌思维模式，其时无疑是符合政治文化批评要求的。而今天以改革开放之后文学回归表现人性的原点、文学回归审美创造本体的理念，来重新审视这篇作品，笔者发现两篇评论都仅仅停留在历史拘囿的、不健全的理念之上。笔者认为，《午夜》是在哲理的高度上，表现与演绎着家与国之间的伦理思想：午夜的扬州，被作者作为国家的写真形象，既被象征又被写实地进行了伦理化人性的想象与思考。只有社会主义制度提倡的"为人民服务"的宗旨，只有保障实现这种宗旨的服务管理机制，只有社会所倡导的共产主义理想，才能带领人们夺取这一场"人民战争"的胜利。"国"是"家"的根本保证。正如歌曲《国家》里所说的，"家是最小国，国是千万家"，"有了强的国，才有富的家"。有了负责任的"国"，才有"家"的安康与幸福。没有千千万万"匹夫有责"的小家，国之无存，国将不国。这种互存依附的关系，这种超越事件本身的沉默的哲学底蕴，应该是50年之后的一个正确的解读。同时也启导现在的人，文学创作的无限与永久，往往应该最终指向哲理的演绎。换句话说，作品成为文学经典最根本的要件之一，是人性表现的哲理境界。而当前一般报告文学作品缺失的，正是如《午夜》那样的哲理性思考与升华。

第三，把《午夜》的艺术表现，放在60年代报告文学创作水准上考量，当属上乘之作。作品的艺术思维根据六小时事件叙述的需要，既要从繁杂的原始素材中提炼出最有代表性的细节加以呈现，同时又要将冗乱的细节进行动态的、符合读者审美悬念的逻辑整合，这就需要进行缜密的艺术构思与灵动的文本构造。有鉴于此，作者以寻找两包"滴滴涕"作为叙事视角，采用了开放式的动态叙事结构：在时间、地点为逻辑时空的动态叙事中，有机整合了多条线索，交织、闪回着警察、干部、店员、居民等在城里和郊区展开"大海捞针"的奋战画面，全方位地进行"散点透视"。因此认识这种"橘瓣开花式"的多线蒙太奇组接，在政治标准第一、艺术标准第二的年代，具有艺术表现方面的求异性与超前性。也就是说，《午夜》的艺术形式表现中有着模糊的现代主义色彩（令笔者联想到福克纳的《喧哗与骚动》等多角度展示的作品），这在60年代的报告文学中实属特立独行，是极少见的。它为其后以至当下的创作，提供了经典的、可供借鉴的经验。

正是以上几个方面显示了《午夜》作者不寻常的创作才智。

第二节　扬州情结与新时代书写

"文革"之前，张泽民写过人物报告文学《于平凡中见不凡——记六圩派出所副所长丁乐昌》，1975年还写过表现江都水利枢纽工程（俗称江都抽水机站）建设的《水的主人》。进入新时期之后，既往的文学创作的理念在改革开放中发生了嬗变与演进，张泽民创作的步履也同样回到了新的历史时期的文学中，回到了作家本位的"自我"。

张泽民的报告文学在20世纪90年代给读者留下了深刻的印象。以个人署名或作为第一作者的作品有《衬衫王国的崛起》《里下河的脊梁》《橄榄绿，人们心中的长城》《为了一个稚嫩的生命》《坐标》等。这些作品依然是抒写作者的扬州情结，但是作者笔触所诉求的是，用他文学报告的个案，让读者以斑见豹地观察这座历史文化古城在改革开放中所发生的翻天覆地的变化，进而认知扬州人在改革开放中所焕发的与时俱进的精神风貌，认知扬州人为"创新扬州、精致扬州、幸福扬州"的目标，对古城进行物质文明与精神文明两个方面的打造，推动了古城扬州的现代化转型。作家告诉读者，告诉络绎不绝前来观光旅游的外地朋友，扬州不仅是有着深厚历史文化底蕴的古城，不仅是看上去在市政建设上打造现代化外观的古城，而且是一座在改革开放这场雷雨罡风中获得新的生命与不可遏制的活力的城市。在张泽民的扬州书写中，《衬衫王国的崛起》（以下简称《崛起》）是一篇很有代表性的作品。

这篇报告文学写扬州著名衬衫品牌"琴曼""博克""虎豹"，是如何在风风雨雨的市场竞争中诞生，它们又如何"作为扬州衬衫的代表，称雄首都市场"的真实故事。作者以此向读者书写扬州的腾飞。作品围绕"博克"等名牌在古城脱胎并在全国打响的故事，完整地叙说这次铭写在扬州历史上的"改革"：从"土裁缝"进北京大华厂"取经"，到江心洲"白马"的诞生；从"博克"到"虎豹"，到"琴曼"诸多名牌的应运而生，到扬州崛起为"衬衫王国"。这个从无到有、从小到大、从扬州走向全国过程的描述，归趋于一次扬州正能量、正效应、正价值的爆发。作者由此揭示一个主题：唯有改革才是硬道理，唯有在改革中遵循与运用市场的竞争规律，扬州才会有今天的崛起与腾飞。作者向读者展现的不仅仅是"衬衫王国"崛起的事件。他还以锐利的批判精神告诉我们，奇迹的产生，从根本上说是因为人的价值理念的嬗变，是因为颠覆了那种"吃不饱、饿不死"的"社会主义优越性"的僵化理念，并且置换为市场经济与市场竞争这全新理念的必然。《崛起》刻画了像柏万林、蒋茂远、严恒山、薛玉国、陈学飞等一批企业改革家和开拓者，并且刻画了这个开拓者家族里的每位成员，他们都具有改革家所共有的思想与性格。作者把他们的共性概括为"冠军性格"和"大将风度"。显而易见，作者在事件与人物相互依存、相得益彰的叙说与描画中，笔力集中于"崛起"这个焦点与视角，以最大力度书写20世纪八九十年代在纺织品精加工产业的一次猛进腾飞的扬州形象。正如作品所作的描述："短短的四年时间，从一个厂变作十多个厂，从一匹'白马'演化成'虎豹''琴曼''富迪特'……林林总总，蔚为壮观。"从开头的"扬州—首都"到结尾的"扬州—母亲"的篇章修辞，笔者颖悟到作者国家想象的构思策略与国家想象的叙事指向：以扬州讲"国家故事"，以"地方志"书写"国家志"，进而用隐喻修辞去引导读者跟着他去做国家想象。可见，《崛起》在具实的扬州书写外，又在灵思蹁跹中进行着更深更远的理性诉求与文本最大张力的表现。

张泽民报告文学的思想魅力，还表现在对扬州人当代精神世界进行的激情书写。《里下河的脊梁》书写的是1991年里下河所遭遇的一场特大洪涝灾害，所赞颂的是兴化、高邮、宝应、江都等数百万"焦裕禄"们与"王铁人"们，用抗洪涝、救家园的钢铁意志，铸成了确保胜利的"里下河的脊梁"。毋庸讳言，在台风、地震、洪涝、瘟疫等自然灾害面前，人类常常是难以逃避也是难以抗御的。但作者在这篇作品里告诉读者，这场洪涝之灾如果与1935年的百万人历史大逃亡相比，却实实在在证明人的力量有时是完全可以与自然灾害进行抵抗的，把损失降到最低的程度。这个"有时"，正是精神力量所创造的不可思议的奇迹。《橄榄绿，人们心中的长城》是《里下河的脊梁》的姊妹篇，歌咏的是扬州的公安干警和武警官兵如何在特大洪涝灾害中把"橄榄绿"，变成人民"心中的长城"。抱病忘生的朱启余、舍生取义的倪宏以及沈思、孙贵等，在不平凡中表现了深度一致的"平凡"，即把军民"鱼水情"的精神定格在"橄榄绿"之上，成一种永远的精神象征，在20世纪90年代演绎成一种救赎众生的普罗米修斯的火种。如此温暖的文学表达，同样通过苏北人民医院朱亚彬、石维平等大夫救治患畸形心脏病的三岁孩子的报告（《为了一个稚嫩的生命》），通过扬州灯泡集团的当家人高仁林锐意改革、先忧后乐的特写（《坐标》），让读者既为作品中的人物及其崇高的精神所感动，又为作者流贯于字里行间的激情所深深感染。

值得深思的是，张泽民对人物精神的温暖表达与言说，内裹有着文化批判的意义。改革开放带来的是市场经济的大发展、信息社会的大转型、物质生活的大提升以及价值理念的大嬗变。20世纪90年代这些变化与发展，带来的是诸多的文化悖论。我们必须正视，传统的伦理、道德、情操、人格理想等，被洋快餐、酒吧、舞厅、肥皂剧、卡拉OK挤兑得几乎沉沦，这就需要文学来予以救赎，需要作家来坚守传统的精神伊甸园。于此，张泽民与当下西方杰出的文艺家、美学家取得精神理想的共鸣。他们把现代社会的道德完善看得比社会历史的进步更为重要，看得远比工业化、城市化、全球化、信息化的现代文明更为重要。正是在守望精神理想的意义上，张泽民与写作《假如我有九条命》的余光中、写作《想念地坛》的史铁生、写作《一个人的村庄》的刘亮程、写作《大地上的事情》的苇岸等颇为相似。他将笔下的人物描写为精神理想的守望者与实践者，并且温暖地言说他心目中英雄人物的纯粹和高尚，言说真善美的传统性、现实性与无功利性。他们——当代的"焦裕禄"与"王铁人"们，对今天那些精神被放逐的人来说，是最好的醒脑"咖啡"，是当下物欲时代的"醒世恒言"。

笔者认为，只有作者自己被他描写的人物感动，他的作品才能去感动他的读者。我们读张泽民的这些作品，完全能体察到其一颗温暖自己，最终温暖读者的爱心——他对精神伊甸园的坚守。而这正是老作家的作品至今依然能够打动读者，依然能够保持一股正价值的最为重要的原因。

第三节　美文自觉的形式意味

张泽民以报告文学赢得声誉，同时又以其艺术性散文《咸亨酒店新主顾》、电视片《毛泽东评点二十四史》解说词、《又是芍药花开时》等，获得紫金山文学奖、全国"五个一工程"奖、朱自清文学奖等奖项。如果他的报告文学侧重于载道，那么他的散文则侧重于言志。言志即抒情。也就是说，他在新时期的作品绝大多数是抒情性质的散文。如果我们按常规思路，从思想到艺术进行评论，自然也可以对其散文的特点、个性、风格进行深入的分析解读；但从张泽民的创作对当下散文的创作有何积极意义方面立论，无疑可以琢磨其真正的价值之所在，对讨论当下散文的创作添加有意义的话题。

张泽民两栖于报告文学与散文。读其散文给我们这样一个强烈的印象：他把报告文学的许多表现元素移用到散文中来，似乎是把报告文学微型化，使之成为更为精致的小品。也许，这对于作者来说并非是自觉而为。但是，作为作家创作的一种特殊现象，它又是值得我们予以研究的。笔者考察残雪散文跨文体创作的经验时说过，她的很多散文，"它们是用小说化的情节叙事，以叙事演绎作者自己的情绪释放，进而很机智地结构成全新的、'现代'特征。她向读者证明，散文也可以如此达到幽默诙谐的抒情"①。由残雪借鉴小说元素，联想到张泽民借鉴报告文学元素，是有原因的。首先，张泽民以报告文学的形式感与文体感写作，以这种文体的具实性表现形而下的形式感，以细节表现题材的真实原态性，以叙述语感表现作者的"在场感"。故此，他散文中的题材、人物就像报告文学那样，进行着"现在时"的客观叙写与评说，并且以文字叙述强调"第一次"的史识或发现。为中日友谊开拓道路的伟大使者鉴真，从几千年历史中寻找治国安邦谋略的毛泽东，为国家教育事业

---

① 吴周文、林道立：《现代主义与诗性之沉浮》，《上海文学》2013年第9期。

鞠躬尽瘁的惠美姗，为故乡教育、医学慷慨捐助的香港商人辛德俊等，这些在散文中被书写的人物，为报告文学的形式感所言说，在客观报告的意义上重新获得了真实性和新闻性的审美诉求。其次，张泽民在写作散文时又将报告文学进行了必要的、灵动的散文"抒情"的格式化（形式化）处理。张泽民把他酷爱的文体，变通地做到了散文的精致：把多向叙述、细节铺垫、气氛渲染、时空熔裁等的宏观驾驭机制，删繁就简，变成了简练与含蓄的表达。最终在其笔下，报告文学与散文这两种文体形式浑成为一。例如，《滦县历险》是作为一个事件被"报告"的，读者把它看作一篇微型小品也完全可以，因为它的叙事方式与叙写内容的处理方式，脱不了报告文学的形式感。然而，它毕竟是以叙事为本位的抒情散文，流贯于文本的，是被强调的自我抒情，是在一场历险中"我"与他人的情感交流与碰撞，终极抒写的是"我"的感动，并把自己的这种感动流漾于字里行间。读者从张泽民一些命题如"莲花巷口的思念""愿作故乡一抔土""藤花馆前忆故人""又是芍药花开时"等，便可以看出作家对作品形式化的诗性处理，依然是以自我抒情为本位而进行构思的。在讨论张泽民散文跨文体的形式表现之时，我们有必要认识形式对作家文本操作的重要性。正如苏珊·朗格引用普鲁斯特的精彩论断所表达的思想：艺术杰作之所以具有不可思议的力量，"在于它们的表现的形式……我指的是艺术家创造的东西，不管你把它称作有意味的形式还是称为别的什么，艺术最重要的是形式性的，艺术创造必须与次序、连续、动作和形态等等打交道"[1]。所以，形式创造对于散文的精致性来说，应该永远是作家孜孜以求的东西。舍此，便没有散文艺术的精美创造。在评论、欣赏张泽民散文的时候，这应该是给当前散文创作的一个很有益的启示。

---

[1]　苏珊·朗格著，刘大基等译：《情感与形式》，中国社会科学出版社1986年版，第347页。

　　张泽民跨文体的实践，不仅从报告文学中汲取营养，而且他还从小说"拿来"自己需要的艺术表现形式。不仅"拿来"传统小说的艺术形式，而且还"拿来"现代主义小说的某些表现技巧。《咸亨酒店的新主顾》就是新、奇、怪的一篇另类作品。这篇散文以作者到绍兴重新开业的咸亨酒店（作为纪念鲁迅100周年诞辰的一项活动）的所见所闻为切入点，进而在时代变迁的风风雨雨中感受与反思改革开放初期绍兴变革的风情。作者构思的精妙处在于，把自我诗意的感受浓缩于咸亨酒店这既定的视阈中，叙写包括"我"和回祖国定居的马璧教授在内的满堂宾客品酒的喜庆场面。有了如此的构思，如按传统作法，只要把场景中的气氛、人物及喝酒的情节进行叙写与渲染，并注意选择、提炼一些表现风俗风情的细节，就可以做出文章而且完全可以做出一篇很不错的文章。然而，作者不满足传统的做法。他从外国现代主义小说那里借来了意识流的技巧。在把咸亨酒店作为整体艺术表现的视阈而外，又同时奇崛地糅合意识流手法，进行整体表现的意识流叙事。用作者自己的话说："一张张似曾相识的脸孔，勾起我连绵的遐想，历史和现实叠印在一起，一时竟难以辨认……"于是，鲁迅笔下的诸多人物，如六一公公、闰土、水生、孔乙己、涓生、华老栓、贺老六、七斤嫂、单四嫂子等，在作者的自由遐想与自说自话中悉数登场，即用意识流的自由联想与内心独白两大特征，完成了对孔乙己时代与批判孔乙己时代的历史穿越。同时，以"我"的意识流动，让酒店的宾客与鲁迅的人物"叠印"，显然这是借用了现代荒诞派与新感觉派的悖谬，如此又为作品增添了几分荒诞的色彩。由此，作品在历史穿越的断断续续之中，在给孔乙己的冤假错案甄别的当下，完成了借咸亨酒店的视阈所进行的历史比对现实的反思。值得读者注意的是，这篇作品发表于1983年第4期的《钟山》杂志。在整体文学理念尚未彻底转变之前（一般认为此转变发生于1985年），王蒙（如小说《夜的眼》、散文《橘黄色的梦》等）、郭风（如《在雨中，我看到蒲公英》）等少数作家在文学创作中开始运用"意识流"等现代派手法，借鉴与融会外国现代派手法还处在起步阶段，张泽民也是其中一员，他以《咸亨酒店的新主顾》尝试的成功获得大奖而得到评论家与读者的认可，这对于一位老作家来说，实属难能可贵。且不论台湾余光中的散文中多种现代手法对大陆散文的影响，但可以肯定地说，这篇散文的现代手法，与王蒙、郭风等一起形成了一种合力，对当代散文创作产生了深刻影响。而他们对散文创作的震撼，无疑是告诉人们，在改革开放之后，散文文体的创造也应该进行跨文体的"改革开放"。张泽民的正价值给我们如下宝贵的启示：散文只有向现代主义文学开放与借鉴，才有非常的、独立的创造。正如鲁迅所说，"没有拿来的，文艺不能自成为新文艺"①。

除跨文体的诉求而外，张泽民散文的艺术诉求还表现在多个方面，而集中到总体上的印象，是把自己的作品创作成"美文"。散文家卞毓方批评余光中的散文说，他"是用'叙事'来写散文的，可以读十遍、二十遍，但是，余光中先生的文章过于强调修辞，读者被他华美的词句所吸引，失去了对主题的把握"②。同样，张泽民也如余光中那样以"叙事"来写散文。他也爱修辞，爱华彩的修辞，但没有太过。在具体操作之中，注意艺术表现的分寸感。讲构思，他避免精巧；讲结构，他避免矫情于"峰回路转"；讲抒情，他避免激情的"山呼海啸"；讲叙议的糅合，避免理胜于辞……总之，由作品思想与抒情的吁请，对各种艺术形式及方法技巧的使用与整合，他都注意做到恰到好处，准确到位，以表现分寸感，达到和谐（即中和之美）与弹性、柔性的统一。限于篇幅，恕笔者不能在这里具体展开论述了。

文如饭，诗如酒。读张泽民的报告文学与散文，相信读者会产生强烈的欣赏饥渴感，更会诱发你的满怀诗情。因为从根本上说，张泽

---

① 鲁迅：《拿来主义》，《鲁迅全集》第6卷，人民文学出版社2005年版，第41页。

② 卞毓方：《"美"和"妙"——我的散文观》，江力等主编《中国散文论坛》，北京大学出版社2003年版，第120页。

民的文章品质是诗性的，充满艺术性的，而"艺术的本性是诗"①。
尽管读者没读到他的诗作，但笔者认为，他就是一位拥有不凡智慧与
充沛激情的诗人。

① 海德格尔著，彭富春译：《诗·语言·思》，文化艺术出版社1991年
版，第70页。

第十一章

韩小蕙：破体创新范型

　　韩小蕙的散文大体属于一种"破体创新范型"。

　　当年韩小蕙发表《悠悠心会》《有话对你说》等作品之后，小荷才露尖尖角，就有人引用"车尔尼雪夫斯基关于'席勒有一半坏作品，歌德有十分之九的坏作品'"的话，对其表示了"不看好"的看法。时过境迁，韩小蕙经过近20多年的"痛苦求索"，如今成为了一位优秀的女散文家，赢得广大读者与诸多评论家的肯定和赞誉。然而，在诸多的评论与研究中，有一点却是被忽视的：她始终以反叛传统的"破体"的姿态，自觉地进行着她自己的创作实验，而且坚持不懈。总结她"破体"的自觉经验，无疑对当下的文学创作尤其是散文创作，有着可供启导与借鉴的意义。

第一节　"破体"的历史场与现实场

　　"破体"，在钟嵘《诗品》里称之为"有乖文体"，但《诗品》没有明确这一概念。"破体"一词，最早出现在唐代徐浩的《论书》（又名《书法论》）中。其中指称王献之的书法作风为"破体书"，对其独创的介于行书和草书之间的多体兼容式的"行草书"和"一笔书"予以肯定。"破体"这个概念运用到文体学上来，则是打破常规常法，对沿袭的文体模式与套路进行颠覆性的、标新立异的改造，从而显示作家个人的独创性。

散文复兴的绝佳生态环境，造就了韩小蕙。研究韩小蕙散文文本"破体"的特性及其意义，必须就散文"破体"的元背景说明以下三个"前问题"。

第一，韩小蕙的文本，归属于"文化散文"滥觞时期特定的"时代文体"。

她崭露头角正值20世纪80年代末期和90年代初期，是以后朦胧诗、意识流小说、寻根小说、新写实主义小说与魔幻感觉小说等为标志的诸多文学思潮滥觞的时期，那时是一个热闹非凡的文学实验时期。具有超稳定性的散文也按捺不住，受到感应与激励。它在理念上回归"五四"散文"表现自我"之后，又在实践上开始了与时俱进的审美异变。换言之，散文也在各种文学思潮风云际会的时期，引发了"革新"的思潮。这就是研究者所指称的"文化散文"思潮。80年代末期与90年代，出现了一批从事文化散文创作的作家，如王蒙、林非、张中行、王充闾、周国平、余秋雨、潘旭澜、梁衡、张承志、赵丽宏、夏坚勇、周涛、韩少功、贾平凹等。有人把这个时期的文化散文概括为以"戏剧化散文"的余秋雨、"美学化散文"的王充闾与"哲学化散文"的周国平为代表的"三足鼎立局面"①。经历了批判"文革"的"伤痕"阶段、痛思"文革"与"十七年"历史的"反思"阶段之后，散文进入了后新时期的阶段，即对伴随深化改革出现的诸多文化悖论乱象，进行人文精神层面求索与"深反思"的阶段。因为书写政治、经济、社会、历史、哲学、美学、教育、文学、道德、宗教等诸多方面的文化质询与感悟，因为书写严峻的理性"长考"，因为必须将情、理并置与并茂，所以，散文家必须以"长篇巨制"的"长歌行"，尽情释怀达意，以言说自己思想上的"文化苦旅"。正是因为这种群体创作思潮的激励与熏陶，韩小蕙创作伊始，就明显远离传统的抒情小品，一直多用"长歌行"，以至于在文本上深深烙上紧贴文化散文思潮的革新特征。

---

① 颜翔林：《历史与美学的对话》，学林出版社2001年版，第1页。

第二，"文化散文"在坚持新时期回归"表现自我"的同时，又有执拗回归"载道"的属性，生成了新的、时代的"文以载道"。针对时代迁延及文学功利的嬗变，周作人曾经提出过"载道"观念与"言志"观念两相对立循环的"循环说"，并且把散文作家分为"载道派"与"言志派"。多少年来，人们把他的论断视为经典而从未对此进行质疑。笔者却对此提出异议："载道"与"言志"其实并非完全对立，而是一种相辅相成的互补关系。①老舍早在评论刘勰"道沿圣以垂文，圣因文而明道"的观念时，指称其"把文与道捏合在一处"②。事实上，在"载道"文本与"言志"文本之外，还另有"载道""言志"兼容的第三类文本。而20世纪80年代末及90年代兴起的文化散文，则是在继承60年代"诗化"思潮中杨朔所创造的"道""志"兼容的文本传统基础上，再一次出现的文学现象。不过，杨朔的"道""志"兼容文本，存在形式大于内容、"大我"消解"小我"的不健全的审美特征。而文化散文则是扬弃杨朔们文本的审美缺陷之后，在学理上呈现了完善审美属性的"道""志"合一，而且成为很多作家的一种审美自觉。唯其如此，文化散文"道""志"兼容的文本，才有可能成为新时期以降"时代文体"的创作景观。

第三，笔者对韩小蕙散文的"破体"，既是在纯散文的范围里，又是在网络时代激活大众审美文化的背景下进行讨论的。网络时代生成了虚无、狂躁、焦虑、自恋等为主要特征的普泛社会心理，人们通过社交媒体以及现代报刊媒体中名目繁多的专栏，进行着铺天盖地的或自恋倾诉、或恍惚晕眩、或张狂表白以及精神无所皈依的情感宣泄，于是散文变成了亿万人参与写作的"全民文体"，亦有人称之为"新媒体散文"。这类非传统的、多为"软性"表达的散文写作，什

---

① 参见吴周文、张王飞：《韩小蕙散文创作论》，《中国现代文学研究丛刊》2014年第2期。

② 老舍：《文学概论讲义》，《老舍文集》第15卷，人民文学出版社1990年版，第22页。

么规矩陈法都没有，随意把传统散文扭曲、撕裂、变形，甚至在语言上生造读者难以接受的所谓"网络词语"。整体而言，这类散文是"破体"与"失范"的非文学性散文（不排除其中有占一定比例、思想与艺术均可的文学性散文）。乱而后治，乱而必治。如此局面，必然会引起纯散文作家去正视、去改善、去为净化散文而有所作为。换句话说，这类非文学性散文在产生负影响的同时，激活了传统散文正确、健康地进行文体革新的氛围，从而使之积极思考寻找正确、健康的路径，并创造新的范式。而我们讨论的散文"破体"，指涉的是纯散文或称传统散文的"破体"，与上述"全民散文"的网络性"破体"，完全是两个范围里的概念。

以上论述旨在为身处散文转型期的韩小蕙散文进行"破体"的历史场与现实场的定位，这也是对其散文创作"破体"外驱机制的描述。只有认识这三个方面的原生态背景，笔者才能对韩小蕙创新的文体进行学理性的论析，读者也才能更清晰地认识与解读一个我行我素、不肯克隆他人的韩小蕙。

第二节　外机制与情的滥觞

韩小蕙的"破体"，除了有散文生态环境自由宽松与诸多文学思潮滥觞等外在因素之外，还有自身的主观因素，而这自我决定性的关键，则是其散文"破体"的内驱机制。

韩小蕙兼有记者和散文家双重身份，既怀抱作为官方大报发言人的使命，又怀抱散文家"接地气"、关怀民生的良知与温情，这使韩小蕙从踏上创作道路开始，为适应理性复苏的时代与坚守自己的使命，而走着一条与众不同的路子。在文化散文作家中，她似乎比任何人都强调"道""志"合一。毋庸讳言，她的散文理念是"载道"的。由于对"十七年"散文的反思与批判，以及新时期散文回归"五四"散文的个人本位的创作理念，创作界与批评界对散文的"载道"一直坚持批判的态度，以至于"载道"成为被批评和批判的一个理念。"五四"新文学时期批判"文以载道"与新时期批判"十七年"服务于政治的"载道"，文学史上的这两次对"文以载道"的批判，都是矫枉过正。武断地、形而上地把散文与之俱来的"载道"功能予以全盘否定，这又是矫枉过正之后带来的误导，违背了散文的本质操守。五四文学革命先驱胡适说过："文学的生命全靠能用一个时代的活的工具来表现一个时代的情感与思想。工具僵化了，必须另换新的，活的，这就是'文学革命'。"①显然，胡适论述的"一个时代的情感和思想"，并没有排斥"文以载道"，反而在暗度陈仓之后，强调了"载"时代之"道"。正因如此，韩小蕙理直气壮地宣示："我要求在自己的文章中，力求跳出小我，获得大我的人类意识，或者更准确地说，是以一己的倾吐表现出人类共同的情感与思考。"②在学术界与创作界把"大我"作为一个批判性概念的时候，韩小蕙却把"大我"堂而皇之地作为"载道"的观念提出，而且把它定义为"人类意识"与"人类共同的情感与思考"的标高，以此毫不隐讳地说出自我的审美诉求，这在一边倒的批判声中是需要胆识与勇气的。其实，韩小蕙所谓的"人类意识"与"人类共同的情感与思考"，可以概括为其"家国意识"的抒写。她感兴并追问于诸多文化悖论乱象及社会普遍关注的问题，形成其感兴与追问背后形而上的哲思，即苦苦寻觅"大道人心"并为之呐喊。她在现代人精神被放逐的时候，于灯红酒绿的茫茫人海之中寻觅"知己"与守望无功利的挚情（《悠悠心会》）；她以自己的亲身经历，追问知识群体物质的"家"与精神的"家"究竟在哪里（《无家可归》）；她渴望在冲破常规中去寻找"被召唤"而获得自我救赎的力量（《渴望迷路》）；她感悟"死比生来得轻松"的"灵魂的不安宁"（《天街生死界》）。她说："我再次重申我一贯坚持的观点：应该理直气壮地

① 胡适：《逼上梁山》，《胡适自传》，黄山书社1986年版，第111页。
② 韩小蕙：《我为什么要写作》，《心灵的解读》，海天出版社2002年版，第3页。

看重和力挺那些勇于涉及国家、民族、社会、民生、发展、前进的大题材之作。"①综观韩小蕙散文思想的内容，作为记者对社会世相揭露、干预的责任，以及作为散文家对芸芸众生温暖关怀并为之请命的责任，这双重使命使她自觉地、忘我地进行着几乎无所不包的人文思考：人生、事业、青春、爱情、理想、公德、操守、友谊、博爱、仁义、进取、勤勉、持恒、勇气、胆识、磨炼、考验、格致、辩证、公正、传统、创造……这些都汇总成韩小蕙的"载道"与表达家国情怀的主题。这种干预社会、情系时代、直面现实的快人快语与无所不包的宏大视野的叙事，必须由高度自由的、可以任意包纳的文体来承载，于是她的这种"载道"思维构成了其对传统文本进行定向爆破与颠覆的破坏力。这是韩小蕙散文"破体"的前提，也是其"破体"的一个极重要的内因。其文本的独异与难能可贵，也首先表现在这里。

韩小蕙"破体"的另一主要内因，是情的滥觞。我们感乎她散文中的情感表达，自然会产生这样一些问题：究竟什么是她文本写作的主宰？什么是第一主宰？是其追问眩惑的思想，还是内衷澎湃不已的激情？笔者阅读韩小蕙最初的感觉，是其"言志"与"载道"浑然为一。在韩小蕙的创作机制里，以"小我"溶解于"大我"并表现"大我"，所创造的文本不是"大我"与"小我"的二元对立，而是"载道"与"言志"的二元融合。而笔者对其格物致知的最终的学理认知是，韩小蕙的激情源于文化追问，因激情过于充沛、过于炽热、过于奔泻，故此在文本上形成了罕见的情理交融、情胜于理的气势。唯其如此，她的散文必然给读者"'言志'第一"的审美感受。情的激越澎湃，使她不能墨守成规，不能循规蹈矩，必须以情滥觞、以情造文，必须冲破一切成规戒律，必须冲破杨朔、秦牧、刘白羽的范式，必然不重复余秋雨、刘亮程、赵丽宏、贾平凹等的风格，她必然特立独行。如果我们给韩小蕙的情感表达形态进行归类，则可以概括为静

---

① 韩小蕙：《创新是我们永远的使命：2011年散文创作述评》，《文艺报》，2012年2月3日。

水流深式、愤青炽热式、郁结顿挫式三种基本类型。静水流深式的抒发，如《悠悠心会》《有话对你说》《我的大院我昔日的梦》等，所表达的激情处于静思舒缓的状态之下，内在的诗情充沛与澎湃，故而缠绵与回环，结构成篇幅较长、悠悠情发的抒情散文。愤青炽热式的抒发，如《无家可归》《不喜欢做女人》《欲休还说》等，作者面对社会世相产生疾恶如仇和不吐不快的情绪，仿佛山洪暴发，故而对文本进行"大弦嘈嘈如急雨"的吁请，创造了杂感式的抒情文本。郁结顿挫式的抒发，如《琉璃象奇遇》《欢喜佛境界》《一日三秋》等，作者围绕心中某种情思块垒，反复言说，让种种纠结于心的事象腾挪铺陈，建构了有情有致的类小说文本。总之，由"载道"支撑，由"言志"先导的内驱原力，成为韩小蕙"破体"的强大驱动机制。从第一审美感觉来说，情感无节制的溢出成为她散文创作中最为简单，也是最具弥散性的直觉，这种直觉也成为最初刺激与吸引读者的情感诱因。正如苏珊·朗格所说，艺术品"它把想象形式和情感形式一起呈现给我们，就是说，它所澄清并组织的就是直觉本身"[①]。而在韩小蕙这里，她把这种审美直觉进行了最大化的宣泄与驱动，使她笔墨的自由驰骋，这才使她的文本有了"破体"的本真张力。这也是韩小蕙区别于同时代其他很多散文名家的一个极其明显的特征。

第三节　"失范"的解构与自我建构

散文是随着几千年历史的发展而不断发展、演化而来的。它作为一种古老的文体是在不断"规范"与不断"失范"的互悖和冲突中发展起来的，一部散文史就是一部文体在反复"破体"中被演绎的历史。正如钱锺书所云："名家名篇，往往破体，而文体亦因以恢弘焉。"[②]所以，有的学者用不着担心这些年来散文的"破体"与"失

---

① 苏珊·朗格著，刘大基等译：《情感与形式》，中国社会科学出版社1986年版，第461页。

② 钱锺书：《管锥编》第3册，中华书局1999年版，第890页。

范"，会"严重地影响和损害了散文的健康发展"①；相反，破中有立，大破大立，以破先导，立在其中，才能更多地给散文的发展带来多维空间与璀璨前景。不断的"破体"实验，给散文带来鲜活的表现形式与鲜活的生命力，从而使散文创作出现百花齐放与争艳的局面。

散文最大的自由就是"大体须有，定体则无"，它有大体的规范体式，但又因作者个性差异的诉求，可以随意去捏弄、打造与创新。记者出身的韩小蕙，其散文中可以看到新闻、通讯、新闻评论与文艺通讯的模糊影像。她把新闻体裁的某些特征运用到散文文体中来，自然是积习的无意识整合，对此无须一一细述。笔者更多地注意到，韩小蕙自由、随性、率真地去打造"四不像"文体。她刻意将小说、寓言、童话、报告文学以及诗等文体形式元素，糅合到散文中来，这是她散文创作中最显著的"活动变形"。如果把她的散文放在当代散文家的创作中进行比较，韩小蕙的创作可算得上非常大胆、异质和"失范"，她可以称得上是当下散文作家中"破体"的号兵和重炮手。依笔者的感觉与见识，在纯散文创作中像她如此"失范"的名家并不多见。什么范式、什么陈规、什么戒律等，都规约不了她，都可以冲破，都可以颠覆，都可以改写，她执着地以"创新"为终极诉求。她说："创造，是人类永远的使命。创新，是我们作家永远的使命。"②考察韩小蕙跨文体的实验，笔者发现她对于创新所采取的是以下几种行之有效的"破体"方略。

直抒胸臆式的诗体叙事，是韩小蕙"破体"的方略之一。

诗歌的叙述方式大体归属为委婉含蓄与直抒胸臆两大类型，韩小蕙自然属于后者。前文已论及其创作内驱的机制之一是情的滥觞，这是从发生学的角度进行认定的。但具体从文本叙事学上进行分析，她的情感表达方式，则是诗人的直抒胸臆；此种抒情方式的实施，是

---

① 王兆胜：《从"破体"到"失范"》，《江汉论坛》2010年第1期。

② 韩小蕙：《创新是我们永远的使命：2011年散文创作述评》，《文艺报》，2012年2月3日。

抒情主人公的"我"在作品叙述中成为"君临"一切的轴心而颐指气使，吁请着文本的全部机件得以灵动与整合。于是，直抒胸臆式的抒情便产生了"主情化"的叙事：说事，快人快语；言情，奔腾呼啸。鉴于此，韩小蕙的"破体"产生了三方面的审美效应。第一，颠覆了托物言志、情景交融的诗歌婉曲之表达程式，而采用豪放派诗体的作风，以此获得直抒胸臆的诗美与诗性。第二，"我"的诗情放荡不羁与激越奔腾，并且以"我"的喜怒哀乐、"我"情绪的跌宕起伏、"我"思想在现实与幻象中的反复穿越，打破了传统散文物理逻辑的时间、空间观念，而代之以"我主情"的多维开放性的心理时空。从而，形成了"黄河之水天上来，奔流到海不复回"的气势，形成了韩小蕙散文特有的文体张力与节奏，并且描画着强烈"直抒"的外在波澜。第三，韩小蕙的直抒胸臆及其主情叙事，由于太自我、太激情、太过于表现自我的本真，将个人的叙事情态统统变成了激情万种的自说自话，把一般散文中"我"的言说姿态，即作者对读者叙说的口吻、语感及氛围，演绎为另类的韩小蕙式的独有姿态，区别于鲁迅、何其芳等人的"独语"状态，也区别于周作人、林语堂、汪曾祺等人的"闲话"状态，所以变成了自我对"大道"说、对"公理"说、对"良知"说、对世界说，仿佛虔诚的信徒对上帝至诚至信般言说，而她自己则是文本结撰中无处不在的"上帝"。从这个意义上看，韩小蕙的主情叙事，破除了"絮语体""独语体""闲话体""咏物体""记游体"等范式，破坏和根除了现代散文从英式随笔移植、借鉴而来的那种"围炉夜话"般的叙事语感、休闲氛围以及与读者对话的舒缓旋律，进而获取了表现主义文学流派的某些审美意蕴与趣味：仿佛从郭沫若《女神》那里效法了狂飙突进式的"主情"风范，仿佛从卡夫卡那里借鉴了几分自我情感表现的狂放不羁。

　　小说叙述情节、细节的自由嵌入，也是韩小蕙对散文传统文体进行解构与颠覆的一个方略。

　　散文本来就具有叙事性，在这一点上与小说有着很高的相似度。韩小蕙对故事性及情节、细节的艺术处理，是其"破体"的一个重要表现。她往往放纵了对散文叙事性的节制。也就是说，在很多时候她在进行着"散文小说化"的大胆实验。自然，不是说她的每篇作品都是采用小说化叙事，但在相当多的作品如《钻石并不恒久》《我家有个小弟弟》《为你祝福》等中，有故事、有情节、有人物。虽然不像小说那样做到故事完整、情节跌宕、人物具有鲜明个性，但明显具备了这些小说元素。韩小蕙用小说对散文进行"破体"的过程中，最让读者瞩目的表象，是把大量的对话描写无节制地写进散文中来，甚至有的作品通篇几乎是由对话铺演成篇。以自称"实验品"的《一只金苹果》来说，作者——铺叙官员、普通人、大亨、穷人、笨人、漂亮姐、丑哥丑妹、白种人、黑种人、女人、成年人、老年人、小孩子等向上帝索要金苹果的理由，但最后被魔鬼收回。收回的理由是魔鬼期待再赠给未来用高科技克隆出来的"道德高尚的君子"。这篇形同"微小说"的小品，如果删去对话描写，它的思想与形式便不复存在。而她作品中的对话，不是发挥揭示人物思想性格与推进情节发展的叙事功能，而是发挥演绎散文意境与言志抒情的审美效能。作者的"破体"处理依然彰显着散文与小说这两类文体之间的独特性、互悖性以及在叙事性中的本质差异。

韩小蕙在更多的篇章里，故意在作品中混淆了小说叙事与散文叙事的界限与区别。这里我们不妨探讨韩小蕙散文叙事的个性，即对一般小说叙事予以"破体"之后在艺术功能上的独特之处。这种独特之处至少有以下两个关注点。首先，表现为叙事上言志的统一性。"我"是对话的主体，而不是一般小说规定情境中对话的某个特定人物，因此对话也就不是人物之间思想、性格碰撞的途径。换句话说，韩小蕙散文中的对话，始终是由抒情主人公的情感与思想演绎而来的自说自话，是完全出于抒情言志的必需，完全作为作者抒情写意的载体，叙事的指向不是叙事的故事性，而是破坏了小说叙事的原本意义。这不能不说是她对小说文体学的颠覆。按照小说文体学的原理，一般把故事的指向与情节、细节的铺陈统一起来，最终刻画人物的思想性格与展示人物成长的历史。而在韩小蕙的散文里，小说的这种统一性变成了作为散文"言志"意义上的统一性，即人物（"我"）与故事（表达"道""志"）这两者统一的载体。第二个关注点，是韩小蕙叙事的虚构性。与一般散文的叙事比较，她的叙事常常带有一定程度的虚构想象。一般散文中的叙事是非虚构的，例如鲁迅《藤野先生》中关于师生教与学的叙述、朱自清《背影》中关于送别时父子情深的描写等，这些都是生活中发生过的绝对真实的故事。所以，散文叙事具有生活性、真实性与情境性，这与小说的叙事自然有着非虚构与虚构之间的本质区别。而韩小蕙散文中的叙事，既有在一般情况下尊重真实性规约的作品；又有带有虚构的性质，甚至是杜撰叙事的另类作品。如《一日三秋》描述了"我"与穿越800年英国历史而回来的"简·爱小姐"的对话、大会主席台上"弗里丹女士"点名问其"有没有负罪感"的虚拟情境，这些明显是把作者的幻觉、梦呓、假想，刻意地掺杂到真实的叙事情境中来，使读者感到虚虚实实，顿生空灵虚幻之感。《欢喜佛境界》中身兼女娲侍女、西路军战士、土匪压寨夫人、下放右派情人等数个身份的老婆婆的故事及其穿越历史时空与"我"关于"什么是女人"的讨论；《书也疯狂》中关于书变成炸弹，发出"恐怖的尖叫"，同时"我"亦变成"飞虫"的细节；等等。诸如此类的描写都是虚构的。由此可见，韩小蕙的这种虚构性，是对一般散文叙事生活性、真实性与情境性的解构与颠覆，这成为其散文创作中大胆"破体"的一个具体途径。韩小蕙的这种虚构性，是否可以成立？也许一些评论家会表示质疑，而笔者的答案是肯定的。因为在现代散文史上，鲁迅的《野草》是散文文本进行虚构的先驱。既然鲁迅的虚构可以存在而且成为经典，那么韩小蕙在现代文本里的虚构，也应该允许它的存在。

以现代主义手法对文体进行解构，也是韩小蕙更为大胆的"破体"方略。

前文已经讨论到关于叙事虚构性的问题。如果进一步追问虚构性生成的机制，其中最主要的是韩小蕙对现代性的诉求。她自觉地运用现代主义的手法，得以完成虚拟情境的"现代"嫁接。塞缪尔·列文等西方文体学家在分析小说时，把小说分为"内容"与"文体"两个层次。正如申丹教授对此的解释："'内容'被视为预先确定了的因素，'文体'，即对表达内容的不同方式的选择，才是作品的艺术性所在，才是文体学的分析对象。"[①]如此看来，"文体"既然是"作品的艺术性所在"，那么"破体"也就是一个获取艺术性并且追求艺术性更善更美的平台。在韩小蕙手中，"拿来主义"不仅是策略而且是手段。她通过自己的艺术实验，完成了对文体最大限度的破坏与重建。把意识流、黑色幽默、表现主义、魔幻主义、象征主义以及超现实主义等创作方法，变成她自己的象征、隐喻、反讽、幽默、荒诞、复调以及蓝调喧嚣、梦呓独语、多角度展示等现代手法。她将这些置于她的笔下融通、杂糅与整合，从而变成自己散文艺术性的创造与呈现，给读者以"新、奇、怪"的陌生艺术感受。（需要说明的是，这类情形仅限于她的部分作品，而不是全部。）

韩小蕙散文中现代主义手法的具体运用，把绝对写实性的文体变成了真实生活叙事与虚幻臆造叙事的混杂，而在整体上则是创造了一个臆造的空间、一种荒诞的境界，其主观的臆造，是其创作的始点与终点。这便在绝对的意义上强调了超验性、反讽性与荒诞性，所谋求的是自我心灵世界艺术的演绎。一切的主观臆造，都是针对现实中文化乱象而进行的指控与批判。正因如此，"酌奇而不失其真，玩华而不坠其实"，所表现的是韩小蕙自我灵魂世界的绝对真实。如果以一个公式来表示"破体"的思路，即是"臆造—隐喻—真我"。这是韩小蕙自己的文章哲学，而最终指向对散文文体的爆破。在局部的意义上，题材的真实性被虚拟性所代替，情境的现实性被臆造性所代替，叙事的逻辑性被隐喻心理时空的象征性所代替。于是，在她的散文创作中便出现了跨文体杂交的实验奇效：有的作品像童话，如《一只金苹果》等；有的像寓言，如《琉璃象奇遇》等；有的像魔幻小说，如

---

① 申丹：《叙述学与小说文体学研究》，北京大学出版社1998年版，第172页。

《欢喜佛境界》等；有的像荒诞派戏剧，如《姿态的对比》等。这种情景，可能不被严谨的评论家所看好与肯定，但"破体"与"失范"，恰恰像当年的鲁迅，如不向现代主义开放，大胆地实行"拿来主义"，那就没有作为经典的《野草》。同样，如不拿来现代主义进行借鉴与活用，也就没有今天获得成功的韩小蕙，也就没有赵丽宏、斯妤、残雪等人作品的神奇创造。不过，在这一方面，韩小蕙的"破体"远不如鲁迅用自我解剖的痛苦来营造诗境的诡异与荒诞，近不如残雪用"黑色感觉"为散文、小说"换血"的绝对姿态。比之两者笔下所创造的全然臆想的世界，韩小蕙则是一脚踩进虚拟世界，另一脚踩住现实世界。其另类的艺术处理，值得创作心理学与文体学的专家学者，去深入解读个中灵感发生的密码与新奇的"拿来"秘诀。

文如其人。韩小蕙与朋友说过这样的意思：从性格来说，自己天生就是永不满足的人，总觉得自己写得不好，很少有满意的时候。所以总想突破，不能容忍重复。她还公开地说："吃别人嚼过的馍没有味道，吃自己嚼过的馍也没有味道。有时克隆自己比克隆别人还要糟糕。"①笔者认为，韩小蕙的"破体"与其目无清规、洒脱不羁、渴望创新的个性有着很大的关系，如果没有这种刻意创新的个性，韩小蕙也不可能在"破体"方面比同辈作家走得更远与更好。

---

① 韩小蕙：《关于散文、小说、诗歌、评论》，《心灵的解读》，海天出版社2002年版，第151页。

第十二章

王慧骐：诗性智慧范型

　　热爱散文诗创作的王慧骐，通过"言志"体现诗性，通过他自己的"载道"表现智慧，其散文完全是"诗性智慧范型"。

　　王慧骐写诗出身，新时期之初出版过诗集，后来致力于散文诗的创作，是读者熟悉的"散文诗人"，先后出版过《月光下的金草帽》《十七岁的天空》《潇潇洒洒二十年》等散文诗集与散文集《爱的笔记》。近年来，他又在《雨花》《钟山》等报刊上发表了很多散文，读着让我感动和沉醉，有时甚至禁不住流下泪水。同时，这些作品也让我联系当前散文创作林林总总的现状，而进行深深的思考。

第一节　自我裸真的"言志"

　　我同意陈剑晖教授的看法，对20世纪90年代后的散文创作"持乐观支持的态度"，而且认同"90年代至今是一个'散文的时代'"①。并非如某些评论家所指认的那样，散文进入"侏罗纪末期"，"它们恰好就像气息奄奄的恐龙"②。我们不能否认，随着计划经济向市场经济转型，一个充满多向度刺激与消费的物欲时代已经

---

　　① 陈剑晖：《对一种批评倾向的反思与辩难》，《中国散文评论》2007年第1期。

　　② 李敬泽：《"散文"的侏罗纪末期》，《南方周末》，2002年8月1日。

到来，因此在文化消费中当代审美文化越来越有"快餐文化"的倾向。于是，散文创作中就出现了扑朔迷离的现象。正如有的批评家所指出的，文化散文渐渐缺少了激情与理性，学者散文出现了"知感失衡"，而大量"短、快、软、俏、雅"的新媒体散文充塞了文化市场，这种种情况令人感受到时下社会心理的浮躁与散文人文品格的消弭。①唯其如此，当我读王慧骐的近作时，就可从散文阅读的软性感觉中逃脱出来，而重新回到了散文所固守的伊甸园。

"五四"现代散文从古代散文演绎转型的时候，随着散文理念从"文以载道"到"人本主义"的嬗变，散文的基本母题也从为圣贤立言嬗变为表现人性的自我。而表现人伦亲情，就成为散文的一个传统题材。物欲时代，现代人的精神被放逐，作家对这类传统题材也渐渐漠视了。而王慧骐执着地在近作里表现人伦关系中的真善美。《伴妻闯关》《护工记事》写夫妻情，《祖父》写祖孙情，《老左》写父子情，《拥抱母亲》写母子情，《二姐》写姐弟情，《弟弟》写兄弟情，《妹妹》写兄妹情，《说曹哥》写同学情，《怀念恩宁》写朋友情，《纪念三位老师》写另一种师生情……写日常生活中普通人的生活，写芸芸众生的人性与人情，写自己仁爱信义的温柔敦厚，这是近几年王慧骐散文题材的价值取向，也是他温情主义的文学表达。温情主义一直是他散文创作的指导思想。早在多年前，我对他的散文集《爱的笔记》就作过这样的评论："他的散文总是跳荡着爱祖国、爱人民、爱时代的一颗爱心，个人的一切忧戚痛苦统统化作'入世'并面对未来生活的赤诚……几乎带着一种宗教式的情绪，固执地发掘与表现生活中的真善美。于是，形成了他区别于一般作家的创作模式与审美心理定势。"②王慧骐的近作以他固有的审美心理定势，借助于家族亲情、凡夫俗子的题材，把他温情主义的文学表达推到一个更加

---

① 参见陈华积：《涨潮与落潮》，《中国散文评论》2007年第1期。
② 吴周文：《构筑一个爱与诗的世界》，《文艺报》，1992年11月28日。

真纯、更加信实的境界。

　　散文创作有一个被人们经常提起，然而又难以完全做到的理念，这就是作者在文本中自我表现的定位。散文要表现自我的真情实感，这是一个老生常谈的问题。真的要做到这一点还不是那么容易。有的文过饰非，故意标榜自己；有的半真半假，害怕触及自我灵魂；有的脸上蒙了一层膜，笔下言不由衷……凡此种种，自我的写真值大可质疑。如果真实地、精赤地表现自我，而不是装腔作势地伪饰自己，那就是真正找到了作者自我写真的角色定位，写出来的作品自然就能叩动读者的心扉。鲁迅在兄弟失和之后对弟弟表达愧疚的《风筝》，冰心在异国他乡孤独时对儿时玩伴抒写思念的《六一姊》，朱自清在接到家书对父亲追悔的《背影》，这些都是典型的例子。至少在他的近作中，王慧骐自觉地向上述散文大师走近，努力把精赤的自我交给读者。《伴妻闯关》写自己伴随妻子切除腹中肌瘤的过程。其中对妻子健康的担心、对生死离别的隐忧、对做丈夫"失职"的痛苦，都一一向读者倾诉，字字是情，告诉你他是一个情系病妻的丈夫。《拥抱母亲》写陪朋友及其母亲来南京旅游，以朋友对母亲的呵护之情对照自己对亡母的追悔，句句是泪。王慧骐在他的这些作品里不止一次地说过，因为过了知天命之年，所以平添了诸多儿女情长的感受。究其原因，是生活的磨炼给了他更多人生感悟与彻悟，让他更多地在人性与道德上自觉进行躬身反思。《二姐》写到"文革"中，当父亲被打成"阶级敌人"的时候，二姐面对邻居的冷脸与白眼，带着弟妹们进行自卫式的报复：把邻居养的鸡引进屋宰杀吃了。作品写道："当然我们心里清楚，这鸡毕竟是偷来的，吃的时候都压低了声音，提心吊胆的，生怕有一人敲门。"作者坦白地把少年时代的"劣迹"和盘托出，自我解剖的勇气实在难能可贵。诸如此类的题材与细节，在王慧骐的亲情散文里并不鲜见，借以抒写酸甜苦辣的人生况味与一家人相濡以沫的爱心温情；同时把作者自己作为孙子、儿子、弟弟、哥哥等角色情态，定位得平平淡淡、真实可信。

第二节　温暖人间的"载道"

　　王慧骐的脉脉温情，还在那些关于凡夫俗子的篇章里得到反复的抒写。在他看来，温情主义的文学表达不仅是哲学与价值观的理念，更为重要的是作家对普通人群温饱需求的人文关怀。他为父亲的护工立传，说道："为我们代行孝道的老左哥，请接受我深深的一拜！"（《老左》）他为社区民众发声，批评社区医院服务站的"歪嘴和尚"不作为的医德，直言道："入了这一行，就应当有点菩萨心肠。"（《小事一桩》）他为消费者执言，那名扬海内外的包子为何在百年老字号的店里变质变味；而安徽巢湖的一对夫妻打着"扬州包子"的旗号，又为何能够做到货真价实？！（《闲话扬州包子》）他是一个体贴民生的有心人，每到一处都有心与普通百姓平等交谈，以悲悯的人道主义体谅他们的疾苦与生活的无奈。《朱家角偶拾》写作者到朱家角旅游途中，遇到的两个在底层打拼的人——40多岁的船工与53岁的卖唱妇人。前者为读初中的儿子将来能够娶媳妇，而风吹日晒地当一名摇橹工；后者为尚未婚娶的20多岁的儿子能在近期娶上媳妇，而甘心情愿地在周庄当一名卖艺女。一般人不会在意这类凡人俗事，而作者却平视他们的尊严与做父母的责任，感到"触摸到了生活沉甸甸的内蕴"。凡此种种，告诉我们一个道理：在人类普泛的情感里有一种悲悯，它不止于同情，它是同情之后的感动与思考。它来自作家、艺术家的仁爱之心，当他们为他人的磨难与痛苦而感到痛苦的时候，他们就能产生不可遏制的激情与冲动，而为痛苦的他人而歌哭。王慧骐笔下弱势群体的叙写，是人道主义的悲悯情怀。读他的这些篇章，我们会因作家的人格力量与悲悯情怀而深深感动。这正如西班牙杰出的哲学家乌纳穆诺所说："怜悯是人类精神爱的本质，是爱自觉其所以为爱的本质，并且使之脱离动物的、而成为理性人的爱的本质。爱就是怜悯，并且，爱越深，怜悯也越深。"①乌纳穆诺把怜

---

　　①　乌纳穆诺：《生命的悲剧意识》，北方文艺出版社1987年版，第90页。

悯这种情感上升为人类的精神之爱，为此，"你必须在你自身之内感觉一切的事物，你必须将一切的事物加以个性化（人格化）"①。也就是说，你必须把别人所蒙受的磨难与痛苦当成自己的磨难与痛苦，这才是真正意义上的"精神爱"。其实中国古典哲学早就强调过这种精神境界。孔子说"仁者，爱人"，庄子说"万物与我合一"，孟子说"万物皆备于我，反身而诚，乐莫大焉"，说的都是人与人之间的精神之爱。王慧骐在其写亲族之情的散文里，抒写自己家庭在"文革"磨难及其后的情感体验；在写凡人俗事的作品里，则是写他目睹他人艰辛与无奈时的感同身受，仿佛他自己在经历与面对。《怀念恩宁》是作者纪念36岁就因病去世的朋友的作品。作品里有这样一段叙写：

> 在恩宁的遗体前，我停留了很长时间，泪水把镜片弄模糊了，令我看不清朋友的面孔。整容后的恩宁已让我无法辨认，他再也不是那个被我拍过多少次肩膀，同我理论得面红耳赤，在游泳池里轻捷得能把我托起来的恩宁老弟了！

作者把他与"我"那种亲密无间的关系，通过"拍……肩膀""理论……""游泳池……托起"的细节，就概括很明白很到位了，而且在字里行间把自己的深切怀念与悲悯之情抒写得相当感人。我们统观王慧骐的近作，就不难发现：发自内衷的悲悯使他的温情书写流动着几分忧伤、几分苍凉的情调。二姐拥抱穿上婚纱的女儿时，"我在远处看二姐的背影，发现她的背似乎有点弯了"；"我"守着从鬼门关回来的妻子，在病房里释然地"喝着小酒瓶"（《护工记事》）；有抱负有才干的曹哥，因遭遇作风不正的上司而只好面临"退居二线"的选择（《曹哥》）；因为"我"，子、母、媳在雪地里艰难前行（《雪落夜归人》）……这些叙事里无一不充满了忧伤或

---

① 乌纳穆诺：《生命的悲剧意识》，北方文艺出版社1987年版，第92页。

者苍凉，这种特有的情调成为一种风格底蕴，让读者挥之不去。

如果细细辨析王慧骐的创作轨迹，我们发现他的文章作风变化了，从绚烂走向了平淡。近作不再像他早些年的散文，在艺术表现上刻意追求美的华赡与色彩。其实，正如散文家吴伯箫所说："美的概念里是更健康的内容，那就是整洁，朴素，自然。"（《记一辆纺车》）著名评论家张振金教授评论吴伯箫的散文时说："一切都自自然然，本本真真，没有矫饰和做作，真实地写出自己在延安'曾经使用过一辆纺车'的感受。"①所以真正有作为的散文家，在艺术上必须走返璞归真的路。笔者欣喜地看到王慧骐在他的近作里，正在企求这种艺术表现的朴素境界。他的这种努力，我以为突出表现在以下几个方面。第一，直抒心性，一切缘个人真情实感而发。他不作秀，不伪饰，只是将他个人的所见所闻所思所感，本本真真地如实道来。第二，题材的选取、立意的确定、结构的谋略，都服从温情主义的表达，不作刻意的构思。于是，在主要艺术环节上做到了自自然然的组织安排。第三，在语言上注意本色化的修辞，心到笔就，平平淡淡，不事艳词丽句，不事形容与装饰，做到朴朴实实的"我手写我心"。笔者揣想，作者这样的艺术表现风格，正是他努力追求的审美理想：他用朴实的艺术形式与朴实的风格，以期与思想上温情主义的人文关怀达到和谐与统一，进而产生"平平淡淡就是真"的审美张力与魅力。朴素的美才是美的最高境界。

但愿王慧骐执着他的审美理想，写出更多朴实而耐读的好作品来。

---

①　张振金：《中国当代散文史》，百花文艺出版社2012年版，第48页。

第十三章

邓杰：纯美寻觅范型

邓杰的散文是"纯美寻觅范型"。

从1992年第2期《中州大学学报》发表吕立易《散文应允许虚构，散文需要虚构》的文章之后，20多年来持续出现了"虚构说"的思潮，理论上和创作上出现了众说纷纭的混乱。尽管很多学者和散文家持维护散文真实性的理念，但有一些作家甚至是著名作家以及一些新人，仍然接受这种思潮的影响，而创作出半真半假、虚虚实实的作品来。就在这种思潮方兴未艾之时，厚积薄发、大器晚成的邓杰成为文坛的"闯入者"与新锐，他坚守传统的散文美学，旗帜鲜明地向虚构说"不"。

邓杰，1983年毕业于扬州师范学院中文系，曾任扬州大学新闻与传媒学院院长、教授，主要从事文学艺术、电视编导、摄影艺术、教育技术等专业方向的研究。散文创作是他酷爱的副业，2016年6月由文化艺术出版社出版的《天地不言》，是其十多年来坚持业余创作的结集，也是其散文创作的一个阶段性的总结。如果我们从散文美学的视角去评论邓杰的散文创作，以此观照读者的欣赏与散文作家的创作，则可以获得更多学理性的启迪。

第一节　裸真自觉与士大夫情怀

散文是"真"的艺术。散文家都是讲述者，言说其真实见闻、发生在自己身上的真实故事、在自身和外物的感悟中真实抒写的内心体验和情感激荡，以及对人生与自然世界追索真谛的哲理思考。阅读和品赏《天地不言》的80篇作品，笔者感受最深的是邓杰的"真"的言说。

邓杰告诉读者，他的作品在叙说着散文"修辞立其诚"的真实。他在人物关系网中，自我定格为一个在伦理、道德、情操上具有真性情的君子，而且是一个直抒心性的言说者。他自己说："最好的文字一定是真性情的自然流露，没有真性情一定不会有好文字！"① "真性情"的言说，是邓杰写作的唯一宗旨，也是其散文存在价值的全部意义。

人在喧嚣的尘世里，往往被世俗的声名、地位、权势和金钱等功利所左右而难以自拔。很多作家明明知道，如何宁静淡泊、洁身自好，如何升华一颗毫无功利的纯净之心，而使自己的作品能够真正发挥净化读者灵魂的正能量。然而，很多作家难以真正企及。让笔者感到惊喜的是，多少年来一直担任学院领导职务的邓杰，在充满功利意识的世界之外，还拥有一个超脱尘嚣、回归自我本真的文学世界。换句话说，邓杰一旦在散文里特立独行，就规避了一般人难以摆脱的功利世界。他弃绝官场世界的思维和伪饰的面具，弃绝大众审美文化的媚俗，完全变成了一位纯粹的散文家。也就是说，他真实地回归"五四"现代散文"自我表现"的美学，真正地回归自我本真的言说，即回归内心真实的境界。这是邓杰散文区别于一般文化消遣散文和新媒体散文的地方，是他作为"50后"区别于21世纪新生代作家特殊的写作姿态。究竟他的"真"的言说，有着怎样属于他个人的审美特征？笔者认为，这是解读、研究邓杰散文应该重视的一个至关重要的问题。

所谓回归自我本真的言说，是以巴金《随想录》为标志的新时期散文回归现代散文传统的审美诉求。具体到一位优秀的散文作家来

---

① 邓杰：《天地不言》，文化艺术出版社2016年版，第193页。

说，就是和盘托出其赤裸的自我。邓杰自我本真的表现，通过咏物与写景、随想与反思、怀旧与写实、问艺与寻美，以文化、历史、哲学、教育、伦理、道德、艺术等多层面的思考，切入自我的精神世界。因为题材的丰富和多样、思想的多维和发散、情感抒发的复杂和细微，所以在文本中幻化、演绎出多种形态的本真的自我。多种形态的本真的幻化与演绎，是邓杰散文审美个性第一个鲜明特征。

　　且看邓杰所表现的本真。在父母面前，有做孝顺儿子的温顺（《我的父亲》《母亲来了》）；想念外婆，对其文化修养和超俗胆量表示膜拜（《外婆：我的幸福之根》）；在国学大师任中敏先生面前，作者永远是诚实和恭敬的学生（《我被任老先生骂过》）；怀抱懵懂的小外孙时，"我"也变成了懵懵懂懂的婴儿（《冉冉的眼神》）；游历自然景点，"我"有着远离尘世而享受超然物外的无邪（《云南之云》《马鬃岭的星空》）……笔者诚然感觉邓杰的散文是其"自叙传"，而且是他心灵的"自叙传"。他把自我作为审美的对象，以自我裸露的方式实施审美的自我对象化。从写作《野草》的鲁迅，到写作《随想录》的巴金，再到写作《我与地坛》的史铁生，近一个世纪来形成中国现当代文学史上的一个优良的传统，即把作者自我审视的零隐蔽，作为自我的救赎与自我的人格品鉴。用巴金的话说，就是"我有一颗真诚的心，我把心掏出来交给朋友，交给读者"①。然而，不是所有的散文作家都采用这种裸真的言说方式，自我裸真需要的是勇气与胆识。邓杰在散文中能够裸真，可以看作是他自觉地承接了鲁迅开创的传统，在这个意义上看他散文的审美个性，读者便可以认识在大众文化审美低俗化的当下，其品格上的超常与不俗。

　　如果深入一步，问究邓杰自我本真裸露在情感上的特点，那是其散文最感人的风景，即将情感世界里最柔软的部分，率真率性地展示给你。这种温暖慰藉读者之心的良知大爱，构成了他散文之无形的思

---

　　①　巴金：《春蚕》，《探索集》，人民文学出版社1981年版，第50页。

想力量。无疑，这是他散文审美个性的第二个鲜明特征。

很多写亲情的作品固然表现了他对亲人们的温柔、温情与温馨，展示的是人性中的至性。但邓杰的很多作品，情愫的抒发是亲情提升之后的悲悯，这种大爱更令读者动容。如《卖烧饼的眼镜先生》，写卖烧饼夫妇半生打拼的艰辛，尤其在20年后，妻子仍然出摊卖饼，为孩子上学与丈夫治病而独自打拼。她的坚强让作者为之感动与感叹。《两位老人》写境况殊异的两位老人。一位为了残疾的儿子和读中学的孙子（儿媳跟人跑了），而与老伴一起靠"养猪养鸡鸭鹅维持一家的生计"。另一位是在街头的"卖面人"、80岁的老牌知识分子，虽然有退休金，但"人活着就要奋斗"的信念支撑他自强不息，以使祖传的手艺得以流传。类似这类社会底层的速写，浸濡着作者对弱势群体的关注、理解、同情和悲悯，仿佛可以听到在看到命运的多舛、社会的不公、人性的扭曲等种种社会现象之后，作者为之纠结的心跳。邓杰说，在退职之后，"经常会无端地琢磨'生存、生活、生命'几个人生关键词，往往不得其解"①。这表明他温暖的文学思考，不仅在于裸真自己儿女情长的情感，而且放眼至整个社会，往往在关注社会，尤其关注社会底层的时候，他把悲悯情愫释放得十分充沛。他这种情感抒发的可贵，证明他的心灵裸露不是个人情感的保姆，而是足以引起世界回声的那种高尚与博爱。《乡愁》《我的父亲》等作品里，有着他对"文革"历史的批判精神和痛定思痛，这是另一种情感形态的"柔软"。作者为历史给人物命运带来伤害而反思执言。在这些歌哭悲悯的文字里，"刚性"情感通过往事忆写的"柔软"着陆，使作品在平静书写中浸润着一股沉甸甸的沧桑感和悲剧色彩。

笔者觉得，把"文如其人"四个字加在邓杰头上特别恰当。可以这么说，散文家总是在自己描画自己，你越是自我裸真，你便越是逼真地把自己交给读者。而当邓杰言说自我本真的时候，他更多地表现了他的"文人气"。这是笔者认知邓杰散文审美个性的第三个特征。

---

① 邓杰：《天地不言》，文化艺术出版社2016年版，第149页。

有学者指出，汪曾祺是"中国最后一个士大夫"①，也有学者称之为"最后一个中国古典抒情诗人"②。说法相似，都是指汪曾祺散文中表现出来的"文人气"。所谓"文人气"，是指中国传统士大夫的正直、平和、冲淡、闲适、迂腐等综合起来的一种儒雅气质。《难忘的心灵表情》写到瞬间一景：夫人开的车在拥堵的校门口拐弯，作者"沉着地拉下副驾驶一侧的车窗，将手臂从车窗里探了出来，并以万分歉意的表情向车外的人们示意"，拐过弯之后，还"投以感激的笑意"。这一自我形象的描述，就是邓杰在散文中反复表现的儒雅风度。文雅的招呼、率真的手势和发自内衷修养的微笑，可以看作他在散文中抒写"文人气"的形象写照。邓杰散文中文人气的表现，至少从以下三个方面表现出来。第一，在一些写人物的作品里，作者与传统文人人格同气相求。对父亲正直不阿的欣赏，对外婆孤傲的品鉴，对岳父救副镇长性命之侠义的咏叹，都是表现对传统知识分子人格理想的寻求。写朱自清和任中敏的几篇散文，分别把两位先生文格与人格浑成的灵性、出淤泥而不染的君子情操凸显出来，其中融合着自己的顶礼膜拜之情。写苏东坡的《清风明月想东坡》，自己则把苏东坡当作"你与我"的"佛""白莲""微笑"和"知心朋友"。第二，很多描写游踪的作品，作者往往把自己置于"物我相对""物我相处""物我相融"的递进境界，在大自然面前一方面表现出怡然自得的闲适，另一方面又常常抒发"禅悟"的宁静淡泊，这明显是受传统名士、大儒的深刻影响。第三，古典意趣和审美境界的向往，是邓杰散文中"文人气"表现得最烈的审美个性。他的散文中有不少写梅花、芍药、荷花、银杏、云、雨、水等深蕴文化传统的意象，这些文化符号抒写着作者在21世纪对"文人气"情操的重新认知，并且表现出认知时的闲适。借用张颐武先生的话说，闲适"是对一种超然古典

---

① 李迪：《快乐的老头儿汪曾祺》，《光明日报》，2011年9月14日。

② 王尧：《"最后一个中国古典抒情诗人"——再论汪曾祺散文》，《苏州大学学报》（哲学社会科学版）1998年第1期。

境界的向往，是安静平和、追求优雅趣味和风格的'文人'精神的表现"①。无疑，邓杰笔下花花草草等意象，融透了他的文人情怀，也是他率真率性的自我在另一层面的表现。

总之，当笔者对邓杰"真"的言说进行厘析的时候，便认知他自己吐属的方式和风采，有着不同于他人的审美精神特征。这是一位散文作家在感悟、思考和抒情之独创自我的一种"精神个体性"。舍弃这些个体特征，便没有邓杰；舍弃这些个体特征，便没有邓杰的散文。

第二节　美的追寻与文本打造

一部《天地不言》告诉读者，散文不仅是"真"的艺术，而且是"美"的艺术。散文易学难工，难就难在作家必须有很高的艺术修养的积攒与储存。为什么邓杰能够写出这么多优美的作品来？就是因为他在这方面有足够的积攒和储存，散文创作乃是其厚积而薄发的结果。《文艺少年》这篇散文告诉读者，邓杰自小喜欢文艺，诸如会吹口琴、笛子，会拉二胡，会唱京剧、演样板戏，在照相馆工作时又学会摄影等；读大学中文系时，他系统地接受了四年的文学教育，尤其是他对古典诗词的偏爱和潜心研究，心得物化为后来出版的专著《宋词掇英》；在新闻和传媒学院工作期间，长期担任视觉艺术、摄影艺术、电视艺术论、写作、新闻采访与写作、古典诗词等课程的教学，研究传媒艺术并出版《电视艺术论》《教育技术学——引导教学走向艺术化境界》等专著。这些为他的散文创作提供了充分的、艺术方面的准备。

邓杰是一位"美"的追求者。他把散文当做一项"美"的创造的工程，孜孜以求其"美"的理想的实现。对此，笔者从以下三个方面进行描述。

---

① 张颐武：《闲适文化潮批判》，《文艺争鸣》1993年第5期。

首先，把一篇散文打造成诗，是邓杰审美的理想与诉求。诗美是不可强求的。诗美的打造，完全是作者内衷的一种由自觉化为不自觉的"无意识"，是灵感使然。他散文中的很多篇目就是在一种"无意识"状态中萌发的形式创造，类似朱自清的"诗体控"。笔者曾说过这样的意思，从实践的意义上说，朱自清是现当代文学史上把散文当诗来写的最早的一位散文家，而不是后来的散文家杨朔。对朱自清崇拜有加的邓杰，是在朱自清的影响之下，更是在古典诗词的潜移默化下，执拗地带着诗体感去寻求散文诗美形式的实现的。如果读者细细去研究邓杰的散文，尤其是其中近于散文诗的一些抒情小品，那么可以把散行的文字变成诗句的排列，进而使之成为"诗"。

如《秋雨：灵魂的沐浴》，可以改排成诗体分行的形式：

> 静静地，/将情思寄于秋天的雨中，/仿佛加入一次浪漫的旅行。/默默地，/把灵魂置于秋天的雨中，/仿佛经历一场圣洁的洗礼。/秋天的雨，/是浅的，/迷迷濛濛，/把你带到梦里，/美丽的伊人倒映在水中央，/没有结局的故事，/已经让你获得片许的慰藉……

再如《碧水涟漪》也同样可以改成诗行：

> 秋天的风，/软软的。/心中得闲，/便会和韵在城外的水边，/看水中的云，/看水中的鸟儿。/夕阳傍晚，/那最后的暖色从云翳间漏过，/染红了一池秋水。/不知何事，/竟对碧水里的涟漪生出些情思来……

无须再一一举证。从上述两例便可以看出，邓杰的一些小品采用了诗体的形式。

但邓杰的诗美诉求不止于此，他更多的是觅求古典诗词中那种想象和联想，创造意象并通过意象的整合进而营造出诗的意境。《马鬃岭的星空》《山谷花石》《电闪雷鸣》《远古的足音——黄帝陵寻根》《婺源山乡之行》《半亩荷风淡淡香》《云南之云》等，通过诗的想象和联想，从而营造诗美的境界。《云南之云》可以看作是邓杰抒情小品的代表作。作者抒写云南之云总的诗意感觉，是"云是云南的典藏"。这一意境的营造，以云南之云的种种想象，如"天的表情""云会说话""云有情绪""云有心思""云有行动"等层面，来描述云南云特有的韵味；同时又抓住云南云与天空、空气、山、水、花花草草的互存关系，最终升华与归结于"尊重自然"的抒情主题旋律，也是对"云南的典藏"进行最后的破解。可见，对于全篇意境的营造，作者不是采用一般散文常见的如象征比附、隐喻取义、情景交融、类比归一等路径，而是通过对意象的"意描"（即神似描述）和意象的交叠整合，而创造出自己独有的路径。类似这样的作品，还有《寒门富贵话芍药》《扬州神韵》等不少作品。

其次，邓杰的散文是当今多媒体时代的散文创造，而且是多媒体时代一位传媒学院教授的散文创造。所以，各种媒体艺术元素的综合介入与整合，成为邓杰散文"唯美"的诉求。各种媒体艺术元素的潜移默化，是邓杰得天独厚的艺术资源，恐怕连他自己也难以置信，自己会在无欲状态中接受这种"天赐"。电视、电影艺术给予他的影响最明显。如在散文中对画面感的描述，如各种画面蒙太奇的连接，如画面呈现的动态与静态视觉的可现性与语言对话的配置等，都是从借鉴电视、电影艺术而来。这在那些写风情风景的作品中频频可见。即便在叙事性的散文中，也同样可以看出来他对影视艺术的接受与活用。如《卖烧饼的眼镜先生》，其实就是一部"微电影"的脚本。跨度为20年的两组镜头的组接，是作品简练的构思。20年前以眼镜摊主夫妇和男孩三人出摊与20年后摊主老婆独自出摊，形成了画面对比的强烈反差。作者这样处理，强调的是视觉形象的直观表达，从后一组镜头中生病的眼镜先生和在读研究生男孩的隐藏与缺席，展开眼镜先生一家人对未来充满希望的命运叙事。同样，《怀念父亲》也似一部"微电影"。"我"在书房里抽烟、看书、写作、下棋，伴随着团团烟雾。"我"始终是贯穿全篇所有镜头的主体形象，然后叠加一连串父亲的特写：抽水烟的父亲，与老友边下棋边夸儿子的父亲，严格教训儿子的父亲，与"我"促膝谈心的父亲等，这些特写镜头在闪回中组接，并与此刻抽烟的"我"的形象予以交叠。而其中具有隐喻意味的"团团烟雾"，成为组接的中介。这种构思独特的叙述远比平实直叙的《我的父亲》要简练、直观得多。《家院绿色》用"腊梅""月季""瓜蒌"进行散点扫描与"摇镜头"透视，显然是一项多媒体演示的艺术设计，影视手段的应用使文章的构思显得简洁和练达。毫无疑问，这些例证说明，作者借鉴影视艺术的手法，往往可以获取视觉上意想不到的审美成效。

影视媒体艺术帮助邓杰实现了"跨艺类"的创造，但仅于此，还不是邓杰。如果再从音乐、摄影、棋艺等方面去考察他的散文，读者还会发现其"跨艺类"借鉴的诗性智慧和所提供给散文创作的意义。《寻访朱自清》与《半亩荷风淡淡香》，仿佛是两篇配乐散文，诗情或低诉，或激扬，或嘈嘈切切，如读白居易的《琵琶行》。直接描写声音的《窑工号子：遥远的生命回响》，把原始的劳动号子按在文本上，而同时把自己对原始音乐的非常感觉，处理和描述成一曲生命回响的抒情乐章。作者是用音乐手法，将自我感觉演绎为心灵流出来的音乐。直接描写色彩的《红色交响诗》，是一组关于红峡谷的文字"摄影"。那地貌、岩石、山谷、瀑布的色泽、光感，随着作者的眼睛而移步换形，是一连串的静止的摄影，也是一连串的动态的绘画……无须赘言，这些例证可以说明"跨艺类"的艺术借鉴，已经成为邓杰散文"美"之诉求的事实。内容与形式彼此确定的时候，往往有确定的一面，又有很不确定的一面。而对于后者，审美创造的主体即作者凭其实践往往有感能言，而评论家则往往因实践之隔而有感难言，也只能做出大体的判断和印象式的描述而已。

再次，邓杰"美"的诉求，还突出地表现为对散文语言的艺术锤炼。他曾经提出过语言的三条审美要求："语言的艺术感可以分为三个层次，亦可称为三个境界，一曰'言简意赅'，二曰'新颖生动’，三曰‘意味深长’。"同时，他指出"意味深长"，是"高级境界"。①自然，在创作实践中，邓杰不满足于言简意赅与新颖生动，而是殚精竭虑追求语言的意味深长。在这一方面，他将语言的弹性与张力进行最大化的打磨，尤其以下两方面的诉求值得读者去品鉴。

第一个方面的诉求，是作者以自己新颖的描叙而使语言蕴含深深的抒情意味。如写外孙："全家人都在为你忙活，你也不为所动，总是一副心安理得的样子。"（《含饴弄孙儿》）婴儿自然还没有主观意愿，只是假设他有，故而说他"不为所动"，而且还表现出"心安理得"。这就通过夸张而怪异的叙写，把作者心中深切的疼爱，尽情地吐露出来。再如写抽烟吐出的烟雾："冉冉的白雾在眼镜前飘舞，觉得时间有了痕迹。"（《怀念父亲》）这两句话把无形的时间赋予"白雾飘舞"的痕迹，说法新异、怪诞、奇妙，用"痕迹"一词的新异、怪诞与奇妙，就把对有着抽烟习惯的父亲的无限怀念之情曲包并掩藏起来。就是这时间特有的"痕迹"——烟雾，下文才带出对父亲忆念的一连串往事。这类用词造句上打破常规、出其不意的"乱步"，在他的散文里随处可拾。另一个方面的诉求，是邓杰有意识地寻求遣词造句与古典意趣的谋合。《清寒坐暖一剪梅》《清风明月想东坡》《夜半箫声》《夜读心上秋》《梅之殇》等，或从题目上取境界的古雅，或从体裁上仿赋体，或情调上师法古典诗词歌赋的雅趣。同时，在遣词造句上刻意去效仿古典诗词的句法，甚至频频引用经典名篇的句子，这些充满人文气的做派与格调，生动地表现了作者对古典情调、意趣的向往与寻觅。由此可见，邓杰实实在在把研读古典诗文的体味和写作《宋词掇英》的心得，融化成自己语言的暖性色调，使其散文语言有着吐露个性的儒雅风格。

以上三方面的论述，证明邓杰在散文中实现"美"的诉求，是切实和强烈的。唯其如此，他将林林总总文学内外美的元素整合进自己

---

① 邓杰：《天地不言》，文化艺术出版社2016年版，第197页。

的散文，把散文打造成一门综合的艺术，使其笔下的艺术感显得十分饱满和十分强烈，从而向读者证明：自己是一位努力创造美文的唯美主义者。邓杰散文在艺术上追求诗性，特别在向中国古典诗词与散文寻求借鉴和进行"跨艺类"的形式创造两个方面，为当代散文创作的实践和进一步重建、完善散文诗学，提供了有价值的个人经验，这是毋庸置疑的。

　　有两类美的风采，一是镂金错彩的绚烂，二是自然朴素的平淡。两者都是美。而古今散文家的创作轨迹大体从绚烂到平淡，最终返璞归真。最典型的例子是吴伯箫先生。青年时期他一味追求华丽，到20世纪60年代初期终于写出了《记一辆纺车》《窑洞风景》等一组经典之作。对此，他深有体会地指出，"美的概念里是更健康的内容，那就是整洁，朴素，自然"①。有作为的散文家都会有这样一个华丽转身。笔者期待着邓杰在总结自己的创作经验之后，继续坚持他的"真"的言说和"美"的诉求，来一个华丽的转身，进而创造出精品化的返璞归真的作品。因为，平淡是成熟、大美无言的境界。正如苏轼在《与侄书》中所云："渐老渐熟，乃造平淡。其实不是平淡，绚烂之极也。"②邓杰曾深具体悟地对我说："文字与年龄阅历同步，文章与修为与心境同构，当谨遵老师所嘱，内化于心，外端于行，而发乎于辞。"

---

　　①　吴伯箫：《记一辆纺车》，《吴伯箫散文选》，人民文学出版社1983年版，第268页。
　　②　赵令畤：《侯鲭录·墨客挥犀·续墨客挥犀》，中华书局2002年版，第203页。

第十四章

汪曾祺：闲适认同范型

汪曾祺是传承以林语堂为首的"论语派"的闲适话语的当代散文家，故此，其散文当属"闲适认同范型"。

作为东山再起的老作家，其创作的时间段主要在20世纪八九十年代以及21世纪的最初几年。这20余年不仅是中国政治、经济、文化、社会等转型的时期，而且也是文学在理念与实践两个方面嬗变和转型的时期。汪曾祺在文坛上的华丽复出与自我形塑，是顺应天时的历史之约。

散文美学及其诗性的重建，是新时期从巴金、孙犁、林非到赵丽宏、贾平凹、余秋雨再到"当代先锋散文十家"（王开林、古清生、伍立杨等）一批散文家的努力。他们从重建理念、回归"五四"传统、变革文体、借鉴现代主义等方方面面，对散文的转型进行了思考与革命性实践，汇合成一股正能量，使散文从"十七年"封闭性的一元"颂歌时代"，嬗递到当下开放多元的"牧歌时代"。我们认为，在他们之中，汪曾祺对林语堂及"论语派""幽默、性灵、闲适"的艺术主张的认同与演绎，是评论界与研究者至今尚未讨论的一个问题。相信对这个问题的深入阐释，在重建散文美学的意义上，可以对汪曾祺小品文的真正价值予以重新发现与重新认知。

第一节　闲适文脉与传承的必然

谈到自己的散文创作时，汪曾祺说过下面一段很重要的话："我没有研究过现代文学史，但觉得小品文在中国的名声似乎不那么好。其罪名是悠闲。中国现代小品文的兴起，大概是在三十年代。其时正是强邻虎视，国事蜩螗的时候，悠闲总是不好。悠闲使人脱离现实，使人产生消极的隐逸思想。有人为之辩护，说这是'寄沉痛于悠闲'，骨子里是积极的，是有所不为的。这自然也有道理。但是总还是悠闲。其实悠闲并没有什么错，即使并不寄寓沉痛。"①这里所指涉20世纪30年代的"悠闲"小品文，虽然文字表述中没有明说，但稍有文学史常识的人都知道，汪曾祺所说的，是指以林语堂为首的"论语派"小品文的创作。

以周作人为幕后精神领袖、林语堂为前台主帅的"论语派"，是出现于20世纪30年代上海的一个自由主义思潮的散文流派。而汪曾祺对它的认定，得出的是"悠闲并没有什么错"的结论。能够如此对"论语派"作出肯定性结论，对汪曾祺来说是难能可贵的，又是很纠结、很艰难的。他之所以没有说出"论语派"与林语堂的名字，这是因为：第一，30年代初期他的老师、京派代表作家沈从文发难，在《大公报》的文艺副刊上发表《论文学者的态度》一文，拉开了京派与海派之间论争的序幕，出于对老师的尊重自然不应该去肯定作为海派散文重镇的"论语派"；第二，他作为京派的后期成员（被称为京派的最后一位作家），也应该尊重京、海两派论争与对峙的历史，守护京派的立场，不能为对立的一方去进行辩护。然而，汪曾祺克服了师生情谊、派别论争的心理障碍。在经历了"十七年"的风风雨雨与"文革"之后，特别经过新时期之初对既往创作与理念的反思之后，他必须对历史予以尊重，必须对为散文美学作出过理论贡献的"论语派"辩解。这是他在良知真理和世俗道德之间严肃权衡之后的选择。

林语堂闲适话语的关键词是幽默、性灵与闲适。这三者之中最为关键的是闲适。汪曾祺的认同，自然也主要表现在对闲适的认同。

---

　　①　汪曾祺：《〈汪曾祺小品〉自序》，《汪曾祺文集》文论卷，江苏文艺出版社1993年版，第220—221页。

　　林语堂主张小品文必须"以闲适为格调"①。在他看来，闲适是对写作小品文最重要的诉求。创造一种闲适的格调，作家就必须具有闲适的心态，只有具备了这种闲适心态，才能付诸笔端，写出很悠闲、很有情致的小品来。对此，汪曾祺是十分明确的。在《随遇而安》《自得其乐》等文章里，他表明了自己在经受磨难之后的心态是宁静淡泊与无为而为，他把他的创作当作晚年生活的一种休闲方式。他认为，小品文最主要的功能是给读者以"健康的休息"：它可以在"民亦劳止"的时候，起到"迄可小休"的效用，是"安慰"，是"清凉"，是"宁静"，是"滋润"。他说："小品文可以使读者得到一点带有文化气息的，健康的休息。小品文为人所爱读，也许正因为悠闲。"②从这些解释性的文字里，我们完全可以看出，关于小品文的认识，汪曾祺与林语堂是基本一致的，只不过汪曾祺把林语堂的"闲适"，改用"悠闲"加以表达和演绎罢了。

　　汪曾祺对"论语派"闲适话语的认同，有其自身的必然性。

　　首先，汪曾祺出身于江苏高邮一个封建士大夫家庭。祖父是具有诗人气质的清末拔贡，写得一手好文章；父亲是地方名士，多才多艺，能诗能文能画，还能摆弄各种乐器。因此，汪曾祺从小就在诗、书、画、琴等各种文化与艺术的熏陶下，养得一身浓厚的"文人气"。尤其父亲对他像兄弟一样，可以给儿子倒酒、点烟，甚至在儿子恋爱时当参谋，这种宽容、和谐、滋润、闲适的家庭教育，使汪曾祺从小养成了放任性情、自由浪漫与儒雅风流的气质。

　　其次，汪曾祺在大学所接受的基本上是名士教育。在西南联大师从沈从文、闻一多、金岳霖、朱自清等一批大儒名流，他们集自由主义、个人主义、民主主义与爱国主义于一身，在入世与出世之间寻求自我的心性自由与独立人格。尤其他从老师沈从文身上，读懂并效仿

----

　　① 见《论语》，1934年创刊号。

　　② 汪曾祺：《〈汪曾祺小品〉自序》，《汪曾祺文集》文论卷，江苏文艺出版社1993年版，第221页。

老师在多次遭遇批判之后依然保持的那种悠闲超然、洁身自好的人格魅力。唯其如此，汪曾祺在经历"反右"与"文革"的磨难之后，依然能够悠闲自得，随遇而安。

以上两方面表明，从小接受的士大夫家庭教育以及个人对名士节操品行的效慕，使汪曾祺对文艺寓教于乐的闲适功能有着深刻的体验和认识，使其生命个体始终保持自由知识分子的"文人气"、浪漫诗性与"随遇而安"的哲学。当可以拿起笔来自由写作的时候，这些人文素质便很自然地与林语堂的闲适话语脉息相通。汪曾祺把它作为自己散文写作的理论根据和基础，也就听其自然、顺理成章了。

张颐武教授说，闲适"是对一种超然古典境界的向往，是安静平和、追求优雅趣味和风格的'文人'精神的表现，是边缘的和独立的、隐士式的境界的体验"[1]。王尧教授指称汪曾祺是"最后一个中国古典抒情诗人"，也是抓住他身上很突出的文人气质与闲适情怀的特征，进而得出这个恰切的论断。[2]这个论断无疑符合汪曾祺的实际。而笔者对其认同林语堂闲适话语必然性的叙述，则是在王尧等学者研究的基础上，试着对汪曾祺散文的艺术渊源进行深度的探寻与阐释。

第二节　闲适话语的个性演绎

归根结底，闲适是一种生活的态度，汪曾祺的闲适是把自己的这种生活态度，变成了散文创作的审美心态与心境，进而将他精神上这种放松、悠然的随意与随性，融贯在文章的字里行间。故此，汪曾祺对"论语派"闲适话语的认同不仅表现在他的理论上，而且更重要的，是演绎在他散文创作的实践中。他的演绎与表现，离不开林语堂

---

①　张颐武：《闲适文化潮批判》，《文艺争鸣》1993年第5期。

②　参见王尧：《"最后一个中国古典抒情诗人"——再论汪曾祺散文》，《苏州大学学报》（哲学社会科学版）1998年第1期。

闲适话语系统中的另外两大元素：性灵与幽默。散文这种特殊的文体可以进行宏大叙事，但它更宜于去展开日常生活的微俗叙事，借此抒发作者内心深处的情愫。诸如个人格物致知的哲思、面对人伦关系的怀想、泛读山光水色的宁静以及阅读人文社会的万端感慨，总之以一切的人、事、景、物作为抒写载体，最终表现的是向读者告白的性灵。从这个意义上看，散文应该是性灵的别称。武断地说，与新时期冰心、巴金、丁玲、孙犁、秦牧、郭风、柯灵等老一辈散文家比较，汪曾祺的散文实属另类：他比他们更有"娓娓絮语"的味道，更有林语堂"闲谈体"的风格，因此也就更有表现闲适情调与性灵的趣味。从继承的传统看，"汪曾祺似乎和士大夫人格、性灵派文学传统一脉相承"①。明朝的李贽提倡"童心说"，以袁宏道、袁宗道、袁中道为首的公安派的"性灵说"、王若虚的"内游说"以及袁枚的"性灵说"等，都是以主张表现性灵，以此与"载道"理念相对抗。汪曾祺自己则很坦率地说过："我的散文大概继承了一点明清散文和五四散文的传统，有些篇可以看出张岱和龚定庵的痕迹。"②而从垂直承接的传统看，显而易见，他是受周作人和林语堂的散文理念的影响，尤其受林语堂张扬"性灵"的美学主张更为显著和确定。

唯其强调表现自我的性灵，因此汪曾祺小品绝大比例的题材是写身边琐事。如写喝酒饮茶抽烟的喜好、写童年往事的趣闻、写烹调与美食、写花草虫鱼的见识、写诗文书画的志趣、写故土风俗人情、写家庭亲情、写不同地方独有的风习景致等。这些题材的点点滴滴，都入微地、曼妙地、生动地抒写着作者心性的灵动、情感的涟漪与写作其时的沉思默想，所表现的正是周作人所说的"个人的文学之尖端"，从而使自己的小品完完全全成为个人言志的范型。他的言志明显与一般小品作家不同，以身边琐事最大限度的包纳与泛化，附丽、

---

① 王尧：《"最后一个中国古典抒情诗人"——再论汪曾祺散文》，《苏州大学学报》（哲学社会科学版）1998年第1期。

② 汪曾祺：《〈汪曾祺自选集〉自序》，《汪曾祺文集》文论卷，江苏文艺出版社1993年版，第205—206页。

抒发、流漾着个人情感，从而使自己的性灵得到最泛化、最细微、最赤裸的表现。唯其如此，他的小品与腥风血雨没多大关系，都统统归一于自我的身边琐事。当年"论语派"与"太白派"争论的焦点，是题材上坚持宏大叙事，还是进行日常叙事。"论语派"认为，坚持自我性灵的表现，就必须写身边琐事，表达爱国的思想情感可以曲折地"寄沉痛于悠闲"。这场小品文题材的争论，表现了两派对散文中的报告文学、史传、杂文、小品等各种体式职能分工在认识上的对立，进而也表现了唯载道与唯言志各执一端的分歧。时隔半个世纪之后，汪曾祺坚持写身边琐事，无疑是对"论语派"纯然言志的回归与认同。他对此有着明确的思想定位：因为"我赶上了好时候"，才格外感觉到用小品文表现自我的极大自由，于是钟情并致力于小品创作。他自我定性道："人要有一点自知。我的气质，大概是一个通俗抒情诗人。我永远只是一个小品作家。"①

作为"通俗抒情诗人"，汪曾祺的"通俗"，第一，是性灵表现的全盘透明。也就是说，他把个人的认知空间、道德空间、伦理空间、习性空间等，真诚地、无遮蔽地描述给读者。他没有藏着掖着，没有躲躲闪闪、文过饰非，没有作秀"卖萌"。他甚至坦白得把个人情感空间和盘托出。如，他承认写《大淖记事》，是因为喜欢生活中"巧云"的原型——一个挺好看的女挑夫。（《〈大淖记事〉是怎样写出来的》）如，他告诉儿子和读者，《晚饭花》里的那个喜欢王玉英的李小龙，就是他自己。（《〈晚饭花〉自序》）连个人情感里藏得很深的隐私，都可以向读者诉说，可谓坦诚得赤裸裸。第二，他的"通俗"里，包纳着一颗永不泯灭的童心。《花园》《冬天》《夏天》等以故乡旧生活为题材的小品的灵感，就像达·芬奇创作《蒙娜丽莎》那样，是来自童年或者少年时代的"一个记忆"。神奇的童心激活、复制作家的记忆，故此小品里的环境、人物、细节、情景，甚

---

① 汪曾祺：《〈晚翠文谈〉自序》，《汪曾祺文集》文论卷，江苏文艺出版社1993年版，第202页。

至孩童时代古老小镇上的一棵树、一株花、一爿店都带着孩童的眼睛和心理，被作家描述得真真切切。第三，在汪曾祺20世纪80年代中后期的性灵书写里出现了一些"怒目式"的责疑、诘问以及对世道人心的不平之慨。《我的解放》对江青的专横跋扈进行了批判与反讽，既是回忆个人遭遇，也是在反思难堪回首的历史。《米线和饵块》对昆明米线和饵块两种食品的"大大不如从前"，深深追问在商品化的今天"为什么会发生"。《闹市闲民》问责到底是什么制造了一位"一生经历了很多大事"的古稀老人的孤独。在一些貌似"准小品"的小说，如《晚饭花》《故里杂记》《故里三陈》《毋忘我》里，汪曾祺的追问、诘问、责疑，远远超过了其小品（其实汪曾祺的很多小说都像散文，只是比其小品多了较多的叙事因素，把生活中的原型换成假名而已。这种情形与孙犁十分相似）。举例说，《毋忘我》用新婚的徐立搬家时忘了前妻骨灰盒的细节，诘问"毋忘我"的传统道德何在。在改写的蒲松龄同名小说《瑞云》里，作者颠覆了原作"不以妍媸易念"的主题，描写贺生对瑞云之美失而复得的强烈反应，不是欣喜万分，而是若有所失，让读者从悖论中得到更深的思索。这些"小说家言"是汪曾祺性灵表现的另一面，也是其"通俗抒情"在人性深度上的发展。对此，有学者把它当做"反抒情"："他甚至蹙紧眉头，专门看取世道人心的尴尬处、荒唐处、恶心处，以暴露现世、戳疼现世的方式排遣一腔积郁。"①上述的三种表现，都是汪曾祺认同林语堂的性灵之后所进行的个人演绎。他只有一吐为快，尽情裸示性灵，才能达到并满足自己闲适而快乐的诉求。这也就是他自定义的"通俗抒情"。笔者认定其"通俗"的意义，就是绝对地、毫无遮蔽地表现自我，这就是汪曾祺我行我素的言志。

对林语堂闲适话语的认同与演绎，汪曾祺还表现在对幽默的诉求方面。率先把外国喜剧范畴的概念"humour"（本意指用此种艺术

---

① 翟业军：《论汪曾祺小说的晚期风格》，《中国现代文学研究丛刊》2011年第8期。

表现手法使观众与读者获得身心的愉悦），译成"幽默"介绍到中国来并把它定为《论语》杂志的宗旨而付诸实践的，是"幽默大师"林语堂。实际上《论语》《孟子》《韩非子》等传统经典里早有幽默的传统。幽默，与性灵、闲适一样没有错，杰出的文学家大多是幽默大师。林语堂只是在国事艰危的20世纪30年代对它们进行了宣传与强调，难免会受到以鲁迅、茅盾为代表的革命文学的误读。尽管如此，林语堂终究使现代散文美学在第二个十年中得到了理论建设的提升与发展。正如笔者在另外一篇文章中所说的，林语堂"把第一个十年的'自我表现'，具体界定为幽默、性灵、闲适，而且确定为作家内心的感悟体验的终极目标，应该看做'新散文美学原则'与新的审美思潮的崛起"①。

具体到汪曾祺小品的表现来看，其幽默的表现有着个人的特征。大体说来，他创造的幽默有三种类型。第一，是热幽默。例如，在《多年父子成兄弟》中写道，当妻子要求儿女们与"右派"的爸爸划清政治界限之时，儿子回答妈妈道："那你怎么还给他打酒？"作者用平静而诙谐的笔调创造了一种热幽默的情趣，它使读者产生温热与温馨的审美感受。第二，是冷幽默。例如，《五味》里写道，某某大人物在某地某饭店里随意说了一句话"火宫殿的臭豆腐还是好吃"，店主人便当作"伟大指示"，将其作为招徕顾客的商业广告写在影壁上。作者如此叙写包含了对商家的反讽，让读者感觉到批判商家的冷峻锋芒。第三，是轻幽默。汪曾祺描述自己的见闻、经历或者回忆往事的时候，会特别着意那些奇闻怪事，因为这些叙述细节本身充满了新鲜感和可笑性，也就产生了轻幽默。如图书管理员神经质似的手拨死钟的怪癖，上班拨拉到八点，下班则拨拉到十二点，每天如此。（《翠湖心影》）大哲学家金岳霖养一大"斗鸡"，"把脖子伸上来"和他"一桌子吃饭"；晚年时毛泽东同志要他"接触社会"，

---

① 吴周文、张王飞、林道立：《关于林语堂及"论语派"审美思潮的价值思辨》，《中国现代文学研究丛刊》2012年第4期。

于是他就包一辆三轮车每天在大街上转悠。（《金岳霖先生》）在欲为自己立贞节牌坊的族人与儿子面前，白夫人抖落一笆斗计算自己一次次春夜难熬的铜钱。（《牌坊》）买主从一位农民手里买下三只兔子，佯装自己是神奇的猎手而大吹"猎兔经"，却当场被卖主的突然出现而瞠目结舌。（《要面子》）。这些例子表明，汪曾祺小品的幽默感，多数情况是来自细节的可笑性与趣味性，产生的审美效果是轻幽默。如他自己所说："幽默要轻轻淡淡，使人忍俊不禁，不能存心叫人发笑，如北京人所说'胳肢人'。"①由此发现，晚年审美精神绝对自由的汪曾祺，不再理会自我人生的艰辛，不再理会政治文化对自我的戕害，将既往的恩恩怨怨消弭殆尽，变得异乎寻常的淡定。因此，他创造的幽默不是"含泪的笑"，其中没有悲摧、眼泪、苦涩、怨恨，而是表现为随遇而安的宁静淡泊。这就是汪曾祺创造幽默，为什么很少用夸张、讽刺、调侃等手法的缘故。显而易见，他对林语堂闲适话语的演绎，不是画瓢式地照搬、盲目地去复制，而是坚守着自己的"通俗抒情"的个性。

第三节　先锋的自觉与文学史意义

汪曾祺对闲适话语的认同与演绎，给当代文学史留下了不可低估的意义。

当我们称汪曾祺是"中国最后一个士大夫""最后一个中国古典抒情诗人"的时候，很可能只注重了汪曾祺小品创作的自身，而没有注重其当代性的价值。其实，汪曾祺是当代意义上的"士大夫"与"古典抒情诗人"。因为我们肯定汪曾祺演绎林语堂的时候，就必须重新考量闲适话语的合理性与当代性的价值。反之，我们便否定了在小品文创作上卓有成就的汪曾祺。在散文美学建构的历史上，林语堂

---

①　汪曾祺：《学话常谈》，《汪曾祺文集》文论卷，江苏文艺出版社1993年版，第79页。

把"五四"散文的自我表现，更深层次地发展为自我性灵的赤裸，即把英式随笔与明清小品在完全的意义上变成中西整合的、延续并发展中国式的现代小品。因此，汪曾祺小品的被认可与被赞誉，已成为新时期散文美学回归与重建现代传统的一个里程碑式的标志。基于20世纪30年代"太白派"与"论语派"论争之后革命文学的话语霸权以及"十七年"间文学"政治第一"的评价标准，批评界对林语堂的闲适话语进行了持续不断的批判，这种被误读的情形一直延续到新时期之初。巴金的《说真话》组篇成为历史转折与改写历史的先行者，一批散文家和散文理论家响应巴金，呼吁散文回归表现自我、回归以人为本的作家精神本位的理念，同时在创作实践上回归传统并重建与"文以载道"相悖的"自我表现"的理念。而率先集中精力、执意践行大量闲适散文的，汪曾祺是第一人。汪曾祺仅谈吃喝的小品就有30余篇。他也是在实践的意义上大胆认可闲适话语理念的第一人，且把林语堂闲适话语的"自我表现"强调到了极致。从这方面看，汪曾祺有个性、有创造的认可与演绎，虽然没有在理论上留下太多相关的文献，但他以实践第一的革命姿态，有意或无意地证明自己的创作在新时期理念革新与转型之中的先锋性价值。这是史识的、毋庸置疑的一个事实。

汪曾祺对林语堂话语的认同与演绎，更重要的意义是彰显与强调了文学尤其是小品文的闲适性功能。闲适性是中国古代文学的一个基本属性。就实质而言，闲适性是作为中国士大夫传统文化的一个特征，也是中国古代文学作品普泛性的特征。它是封建时代士大夫在精神上享受文化生活的一种清闲、安适情怀的表现。故而也表现为古代诗人、文学家、艺术家创作时的审美心境与自娱自乐的情趣。"采菊东篱下，悠然见南山"，是陶渊明的闲适。为选用"推"还是"敲"，骑驴作"推敲"状的是贾岛的闲适。"举酒属客，诵明月之诗，歌窈窕之章"，是苏轼的闲适。作《小石潭记》和《醉翁亭记》，是柳宗元和欧阳修的闲适。这些随便举出的例子，说明闲适无疑是中国文学源远流长的传统。但自从强调了文艺为无产阶级政治服务以及"政治第一"之后的数十年间，现当代文学淡化甚至忽略了它的闲适性与娱乐功能。20世纪八九十年代是历史转折的新时期，文学转型以及大众审美文化思潮的兴起，成就了汪曾祺在这个特殊时期的功德。随着中国社会从计划经济向市场经济的快速转型，全新的经济价值观念向包括现代大众传媒和审美文化在内的社会生活各个领域全面渗透。人们被现实生活的重压挤兑而充满焦虑、浮躁，同时生活又为疲惫之余的人们留出了更多调适身心的休闲时间。于是，一种与之俱来的包括影视（电视散文、情节广告、微电影等）、卡拉OK、新媒体小品（多见于网络与晚报副刊）等在内的大众审美文化，迅速走向产业化、商品化和日常生活化。小品文的重新崛起，是文化与文学随社会转型的必然。看起来，汪曾祺对闲适话语的认知是对散文创作的理解与个人实践的行为，却与巴金、孙犁、牧惠、黄裳等众多作家一起推动了这个时期创作界与出版界的"小品热"。而"汪曾祺热"外延的正价值，即是率先带动整个新时期以降的文学在理念上进行"闲适性"元素的重新建构。对"闲适"功能重新予以正名、认知与彰显，这是大众审美文化发展的必需与必然。如果说林语堂所说的"闲适"，也许不合在30年代国难当头的时宜；那么，汪曾祺所力挺的"悠闲"——"健康的休息"，却恰恰顺应了改革开放与信息时代的逻辑。对于充当审美文化转型符码和"历史中间物"的汪曾祺来说，这恐怕是他始料未及的。他成了新时期文学史上具有先锋意义的一员猛将。

认同和接受林语堂的闲适话语，汪曾祺有着自己的独立创造。于此，他所提供给当下小品文创作的经验，值得我们进行认真的研究和总结。认识其小品在文本上的主要特征，除了前文已经论述的性灵表现的泛化、幽默表现的"轻"处理之外，还应该充分认识以下两个方面的审美特征。

首先，以智者的休闲，去追求和谐之美。汪曾祺自己明确地说过，他是把写小品当作晚年的休闲方式。"写写小品文，对宇宙万汇，胡思乱想一气，可以感觉……自己的存在……人不可以懒，尤其不可懒于思想，如果能保持对事物的新鲜感，思想敏锐，亦是延年却老之一法。"①只有保持如此闲适、淡定的心态，才能不被功利所累，从而心无挂碍地进入静态审美的情境，去创造小品文写作的和谐。和谐，是汪曾祺执意追求的境界。他反复说过："我追求的是和谐"②，"我追求的不是深刻，而是和谐"③。汪曾祺文本和谐的创造，突出地表现了叙述的平静，并且在平静的叙述中适以小泉叮咚、舒缓慢行的内心节奏，让读者充分感到他在絮语，在闲谈，在写作蒙田式的随笔。如《葡萄月令》，按"一月二月三月……"的月令形式娓娓道来，不急不躁，没有大弦嘈嘈。如《五味》，按"酸甜苦辣咸"的习惯顺序，恰似小弦切切，展开慢条斯理的叙说。综观他的全部小品，无一例外都是以超慢叙述节奏，极和谐地表现作者宁静的内在情感。而一个明确的手法，是用叙事来整合人事景物、思想与感悟、议论与抒情等。换言之，用叙事策略融通了文章的和谐。正如他自己所说，"在叙事中抒情，用抒情的笔触叙事"④。汪曾祺的这种叙述智慧及其创造的和谐美感，似乎是从冰心的叙事学那里得到了真传，是一般作家难以企及的境界，而这正是他休闲心态与静态审美必然产生的审美效应。

其次，以平淡的形式，去追求奇崛之美。为什么汪曾祺的小品会一再出版，受到广大读者的喜爱？一言以蔽之，是"庾信文章老更成"。唯有闲适的内质与外在表现的质朴文本和谐统一，才可能在汪曾祺晚年出现"老更成"的顶峰状态。汪曾祺自己说："在文风上，

①　汪曾祺：《〈汪曾祺小品〉自序》，《汪曾祺文集》文论卷，江苏文艺出版社1993年版，第221页。

②　汪曾祺：《〈晚饭花集〉自序》，《汪曾祺文集》文论卷，江苏文艺出版社1993年版，第199页。

③　汪曾祺：《〈汪曾祺自选集〉自序》，《汪曾祺文集》文论卷，江苏文艺出版社1993年版，第208页。

④　汪曾祺：《〈晚饭花集〉自序》，《汪曾祺文集》文论卷，江苏文艺出版社1993年版，第199页。

我是更有意识地写得平淡的……我愿意把平淡和奇崛结合起来。"①
平淡应该是艺术表现的最高境界,但如果仅仅是平淡,那不算最高境界,那常常是表现上的平庸。汪曾祺的小品善于在平淡中制造奇崛,让读者感到平淡中的非凡艺术。比如,他写金岳霖,只是很平常地叙述这位怪人的一些事情,仅仅抓住几个细节,就让这个人物从纸面上栩栩如生地站立起来。又如,说家乡高邮,忽然不动声色地插入关于神奇的鱼鹰、神秘恐怖的神灯等轻幽默的细节,让你会心地微笑(《我的家乡》)。或者,文章中时时会跳出古句、拗句、古诗句甚至冷僻的字来,让你顿感文字信息中的古典传统韵味;或者,在叙写中出现诗的意象、新奇的比喻,俨然告诉读者他用了一些现代主义手法;等等。显而易见,这些故意制造的"不平淡",嵌入"平淡"的叙述之中,于是赢得了相反相成的和谐,使平淡至极的文本透露出绚烂的色彩来。如此化平为奇、平中出奇的功力,是一种难得的大智若愚,只有天籁于闲适的心智与超静态的审美,才能如此举重若轻。

我们读汪曾祺的小品,总有一种特别的温暖与温馨的感觉。个中的根本,是因为他自诩为一位"中国式的抒情的人道主义者"。他不止一次说过,非常欣赏"顿觉眼前生意满,须知世上苦人多"(清代姚瑞恪题顺天府彰仪门外普济堂之对联)这句诗。他说,"我的人道主义……就是对人的关心"②。如果一味闲适或者说一味玩文学,那是以毫无意义的文字游戏取悦于读者,那不是汪曾祺。从本质上说,汪曾祺小品的魅力来自儒家的中庸之道(和谐)与仁爱之心,来自他对生活、对世界,尤其对他身边芸芸众生的爱。他的小品向你阐说,对师友、家人、乡亲、同事以及普泛人群永远奉献着红红绿绿的希望和美好的祝愿。而这一以贯之的内在情愫,通过文本的娓娓叙说,集聚成一股强大的人文关怀的思想力量,让读者倍感亲切,觉得他是一

---

① 汪曾祺:《我是一个中国人》,《汪曾祺文集》文论卷,江苏文艺出版社1993年版,第238页。

② 汪曾祺:《我是一个中国人》,《汪曾祺文集》文论卷,江苏文艺出版社1993年版,第238页。

位伟大的仁者和可敬的当代大儒。弗罗姆指引我们深刻理解汪曾祺的博大情怀："最根本类型是同胞的爱，它是各种类型的爱的基础……这种爱包括了责任感、关心、尊重以及了解他人。"①总而言之，汪曾祺用他的身边琐事，演绎了林语堂的闲适话语，最终指向人道主义的抒情，这应该是在绝对意义上解读汪曾祺的一个关键。

① 弗罗姆著，康革尔译：《爱的艺术》，华夏出版社1987年版，第41页。

下篇

散文文体审美诉求论

第十五章

真实性诉求的四个向度

　　散文，是文学的起步。无论是诗歌还是小说、戏剧等文体的写作，都必须从散文起步。因为散文与我们每个人关系最密切，我们每天都与散文打交道。如第一章所说，散文是我们的国粹，从孔子的《论语》开始，散文的发展源远流长，它是我国文学传统的一个代表性的象征。散文是一个母体的文学体裁，它集中了文学的艺术性，其他文学体裁都要向它借鉴艺术方法与技巧，向它借鉴艺术辩证法则和美学原理。具体说，诗向散文借鉴，就是散文化的诗，艾青曾经大力提倡；小说向散文借鉴，就是散文化的小说，汪曾祺、张承志的小说即是如此；电影向散文借鉴，就出现了散文风格的电影，如《伤逝》《黄土地》；电视向散文借鉴，就出现了电视散文、电视报告文学；等等。

　　散文文体审美的一个关键问题，是真实性的问题。真实性是散文文体审美中至关重要的诉求。围绕散文是"真"的艺术，本章论述四个关键词：真实的题材、真切的思想、真挚的感情和真诚的人格，即论述四"真"的审美诉求。

第一节　真实题材与真切思想的诉求

　　第一个"真"，是真实题材的审美诉求。

　　真实，讲的是对散文题材质的考量。文学作品从题材质的虚构与纪实来看，分为虚构与非虚构两大类。散文对题材的要求，则是绝对的真实。这里的"绝对"两个字，含意是：散文所写的时间、场所、人物、事件这四大要素是完全真实的，一点也不可以掺假，事件中的细节也都是真实的。比如说，写到人物的姓名，他叫张三，就不可叫李四；写王五的事件，绝不可说成赵六的事件。无论是事件与人物，人物与场所，还是时间与场所的配置关系，必须依据事实，任何移花接木、张冠李戴都不允许。

　　散文题材的真实性是文学传统规定的。从古代散文诞生到现在几千年，真实性与之俱来，一直是散文发展绵延下来的生命体征。从《尚书》《春秋》《左传》《国语》《战国策》，一直到司马迁的《史记》等，都是历史散文，它们都真实记载了历史人物和事件。故从散文源头上看，真实性是散文代代传承的历史基因。并且，由于在文体上文、史结缘的特殊性，所以几千年来，读者与散文之间建立起一种约定俗成的信赖关系：读散文就是读历史，就是寻求作品的真实性。读者相信散文家所叙述的人物事件，都是作者的所见所闻、亲身经历或经过调查核实的题材，是社会上实际存在的真实人物和生活中发生过的真实事件。总之，读者绝对相信散文家对散文真实性的尊重与敬畏。

　　散文题材的真实性不容动摇。当今理论界有一种说法，认为散文可以像小说、戏剧一样虚构。这是完全错误的，是误导散文创作的伪理论。20世纪80年代初，徐国泰在《青春》杂志上发表《散文快速构思法》，认为散文创作允许违背真实性的美学原则，舍弃真情实感就可以快速进行构思而写出精美的散文来。这是散文"虚构说"最早的源头。其后，1992年第2期《中州大学学报》刊载了吕立易的论文《散文应允许虚构，散文需要虚构》，这是正式提倡"虚构说"的始作俑者。进入21世纪之后，讨论散文真实还是虚构的文章，在各种文学与学术刊物上时有所见，成为一个热闹的话题。据不完全统计，自20世纪末至今，关于散文虚构与真实问题的论述有近70篇之多。如前所说，散文诞生的历史原因以及读者与散文之间达成的默契，决定了散文绝对不可以虚构。真实性是散文存在的一个根本，而真实性的根本在于题材的真实性，也就是四大要素的真实性。举例说，有一位很著名的散文家兼小说家，在自传体散文《我是农民》中，写一青年农民因无钱娶妻而干脆把自己的生殖器割掉，显然这是胡编乱造。在《西路上》中，他把西部某石油城写成拥有众多歌舞厅、按摩房、洗发屋的休闲场所，而人们在此淫乐，这也是违背现实的过度夸张，而且十分荒诞。可见，在虚构理论的诱导下，自然会出现掺假、虚构事实的情况，导致小说不像小说、散文不像散文的混乱后果。

　　散文题材的真实性中有着一个"假性虚构"的问题，即散文创作中合理想象的问题。我用"假性虚构"这个概念，是特意为了区别"虚构论"者的虚构理论而自定义的概念。所谓"合理想象"，常常是指作品中细节的细化与补充，这其实是需要在写作中掌握分寸、正确处理的问题。散文是对生活中已发生的事件的实录，需要进行记忆还原。但时过境迁，即便时隔不久，也难以做到百分之百的还原，尤其是对细节的叙写。正如鲁迅谈《朝花夕拾》时所说，他写的那些散文，是"记忆中抄出来的"，"与实际内容或有些不同，然而我现在只记得这样"[①]。处理细节还原的时候，大体应该注意遵守这样的原则：必须注意真实性的原则，绝不可胡编乱造，而是根据作品规定的情境、事理的逻辑，在与四要素一致并保证事件真实的前提下，进行细节的丰富和具体化。一些情景交融类的散文如朱自清的《荷塘月色》、鲁迅的《秋夜》等，不可避免地要写"我"或"他"（第三人称叙述）在叙事情境中的个人感觉与思想活动，通过外物的联想和想象，甚至通过梦幻、虚拟的情境，把感觉与思想具象化而使感觉与思想的叙写有所附丽与依托。这些都应该在真实性的前提下，进行感觉真实、思想真实、情感真实的艺术处理。

　　第二个"真"，是真切思想的审美诉求。

---

　　① 鲁迅：《〈朝花夕拾〉小引》，《鲁迅全集》第2卷，人民文学出版社2005年版，第236页。

真切，讲的是散文思想表达的考量。阅读与评论一篇散文，怎么衡量、判断它的思想价值？对读者而言，就是根据读后是不是受到感动，是不是产生思想感情的共鸣；对作者而言，则是看是不是写出了自己最真切的思想。所谓真切的思想，是指真切的感悟、感触，可以是作者真切的感受，也可以是作者沉思默想中的吉光片羽。总之，是作者理性的自觉，是作者思想方面新奇的发现。

散文与虚构类的文学体裁有所不同，它是非虚构类的文学。虚构类的体裁如小说、戏剧、电影电视剧本等，是靠人物命运、故事情节的叙事，来间接表达作者思想的。散文则有作者理性的自觉，是可以由作者在作品中直接"说主题""说思想"的。当然，美文或称艺术性散文，作者思想与主题的表达，应该含蓄、委婉、沉着，或寓理于物（象），或寓理于事（象），或借助情景交融、寓理于境来进行诗意的表达。直白地说，散文的思想应有理趣，应该具有哲理性的思考。因此，散文真切的思想，应该以表达的理趣或哲理切合社会、人生、道德、伦理、教育等方面的哲理，而令读者感动和感悟。一篇好的散文，会给读者以理性的启迪，甚至其思想上某一个信条，会被读者所接受，而影响他们的人生脚步与事业发展。

一篇好散文中，思想的真切，一般表现为新颖、深刻两个方面。所谓新颖，是指散文中表达的思想是既往散文中闻所未闻的哲理思考，是第一次发现，是"人人意中有，个个笔下无"的情形。比如说，张爱玲的《爱》，以一个乡村女孩子的人生遭遇寓理于事，揭示了男女婚恋的哲理性。结尾有这样几句话："于千万人之中，遇见你要遇见的人。于千万年之中，时间无涯的荒野里，没有早一步，也没有迟一步，遇上了也只能轻轻地说一句：'你也在这里吗？'"以这样的哲理感喟，阐释初恋的偶然性和情感记忆的永恒性，这在以往的散文中从没见过，实属第一次。《云南冬天的树林》中，于坚感悟并礼赞云南树林生命的伟大和永恒："连续不断的死亡和连续不断的生命在云南的每一个季节共存，死去的像存在的一样灿烂而令人印象深刻。"众所周知，树叶在树木的生命机制中具有接受阳光、雨露和二氧化碳的功能，是树木的"肺"。在于坚看来，树叶的"死去"，是维持树的正常生命，是树林本身的新陈代谢、吐故纳新，没有树叶的死去就没有树叶的新生。所以，"连续不断的死亡"，正是为了维系"连续不断的生命"，正是与"连续不断的生命"相因相生。既在整体的树林"共存"，也在每一棵树上"共存"。正是在这个意义上，作者作出了新颖的阐述。作者深深地感悟了，读者也为他这种"死即生"的感悟，而深深地感动与感喟了。再者，笔者写的《积攒微笑》，是源于一位朋友说了一句"积攒微笑"，而这句话看起来有些不可理喻，"微笑"如何积攒得起来？实际上，这句话引起笔者对婚恋问题之于一个家庭的思考，笔者觉得这句话本身就是一种吉光片羽式的真切。于是，笔者以朋友的真实经历演绎自己的思考，就写成这篇300多字的散文。写成后《广州日报》等十来家报刊转载，多家网站传播，说明真切的思想，会给散文注入意想不到的思想力量和产生始料未及的影响。

所谓深刻，是指表达的哲理使读者深深感悟到切中社会、人生等方面的事理，比之常见的散文有超越之处。如范仲淹的《岳阳楼记》超越了单纯写山水楼台的狭境，将自然界的晦明变化、风雨阴晴和迁客骚人的览物之情结合起来写，将全文的重心放到了纵议政治理想的方面，从而提升了文章的境界。作者通过两种情境而产生了"宠辱偕忘"与"忧谗畏讥"两种人文情怀，最后推出了"先忧后乐"的士大夫进与退的最高理想境界。这是作者言他人所未言的深刻。朱自清《荷塘月色》的深刻，表现为超越《爱莲说》的寓理于物，把荷塘月色的美演绎为个人人格理想的寻觅，在"革命"与"反革命"两条道路中间，寓写自己决心选择另一条"独善其身"的道路，于是荷花成为朱自清人格的隐喻和象征。这同样超越了前人的深刻。

必须说明的是，古典作品中有很多寓理于物于事的名篇，如《庖丁解牛》《游褒禅山记》等。但"五四"之后，艺术性散文越来越注重婉曲地明理，如鲁迅的《野草》、陆蠡的《囚绿记》、徐志摩的《翡冷翠山居闲话》、刘亮程的《寒风吹彻》等，都是这种情形。有人说，散文哲理的深处，是诗意的饱和点。当一篇散文婉曲地表达哲理的时候，越是隐蔽、深藏的表达，就越有隽永和空灵之美。哲理的真切与艺术表现的真切两者完美结合的时候，散文就创造了完美的境界，这是"五四"散文发展走向"美文"的一种趋向和形成的一个传统。

第二节　真挚情感与真诚人格的诉求

第三个"真"，是真挚情感的审美诉求。

真挚，讲的是散文情感的考量。散文与诗歌一样，都是侧重主观抒情的文体，其中情感的倾吐是对象性的，这个对象就是广大读者。而作者表达的情感程度虚浮或真挚，往往决定一篇作品的成败。真挚，就是率真和率性，就是那种情到深处、情愫发微的动情表达。

散文抒发的情感越是真挚，就越是能打动读者。动人感情的抒发，我们习惯称为"诗情"，因为只有让读者感受到真挚才能称之为"诗"。我们学习写作散文时，写完之后不妨自问：所写的人物、事件、情境是不是真正打动过你自己，写作过程中是不是有血酥酥、泪湿湿的感觉？只有把自己感动的那些人和事，写出来才能去打动别人。反之，作者连自己都没感动过，自然就不可能去打动读者，这是散文创作铁定的逻辑。朱自清创作《背影》的时候，是因为接到来自扬州的家信，父亲说自己身体有病，并颓唐地说"大去之期不远矣"，这令朱自清想到父亲平常对待自己的点滴，顿时"泪如泉涌"，写下了这篇经典之作。同样，诗人臧克家对散文《老哥哥》一文多写，每写一次就哭一次，哭了好几回。这两个例子说明，在写一篇散文的时候，作者要全然地投入情感，要进入到叙事情境的角色中去，做一个性情中人。只有如此，才能做到情感抒写的真挚。这是达到真挚的一个方面。

另一方面，对读者倾吐自己的感情，把读者当亲人、当好友、当知己，才能让作者自己的情感放纵或幽幽发微，才能写出"至情"作品，从而使读者为之动情和动容。作者与读者之间的无阻隔状态，才是达到真挚的最高境界。正如厨川白村所说："如果是冬天，便坐在暖炉旁边的安乐椅子上，倘在夏天，则披浴衣，啜苦茗，随随便便，和好友任心闲话，将这些话照样地移在纸上的东西，便是essay。"[①]散文是作者的自我言说，只有让读者感到完全没有"隔"的亲和与闲适，才是情感表达最佳的真挚状态。真挚是散文作者率真情怀的表现，真挚是伪装不起来的。情感的抒发只有在自然而然的倾吐、自由自在的书写状态下，才有可能真正达到真挚的境界。

第四个"真"，是真诚人格的审美诉求。

真诚，讲的是散文作者人格的考量。古代散文在诞生之时，就强调作者的"本真"哲学，必须抒写人格的真诚，可追溯到孔子的"修辞立其诚"。《庄子·渔父》中借孔子的名义，说出"法天贵真"（率真自然，天性本色）的哲学思想，两者都强调人格表现的真诚。好的散文，总是真实表现作者的真诚人格。文如其人的"人"，在某种意义上看，就是指人格。人格在散文中很难作假、作秀，它是作者在散文中自然而又诚实的表露。从审美看，一篇散文的感染力固然有思想的美、情感的美，但更重要的，还有人格之美，而人格美为诸美之最。人格具有社会身份属性：有唯利是图、投机取巧、尔虞我诈的钱本位的商场人格，有你争我夺、阿谀奉承、以权谋私的官本位的官场人格，还有知识分子与人民大众的人本位的自然人性人格。毫无疑问，文学家、科学家、教育家、哲学家等，都属于上述第三类人格。商场人格与官场人格都很难做到人格表现的真诚，这两类人格的人唯有退出商场、官场，返璞归真之后，才能做到为文的真诚。

散文作家应该选择自我抒写的诚实和坦率。散文创作所忌讳的是人格表现的装腔作势和故意"卖萌"，这是作伪，是矫情。有些人在

---

① 厨川白村著，鲁迅译：《出了象牙之塔》，《鲁迅大全集》第13卷，长江文艺出版社2011年版，第123页。

散文中故作高尚、儒雅、谦恭、清正；也有人为迎合时尚故作高调，满口豪言壮语；也有人故作高深，卖弄子曰诗云。这些是人格虚假的矫揉造作，都是不可取的。古训"立诚"与"贵真"，才是唯一的永恒的创作信条。

从散文的审美看，人格的真诚是指坦诚、裸诚、赤诚的美，它要求散文作者的人格表现必须以诚为本，必须把自己的心灵真实地、赤裸裸地向读者和盘托出。最令读者感佩的典范，是鲁迅和巴金。鲁迅在《野草》和很多杂文中，时时解剖别人，更时时解剖自己；尤其在《野草》里把"我"割裂成过去的"我"与现在的"我"，进行弃旧图新的灵魂自审。巴金在《随想录》中，反思自己如何在"瞒"和"骗"的政治文化中被染上灵魂的"疮"，并进行自我割除。如他自己所说："五卷书上每篇每页满是血迹，但更多的却是十年创伤的脓血。我知道不把脓血弄干净，它就会毒害全身。"[1]应该说，凡是敢于自我解剖的散文作家，都把自我作为审美的对象，对自我的忧与愁、哀与乐、爱与恨以及灵魂里的丑恶与卑劣、肮脏与黑暗等，进行暴露和鞭挞，将自己的一颗心解剖于读者面前。同样，像史铁生的《我与地坛》《想念地坛》，以"零度写作"的审美状态，直逼自己的灵魂。朱自清的《背影》《给亡妇》，以忏悔拷问自己的道德良知。胡适的《我的母亲》，之所以比一般写母子亲情的作品要深刻得多，是因为他以自己做人父的人生体验来体察母爱的伟大，重新认识当年母亲对他严酷要求的另一种"慈祥"，以抒写自己对半生守寡、教子成才之母亲的感恩，进而自塑了大学者最美的人格风范。自审，是散文中抒写和表现人格最有效、最明豁也最直接的途径。然而，文过饰非、矫揉造作的作家，是很难用自审来表现自我人格的。"立其诚"，永远是散文家自塑人格的起点和终点。

散文的四个"真"，真实、真切、真挚、真诚，是作家和研究者应该把握的审美价值诉求的节点。要达到这四个方面，最关键的

---

① 巴金：《合订本新记》，《随想录》，作家出版社2005年版，第3页。

是作家、研究者应该学会做人，修身养性，进行自我的道德、人格等的修炼。要努力做一个真实的人，做一个真切的人，做一个真挚的人，做一个真诚的人。总之，做一个对社会、民族、家庭和朋友负责任并作出自己切实奉献的人。至此，才能真正懂得散文真实性的诉求。

第十六章

反真实的"虚构说"批判

第一节 "虚构说"及其思潮背景

新时期至今，散文的理论建构中出现了一种提倡虚构的理论。20世纪80年代初，徐国泰、吕立易发表了提倡散文应该虚构的文章。进入21世纪之后，讨论散文真实还是虚构的文章，在各种文学与学术刊物上发表，成为一个热闹的话题。诸如孟凡根的《论散文的真实与虚构》、杨武的《论当代散文创作的"大实小虚"》、古耜的《散文的真实与虚构》、杨守松的《散文可以虚构吗？》、陈剑晖的《重新审视散文的"真实与虚构"》、陆泰的《既可写实也可虚构》、徐治平的《论中外散文创作中的虚构现象》、杨中举的《散文创作中的虚构》、阮礼义的《散文，必要的虚拟》、李自国的《从情感的真实看散文的虚构》等。不管你愿不愿意承认，虽然是讨论或称论争，但事实上，持有"虚构说"与"准虚构说"的论者已不在少数，而且在一定程度上已经产生了让作家和读者无所适从、莫衷一是的思想混乱。

关于散文虚构的论争，综合起来大体可归纳为三种意见。第一种是坚持派之意见。这一派反对"虚构说"，坚持散文必须恪守真实性的传统原则，认定散文是一种非虚构性文体。如著名报告文学作家与散文家杨守松说："世纪末什么都乱套什么都可能发生，但是归根结蒂，真即真，假即假，有即有，无即无，世俗的'真真假假'永远无法改变的，但既然你在那里鼓吹'美文'，那么，至少，你写的散文必须是真实的而不是虚构的。"①笔者在一篇文章里也说过，必须坚持写作主体的自我性与题材质的非虚构性，"如果散文在题材上半实半虚、半真半假，甚至整个地虚构人物，杜撰事件、细节，那将不可思议，等于从根本上取消了散文的生命力与散文的审美原则；并且永远抛弃了它的读者"②。第二种是颠覆派之意见。这一派认为可以颠覆散文真实性的文体特质与基本理念，对叙写的人、事、景、物，自由地进行夸张、变形、掺假，甚至提倡"无限制的虚构"。借用著名散文评论家古耜所进行的概括："有论者偏偏从经典散文中找出了虚构的现象和成分，进而认为：散文既然是文学的一种，那么，它就应当和其他文学样式一样，享有虚构的权利，可以通过虚构来丰富自身的艺术表现力。那种散文不能虚构的说法是陈腐落后的，只能束缚散文的繁荣与发展。"③第三种是折中派之意见。这一派认为坚持派与颠覆派虽各执一端，但不乏某些合理因素，因此可以"大实小虚"，即在坚持真实性的大前提下，适当进行局部的虚构与想象。对于这三种意见，笔者支持与赞同的无疑是第一种意见。

我们必须尊重这样一个事实："虚构说"以及"大实小虚说"已经在论争中占据了一定的市场，尤其"虚构说"已经产生了值得引起重视的负面影响。一方面，散文创作中出现了局部背离真实性或者完全颠覆真实性的状况，出现了把散文当小说写的混乱状态。正如学者张宗刚所指出的一些例证：莫言没有去过俄罗斯，却写了长篇散文《俄罗斯散记》。莫言说："咱家也坦率地承认，咱家那些散文随笔基本上也是编的。咱家从来没有去过俄罗斯，但咱家硬写了两篇长达万言的俄罗斯散记……"④著名作家莫言尚且如此，当下其他作家

---

① 杨守松：《散文可以虚构吗？》，《雨花》1999年第9期。
② 吴周文：《散文界说与文本基本特征》，《徐州教育学院学报》2002年第3期。
③ 古耜：《散文，你到底能不能虚构》，《文学报》，2006年7月26日。
④ 转引自张宗刚：《诗性的飞翔与心灵的冒险》，北岳文艺出版社2012年版，第136—137页。

以及青年散文作者把散文当小说写的虚构状况就很难进行量化的调查与分析。可以想见,虚构的散文当然比坚持真实性写作的散文更"艺术"、更"好看"、更要"动人",因为虚构的艺术处理会让散文赢得卖点。自然,在文化市场上,虚构的散文会远胜于真正的非虚构散文。这种创作中的泡沫现象,委实欺骗了善良的读者,只是读者听从虚构的欺骗而不知实情罢了。另一方面,散文创作理论上也出现了莫衷一是的混乱,有一些散文家与理论家也对散文的真实性产生某种程度的质疑与动摇,甚至被"虚构说"所蛊惑。如韩小蕙说:"散文不但应该,而且当然允许'虚构',剪裁其实已经就是在进行'虚构'了。"①王充闾说:"散文创作无法完全杜绝想象与虚构……适度的有助于散文的创新与发展。"著名散文理论家陈剑晖也受到这些论述的影响,而倾向于"有限的虚构"。他在评论余秋雨散文时说:"如果没有这些虚构想象,余秋雨散文的艺术魅力将大打折扣……至于余秋雨的'文化大散文'之后出现的'新散文',更是从散文观念、叙述、结构、语言及抒情等方面,对传统的'写真实'观念进行了全面的颠覆。"②显而易见,从散文创作实践与理论的论争看,"虚构说"已经演绎成理念上的思潮,其性质的严重性、悖谬性,可以说直接关系到散文发展的命运。

为什么近十数年间,"虚构说"大行其道,甚至演绎为一种思潮?这是应该予以追问的文化价值悖谬的问题。从计划经济转型为市场经济之后,由于价值观念的转换,包括散文在内的一切文学、文化作品的生产,都被新崛起的大众审美文化市场所制约与主宰,文化价值原有的主导话语权被置换而具有了商品化的属性。也就是说,包括政治、教育、道德、伦理等内涵的文化话语权及唯美诉求,向商品化的文化市场进行了妥协。米兰·昆德拉指出:"大众传播媒介的美学意识到必须讨人高兴,和赢得最大多数人的注意,它不可避免地变成

---

① 韩小蕙:《太阳对着散文微笑》,文化艺术出版社2008年版,第71页。

② 陈剑晖:《诗性想象》,广东人民出版社2014年版,第63页。

媚俗的美学。随着大众传播媒介对我们整个生活的包围与渗入，媚俗成为我们日常的美学观与道德。"①因此，散文创作也被逼无奈地出现了媚俗化与泡沫化的倾向，善良的散文作家们也因此自觉或不自觉地服从市场的功利性，把自己的作品装扮得"精致""艺术""有卖点"，鉴于此不得不依靠虚构的手段来满足出版商的需求。可见，"虚构说"思潮的产生不是空穴来风，而是当下文化生产的媚俗性使然。这里不妨借用姚文放教授的观点。他一针见血地描述了这种媚俗性的根源，说："要害在于媚俗行为往往是以文化的品位、格调和深度为代价而换取某种非文化的实惠。这在如今就表现为对于商业效应的觊觎和追逐，因为这一层面面广量大、人数众多，拥有巨大的购买力，乃是上座率、收视率、发行量和畅销度的主要支撑力量，谁能获得这部分消费者的欢迎，谁便能获得滚滚财源，于是不少文化生产者趋之若鹜，不惜屈尊降贵、随波逐流，将粗疏浅陋的流行趣尚奉为最高律令，而将提高全社会文化消费的整体水准的社会责任感置之脑后。"②

文学工作者不应把"社会责任感置之脑后"，这话说得极好。面对媚俗性的现状，是否让散文听之任之、随波逐流？笔者认为，散文是一种具有几千年传统的精神产品，是诸多文化产品中最为高雅的精神食粮。其真实性的文学基因的审美功效，大而言之，肩负某种社会责任，所谓"半部《论语》治天下"，"经国之大业，不朽之盛事"，指出了散文承载的思想力量。小而言之，散文作为最信实、诸多文学体裁中拥有最多读者群的品类，使读者在与作者真情实感的心灵交流之中，潜移默化地获得道德、情操、人格的熏陶和滋润，它是非文盲的人成长与走向成熟的不可或缺的精神导师。因此，守住这片真实性的精神净土，应该是散文家与散文理论工作者义不容辞的责任。

---

① 米兰·昆德拉著，孟湄译：《小说的艺术》，三联书店1992年版，第159页。

② 姚文放：《当代审美文化批判》，山东文艺出版社1999年版，第254页。

第二节　"虚构说"悖谬性的批评

"虚构说"是一种悖谬性的理论。其悖谬性主要表现为以下三个方面。

首先，"虚构说"破坏了真实性的散文文化基因。

众所周知，在中国悠久的文学史上，散文是差不多与诗歌同时出现的一种文体样式。记载孔子与其学生言行的《论语》，可以看作是最早的一部纪实性散文集；相传由孔子编修的《尚书》《春秋》也是最早的史籍；后来还有记载春秋历史的《左传》《国语》《战国策》以及秦汉时期司马迁的《史记》与班固的《汉书》等，这些都是记述历史的典籍，也是充满文学性的古代散文典籍。文史一家的真实性传统，铸就了散文原本固有的真实性之文体基因。这种基因代代沿袭相传，直至"五四"时期彻底颠覆封建文化的新文学革命，依然保留着散文真实性的文体特征。文化基因是指相对于生物基因而言的非生物基因，主要指先天遗传和后天习得的，主动或被动、自觉或不自觉地置入人脑里的最小信息单元和最小信息通路，主要表现为理念、习俗、惯性的认知定势与承传的价值观念。对散文文体真实性的认知及思维定势，构成了散文最为显著的文体基因。

任何文化基因都有它们的超稳定性和守成性，散文的真实性也同样如此。历来的教科书如是说，现当代著名的散文家、散文理论家也都坚持散文真实性这一文体基因特征。郁达夫在《〈中国新文学大系·散文二集〉导言》里认为，散文是作家的"自叙传"，这是众所周知的论断。朱自清在《"海阔天空"与"古今中外"》中把散文比作自身携带的手提箱，无论走到哪里，里面装的都是真实的自己。周立波说："描写真人真事是散文的首要特征……散文特写决不能仰仗虚构。它和小说戏剧的区别就在这里。"[①]孙犁说："散文以纪实为

---

① 周立波：《序言》，《散文特写选》，人民文学出版社1963年版，第32页。

本，当然可以剪裁，组织。但无论如何不能虚构，不能编造故事以求生动。"①林非说："产生取之不竭的真情实感的深邃源泉，是在于时刻都不能忘怀现世人生，老老实实地诉说，切记说谎与诓骗。"②无须一一罗列资料，散文与生俱来的真实性特征，是不可随意破坏的。即使在史无前例的"文革"期间，林彪、"四人帮"的极左思潮曾以浮夸、虚假和瞒骗替代散文的真实性，但"文革"时代一结束，巴金"说真话"的系列文章一呼百应，又使散文回归到真实性的本位。笔者认为，真实性作为散文文体的超稳定性基因，是永远不可随意破坏的。政治、经济的现代化转型，现代科技的信息化及市场的日益商品化，是社会发展的必然趋势，然而随之也带来诸多的文化悖论现象。这就要求我们人文科学的专家学者在现代化进程中对中国传统文化做出价值选择，用批判的、历史的眼光和时代的精神去更好地保留、传承和弘扬优秀的中国文化遗产，特别要珍视传统中优秀的不可随意动摇的一些文化基因。打个比方，动物的基因是不可以改变的，把牛变为马，把马变为猪，把猪变为羊，可以吗？不可以。人种的基因同样也不可改变的，把人变为牛马猪羊可以吗？不可以，更属荒唐的无稽之谈。自然，对待散文的真实性基因，也是不可以改变的。

其次，"虚构说"破坏了读者固有的审美习惯。

散文的真实性，是作家与读者之间建立彼此信任的桥梁，是彼此心灵交流的保证。从作家方面说，他向读者言说的真实的题材、真实的人和事，抒发的是个人真实的思想和情感，向读者展示的是真诚赤裸的人格，这些是散文作家对读者心照不宣的承诺，也是其散文感动读者的魅力之所在。从读者方面说，读者阅读散文的时候，相信散文所讲述的人物、事件、场景以及抒发的感悟与情绪，是完全真实的，

---

① 孙犁：《耕堂函稿》，《孙犁全集》第8卷，人民文学出版社2004年版，第211页。

② 林非：《漫说散文》，《林非论散文》，江西高校出版社2000年版，第101页。

这是读者阅读散文这种特殊的文学样式，才会有的审美习惯与心理定势。小说、戏剧是虚构的故事，呈现的是"艺术的真实"，作者的心藏在虚构故事的背后，通过人物命运及情节故事的分析，才能得知小说、戏剧作家隐蔽的思想感情，故而读者的阅读心理存在"阻隔"的审美感觉。而散文向读者呈现的是"生活的真实"，读者直接听作家讲述所见所闻、所感所悟，聆听作家真情澎湃或低诉的声响，读者没有阅读小说、戏剧时的那种"阻隔"之感。这是散文在与读者心灵交流上的优势与特点。原因有二。第一，散文作家的心直接向读者裸露，常常采用第一叙述人称，因此产生其他文体不可替代的言说的在场感和心灵对话的氛围感。第二，散文讲述的毕竟不是杜撰的故事，而是鲜活、确凿的"生活的真实"。生活中真实的人物与事件，是具体的、生动的、切切实实的，故而能够最直接、最真切地打动读者的心灵。唯其如此，散文作家及散文是读者最感亲和力与最有信任感的精神导师。唯其如此，散文作家总是真诚地面对读者，总是理解、支持、适应读者的审美阅读习惯，尽量在文本上与读者建立起真诚、亲和与温馨的交流关系。朱自清用"谈话风"写散文，巴金痛快地"把心交给读者"，秦牧主张"林中散步"或者"灯下谈心"的行文方式等。这些尽管说法不同，但表达的都是同一类思想，即认同散文读者的审美阅读心理，认同作家和读者心灵交流时所承诺的真诚，这是散文固有的文体特征。从这方面看，"虚构说"试图将"艺术的真实"替代"生活的真实"，并且以真真假假、真假难辨的内容，去忽悠读者对散文的信任和改变约定俗成的审美习惯，实际上是对读者的愚弄和欺骗。严肃地说，这是对读者阅读习惯的背离，也是对读者的亵渎。出版过散文集《做个美丽自然的女人》《不能不说的疼痛》《柔软的坚守》的山西女作家徐小兰，在其博客上说过这样一件事：有一位作者在网络上发表了一篇散文《娘，我的疯子娘》，内容写疯子奇特的母爱，并写到她为儿子摘野桃摔下悬崖而死。这篇散文被读者当成真人真事在网上疯传，后又发表在纸质刊物上并参与评奖，这位作者因此赚足了名利。可后来知情人揭露，他娘不仅不疯，而且现在还活得好好的。"于是大家群情激愤，要那位作者出来向大家道歉。'骗子！假的，他不是散文作家，他是个骗子！'而那作者，却仿佛从此消逝，不见了踪影。"①可见，散文作家应该尊重读者对散文的信任，万万不可亵渎千万读者阅读欣赏的审美习惯。

真实性，是散文的核心价值观，是散文的生存之根。"虚构说"试图取消真实性，其实就是取消散文的生命。从这个意义上说，"虚构说"是危及散文生死的悖谬理论。注重小说文本形式革命的先锋派作家马原曾放言"小说已死"，事实证明小说并没有消亡。但笔者必须在这里警示散文作家与研究者："虚构说"必须终止，否则，散文将真的会被其杀死。

第三节　"假性虚构"与真实性诉求

提倡"虚构说"的论者，从当代散文经典中找出冰心的《小橘灯》和何为的《第二次考试》，作为先验实践的例证，但这是违反"归纳法"之逻辑的，实在是站不住脚。诚然，两位散文家自己说过，两篇散文中人物事件有真有假，是"虚构"的。《小橘灯》是冰心全部散文中唯一的虚构作品，是当年应《中国少年报》之约，为宣传革命传统教育而作的"遵命文学"，这只能看作是她作品中的一个例外。何为的散文中除了《第二次考试》之外，还可能有不少篇目，如《千佛山上的小树》《山乡的渡船老人》等，是把散文当小说写。他是20世纪60—80年代之间散文家中的一个例外。例外就是少见的个案，就是偶然，以偏概全是逻辑的错误。因此，不能以冰心与何为的例外，作为散文可以一律堂而皇之进行虚构的理由。从现当代文学史上看，几乎所有的散文家都严格遵守真实性审美要求，绝不会故意在散文写作中进行虚构。最为严谨的是鲁迅。他以真人真事写作的散文，仅因为在细节与环境气氛上有添枝加叶的渲染和夸张，如《一件

① 见"幽谷兰心的博客"。

小事》《社戏》《鸭的喜剧》等，他宁可放在《呐喊》里算作小说，而不算作散文。对此，林非先生曾专门在1983年第2期《中国现代文学研究丛刊》上，发表《〈呐喊〉中的散文》予以论述。孙犁也是如此，其小说《山地回忆》所写的个人见闻、个人经历都是真实的，唯有把真实故事中的人物由农村大嫂改成了一位少女，就这一点是移花接木的虚假，故而他把它作为小说，而不是当作散文，并且收录在他的小说集里。在孙犁看来，散文容不得一点点虚构。再如，巴金在《谈我的散文》中也叙述过散文、特写不容虚构的原则。他这样谈《坚强战士》的修改经过："1952年从朝鲜回来写了一篇叫做《坚强战士》的文章。我写的是'真人真事'，可是我把它当作小说发表了。后来《志愿军英雄传》编辑部的一位同志把这篇文章拿去找获得'坚强战士'称号的张渭良同志仔细研究了一番。张渭良同志提了一些意见。我根据他的意见把我那篇文章改得更符合事实。文章后来收在《志愿军英雄传》内，徐迟同志去年编《特写选》又把它选进去了。小说变成了特写。"巴金认为，"真实"是铁定的原则：文章虽写的真人真事，但未经调查核实，宁可当成小说发表；经过调查核实，确认其为真人真事之后，才可认定它是特写或者散文。[1]这些老一辈作家的自述，是我们重新认识散文真实性与重建散文美学的根据。

因此，我们必须从散文的真实性，来正确认识创作中所谓的"假性虚构"现象。

散文创作中确实存在"假性虚构"的情况，"假性虚构"与人们常说的"合理想象"的意思相近。但是在讨论中，"合理想象"常常被"虚构说"论者当作虚构的理由，模糊了坚持散文真实性的界限。为此，笔者特意以"假性虚构"这一概念代替"合理想象"与"有限制的虚构"。"假性虚构"只是合乎真实性原则的想象。我们必须从

---

① 参见巴金：《谈我的"散文"》，《巴金全集》第20卷，人民文学出版社1986年版，第515—529页。

散文的真实性出发，对"假性虚构"进行阐释与辩解，以界定限度，澄清散文理论的混乱。散文与其他文学样式一样，离不开文学的想象。但散文的这种想象，又区别于小说、戏剧、影视剧本等其他文学门类的艺术想象。散文与它们最根本的区别在于，它的想象是在真实性的基石上进行符合事理逻辑、自我真实的想象，它不能虚构，必须遵守真实性的原则。对这些具有合理性的假性内涵，笔者认为可以归纳为以下常见的三种情形。

首先，是还原性的"假性虚构"。

散文根据实录生活的原则，对生活中的人事、景物及相关细节进行还原。这些时过境迁的东西不可能做到百分之百的还原。为立意、构思、剪裁的需要，散文作家必须对人事、景物原本模糊的印象、轮廓，甚至对模糊了的人物对话内容与场景氛围，进行补充、细化、加工，以尽可能地进行具体化的还原。这一过程是一个弹性很大的空间。笔者认为，作家必须依靠合乎真实性的原则进行想象，使之从模糊到清晰，最终臻于完善。散文作家必须做到人物绝对真实，时间、地点、场景绝对真实，主要事件及相关的主要细节也应该绝对真实，这是还原生活的底线。鲁迅说《朝花夕拾》是"从记忆中抄出来的……我现在只记得这样"，说明鲁迅是守住这个底线的：一是"抄"记忆，个中强调的是真实的记忆；二是"只记得这样"，自然是说尽可能去还原生活的真实性。在鲁迅看来，散文必须忠实于自己的真实记忆。至于记忆出错，这不能说是虚构，那只是在补充、细化、加工过程中难免出现的误差。这种还原性想象，是创作过程中无一例外的环节，是散文创作中约定俗成的共识，原本并不存在什么争议，是应该坚守的一个良好传统。"虚构说"论者误读鲁迅谈《朝花夕拾》创作体会的话，把记忆还原的"误差"，推论为可以任意延拓的空间，这分明是把散文的真实性"归谬"，制造了逻辑的混乱。我们必须杜绝还原过程中无中生有、自由无度的添枝加叶，也就是杜绝胡编乱造。余秋雨写过一些不错的作品，但像《道士塔》那样损害了散文的创作规律的作品，虚构出人物的对话与行为细节，虚构出子虚乌有的场景，违背了散文的真实性原则，根本不能算作什么"文化散文"，最多只能算作虚构性的历史小说罢了。

其次，是感觉与思想具象的"假性虚构"。

先说感觉在认识论上的具象。散文叙事离不开感觉具象，尤其是情景交融类的散文，不可避免地要写"我"（第一人称叙述）或"他"（第三人称叙述）在叙事情境中的个人感觉，通过视觉、听觉、味觉、触觉及联觉（通感），叙写规定情境中的个人的心理活动和感受。自然，这种心理描写必须在坚持真实性的前提下进行感觉思维的具象化，它自然地依凭具体事物的描述，并且用艺术手法和语言修辞把心灵感觉细腻地表达出来。我们可以把这种感觉思维称之为"灵感直觉思维"。对此可以这样解释："经验、意象等多种具象因素以潜在的方式相辅相成，交叉渗透，联结导引灵感的发生，想象诱发灵感直觉，灵感直觉又唤起了……一种由点及面以及多面立体式进行的放射状结构，以通向解决问题的多种可能途径。"[1]如朱自清的《绿》，对梅雨潭"绿"，生成"女儿绿"的特殊感觉，通过种种想象，以视觉写其形（像少妇的裙幅）、以听觉写其神（像跳动的初恋少女的心）、以触觉写其色（像最细嫩的皮肤）、以碧玉写其质（像温润的碧玉）等，把沉醉致幻的种种心理感觉，真实地描述出来。如于坚的《云南冬天的树林》，作者躺在树林里，看自然界生生死死的生命现象，产生了"向死而生"的感觉；而这种感觉的呈现，不是靠直接的议论，而是依凭诸如看树叶的"自由落体"，看蜘蛛、小鸟、蚂蚁和光等生命奇迹，在想象中叙说自己与它们的心灵对话。舍此，"向死而生"的感觉就无法表达出来。无须一一列举，就能说明散文作家在表现自我痛苦或欢欣、焦虑或渴望、失落或憧憬等心理的时候，他必须以合理的想象，具实描述自我种种细微的真实感觉，否则他就不能叩动读者的心灵。

---

① 李和宽：《论认识过程中的具象思维》，《云南教育学院学报》1989年第3期。

还有常见的认识论上的思想具象。在议论、叙事兼抒情的散文或者托物言志类的散文中，主导情思、主导情志、主导感悟（哲理）的主导思想，是立意的中心线索，它在构思的意义上统帅全文。唯其如此，作者自由地神与物游，浮想联翩。换句话说，散文作家通过自由联想让主导思想实现了具象化的过程，把自由联想作为走笔行文的叙写策略。提倡虚构的一些论者认为范仲淹本人并没有到过岳阳楼，却完全凭想象而写出《岳阳楼记》，是虚构的最好例证。其实，它是托物言志类散文中自由联想最好的范例之一。自由联想虽带有自由的性质，但它不能算是杜撰性的虚构。《岳阳楼记》叙写策略的成功，正在于作者借自由联想而托物言志。范仲淹的本意是劝说被贬官的老朋友滕子京"不以物喜，不以己悲"，借滕子京给他送《洞庭晚秋图》的机会，对一般亭台楼记进行"破体"，以联想说事。范仲淹联想岳阳楼地处巴陵郡的雄伟气势，南来北往的迁客骚人多会于此的情景，两类人登楼或"以己悲"或"以物喜"的不可效法的做派，从而推出自己"先忧后乐"的儒学大儒应该有的道德理想情怀：劝说老友择善而从之。滕被谪是真，赠画是真，修楼是真，"属予作文"是真，只是靠自由联想把传统的"亭台记"换了一种写法，进而把"先忧后乐"的言志变成了"载道"，进行了演绎的具象，怎么可以说是虚构？！自由联想作为散文一种艺术表现方法，本身只是艺术形式而已，不存在所谓的真与假的问题。它的功能是让散文作品的思想与感情流动起来，它命意于笔，让"思想流""情感流"或者说"意识流"落到实处而得以具象，只要这种联想所附丽的作者思想情感是真实的，自由联想而具象的结果，自然也便是真实的。

最后，是虚拟情境的"假性虚构"。

散文与诗歌相近的共同特点，是它们都是走向作者内心真实的文体，因此散文在实录生活的时候，生活中的人事、景物等仅仅是凭借、依托，最终所指是表现作家个人的内心体验和感悟。如果从主客观表现的路径上看，散文大体可以分为两大类型：第一，从客观"外宇宙"写到主观"内宇宙"；第二，从主观"内宇宙"写到客观"外宇宙"。前者"从外向里写"为绝对多数，而后者"从里向外写"为另类少数。后者最典范的作品是鲁迅的《野草》，其中多数篇章描述的是虚拟情境。在虚拟情境中还有不少篇章写梦境，甚至写"梦中续梦"。类似这样的散文，古典的有陶渊明的《桃花源记》；现当代散文中有丽尼的《急风》《夜间来访的客人》，何其芳的《秋海棠》，冰心的《我的家在哪里？》，高晓声的《摆渡》，斯妤的《某月某日》《正午》，残雪的《残雪自我印象》，韩小蕙的《欢喜佛境界》等。这些作品都是写梦，而且是写"白日梦"。出现在上述散文作品中的情境，近似寓言、童话，都是实际生活中所没有的意象，都是作家幻视、幻听、幻嗅、幻味、幻触等梦幻思维的呈现。弗洛伊德对作家的"白日梦"进行过这样的解释："为什么梦的内容对我们通常总表现得含糊不清，那是因为这一情况：在夜晚，我们也产生一些令人羞愧的愿望；我们必须隐瞒这些愿望，因此它们受到了压抑，进入了无意识之中。这种受压抑的愿望和它们的派生物只被允许以一种相当歪曲的形式表现出来。"[1]这种由内衷深处生发出来的"愿望"，即作家深切的焦虑、疼痛，在无意识中幻化出"歪曲的形式"——虚拟的情境。因此，这种特殊情状的想象正表现了"由内向外写"的内心真实。笔者以为，从描述的内容看，虚拟情境似乎荒诞、诡谲、离奇、夸张，却是作家最为真实的情感的"派生物"。生存焦虑、理想茫然、希望死灭等，激活了心灵的率真，因此是合乎情理的，是内心最为深刻的真实。从这个意义上看，虚拟情境并非故意虚构。个中真情载体的"虚拟"，毕竟与寓言、童话的纯虚构有着本质上的区别，自然不应该成为"虚构说"的理由。

综上所述，真实性是散文不容置疑、不容动摇、不容改制的美学理念。"虚构说"的讨论，只能让我们再一次对散文这种特殊文体获得理智的认知。有一种流传的说法：散文流的是血，小说流的是汗，

① 弗洛伊德著，张唤民等译：《弗洛伊德论美文选》，知识出版社1987年版，第33页。

电视剧流的是水。这表明散文与其他文体样式存在的最大区别，是散文特有的真实性。而这一"特有"恰恰使它拥有熔铸成任何文体都无法替代的"血性"，即中国几千年文学传统所赋予的、特有的人格鉴赏之品性，即一种修辞立其"诚"的高洁与天道酬其"真"的神圣。

第十七章

“格式塔质”的人格审美诉求

除笔者之外，关于散文的格式塔审美的问题，还没有人专门作为一个理论问题提出并探讨过。笔者在这篇论文中将心理学视角的审美，与文本学、鉴赏学、人格学等一些理论进行参照，试图进行一次原创性的阐释。这一阐释旨在引起理论界广泛、深入的讨论。而这一问题的讨论不仅对散文美学理论的建构具有开拓性价值，而且对在生命意义上关乎散文文体真实性本质的确认以及对创作实践和艺术鉴赏的启导，必将具有不可漠视的现实意义。

第一节　散文的“格式塔质”审美

笔者命名的散文“格式塔质”审美，是散文研究的一个全新视角，是借用外国心理学的格式塔理论而界定的一个概念。

格式塔心理学是一个著名的心理学流派，是由两名德国心理学家马克斯·韦特海默（Max Wertheimer）、沃尔夫冈·柯勒（Wolfgang Kohler）以及美籍德裔心理学家库尔特·考夫卡（Kurt Koffka）创立起来的科学。“格式塔”（gestalt）一词的词义，是“完形”的意思。格式塔心理学强调的是整体与完形，认为实际生活中的人运用自身的感觉器官所捕捉与接受到的外界信息，不是结构主义强调的物理实体的部分叠加，而是一个心理学意义上的“完形”，所获取到的则是心理学的“整体”信息。各部分简单堆加出来的整体，只是一个简单的物理性实体组合，而人通过感觉器官获得的这个"完形"，却是以感觉器官为媒介，经过人的知觉活动重新整合而得到的一个全新的有意味的空间。这个新的整体空间要大于各部分之和，较之客观存在的物理性实体要丰富而且复杂得多。把格式塔理论运用到文艺鉴赏学中并提出"格式塔质"理论的，是奥地利学者爱伦费斯。他打比方说：一支由六个乐音组成的乐曲，它无论如何变化，还是它的原样，但六个乐音加起来的总和便产生了"变了调的曲子"，这就是第七种的"形质"。这，被爱伦费斯指称为"格式塔质"。①这就是说，整体不等于部分之和，意识完全不等于感觉元素的集合。在中国，把爱伦费斯的理论运用到文学理论上来的，则是著名文艺理论家童庆炳教授。他认为，文学的格式塔质"既不是再现性，也不是表现性；既不是感情性，也不是社会性；既不是教育，也不是游戏……而是审美"②。童先生的理解与判断，无疑是正确的。

　　具体到散文的审美，其核心内涵又是什么呢？十多年前，笔者在讨论散文艺术形式审美时曾经进行过这样的论述："散文的'格式塔质'，应该是文本内容构件——人、事、景、物以外，并通过诸多形式整合而产生出来、隐显于文本形式背后的一种'形—质'；对这种隐形式，读者粗读起来难以把握，但细究却完全能够体味出来的东西，这就是人格审美，即在一篇散文中表现出来的作家自我的人格诗意。"③笔者认为散文的"格式塔质"，最根本的就是散文中表现出来的作家自我的人格诗意，或称人格诗性。而且，用"人格诗性"这个概念，也许更为准确。散文与小说、戏剧等文学体裁的"格式塔质"的最大区别，在于它具有小说等虚构性文体所难以彰显的"人格诗性"。散文的一切叙述形式都传达着由题材的真实、思想的真率、

---

①　杜·舒尔茨著，沈德灿等译：《现代心理学史》，人民教育出版社1981年版，第297页。

②　童庆炳：《文学审美特征论》，华中师范大学出版社2000年版，第46页。

③　吴周文：《散文审美与解读》，吉林人民出版社2002年版，第42页。

情感的真挚所彰显的真诚人格的意蕴。读者阅读时并不存在审美阻隔与心理距离，无须像解读虚构性文本那样，进行从"真"到"假"的心理还原和从"假"到"真"的认识还原。散文舍弃了假性还原，读者可以直接感受作家的"真我"世界，无任何障碍地与之进行心灵的碰撞与对话。这是散文直接产生"人格诗性"的根源。

其实，人格诗性的审美作为一种文化传统，见之于中西文化的历史。

人格诗性的审美理想在中国的历史源头，可以追溯到文化先哲的孔子。《周易·乾》说："修辞立其诚，所以居业也。"这是孔子最早提出的人文一致、言行一致的人格修养命题。其后，儒家人格理想要求诗与散文的写作必须言表心声，必须表现作者的真诚，而且反复强调人与文的同质关系，强调人的道德修养对诗、文创作的决定性作用。如"有德之文信，无德之文诈"（李华《赠礼部尚书清何孝公崔沔集序》），"每申之话言，必先道德而后文学"（梁肃《常州刺史独孤及集后序》），"所谓事亲以诚者，尽其心，不夸于外，先乎其质，后乎其文者也"（韩愈《答陈生书》），"诗乃人之行略，人高则诗高，人俗则诗亦俗"（徐增《而庵诗话》），等等，不一而足。然而，作为美学思想的"人格审美"理念，则发端于魏晋时代的人物品藻。自曹丕确立九品中正制度以后，清谈之风兴起并因此建立了"魏晋风度"的审美理想。其时"竹林七贤"等名士对人物的品评鉴别的主要标准，不再强调王道政治、纲常伦理所要求的品德、忠烈、操行，而是强调人自身所具有的内在智慧、个性、胸襟、性情、气质，以及由此表现的外在的品貌、格调、气韵与风度。表现在创作上，一些名士面对残暴的专制统治不能直抒胸臆，万般无奈之下只得采用比兴、象征、神话等手法，隐晦曲折地表达个人清高孤傲的思想感情。这种人物品鉴的美学理想转而普遍地运用到诗文、绘画中来，成为文学艺术中人格品鉴的重要标准甚至最高标准。于是，人格审美成为中国古典文学的一个传统，一种文人雅士在艺术上表现自我的至高理想。同样，人格诗性审美在西方也有着它的历史。它源于意大利以人文主义为思想核心，而后影响整个欧洲的文艺复兴运动。人文主义作为资产阶级登上历史舞台的思想武器，其核心是：人是万物之本，必须用人权来对抗和替代神权，肯定历史的人、自然的人、社会的人以及人的精神世界是人的重要价值向度。而这种人本思想，表现在当时的文艺作品中，就是人格审美的思想。后来把这种思想运用到文学里来的，是法国文艺复兴后期、16世纪人文主义思想家与随笔创始人的蒙田。他创造的随笔文体以绝对地表现自我为主旨，而且很突出地以表现自我的人格意蕴作为最高诉求。正如厨川白村所指出的："在essay，比什么都紧要的要件，就是作者将自己的个人底人格的色彩，浓厚地表现出来……乃是将作者的自我极端地扩大了夸张了而写出的东西，其兴味全在于人格底调子。"[1]"人格底调子"，在随笔的诸多要件中是"比什么都紧要的要件"，也就是说，人格审美是随笔的最高诉求。两个世纪之后，把随笔的人格诉求提升为所有文学作品的标准的，是18世纪法国启蒙主义思想家和文学家德·布封。他首创了一个最著名的理论命题："文笔即是人的本身"。这句话现在一般翻译为"风格就是人"或"风格即人"。他认为，"知识之多""事实之奇""发现之新颖"等属于题材层面的特点，都不能成为"不朽"之作的确实保证。而能够使作品"不朽"的，是作家把个人"全部的精神美"融入文本并超越文本层而形成的风格，这是布封对文学作品进行人格鉴赏的最重要的标准。[2]后来马克思在《评普鲁士最近的书报检查令》一文中，痛斥普鲁士反动当局扼杀创作个性，引用布封"风格即人"这句话加以痛斥，并且把风格内涵"全部的精神美"从散文覆盖到文学作品，改换为"精神个体性的形式"的概念，个中也强调了人格品鉴的重要性。[3]以上两方面的历史回顾，旨

---

① 厨川白村著，鲁迅译：《出了象牙之塔》，《鲁迅大全集》第13卷，长江文艺出版社2011年版，第123页。

② 参见布封著，任典译：《布封文钞》，人民文学出版社1958年版，第10页。

③ 参见《马克思恩格斯全集》第1卷，人民出版社1972年版，第428页。

在说明散文关于人格的审美话语，并非空穴来风，并非故弄玄虚的标新立异，而是以中西人文传统为根基的美学理念的历史传承。

人格审美，作为中国现当代散文美学话语的一个命题，却是五四文学革命之后才得以明确与认可的。现代散文诞生之时，一方面整合中国古代人格学的历史资源，另一方面又整合西方文艺复兴时期人文主义思想与英式随笔表现自我人格的文体精神特征。正因为这两方面的整合，现代散文从一开始就建立了人格审美的创作机制。而且这种在思想革命与文学革命中诞生的散文文体，以白话替代文言文、以"自我表现"替代"文以载道"的全新姿态，区别于具有几千年历史传统的古代文本。从审美本质上说，现代散文在整合中西散文的人格诉求之后，它便历史地、里程碑式地具有了人格审美的"格式塔质"。这一文体审美本质的确定，应该是中国散文前所未有的一场美学革命。对此，很多中国现代作家和理论家都予以明确的认定。如郁达夫在《〈中国新文学大系·散文二集〉导言》中，称现代散文的最大特征是作家"表现的个性"。他指出，"个性"是"个人性与人格的两者的合一性"①。胡梦华、吴淑贞评论说："我们仔细读了一篇絮语散文，我们可以洞见作者是怎样一个人：他的人格的动静描画在这里面，他的人格的声音歌奏在这里面，他的人格的色彩渲染在这里面，并且还是深刻的描画着，锐利的歌奏着，浓厚的渲染着。"②梁实秋则说得更为肯定："一个人的人格思想，在散文里绝无隐饰的可能，提起笔来便把作者的整个的性格纤毫毕现的表示出来。"③这些对散文中人格抒写的论断，表明"五四"以后的中国现代散文在创作实践上，早已把人格主体性的审美看作最重要，也是至高无上的诉

————————

① 郁达夫：《〈中国新文学大系·散文二集〉导言》，佘树森编《现代作家谈散文》，百花文艺出版社1986年版，第263页。

② 胡梦华、吴淑贞：《絮语散文》，佘树森编《现代作家谈散文》，百花文艺出版社1986年版，第15页。

③ 梁实秋：《论散文》，佘树森编《现代作家谈散文》，百花文艺出版社1986年版，第39页。

求。但这创作方面的人格诉求，当时还只是处于朦胧的感性阶段，并未提高到今天学理性的高度进行认知。

虽说人格审美话语的最初建构，已有了近百年的历史；然而，作为人格"格式塔质"的审美视角在理论上构建话语体系，并且在散文鉴赏方面展开方法论方面的研究，长久以来却是一片未开垦的"处女地"，是一个亟待展开与深入的新话题。笔者认为，"格式塔质"审美的研究，尤其对其本质特征及其充满弥散性、玄妙性的心理空间进行学理性的阐释，在21世纪的当下，应该得到重视并切切实实提到议事日程上来。其中一个很关键的问题，是对"格式塔质"本质特征的认识。只有进行学理性的阐释，才能使散文作家与研究者对调整新视角的重要性与必要性有一个明确、深刻的认识。

第二节　散文"格式塔质"的本质特征

"格式塔质"的阐释，旨在证明散文的审美从心理学介入的可行性与科学性。

散文与小说、戏剧等文体的最大区别在于，它有着其他文学样式所没有的"自我表现"——一种率真的、裸露灵魂的直觉表现。散文把作者自我的"真"，放到高于一切价值的位置。"真"是创作散文时绝对意义上的最高标准。诸如书写自我真实的经历见闻，抒写自我的襟抱与内心体验，叙说见闻经历之后的感触感悟，这些都构成了散文真实性的向度。唯其如此，散文作者自我生命呈现的真实，是散文"格式塔质"审美（即人格诗性审美）的一个最基本、最重要的先决条件，也是审美机制构成"显形式"的先决条件。"五四"以后的散文，接受并整合了英式随笔"自我表现"与明清小品"独抒性灵"的精神传统。从此，散文成为作家表现自我生命的形式与自恋表现的生命图腾。正是在这个意义上，中国现代散文生命本真的哲学与格式塔心理学的哲学基础息息相关；或者说，是一种冥冥之中的默契。格式塔心理学来源之一的哲学基础，是胡塞尔的现象学。胡塞尔认为，现象学的方法就是观察者必须摆脱一切假设，对观察到的内容作如实的描述，从而使观察对象的本质得以展现。读者欣赏一篇散文，通过看其作者叙写自我的见闻、亲身经历与感觉感悟，以获得对作者真我的认知。生命本质之"真"，才能产生"格式塔质"之"真"。可见，"显形式"的具象与具实，直接关系到读者对散文作家真我之真实性的认知，直接关系到"隐形式"的探究与鉴赏。近20年来，大众文化审美受商品化思潮的影响，在理论上出现了"虚构说"。一些论者把散文有限制的"假性虚构"，夸大为散文可以虚构，可以胡编乱造情节、细节、人物、场景等，这种理论很明显地破坏了散文表现自我的哲学性和文体特质。众所周知，读者对散文的欣赏是通过阅读真实性文本的"蓝图"，重新在头脑里建立符合散文审美心理定势的，包含原作艺术和审美特质的格式塔意向，实现作家情感、原作信息和语义语境的美的再现。因此，虚构是对散文真实性的釜底抽薪。任何违背真实性的虚构，都构成了对散文审美意境与审美意趣的一种极大的破坏与损伤。换言之，凡是虚构的散文都营造了一个虚拟的审美空间，从根本上消解了"格式塔质"审美的真实性。毫无疑问，虚构及其虚构的理论主张，是散文创作的大碍与大忌，也给散文的理论研究制造了人为的混乱。

鉴于上述真实性的原则，"格式塔质"审美的研究应该落实到散文真实性的研究上；散文真实性的研究应该落实到作家书写经历见闻、抒写自我思想和体验、叙说自我感触感悟等生命形式裸真的研究上；作家自我生命形式呈现与裸真的研究，又应该落实到作品中诸多"部件"整合之后心理场的"完形"研究上。而这种"完形"研究最终落实于"变了调的曲子"——"格式塔质"的研究。而其全部的内容，应该是对作家人格意蕴在"隐形式"中如何隐藏和裸真，进行具体而深入的细化研究。这是形而上的认知逻辑。

格式塔原理认为，"完形"是一种心理结构，它是在机能上相互联系和相互作用的整体结构，是对事物关系的认知。直接经验中的任何一种情景都应该看作被分离的整体。因此，对"格式塔质"的审美进行了形而上的认知之后，笔者还应该按照柯勒"完形—顿悟"的理论，给散文"格式塔质"的审美进行形而下的认知描述：它与一般科学研究的分析综合的规律是完全不同的。一篇散文中所隐藏的"格式塔质"，并非对散文作品中人事景物、场景细节以及作者议论抒情进行分析和综合，更不是对作品中所有"部件"进行简单的"肢解"和整合，而是捕捉和追寻"解"和"合"的过程中新的信息和能量的出现和产生，捕捉与追寻作者在构思与熔裁、显性与隐性的艺术处理过程中所产生的能量释放，就像原子的聚焦裂变中所产生的、简单数学公式难以计量的正能量之集结。质言之，就是读者在自身心理上捕捉与追寻作者鲜活生命的"隐形式"以及隐藏很深的人格意蕴之所在。这是"完形"之后所产生的"顿悟"。创作主体与鉴赏主体两者的心理图式，即审美五官感知过程的呈现及其两者同质同构是否完全趋同，是一切散文的审美之魂。

概括说来，散文中呈现的作者人格——"格式塔质"，主要有以下几方面的本质特征。

第一，人格意蕴呈现的空灵性。

人格，是一个人所独有的精神境界的特征与指向，是人追求的社会理想、博弈的人生事业、恪守的道德情操等方面的一个精神符号。究其实，它是一个人的一切所作所为而综合起来的"格式塔质"。散文的"格式塔质"，说到底是散文作家人格在文本上的写真，是文本上同质同构的呈现。作家在一篇散文之中最终表现的人格意识，是通过人、事、景、物及一些情节细节的"部件"，得以体现出来的精神气象。传统结构主义的分析方法，忽略了散文作为人自我表现时的人格呈现，往往只看重由字、词、短语等成分按照一定语法要求组合起来的行文段落的分析，只看重散文作品的文本形态、结构以及叙述方式、表现手法、修辞方法的研究，只局限于文本解读之后去获得主题思想与艺术特色的一些概念，最终得到的是"肢解"后概念式的结论。这种分析方法离开了"格式塔质"的人本与文本的同一性。换句话说，结构主义的分析忽略了文本之外的诗性空间，也就是忽略了人格意蕴的存在。任何"部件"只是透露着人格的信息，"肢解"的分析则遮蔽了人格各方面有意味、有特殊价值的信息。格式塔理论认为，整体大于部分之和。虽然整体由多个部分组成且整体可以分解成各个部分，但整体并非等于，而是大于构成它的各个"部件"的相加。各个"部件"在相互联结与会通之中才能生成"第七种乐音"。按照"格式塔质"的原理，只有将一篇散文的若干"部件"整合并会通起来，才能发现一篇作品的意外之意、象外之象：作者人格意蕴作为根基的情韵，生成了意境及其诗性的空灵之感，一种人格品藻的、多值向度集结的精神气象。其实，每篇优秀的散文都有作者空灵表现的"人格精神气象"。举例说，朱自清的《荷塘月色》写夜晚出游清华园的荷塘，叙写小路、树林、月色、莲花、荷塘、蝉声、蛙鸣等意象，以及叙说自己作为"自由人"享受荷塘月色的愉悦心绪。读者对这些意象及相关议论，首先产生的是生理感觉；其次在产生生理感觉之后则在头脑里进行整合会通；在整合会通之后，则由生理感觉上升为心理感觉即审美创造的感觉，于是形成了云蒸霞蔚般的再想象再思考再升华的人格意蕴空间，从中感受到，大革命失败之后的朱自清在彷徨痛苦中寻觅自我的人格理想"刹那"之情状。那出淤泥而不染的荷花，成了这篇散文中朱自清独善其身之人格诉求的象征符号。由此可见，一般散文中存在两个审美空间：第一个空间是显在的意象空间，是具实的、感性的、形而下的空间；第二个空间是隐在的关于作者人格意蕴的空间，是审美的、空灵的、形而上的"格式塔质"空间。必须在学理上明确的是：第一，读者对第一空间里各种"部件"叙写的感性认知，必须明确是通过头脑中的"整合"；即各个"部件"按照人格意蕴的呈现，按照"自我表现"的内在秩序有机地组合在一起，才能够在会通之后产生韵外之致、弦外之音。各个"部件"不是简单排列和叠加，而是相互连接、交融、渗透、依存、烘托、渲染，才能经过会通而最终形成一篇散文所包纳的深刻内涵——人格精神气象。这种内涵仅仅依靠某一个或某几个"部件"是万万不可能实现的。第二，读者对第二空间的审美，是静观，即基本处于虚静状态的审美。只有在如此的审美状态中，只有通过审美五官愉悦的会通，才能领略这一空间的存在。第三，读者对第二空间空灵性的认知，必须明确是人格意蕴内驱力与外张力使然，是"格式塔质"的奇妙机制使然。由于这个内驱力与外张力存在，才使整合的过程充满了飘忽与灵动、聚焦与弥漫、联想与升华的诗性创造。而这诗一般的空灵特征，与诗词极为相似与相通。因此，一旦灵气往来，则是"意外""象外"物象云蒸霞蔚地呈现着人格意蕴的时候，也正是散文空灵之美感的诞生之机。

第二，人格意蕴呈现的隐蔽性。

一般说来，中国散文中人格意蕴的呈现具有隐蔽性。它与"作者将自己的个人底人格的色彩，浓厚地表现出来"的英式随笔比较，前者具有显在性，后者具有隐蔽性。这是中西散文在自我抒情方面的明显区别。中西哲学根基的差异，致使西方的文艺家执着于从人与自然的关系中去寻求"真"，中国的文艺家则是从人与社会的关系中去寻求"善"。儒家的中庸哲学及"诗可以怨"的"诗教"艺术传统，要求诗与文审美的情感与审美的态度是"怨而不怒"与"哀而不伤"，要求诗人与散文家在作品中作曲致的表达，必须作文质彬彬的"道德"文章。这种"中庸"的文化基因不仅使散文中人格意蕴的呈现具有空灵性，而且使之具有了隐蔽性。空灵性，指的是人格——"格式塔质"生成的灵动与盎然，即生成的状态；而隐蔽性指的是人格意蕴在一篇散文中曲包掩藏的具体内涵。每篇散文所表现的人格意蕴都有特定情境的规定性。作家不同，作家在写作某篇作品时的感兴、灵感与审美心境不同，生成的"格式塔质"也不尽相同，延宕的韵外之致便有了人格意蕴具体指归的千差万别，即每篇散文有其作者人格意蕴呈现的某个规定情境下的精神气象。鲁迅的《风筝》，表面上写的是青灯对自己儿时扼杀二弟童真行为的追忆与忏悔，实质上真正隐蔽的是对"兄弟失和"的情殇，是在灵魂深处对作为大哥人格的一次检视与反思：闹到兄弟反目并且绝交，仅是弟弟一个人的错么？！其中包含着自己深深的自责。张爱玲的《爱》，从内容上看，仅仅是写一个乡村女孩子的初恋及其后来被社会丑恶势力迫害、扭曲的悲惨命运，以及由此而引发的哲理感喟。然而，写作其时正值作者与有妇之夫胡兰成恋爱，需要在道德与情感的纠结中给自己作出一个选择。而她的决定是：借这个故事，表明了接受胡兰成、与其"擦肩"不过的思想。这是深受20世纪40年代上海滩殖民文化熏陶而成的小布尔乔亚的婚恋观念与人格。无须赘举，此两例便可说明，散文"格式塔质"的隐蔽性在很多情况下包藏得极深，需要读者与研究者把握作家个人创作的特殊心理背景、感兴契机以及个人情感纠结，并且把握其曲致表达的路径与方法，才能最后捕捉到隐藏至深的韵外之致。一篇散文的"格式塔质"审美的魅力，就在于"顿悟"之后的发现，而很多时候这种发现，恰恰在于对作品所隐蔽的人格意蕴之奇妙性与殊异性的最后发现。

第三，人格意蕴呈现的流动性。

散文讲究立意。"意"即一篇文章的主脑、主导思想，即通过叙述、描写的意象以及引发的议论、抒情所表现出来的"主题思想"。中国古代文论对立意多有论述。如杜牧说："凡为文以意为主，以气为辅，以辞采章句为之兵卫。"（《答庄充书》）王夫之说："意犹帅也；无帅之兵，谓之乌合。"（《夕堂永日绪论·内编》）这些都是论述散文"意"的统领性。"格式塔质"在散文中更接近"以气为辅"的"气"。这个概念在绘画、书法中普遍运用，在散文中用得比较多。如韩愈在《答李翊书》中就说过："气，水也；言，浮物也。水大而物之浮者大小皆浮。气之与言犹是也。"可见，"气"是文学鉴赏不可或缺的理念。"意犹帅也"的"意"具有统领性，而"气"是超越散文叙写空间的"格式塔质"，是人格意蕴范畴里的生命形态。对于"气"，至今还没有人对它进行过很明确的解释。笔者认为，从人格审美方面看，所谓"气"，就是一篇散文中作家激情的流动、情思的流动、感悟的流动以及文字叙述的流动中所由隐而显的人格诉求；一般说来，它内在沉着而形成情韵，与情韵胶着浑成，故而有"气韵生动"之说。唯其如此，"气"是生命形式流动性的表现。

前文说过，散文是作家个人表现自我生命的形式与自恋表现的生命图腾，而对于一篇散文来说，或写一天、几天的事情，或写一月、几月的事情，或写一年、几年的事情，则都是作家自我生命形式在规定情境下阶段性的呈现。虽然这相对于人一生的生命长度来说是短暂的，但仍然会是一个生命形式完整流动的呈现，是作家在生命某个阶段的人格意蕴流动性独立展示的过程。一篇散文是一个独立的表现系统，是独立生命段的精神气象的展示，故而它是让读者感知、理解和品鉴作家人格意蕴自我抒写并实现的相对完整的一个过程。说到这里，读者可以明确这样一个散文"格式塔质"审美的理念：在"意"的建构与实现的同时，还有生命意义上的作者人格的建构与实现，而后者则可以说是散文审美的终极目标。如《背影》，统领性的"意"，是表现父亲送别儿子的爱心，所有关于送别过程的书写，都是表现家境破败情况下父亲望子成龙的无限期待。而另一方面，成才并已当上清华大学教授的朱自清面对八年前的这个"父爱子"的题材，内衷所抒写的却是八年后"子爱父"的感恩、追悔与自责。因此"父爱子"题材的叙写与叠加，变成了另一层意义上的"子爱父"的"复调"，即有了八年前大学生的自我与八年后大学教授的自我之间的对话意味，于是道德意义上作家人格意蕴的流动，成为这篇作品审美的强大内驱力，而且沉淀于"父爱子"题材叠加的背后。事实上，这个流动、涌动、激动的"气"——人格美的建构与实现，也在很大程度上使人格意蕴的呈现具有了整一性与统领性。由此认知，"格式塔质"审美给笔者带来了一个美学理念的新发现：一篇散文中存在着如影随形、两个相互依存的"核心"，"气"与"意"都具有难分主次的统领性。"意"是文本叙事的核心，"气"是文本形式背后表现深层生命图式的核心。二者的关系，是表与里相互依存、并置的关系。如此看来，杜牧"以意为主，以气为辅"的思想是一个旧的传统理念，在"格式塔质"审美的新视野里，杜牧的理念则需要重新予以修改和补正。

人格意蕴呈现的空灵性、隐蔽性、流动性，彰显了散文"格式塔质"这一审美特征，同时也证明对人格诗性或曰人格主体性进行深层研究的必要性。陈剑晖教授对人格主体性进行时解释说："研究散文创作中作家的人格主体性，主要是研究散文作家的主体人格智慧在艺术上的表述，以及散文作家的经历、修养、趣味和气质如何氤氲成了散文独有的格调。"①可见，"格式塔质"的特质，就是人格主体性的"氤氲物"。"格式塔质"这个颇玄妙的存在，其实并不玄妙，它是精神文化产品所具有的文学与美学的特征，而且是现当代散文审美中确确实实存在的，又难以触摸的一个"迷宫"。打个不很确切的比方，散文的"格式塔质"就像少女或少妇的房间空气里漂浮着的清芬，你看不见、摸不着，可你空对无人的房间，却实实在在地闻到女主人的味道——从那些她穿过的衣袜、睡过的被褥、用过的发具等物件上，散发出来的鲜活气息。散文"格式塔质"审美的妙趣与永恒的魅力，正是在这里。

　　总而言之，散文的"格式塔质"审美是一个全新的视角，认知"格式塔质"审美的本质特征，至少有以下三方面现在时的价值。第一，它以一套全新的鉴赏话语，为散文研究提供了一种全新的路径与方法，向既往的文本结构主义与社会学批评的模式分庭抗礼，颇似一场认识论与方法论的"革命"；至少它为贫瘠的散文理论，添加了一套新鲜的、具有"高峰体验"的，与既往研究模式比肩并存的审美话语体系。第二，这一路径与方法，使散文研究真正地从"载道"回到"言志"、从文本回到人本。不仅是一般性地回到"自我表现"的层面，而且以心理学的理论为支撑，进入到人格主体性表现的空间，即一个具有象征与隐喻意味的"完形"空间，从而进行更加深入、更加缜密的生命探寻。第三，"格式塔质"的审美，还原作家个人深层心理图式的人格裸真，在散文真实性的意义上还原生命本真的"格式塔质"，这是对散文文体本质特征的最生动、最切实的确认，无疑这是对当下散文"虚构说"论者一个以正视听的回答。这三方面的价值告诉我们，"格式塔质"的审美可以最大限度地接近作家最富人格主体

---

① 陈剑晖：《诗性想象》，广东人民出版社2014年版，第94页。

的内心隐秘，去发现散文家的人生梦想、文化修养、个性气质，去探究和把握散文家特定情境下原欲、焦虑、忧伤、疼痛等情绪之"氤氲物"的特征，这些在散文艺术鉴赏上完全成为一种可能。歌德说："艺术的真正生命正在于对个别特殊事物的掌握与描述。"① "格式塔质"这一特殊事物，是散文"艺术的真正生命"之所在，在理论研究上真正"掌握与描述"作家人格的"氤氲物"，则可以探寻散文审美"迷宫"的无限风光之所在。

---

① 爱克曼辑录，朱光潜译：《歌德谈话录》，人民文学出版社1978年版，第10页。

第十八章

现代散文文体建构的审美诉求

在中国现代文学史的初期，一个最重要的文学事件是散文的诞生与兴盛。它比之诗歌、小说、戏剧要更光彩夺目，实绩远远地超过了其他文学体裁。胡适先生在《五十年来中国之文学》里说道："白话散文很进步了……这一类的作品的成功，就可彻底打破那'美文不能用白话'的迷信了。"[①]后来，鲁迅先生对"五四"散文进行总结，发表过著名的论断："到五四运动的时候，才又来了一个展开，散文小品的成功，几乎在小说戏曲和诗歌之上。"[②]两位"五四"文学的先驱，都用了"成功"两个字立此存照，并且给"五四"散文之成就，作出了一致的文学史意义的论断。

为什么独独是散文的实绩盖过其他文体？学界对这个问题至今尚未进行过全面、深入的阐释。因此，在纪念五四新文化运动100周年的时候，研究古老散文得以凤凰涅槃、"五四"散文文体实现现代转型的学理机制，对继承发展"五四"文化传统与繁荣当下文学创作，无疑具有很重要的学术意义。

---

① 胡适：《五十年来中国之文学》，《胡适文存》第2卷，华文出版社2013年版，第221页。

② 鲁迅：《小品文的危机》，《鲁迅全集》第4卷，人民文学出版社2005年版，第592页。

第一节　散文文体现代转型的必然性

"五四"散文之所以率先获得"成功"，是因为它在文体上率先实现了转型的审美建构；而文体审美的转型，是天时、地利、人和的必然。

从"五四"时期客观的历史文化环境考察，崛起的散文是五四思想革命的产物和幸运儿。而"五四"散文的审美转型，最早应该追溯到思想革命揭幕期杂文的成功。

众所周知，"五四"反帝反封建的政治运动，首先是一场以反对封建专制、追求人性解放为轴心为目标的思想革命运动。五四思想革命带来的是一场史无前例的新文化与新文学的革命，而新文学的革命，则是在打倒、批判"文以载道"的传统中，以"人"的发现与"人性"的觉醒作为重建文学主体性的伟大目标。于是，历史选择了散文作为最早实施思想革命的启蒙武器。朱自清说："中国向来大抵以散文学为正宗，散文的发达，正是顺势。"①所谓"顺势"，就是顺应思想革命之势。在进行舆论启蒙的时候，早期具有共产主义思想倾向的知识分子和五四运动的先驱李大钊、陈独秀、胡适、钱玄同、刘半农、鲁迅等，就以西方资产阶级革命的"德先生"（democracy）、"赛先生"（science）及十月革命的思想资源，将1915年9月创刊的《新青年》作为宣传马列主义与反帝反封建思想的阵地，率先以杂文为匕首、投枪，为五四运动的兴起而大造思想革命的舆论。

现代文学史的研究者往往只注重"五四"时期胡适的《文学改良刍议》、陈独秀的《文学革命论》、刘半农的《我之文学改良观》、周作人的《人的文学》等几篇进行思想发动的檄文，而忽视了一场创作与理论并行的"揭幕战"。《新青年》从1918年1月第4卷第1号起

---

① 朱自清：《〈背影〉序》，《朱自清全集》第1卷，江苏教育出版社1996年版，第30页。

实行改版，把原先近似梁启超的"新文体"改为白话文，并使用新式标点，从而开始了一场轰轰烈烈的白话文运动，杂文则由此应运而生。从文体转型方面看，陈独秀主编的《新青年》首创《随感录》专栏，所发表的政论文与杂感随笔，是作为特殊时期实施特殊使命的一种"轻武器"。杂文的初创与兴盛，成为现代文学史上最初出现的文化革命思潮，并且形成了其时"集结号"与"集团军"的思潮崛起的特征。所谓"集结号"的特征，就是以专栏或副刊的阵地，集中、专门发表思想启蒙与革命宣传方面的杂文。在《新青年》《随感录》的影响之下，李大钊主编的《每周评论》、胡适主编的《努力周报》与《独立评论》、沈定一等人主办的《星期评论》、毛泽东主笔的《湘江评论》等报刊上，纷纷办起了类似《随感录》的专栏。随后《晨报》的《晨报副刊》，《民国日报》的《觉悟》《平民》《妇女评论》《文学旬刊》等副刊，以及在全国各地400多种报刊上，这类宣传阵地亦随之遍地开花。其中，尤以《新青年》《觉悟》最为突出。《新青年》上发的政论文与随感录中，陈独秀49篇、胡适19篇、李大钊10篇、鲁迅19篇（集成为《热风》）、刘半农13篇、蔡元培7篇。几年间，《觉悟》等副刊"刊登的'随感录'、'杂感'约二千篇"[1]。所谓"集团军"的特征，就是以《新青年》为核心，形成了以专栏、副刊为标志的社团性的杂文作家群，发挥了集团性的思想启蒙和向帝国主义、封建专制讨伐的战斗力量。如《觉悟》的作家群，有陈独秀、张闻天、恽代英、邵力子、施存统、陈望道、刘大白、萧楚女等；《晨报副刊》的作家群有川岛、废名、冰心、鲁迅、孙伏园、孙福熙、钱玄同、江绍原、林语堂等；《学灯》的作家群有冰心、许地山、郑振铎、朱自清、郁达夫等。唯其杂文在"揭幕战"中发挥了"历史中间物"的作用，才直接带来了散文小品的新生与兴盛。所以，"五四"时期杂文的新创与兴盛，是中国传统散文"凤凰

---

① 姚春树、袁勇麟：《20世纪中国杂文史》上册，福建教育出版社2011年版，第133页。

涅槃"的开始，为纯文学的散文做好了诞生前的思想、组织与文本语体化的准备。这是"五四"散文获得成功的"前机制"，是散文进行现代转型的、顺乎逻辑的历史铺垫。

当周作人等人提倡以英式随笔为借鉴，主张重新创造"五四"新散文的时候，法国16世纪文艺复兴时期人文主义思想家蒙田所创造，后在英国得以发展而走向世界的随笔文体，便时空错位地被中国"五四"散文所借鉴而进行文体上的整合。这是因为英式随笔所承载的反对封建专制、张扬自我人权的精神传统，与"五四"反封建、反传统的时代精神遥相切合。这种"舶来品"的文体形式便很自然地在中国找到了它生长、结果的气候和土壤。唯其如此，周作人提出"美文"的概念与发表《美文》一文提倡英式随笔，便因势利导地连接了杂文兴盛的顺势，进而使散文小品的创作，演绎为中国现代文学史上第一次影响深远的散文思潮。对这一思潮形成与发展的深究，是对"五四"散文获得成功而进行历史还原的诠释，是今天进行学理认知的必需。

认知一种思潮，必须有其统一的评判标准。第一，有统一的指导思想。这就是从英式随笔借鉴而来的"自我表现"的核心理念。第二，有稳定的创作群体。这就是一大批"五四"散文作家，有专司散文的，如周作人、钟敬文等；有旁栖诗歌、小说却致力散文的，如鲁迅、冰心、朱自清、俞平伯、叶圣陶、郁达夫等。"五四"作家被这一思潮所裹挟，十之八九钟情于散文创作，几乎都是散文作家。第三，有社团流派的组织形式作为支撑。如出版5卷265期《语丝》杂志、办刊长达6年之久的"语丝"社，它以周作人与鲁迅为领导核心。此外还有鲁迅主持的《莽原》，王世杰、丁西林主持的《现代评论》，还有早于《语丝》却被人们遗忘的、由朱自清、俞平伯主持的"O·M"社等。第四，有领军人物。北京"语丝"社的盟主周作人、鲁迅，与江浙地区"O·M"社的盟主朱自清，他们既是新散文的实践者，又是有着权威影响与地位的现代散文的领导者。^①第五，有创作实绩。笔者根据《中国现代文学辞典》（徐瑞岳、徐荣街主编，江苏教育出版社1988年版）的统计，加上笔者考证的补充，此间出版的个人散文集共有68部。这是一个不准确的统计。散见于报刊专栏的作品则是大量的，远比结集的散文集要多几倍。在68部散文集中，周作人的《自己的园地》《雨天的书》《谈虎集》，朱自清的《背影》，鲁迅的《野草》《朝花夕拾》，冰心的《超人》《闲情》（小说散文合集），俞平伯的《燕知草》《杂拌儿》，叶绍钧的《剑鞘》，孙福熙的《山野掇拾》，林语堂的《翦拂集》，徐志摩的《落叶》，许地山的《空山灵雨》，郁达夫的《敝帚集》，陈西滢的《西滢闲话》，胡适的《庐山游记》等，都是"五四"散文经典性的文献。

以上五个方面，阐释与证明了"五四"现代散文的伟大成功，与史无前例的散文思潮有着不可分割的因果关系。同时也证明，"五四"散文的文体建构，也是文学史划时代演进的必然选择。

"五四"散文的成功转型，是对中国古代散文的毁坏并在文体上重新建立了新的审美文体。这个涅槃式的重建任务，是由五四文学革命时期散文家共同合力完成的。除了白话语言的转型而外，第一个十年基本完成了对新散文文体颠覆性的改造。而且最为重要的是，涅槃之后的"五四"散文以全新的文体审美特征，确立了它在新文学史上的存在与地位。我们只有将其主要审美特征与古代传统散文进行一些比较，才能更清晰地认知散文文体在品格与本质上进行审美建构的价值与意义。

第二节　"人学"伟大发现的审美诉求

从"五四"散文转型的机制看，人学——"真我"的回归，是最

---

① 参见吴周文、张王飞：《O·M社的钩沉及朱自清意义的重新发现》，《中国现代文学研究丛刊》2016年第6期。

强劲、最关键的内在驱力。"真我"的回归，完成了从"道本位"到"人本位"的置换，使"自我表现"的文本核心理念，第一次在3000年的文学史上得到学理的确认。

郁达夫总结"五四"散文时说过："现代的散文之最大特征，是每一个作家的每一篇散文里所表现的个性，比从前的任何散文都来得强……现代的散文，却更是带有自叙传的色彩了。"①从外在感性的认识，郁达夫的论述无疑是正确的，但他还没有从学理上进行分析。如果以散文本质对新散文进行学理的分析，"真我"性的特征之所以出现，是缘于在古代散文"文以载道"的核心理念，被置换为"自我表现"的核心理念之后，"五四"散文作家的主体性得到重新确认与彰显。从本质上说，"五四"散文革命是理念的革命。彻底打倒"文以载道"之后，"自我表现"理念才取而代之，散文中"人的发现"与"人性的觉醒"才得以实施与实现。古代散文的"文以载道"，必须为君王、为圣贤立言，而忘却、遮蔽"真我"，文本所表现的是一个不完全真实的自我。如郁达夫所言："从前的人，是为君而存在，为道而存在，为父母而存在的，现在的人才晓得为自我而存在了。"②所以，获得"真我"的新散文文体，与被"道"消解、遮蔽"真我"的旧散文文体比较，本质属性是完全不同的。正是在这个意义上，"五四"散文以叛逆的姿态打倒了3000年来的"文以载道"，真正做到了"人学"的回归。而这种回归的本身，则赋予文体以全新的"人学"伟大发现（即作家"自我表现"）的意义，且以"真我"的充分彰显与呈现为其重大特征。

当君王、圣贤以及"文以载道"等封建意识形态被当做批判对象的时候，五四文化革命的激进者一方面打倒偶像与英雄，另一方面又在自立英雄与偶像，即"真我"的个人主义与个性主义。《女神》

---

① 郁达夫：《〈中国新文学大系·散文二集〉导言》，佘树森编《现代作家谈散文》，百花文艺出版社1986年版，第261页。

② 郁达夫：《〈中国新文学大系·散文二集〉导言》，佘树森编《现代作家谈散文》，百花文艺出版社1986年版，第261页。

中郭沫若式的自我膨胀，在今天看来有一些滑稽和疯傻。"我是一条天狗呀！我把月来吞了，我把日来吞了，我把一切的星球来吞了，我把全宇宙来吞了。我便是我了！"这是极度的自我崇拜。冰心的散文滥觞于母爱的自吟，是女性个人主义的崇拜。周作人认为小品文是"个人的文学之尖端"，所强调的是一切"都浸在自己的性情里"的自恋。①朱自清则强调表现自己小布尔乔亚思想情绪的率性，是"我意在表现自己，尽了自己的力便行"②。他们都是代表小布尔乔亚基础群体的一种自我崇拜情结。社会心理学家指出，一个人群的集合体"表现出很多新的特征，非常不同于组成这个集体的那些单个人。集合在一个集体中的所有人，他们的情绪和思想都是一致的，并朝着同一个方向"③。从某种意义上看，笔者发现："五四"散文作家的基本队伍是小资产阶级的阶层，从"新青年"团体启蒙所获得的个人主义和自我崇拜，是"五四"散文革命的思想基础与创作灵感。没有这群"小资"的人，也就没有"五四"散文。正是因为自我崇拜和个人主义的夸张与滥觞，才使新散文的文体牢固地烙上个人性与"真我"性的文体特征。

从旧散文的"载道"审美，到新散文的"言志"—"自我"审美，这种核心理念的更迭，是散文美学革命中一次重大的颠覆与突破。它使作家的真我处于审美机制的轴心。一切从真我出发，一切书写真我，"我"几乎成为散文审美的唯一主宰。蒙田说过他所创造的随笔之文体特征："我要人们在这里看见我底平凡、纯朴和天然的生活。无拘束亦无造作。因为我所描画的就是我自己。"④蒙田所诠释

① 周作人：《〈中国新文学大系·散文一集〉导言》，佘树森编《现代作家谈散文》，百花文艺出版社1986年版，第244页。

② 朱自清：《〈背影〉序》，《朱自清全集》第1卷，江苏教育出版社1996年版，第34页。

③ 古斯塔夫·列·邦：《人群：对民众心理之研究》，转引自姚文放《当代审美文化批判》，山东文艺出版社1999年版，第64页。

④ 蒙田著，梁宗岱译：《给读者》，《蒙田散文选》，生活书店1935年版，第3页。

的"自我表现"，正是"五四"散文所借鉴并加以发扬的时代精神。应该看到，古代散文因"载道"的需要，将作家的自我掩饰、遮蔽起来，其自我的真实性被"载道"所消解，这是传统散文一个很大的缺陷。"五四"散文文体所呈现的"真我"性，其精神来源除了英式随笔而外，还有中国文学史上"言志"传统的传承与整合，这种"独抒性灵"的传承，也可以看作是明清言志小品文的垂直继承。中西两个方面的"自我表现"，都归一到作家自我表现，必须做到"人"本位的真实。新散文在文本上"真我"的向度，都追求一个"真"字：围绕着"我"，必须追求题材提炼的真实、叙说笔调的真切、思想立意的真率、情感表达的真挚、人格呈现的真诚。这些方面的真话真说，严格说来，是从"五四"散文建立起来的一个美学传统。文体的"真我"性，也可用"真诚与自由"来进行阐释。真诚是自我精赤的真诚，自由是真我表现彻底的自由。正如散文理论家王兆胜所说，散文"完全从自身出发，立足内心，随意表达。这就是散文的真诚与自由。因为真诚，才能亲切、质实、感人；因为自由，才能不受限制，挥洒自如"①。因此，当下有一些人主张散文可以随便虚构的理论，与"五四"散文建立起来的"真诚与自由"的美学精神大相径庭，是纯属悖反传统的虚伪之论。

第三节　抒情作为最大权重的审美诉求

在"五四"散文现代转型的机制中，与人学发现密切相关的，是人的情感的发现。自我情感的抒发大于一切，新机制的抒情消解了旧文统的"载道"，建立了强调自我表现的文本特征。

"五四"散文对旧散文"载道"的解构，建构了自由抒情的特质。所谓自由抒情，就是主情性，作家在散文中将自我情感的抒发放在大于、重于、高于一切的地位。这里使用主情性的概念，强调了

---

① 王兆胜：《真诚与自由》，陕西人民教育出版社2003年版，第1页。

作为主体性的作者对自我主观抒情之主宰、统御的地位，而且是符合"五四"散文创作的真实情形的描述。关于散文的特质究竟是什么，著名散文理论家林非先生在谈散文创作三个关键时，有过这样的表述："（一）将自己内心世界的体验和表现，时刻置于真实的天平上；（二）在这种体验和表现中，不倦地去追求伦理道德的完善；（三）表达这种内心体验的语言形式，必须引向散文美的升华。"[①]在这里，林非反复强调了散文的特质，是最真实地表现作家自我内心世界及其内心精神生活的体验。这是符合散文历史和现状的经典阐释。林非将散文抒写作家内心精神生活提到第一位的高度，其实这是林非研究现代散文的个人见识；而他的见识，正是对"五四"散文文体自我主情特征的透彻理解。早在20世纪30年代，散文作家与理论家虽然没有林非总结的学理性，但也在一些理论文章中涉及新散文的这一特性。如冯三昧认为："'小品文'就是指这内容单纯外形短小的抒情的美文而言……小品文也可以叙事说理，但基本质实以抒情为主。"[②]李素伯强调散文"个性的流露"与"自我的表现"，是"纯以抒情为目的而不受任何内容或形式上的限制"[③]。周作人则强调"以抒情的态度作一切的文章"[④]。可见，"五四"作家对新散文主观抒情性的理解，取得了众口一声的共识；他们在强调散文表现自我的同时，更加强调了抒情在散文审美中的至高地位。如此，新散文的抒情性从旧散文的"隐在"而浮出水面，历史地、堂而皇之地变成了文体审美的"显在"。

在"五四"作家看来，自我情感的审美才是文学的最高审美。

---

① 林非：《散文研究的关键》，《林非论散文》，江西高校出版社2000年版，第37页。

② 冯三昧：《小品文作法》，大江书铺1932年版，第6页。

③ 李素伯：《什么是小品文》，佘树森编《现代作家谈散文》，百花文艺出版社1986年版，第63页。

④ 周作人：《〈杂拌儿〉跋》，《知堂序跋》，岳麓书社1987年版，第314页。

自然，作为散文内容的审美，还有社会、历史、民生、伦理、道德、教育等方面，仅仅强调自我情感的表现，这未免有些偏颇。但从矫枉过正的意义上看，没有这个"偏颇"，便不能实现散文文体上的审美革命。古代散文出于"载道"的诉求，在文学史上取得了伟大的成就，出现了一批散文大家，如司马迁、唐宋八大家等，这说明"文以载道"是不可或缺的核心理念。但古代散文对作家个人的情感表达做了很多文统方面的禁锢，以致发展到后来八股文的僵化和死板，使作家个人的情感无法进行充分的抒发。而"五四"散文的成功，恰恰就在抒情机制上至少对以下两个旧散文的禁锢，进行了革命性的破坏和重建。首先，是对传统审美诗教理想的叛逆。中国传统的诗教理想是温柔敦厚、追求"诗可以怨"的抒情节制。诗人、作家的情感表达必须受到封建礼教与封建道德的制约，表现为存天理、灭人欲的封闭状态，实质是"载道"使诗人、作家个人的情感受到极大的压制与扭曲。"五四"作家受到王纲解纽的感召而激情洋溢，个人情感在打破禁锢之后，毫无障碍地肆达与释放，这是时代为新散文所妙造的良机和幸运。其次，新散文打破了旧散文情感表达的路径与程式。旧散文是旧文统进行节制下的情感表达方式，基本上是封闭性物理时空的叙事模式，抒情的基本方式是议论性散文中的议论式抒情与山水亭台记中借景抒情、情景交融这两个基本套路。而这两个套路，受物理时空严格限制与主宰。"五四"散文则以主情性的统御、自我心理时空的叙事模式替代了旧散文物理时空的叙事模式。一切的叙事题材，包括所写的人、事、景、物等，都被散文作家个人的情感所溶解和熔炼，情愫覆盖了散文所有的内容与文字。要而言之，文本上的一切都归之于人率性与情本真的开放性抒情系统，进而构建了"五四"散文的诗性表达的本质。举例说，如果把欧阳修的《醉翁亭记》与朱自清的《荷塘月色》进行比较，则可得到具体的说明。虽然两者都是写景记游，都是借景抒情，但前者受到诗教礼数的规约。欧阳修的情感是岩石下面的潜流，记游的文字只限于对景物的叙写。情感没有在文字上明显地表露，只是在作品的最后说"醉能同其乐，醒能述以文者，太守也"。这才委婉、含蓄地抒写内心藏得很深的牢骚——宋仁宗对自己的贬罚。而对于作者的牢骚，一般读者是看不出来的，其移步换形所展现的写景，是物理时空的呈现。而《荷塘月色》虽则也是借景抒情，但作品开头就直言"这几天心里颇不宁静"，然后一路以"静"写心中的"不宁静"。散文写小路的静、写夜晚出游的自由、写荷叶的美、写荷花的妩媚与诱惑、写荷塘四周景物上月色的抑郁等，一路敞开心灵，不间断地在发放着个人的"表情包"，所呈现与表现的是作家在大革命失败之后感受到的时代苦闷与苦闷中对人格理想——"香草美人"的寻觅。比之《醉翁亭记》，朱自清所展现的是特定情境下的内心精神生活，作品所表现的是抒情诗人在一个晚上流动着的心理图景，这是完全区别于旧散文的一种诗性表达。

可见，从内敛到开放，从遵诗教到叛逆文统，从节制压抑情绪到自由本真的畅达，这些彰显了"五四"散文主情性的建构，彰显了新文体转型与创造上的一大成功。同时，这也是中国古代诗歌传统中的"诗缘情"，即以情为主、以情为本的文学理想，在散文创作中进行诗性的位移，并且真正地得到群体自觉的、划时代的确认和定位。"五四"散文正是从这一方面对古代传统散文进行了定向的、颠覆性的审美革命。

第四节　"破体"与创新的审美诉求

文学是语言的艺术，散文是文学多种门类中更讲究语言表达的艺术。五四散文以白话语言置换文言书写，彻底毁坏古代散文"之乎者也"的文言语言表述形式与文本形式表现系统，进而建立了全新的"破体"之后的现代特征。无疑，这是散文文本形式上的一场革命。

新文学发展之初，胡适在《新青年》上发表《建设的文学革命论》，将"八不主义"改为"四条要求"，即：第一，"要有话说，方才说话"；第二，"有什么话，说什么话，话怎么说，就这么说"；第三，"要说我自己的话，别说别人的话"；第四，"是什么时代的人，说什么时代的话"。①这四条是胡适对现代散文文体使用白话所提出来的具体策略。其实质，是对"五四"散文文体如何颠覆文言文体而脱胎换骨的一个实践性纲领。白话文运动，是将文言革新为白话的语体革命，将因袭了几千年的文言文完全"破体"而代之以创新的白话散文。其萌发、成长与发展，是一个文体弃旧图新的过程。从散文文本的转型看，这是"五四"散文文本的一场全新的形式革命。

"五四"散文的文体，是作家们运用口语进行书写的全新创造。朱自清同胡适、鲁迅等人一样，也曾经充分肯定过"五四"散文的兴盛与发达。他在《论现代中国的小品散文》里认为，诗、小说、戏剧在样式、流派、思想方面赶不上散文的强劲，它们还缺失完善的文体建构，创作实绩远远不如散文。接着又说："或描写，或讽刺，或委曲，或缜密，或劲健，或绮丽，或洗练，或流动，或含蓄，在表现上是如此。"②他所列举的方方面面的景观，是对新散文艺术方法、手法的丰富多样及创新进行的欣喜的描述，也是对新散文在艺术形式方面的"破体"与创新给予充分的肯定。

新文学革命伊始，在守旧派认为"美文不能用白话"的偏见前，"五四"散文家怀着一种"创新"情结，格外用心地打造新散文的文体，除使用口语之外，在艺术形式的呈现方面，有意识地进行新旧的比照，向旧散文展示如何脱颖。"破"字当头，"立"在其中，创新主要是通过"破体"来实施的。要破掉旧散文艺术形式的陈规旧律，必须脱掉"唐装宋服"，必须走出韩愈的"国子馆"和欧阳修的"醉翁亭"，新散文的"美文"文体才能够建立起来。譬如，冰心在1921年初革新后的《小说月报》（第12卷第1号）的《创作》栏里，发表了小品《笑》。以"笑"串起三幅不同时空的"笑"的情景，

---

① 胡适：《建设的文学革命论》，《新青年》第4卷第4号。

② 朱自清：《〈背影〉序》，《朱自清全集》第1卷，江苏教育出版社1996年版，第47页。

其全新的构思与独特的蒙太奇结构，被认为是"现代抒情散文发轫期的力作"①。朱自清与俞平伯相约写作同题散文《桨声灯影里的秦淮河》，被时人赞誉为"白话美术文的模范"②。此外，出现了多样而陌生的新的文体范型：新游记体，如李大钊的《五峰游记》；诗性象征体，如鲁迅的《秋夜》、瞿秋白的《一种云》；风物闲谈体，如周作人的《故乡的野菜》《乌篷船》；人物素描体，如朱自清的《背影》、叶圣陶的《与佩弦》；文艺通讯体，如冰心的《寄小读者》；独语沉思体，如徐志摩的《翡冷翠山居闲话》；哲理感喟体，如许地山的《落花生》；田园清趣体，如苏雪林的《收获》；率性闲话体，如陈西滢、林语堂的很多抒情小品；川岛的《月夜》第一次用散文直接写爱情（古代散文中没有先例），似音乐中的小夜曲，被人称为"爱情诗"的风景油画；俞平伯以明人小品趣味为鉴的回忆体小品，是区别于《朝花夕拾》的另一种意念"梦游"；等等。这些都是被传诵至今的文本"破体"而创新的"美文"经典。而在当时，"五四"散文家是第一次"吃螃蟹"的群体。他们进行的是对几千年的传统文体与文本的更新，故而是散文形式革命的伟大创造。

认知"五四"散文艺术上的创新性特征，离不开它诞生的文化革命语境，离不开艺术上进行突破之时的文化生态环境和时代提供的历史机遇。"五四"散文在激烈反传统的思想革命中诞生，在冲破专制主义思想意识束缚与压制中而实施新文学的革命。值得我们反思的是，激烈的反传统带来的是文体建构的反形式。反形式思维的结果，是大胆、自由地在被毁坏的文体废墟上，从无到有地去再造散文的新形式与新传统。这种叛逆性的"破体"性创新，包括了构思、结构、语言等艺术方式与方法的全面转型。自然，其中更重要的一个革新途径，是在中西文化整合中实行"拿来主义"，即向西方现代主义进行

---

① 李关元等编著：《现代抒情散文选讲》，江苏教育出版社1990年版，第52页。

② 浦江清：《朱自清先生传略》，《文学杂志》第3卷第5号。

借鉴。鲁迅说过："没有拿来的，文艺不能自成为新文艺。"①除英式随笔外，随着西方资产阶级文化的开放，意识流、象征主义、表现主义、直觉主义等文艺和美学思潮，也随之成为"五四"文化与文学再造的资源，自然也成为散文革命中文体创造的借鉴。奉行"拿来主义"，是"五四"散文家的自觉，最典范的当是鲁迅，其最有"拿来主义"元素的是散文诗集《野草》。鲁迅以象征主义的手法，将自己内心的痛苦和挣扎、自剖与救赎，通过梦幻和诡奇的意象，进行浪漫主义的想象与抒写，从而使之成为现代文学史上标志"拿来"的美文经典。周作人称自己的散文中有"流氓鬼"与"绅士鬼"两样东西，其中的"绅士鬼"，是指他思想与写作中崇拜与借鉴的外国资源，是指英国思想家霭理斯及其著作，爱迭生、阑姆、欧文、霍桑、高尔斯威西、吉欣、契斯透顿等人的随笔对他的影响。这些随笔好手的思想与作品，化作了周作人小品自由散淡的"骨血"。冰心在1923—1926年间写作通讯《寄小读者》，其中大多数作品写于美国，对海外风光、奇闻异事的记述，以及对祖国、故乡、亲人的"爱的哲学"吟唱，是通过意识流的手法而幽幽抒写的。枕着英国散文家查尔斯·兰姆著作入睡，被称之为"中国的爱利亚"（"爱利亚"今译"伊利亚"，是查尔斯·兰姆影响最大的笔名）的梁遇春，其散文文本是英式随笔的"中国版"，处处可见兰姆风格的影像……这些都是当年自觉接受现代西方文学与美学进行"破体"的个案。

　　一方面对"文以载道"的旧散文进行彻底批判，另一方面大胆地吸纳与接受西方现代主义的艺术方法与技巧，"五四"散文便在这种完全自由开放的文化语境中诞生与发展，并创作出了多样化与陌生化的各种文体。鲁迅曾经指出，"五四"散文的创作有两种趋向，他说："因为常常取法于英国的随笔，所以也带一点幽默和雍容；写法也有漂亮和缜密的，这是为了对于旧文学的示威，在表示旧文学

---

　　①　鲁迅：《拿来主义》，《鲁迅全集》第6卷，人民文学出版社2005年版，第41页。

之自以为特长者，白话文学也并非做不到。"①这段话原是针对"论语"派说的。但从另一方面看，鲁迅也以自己的经验与观察，总结了"五四"散文创作的两种趋向：一种趋向是取法英式随笔的，如林语堂、梁遇春、徐志摩、陈西滢等，所以他们的文体风格趋于幽默和雍容；另一种趋向是回归中国散文传统的，是"提倡那和旧文章相合之点"的"漂亮和缜密"一路。后一种趋向，在批判旧文学的同时，又在少数人不自觉的状态中，回归旧散文的文体形态、叙事方式和一些艺术表现的基本方法、手法。"文以载道"文统的反弹、文化基因的顽强传承，使新散文的文体形式在"破体"中，还有着在重建中守护传统的一面。在今天看来，这是对传统散文有批判的继承与发展。对这种创作趋向，笔者曾将之称为"新古典主义"流派。②新古典主义作家以朱自清、俞平伯、叶圣陶、丰子恺、刘延陵等为代表，即"O·M"社的成员。而其中，朱自清则是最具典范性的一位。举例说，《荷塘月色》尽管以拼贴感觉与意象的象征诗派手法结撰文本，但基本上以起承转合的结构模式、中国式"香草美人"的象征符号以及相应的"田田""亭亭"等古典色彩的语汇，完成了古典艺术趣味的文体建构。新古典主义创作趋向的出现，以及后来林语堂打出解读"论语"的旗帜主编《论语》《人间世》等刊物，一方面表明五四文学革命时期矫枉过正地批判、否定中国文化传统，实际上否定不了传统的客观存在；同时另一方面也表明，即使"五四"散文文体在反传统的"破体"与解构之中，古老散文传统的"骨血"还是顽固地、不以人们意志为转移地参与了文体重建的审美机制。即便像徐志摩、梁遇春等在"浓得化不开"的"西化"中，即便充满了感伤温婉的绅士情调和叠床架屋的欧化文字，以及繁富而绮丽、脱俗而飘逸、幽默而机智的"海归精神"做派，作为散文家的徐志摩、梁遇春依然还是中

---

① 鲁迅：《小品文的危机》，《鲁迅全集》第4卷，人民文学出版社2005年版，第592页。

② 吴周文、张王飞、林道立：《朱自清散文艺术论》，江苏教育出版社1994年版，第214页。

国的"末代诗人"①与"中国的伊利亚"。归根结底，民族形式的本土性与守恒性，牢牢地管住中国的现代散文作家，不管"破体"的力度多强多大，它终究离不开中国诗学与哲学的制约。转型之后的"美文"，依然是传统制约下的文体自觉，是走向有序及趋于完整的中国散文文体的美学建构。

散文文体的转型与"美文"的诞生，是五四文学革命在文体上积极而生动的演绎，是在文本上实现人的发现与"人学"的价值观的实证，是"五四"作家与封建传统专制制度及其意识形态实行彻底决裂的精神表现。无疑，这些文体转型特征的定性与定位，既彰显"五四"散文转型的成功及其美学的初步构建，同时这些散文的特征又为中国文学增添了全新的素质。"五四"原生、原创的新文化，构建了新文学散文原创"诗性素质"的表现传统，其后一直影响着近百年的现代文学尤其是当代文学的发展与续写。唯其如此，总结"五四"散文在理念置换、抒情权重、文体再造方面的革命经验，是我们当下重建散文美学不可或缺的历史、思想的资源。

---

①　茅盾：《徐志摩论》，《新月》第2卷第4期，1933年。

第十九章

现代散文"原创诗质"的审美传承

　　"五四"散文因为创世纪自我表现、情感抒发的权重与白话文体的创造，构建了全新的文体审美诗性。用鲁迅的话说，"散文小品的成功，几乎在小说戏曲和诗歌之上"①。它的诗性呈现不同于中国诗歌的形式表现，也不同于西方文论中的"诗学"内涵，而是特指"五四"散文走向诗性表达的一种本质。陈剑晖教授说过："我所推崇的'诗性'首先是建立在人的个体存在、人的生命本真和丰饶的内心世界，是建立在事物的本原之上的诗性。这种诗性，从本质上来说是一种内在的整体性和综合美。"②新诞生的"五四"散文因其领先于其他文体的"成功"，故当其时处于主导和辐射的地位；而在其后近百年的现当代文学史上，借鉴英式随笔并整合中国文学隐脉的散文"言志"传统的"诗性素质"，经过历史的过滤与积淀，成为新文学所衍生、所添加、所传承的文体素质。对这种原生、原创的资质，如"自我表现"的理念、人格隐逸的风致、娓娓絮语的叙事方式、主情御笔的"语言指纹"等，笔者姑且自定义为"五四"散文的"原创诗质"。新时期文学提倡回归"五四"传统之后，久被遗忘的"原创诗质"重新激活了近40余年的散文创作。笔者认为，在诸多"原创诗

---

　　①　鲁迅：《小品文的危机》，《鲁迅全集》第4卷，人民文学出版社2005年版，第592页。

　　②　陈剑晖：《中国现当代散文的诗学建构》，江西高校出版社2004年版，第40页。

质"中，作者的"自叙传"、"散文化"的会通机制以及"美文"形式的传承等三个方面的"诗质"，是当代的文学创作对"五四"散文传统进行传承的突出方面。对此，笔者逐一予以论述和阐释。

第一节　作者"自叙传"的传承

"五四"散文"自叙传"的耗散与弥漫，是直接作用于现代小说、散文发展的一个文本审美创造的机制。"五四"散文文体中的"我"的裸真呈现，是"五四"散文区别与古代散文的最明显的特征，它源于"自我表现"置换"文以载道"的散文核心理念之后，实现了"人学"归位的历史必然。从文体转型方面看，"真我"特征在文本上的具实表现，是郁达夫总结出来"自叙传"的一种新特质。他说："古人说，小说都带些自叙传的色彩的，因为从小说的作风里人物里可以见到作者自己的写照；但现代的散文，却更是带自叙传的色彩了。"①而这种"自叙传"特质，其实在中国古代小说里并非普遍存在，除了《红楼梦》而外，也难以找到一些其他影像。在古代散文里，司马迁的《太史公自序》、王充的《论衡·自纪篇》、江淹的《自序论》、陶渊明的《五柳先生传》以及清人沈复的自传体随笔《浮生六记》等，这些作品也不能代表与证明它们是历史的文脉，毕竟只是一些少数作品，并未形成显在的、积淀深厚的源流。"五四"散文的"自叙传"却是另外一种情形：它是"五四"文学真正实现"人本位"之后的衍生物与生命呈现的具象。在表现真实自我的意义上，借鉴英式随笔文体的自叙与自言独语的特征所创造的"自叙传"色彩，成为"五四"散文所特有的、诗性的一种新质，而且在当年张扬自我人性的年代，通过"自叙传"来表现自我激情、自我张扬、自我崇拜，除少数共产主义知识分子而外，是一群"小资"作家在散文

---

①　郁达夫：《〈中国新文学大系·散文二集〉导言》，佘树森编《现代作家谈散文》，百花文艺出版社1986年版，第261页。

文本上参与和实现五四文化革命与思想革命的精神呈现。可以这么肯定：没有自我崇拜、自我张扬、自我表现的"五四""小资"的作家群体，就没有"五四"散文。因此，"自叙传"是"五四"时代个性解放的精神产物，在文学创作中普遍地耗散与弥漫起来，是历史的必然。

以学理而论，散文"自叙传"参与小说创作的审美机制，是原初既是散文家又是小说家的两栖身份的两种文体感，在审美趣味上实施互融互通的内自觉行为，是他们接受、借鉴英式随笔之时的文体自觉。这种文学接受，是"拿来主义"使然。翻译厨川白村《苦闷的象征》而创作《故乡》《伤逝》的鲁迅，喜欢英式随笔而写作小说集《沉沦》的郁达夫，追随效法周作人而创作《竹林的故事》的废名等人，是最早创作"自叙传"抒情小说的一些作家。而作为"五四"散文"自叙传"的特质而影响散文与小说创作的，更多地见于以后数十年的延续与发展。"自叙传"作为散文新添加"母体性"的诗性元素，对散文创作更深远的影响，主要表现为以下两个方面的文体定性与定位。

"五四"散文的"自叙传"色彩，成为其后散文不变的内容与作家自我审美的一个传统，而且成为散文延续至今的一个价值标志，是作家实施自我审美对象化的价值定位。看一篇散文、一位散文家是否敢于自我裸真，是看其是否采用"自叙传"的形式，并且是否在自我心灵剖视与裸露上达到深刻的程度。且不论其后出版的一些"自传"与"自述"之类的作品，以抒写"自叙传"的散文而论，"自叙"是普遍存在的文学现象。有一个相关的统计可以佐证：江苏文艺出版社于20世纪90年代后期出版过一套"名人自传丛书"，除胡适、林语堂、沈从文等少数名人作家写过自传而外，大多数的现代作家都没有为自己写过自传。这套丛书中没写过"自传"的那些作家的"自传"，是经过技术处理的"准自传"。如鲁迅（他只写过几百字的所谓自传）、冰心、巴金、丰子恺、朱自清等，都是编者根据各位作家所写的"自叙传"散文，从中摘录、选编相关自叙内容而整理出来的。这个事实说明，当"自叙传"成为散文创作的自觉诉求之后，作家真实地讲述自己的身世、成长、家庭、读书、交友、供职等故事，便成为散文创作不变的题材和"言志"的心理定势。这种带有个人隐私性内容的"自叙传"，越来越受到广大读者的喜爱，尤其在当下，成为大众审美不可或缺的"快餐文化"。散文"自叙传"特质在当代散文中旺盛地延续与发展，不妨以叶兆言的个案作为例证。他的全部散文可以其一篇散文的题目《人，岁月，生活》来进行概括。叶兆言在30年来近千篇的散文作品中，将个人成长的经历、读书写作的感悟、日常生活的感触等自我实录真实地进行裸露。其中，他把叶圣陶、叶至诚和自己祖孙三代的家族史与文脉传承，描述得非常清楚。如果把琐碎的相关细节拼贴、整合起来，读者就能够大体上认知"三叶"的生平事迹、坎坷遭遇、创作业绩、人品操行等，甚至可以编写三个人的"传记"。此个案说明，散文作家书写"自叙传"，已经成为创作中的一个很普泛的现象和文体创造的一种自觉。

　　"五四"散文的"自叙传"发展到当下，采用长篇体制进行自叙已经形成难以遏制的走向。现代文学史上的长篇散文只有瞿秋白、冰心、萧红等人的少数作品。而在当代，长篇"自叙传"散文则大量地出现，且以与时俱进的、更有深度的文化视角，去展示"自叙传"叙事的陌生化和思想高度。这种因"自叙"而产生"真我"叙事的诗性审美效应——面对文化悖论乱象而进行宏观视野的哲理性思考，是散文"长篇热"赢得读者的一个无可置疑的理由。如马丽华的《走进西藏》，以"西藏的马丽华"与"马丽华的西藏"之文化人类学的两重视角，去思考那是一片充满炫惑的神奇去处。如刘亮程的《一个人的村庄》，以现代文明与古老农耕文明的悖论，去叩问人性与人类文明的终极走向。张洁的《世界上最疼我的那个人去了》，用对当代人人性价值观的质疑，并用自己的忏悔，讲述了一个审视生命、爱和灵魂的故事。周荣池的《村庄的真相》，用反伦理、反道德、反科学的"废村"记事，自叙对丧失农耕文明所产生的痛苦和焦虑。毕飞宇的《苏北少年"堂吉诃德"》，通过对中年的"我"与少年毕飞宇对话的解读，含泪地对人生岁月写出了卢梭《忏悔录》式的哲学感悟。这些长篇散文分明既继承了"五四"散文"自叙传"的传统，又以当代人的文化情怀，在21世纪向文学史证明，"自叙传"这一"五四"散文的"原创诗质"，在新的历史时期被激活、被翻新、被传承的巨大能量。

散文文体两方面的定性与定位，在很大程度上受到20世纪90年代文学语境的深刻影响。"个人化"与"私人化"（甚至"身体写作"）写作与"非虚构文学"概念（《钟山》设立《非虚构文本》栏目、《人民文学》设立《非虚构》栏目）的提出，实际是写作的去语境化。去语境化的结果，是消解了作家人文精神写作的语境化的支撑。于是，新时期作家沿袭的启蒙使命和文学价值的实现，无法在"私人化""非虚构"的框束下去恪守"自我表现"的哲学。正因如此，"自叙传"的传统技法，便在"自我表现"与"文以载道"两重意义上重新定位并大行其道。针对不健康的理论与旗号，"自叙传"却可以在散文创作上进行有温度的、切实可行的反拨与文化反哺，并且也以此反证"五四"散文的"原创诗质"必须予以传承的文化与文学的价值。

第二节　"散文化"的会通机制传承

当个人情感从"文以载道"之清规戒律的遮蔽中解放出来，"五四"散文便获得了不再压抑、不再遵循"诗教"的真正自由。于是，畅达的抒情构建了散文文体的诗性，而且散文成为其他文体的领跑者，其自由畅达、"自我表现"的抒情所建立起来的主情性（诗性的叙事方式），给小说以直接的影响。它是使散文与小说两种文体在艺术上交互会通，尤其给小说以"散文化"的文本特征。这是五四文学革命之后文学创作的一种特有的文体会通机制，也是一种特有的文学现象。于是，主情叙事成为"五四"散文原创性的素质之一，笔者姑且定义为"散文化"的会通机制。

最早将"散文化"的会通机制植入小说的是鲁迅。读鲁迅，一般读者都有一个惯性的认知，认为他对新文学的最大功绩是他的小说，漠视其散文的创作，而将周作人视为小品文的领袖。其实，鲁迅对散文的贡献，不仅仅有后来的《野草》《朝花夕拾》及其成绩斐然的杂文，还有先期被读者和学者所漠视的一些散文。林非先生指出，鲁迅的小说集收集了少数的散文。①因收进小说集中，研究者都把它们与小说等同视之，故而它们及其文学史的价值一直是被遮蔽的。如果将它们重新钩沉与认知，就会发现它们的意义。如鲁迅的《一件小事》，作于1919年11月23日，比冰心的《笑》（1921年），朱自清、俞平伯的《桨声灯影里的秦淮河》（1923年），周作人的《故乡的野菜》（1924年）都要早。这类文章虽然数量较少，但从文体的审美意义上看，应该看作美文初创期的作品，鲁迅无疑是"五四"散文初期美文写作的先锋。

对鲁迅小说集中少数散文的钩沉，笔者发现了作家本人创作中一个"小说当做散文来写"的奇特现象。对这一现象，我们可以从三个方面进行考察，进一步认知鲁迅对"五四"新文体所进行的独特创造。首先，《呐喊》《彷徨》两本小说集中的《一件小事》等作品，它们在文本呈现上与抒情、叙事的散文毫无二致，小说就是散文。《一件小事》叙写"我"生活中的一次经历。《社戏》是一篇快乐童年的回忆录。《鸭的喜剧》写俄国盲诗人爱罗先珂"爱心"的破灭，叙说其买来的小鸭吃掉了他买来的蝌蚪的真实故事。《示众》记述一群精神愚昧的人看热闹。其次，两本小说集中，还有一些小说是以"散文化"的文本形式呈现的。如《故乡》讲述闰土的性格和身世的变化，通篇是欲哭无泪的悲凉叙事。《伤逝》则是以情殇的絮语笔调，讲述了一个缠绵悱恻的婚恋悲剧。再次，鲁迅在小说创作中采用了散文叙事方式中的"自叙传"与第一人称两大要素。除前面已经详

① 参见林非：《〈呐喊〉中的散文》，《中国现代文学研究丛刊》1983年第2期。

述的"自叙传"而外，最明显也是最实用的，是采用散文便于抒情的第一人称叙述法。《呐喊》和《彷徨》共计收25篇作品，其中就有12篇作品使用了便于抒情的"我"的叙事口吻。他有意识地将"自叙传"与第一人称叙述法结合起来，将散文与小说在文体上予以混搭与整合，这无疑开了现代文学史上小说"散文化"的先河。对此，笔者顿悟与认识：在新文学发展之初，作为小说无冕之王的鲁迅创造了散文和小说这两种体裁融会互通的"诗"的元素，这是"五四"散文整合小说的一种"原创"质素。而且，笔者还有了进一步的结论："散文化"的会通机制，始于散文家与小说家鲁迅。作为新文学的伟大奠基者，鲁迅对小说与散文两种文体，表现出超群的文体创造的自觉、自信与才能。正如严家炎先生所说："要说二十世纪的文体家，当推鲁迅为首选。"①

如果使用了"我即人物"的同视角叙事方式，那么所产生的审美效应就与全知全能的第三人称大为相异。"我"成为故事的讲述人，又是故事的亲历者，因此使得读者跟着"我"的感觉与思想（思想立场可与作者一致或相左）走，读者在真真假假的叙述策略中模糊了从假到真的认知还原，这消解了小说文本中作者与读者之间的心理距离。唯其如此，源于"五四"散文的、诗性的、鲁迅开创的小说"散文化"机制，便成为现当代小说继承与发展的一个传统。翻看文学史，郁达夫的《春风沉醉的晚上》《薄奠》，废名的《竹林的故事》，茅盾的《腐蚀》，师陀的《果园城记》，丁玲的《莎菲女士的日记》，萧红的《呼兰河传》，沈从文的《长河》，孙犁的《荷花淀记事》等，都是小说"散文化"的经典。因20世纪三四十年代的战乱和中华人民共和国成立之后文学为政治服务的简单化与工具化，文学制度排斥小我的抒情，故而小说"散文化"的趋势几乎间断，这些姑且放下不论。然而，新时期之后的数十年来，随着散文"真话真情"与"文化诗性"思潮的发生与辐射，小说"散文化"再度复燃升温而

---

① 严家炎：《五四的误读》，福建教育出版社2000年版，第84页。

得到延续与发展。

当文学回到审美自身，从全知全能叙述视角转向内心视角的时候，"五四"散文的"诗性抒情"，便成为小说叙事的内驱机制并成为一个重要的技术手段。新时期之初的《我是谁》（宗璞）、《在小河那边》（孔捷生）、《受戒》（汪曾祺），20世纪80年代的《北方的河》（张承志）、《我的遥远的清平湾》（史铁生）、《枣树的故事》（叶兆言），90年代的《五月牛栏》（迟子建）、《哺乳期的女人》（毕飞宇）、《遍地风流》（阿城），21世纪的《太白山记》（贾平凹）、《城乡简史》（范小青）、《童年河》（赵丽宏）、《白水青菜》（潘向黎）等，构成了新时期至今40余年来小说"散文化"的流脉。新时期以降的文化诗性，内含的"五四"文学所创造的新的传统，西方现代主义思潮与美学的再度与中国文学碰撞渗透，作家面对改革开放以来诸多文化悖论所生成的炫惑与焦虑等，都使得近40余年的文学继五四文学革命之后，再度进入二次"涅槃"的过程。文学在遭遇种种劫难、创伤与养精蓄锐之后，需要真正复归人本主义而进入一个"诗性抒情"的时代。唯其如此，小说"散文化"的延续与发展，便在诗性抒情时代获得了天时与地利。

小说"散文化"自然包括人们常说的背景淡化、情节淡化、人物淡化、戏剧性弱化等。但诗性抒情，则是"五四"散文延续并加以发展的一种诗性素质，甚至在创造机制中高踞于主导和漫融的地位。小说创作沟通并整合散文的这种素质，并非指文本形式上的"诗化"，而是指在小说中营造散文抒情的格调、情境与氛围，这是一种抒情"氤氲物"的创造，即是心理学与人格鉴赏学上所指称的"格式塔质"。也就是说，像当年鲁迅的《故乡》那样，最强烈、最大化地将主观心理情愫，变成小说叙事内在的驱力和外在的抒情氤氲，而这在当代又有了新时代的历史性发展。当代小说的"散文化"，是小说家以他们个人生命的痛苦体验、对历史的深刻反思和对未来的美好憧憬，演绎为审美创造的诗性智慧，是这种"内知觉醒悟"在文本上的充分体现。与其说这个时期小说家选择了"散文化"，毋宁说是抒情的"散文化"选择了从文学灾难中重新站立起来的小说家。故此，小说作家在文体自觉中更注重一种"氤氲物"的创造，而且通过多维度的视角（如史铁生"零度写作"情感的哲思、贾平凹对农耕文化的眷恋等）与多种叙事方式（如汪曾祺古典抒情的"诗情画意"、叶兆言"意识流"的书写等）来实现。从某种意义上说，小说的"散文化"是现当代文学史上第二次"人性的解放"，是小说作家在心无障碍的宽松环境下，借以自由地表现自己内心精神生活与心理体验的真实裸写，是作家有太多的心理情愫，需要借"散文化"的会通机制而进行尽情的喷薄与流泻。他们需要借助很多言志的视角与方式，旨在于散乱结构、细节拼贴、多角度展示中，呈现"五四"散文中的英国随笔式的心理流程，并且以人格色彩的"氤氲物"，来展示和谐灵动的自我艺术世界。当代小说之所以热衷于"散文化"，是由于时代文化、社会心理和文学使命等多方面综合起来的诉求。至于网络小说创作中"散文化"的会通机制，则是另一种更加普遍的情景：以虚拟的第一人称和虚拟的"自叙传"整合的准"诗性抒情"，是网络小说作家创作千千万万作品所惯用的技术手段，以此获得千千万万网民的点击和赚取读者感同身受的审美情感。这是自《第一次亲密接触》之后，网络小说繁衍不衰的原因之一，也是网络自身管理体制的散漫失纪、话语权充分自由所形成的一种亚文化景观。

　　以"第一人称"和"诗性抒情"的"五四"散文的诗质，去对抗所谓"小说已死"而奉行的形式主义，这确实是一个实际有效的手段，颇有反讽的意味。鲁迅等人的历史经验告诉当代作家马原、余华、格非等人，若"实验"的形式主义，离开小说创作的社会学和文学审美的本质意义，小说真的"会死"。当创作主体被客观化之后，无疑消解了作家原生的创造力与想象力，而进入一个形式的"圈套"，这是一个虚构叙事与历史叙事的"乌托邦"理想的实验，留给文学史的也是一种借镜。正如理查德·罗蒂所说："旧的隐喻不断地消亡，只留下字面意义，但它们成为新隐喻得以产生的平台和衬托。"①而"五四"散文的"散文化"技法之于当代小说，有如大道神器而被激活，既盘活了"五四"散文典艺性诗质，又在客观上化解了当代小说创作实验的失败，起到形式选择内容的正能量启导。同时，这一传统技术手段恰恰因为在叙述与抒情方面能够自然生成"在场感"，而使当下偏爱散文"俗化"的读者，更愿意聆听小说家以散文家的抒情讲述"好故事"，进而忘却自我与社会生活的真实关系，而获得大众审美的快感。"五四"传统技法得以如此"反哺"，则是当下社会审美心理使然：读者在生存的博弈与成败、炫惑与探寻之间，需要一种真实与切实的抚慰，更多的时候，需要一种近似日本"御宅族"文化的虚拟大于真实的精神抚慰，需要一种"白日梦"的精神排遣与休闲。

第三节　"美文"文体形式的传承

"美文"是指"五四"散文中占很大比重的特别精致的侧重抒情的散文作品，无论是叙事小品、议论小品还是抒情小品，只要做到抒情与精致，就是"美文"。指称"五四"散文获得成功，其中一个缘由就是白话"美文"文体创造的成功。它的新颖、缜密、漂亮的审美外观，它的全新白话的置换和抒情地位的强化，立即给读者以审美公信力，给散文作家以审美共约性。而它的公信力与共约性使"美文"获得了文体审美的自信与自觉，且一直影响着其后散文自身的发展。创刊近20年、冠以"美文"的散文杂志《美文》，即标志着"美文"传承的当代诉求与当代意义。毫无疑问，"美文"是一个扳不倒的旗号。

"美文"文体形式作为"五四"散文的一种"原创诗质"，之所以对当代散文仍然产生深刻影响，是因为它的形式建构符合中国读

---

① 戴卫·赫尔曼主编，马海良译：《新叙事学》，北京大学出版社2002年版，第63页。

者从《诗经》开创的传统"尚美"的审美理想。我们的理论家一再告诫散文作家，要自由随意地写，切忌刻意追求构思的美妙、结构的奇特、语言的雕琢等形式的唯美，让散文回归到最自由、最自然的状态。这自然没有错，但优美的散文离不开优美的形式。除诗歌而外，散文是最讲究文本艺术形式的一种体裁。自庄子"天地有大美者而不言"开始，中国文学就存在"尚美"的审美传统。"尚美"是古往今来所有作家与一切读者守恒不变的审美天性与趣味。从这个意义上说，文体形式的创造是永恒的审美主题。唯其如此，"五四"时期的"美文"成为今天散文家写作时比照、范导的标志，他们总是自觉努力地去追寻并试图超越它的艺术之美。因为"五四""美文"奇迹般地创造了历史上散文的一个美学高度，以至于也成为当代散文审美创造的标高。这里自然产生这样一个问题：为什么"五四"散文作家拿起笔来，就能够自然而然写出很美、很精致的作品来？缘由有三个：其一，作家群体是一批具有非凡才能的知识精英，他们都具有深厚的国学根基，很多人有着西洋或东洋留学或游学的经历，没有出国的作家也都有研习外国文学与艺术的经验。这种学养的积淀与支撑，造就了他们贯通中西的艺术视野和创作"美文"的诗性智慧。其二，"五四""美文"的文体之所以具有强大的生命力，因为它以和谐"尚美"的艺术表现形式，整合了中国传统与西方的艺术表现形式，甚至还积淀、整合了贝多芬、罗丹、但丁、歌德、波特莱尔、泰戈尔、海涅、普希金、屠格涅夫、维尔哈伦等人在欧洲文艺复兴以降经典的诗艺、画艺与乐艺及其艺术元素。它不是旧瓶装新酒，而是以具有某些"舶来品"性质的新瓶来装新酒。其三，"五四"散文创造了新的艺术传统。如果我们仔细解剖"五四"散文的艺术形式，就会发现在叙述、描写、议论、说明等基本表述方式、传统的结构原理、常用的文章体式以及语言的审美规约等方面，它依然是在批判继承传统的前提下，吸纳一些合理的外国元素，再一次地创造新的传统。艺术形式不仅仅是形式，它有不可剥离的内容的意味。"五四"散文所创造的"美文"形式，在另一方面又深刻地指向激情迸发时代所定制的文体自觉，即归一于真我、主情、破体特征的形式意味。

认知"美文"文体形式的传承，大致可寻的有两条方法论上的途径。

一条途径是散文思潮提供的佐证。在百年的文学史上，"五四"之后至少出现过三次有重要影响的"美文"思潮。20世纪30年代出现过以林语堂为盟主的"论语派"的"闲适话语"思潮，60年代出现过的以杨朔为领袖的"诗化散文"思潮以及90年代出现过的以《美文》杂志为旗号的"文化诗性"思潮。这三次散文思潮，是群体的有规模效应的"美文"传承，指归的都是如何使"美文"更美。"闲适话语"思潮旨在脚踏中西文化，赋予小品文以闲适、性灵、幽默的新的文体特征，进而使"美文"更精美，更有林语堂本人所钟爱的英国"闲谈派"的随笔风格，并兼有《论语》对话体的自由之美。"诗化散文"思潮是在封闭的文化语境中，回归古典诗章的古典趣味，为的是在狭窄的艺术借鉴视野中，让20世纪五六十年代"工具论"下的粗浅散文走出窘境，通过"当诗一样写"的途径，重回"美文"文体审美的诉求。但这次思潮因为缺失"五四"传统精神的回归与缺乏支撑，最终未能使散文创作走出窘境。始于20世纪80年代末期的"文化诗性"思潮，追求更切合时代使命的思想内涵，包括放眼全球化的人文情怀、人格主体、文化哲思、诗性智慧、生命价值及美学理想等；并且以《美文》杂志为代表，重新祭起"美文"旗号，在精致化、学者化、人文化的意义上，打造"大散文"之"美文"。思潮之于文体创造的终极意义，在于追求唯美的形式方面，使整个文坛传承"五四""美文"尚美的精神，以至于传承"五四""美文"的文脉与传统。三次思潮代表了散文艺术发展尚美的主流话语，它们从正反两个方面证明："五四""美文"的艺术传统的传承，是当下散文发展的文化自信之不可或缺的一个重要的历史思想资源。

"五四""美文"文体形式传承的另一条途径，是"美文"经典范导式的流传，使经典名篇在代代演绎的再创造中"回声嘹亮"。笔者很欣赏央视举办的《经典咏流传》节目，它以"和诗以歌"的形式将传统诗词经典与现代流行形式相融合，在注重节目时代化表达的同时，也深度挖掘诗词背后的内涵，讲述文化知识、阐释人文价值、解读思想观念，为现代文明追本溯源，而达到传承文学经典的目的。其实，新时期以降的现代散文经典，虽然没有像央视那样打造大型节目，但持久地、广泛地进行着"经典咏流传"。此间，有配乐咏诵，有《名作欣赏》一类杂志的欣赏解读，有散文理论家如林非的《中国现代散文史稿》等难以计数的学术著述的传播。改革开放以来，"五四""美文"经典，以丛书、文选等名目，反复出版，层出不穷。这种"出版热"的持续，使"五四"散文作家及其经典，得到了相当程度的普及。

　　"美文"经典范导式的流传，从根本上说，是"五四"散文的文学理念、价值观、艺术视野、文本建构美学等，在当代散文的创作中通过反反复复的借鉴与再创造，一代代地传递"原创诗质"的美学精神。毫无疑问，"五四"散文已经成为当代散文发展的思想资源和传承散文文化的"中间物"。值得深入研究的是，参照"五四"作家的经典进行创作，已经成为当代散文家的一种"集体无意识"。这种隐在的不易发现的传承，难以用文字进行宏观的描述。而对个案的比照和细察，则是我们可以得以切实证明的方法与途径。不妨以朱自清的《背影》为例。中国读者都从初中语文课本里受过《背影》的教育，它既是国人永远的教材，同时也是当代散文家创作的永远的范导；它被当代散文作家当作模式与范型而反复演绎，不断地推陈出新。其中演绎了《背影》的当代名篇众多，如汪曾祺的《多年父子成兄弟》、陶然的《别离的故事》、阿城的《父亲》、舒婷的《妈妈的味道》、余光中的《日不落家》、余华的《父子之战》、张海迪的《我给妈妈画衣裳》、琦君的《髻》、叶至诚《关于父亲》、林非的《离别》、杨新雨的《养母》、赵丽宏和三毛的同名散文《背影》、刘亮程与刘鸿伏的《父亲》等，举不胜举。这些写父亲与母亲题材的美文，明显受到《背影》的诸多启示，衍生了文学史上"一花引得百花开"的景观。三毛的《背影》，写丈夫荷西去世之后，自己在丈夫墓前痛苦之时，发现远处暗暗与自己感同身受、形影踯躅的父母之"背影"。林非的《离别》取朱自清的"背影"意象，感念的身份由子写父置换为父写子，描画作者和妻子在机场送别远渡重洋、负笈留学的儿子之背影。同样写父送子别，林非在"背影"意象上除了表现父爱，还创造性地附丽了母爱的意蕴。刘鸿伏则明白地说，他写《父亲》是读了朱自清的《背影》，"读了，我感到一种震撼"[①]。于是他也写父送子别的情景，艺术氛围的渲染比朱自清《背影》的父亲更"苦难"，演绎为"青头巾、黑包袱、灰布衣的父亲的背影"。这些作品从朱作的构思、结构、基调、手法等和它的艺术辩证法，获得了某些启示与灵感，从而进行了各自颇有个性的文学创造。类似《背影》传承的例子太多，如冰心《笑》的散点结构之于《谁是最可爱的人》（魏巍）、《美》（曹明华）等，鲁迅《社戏》的抒情意境之于《看社戏》（王英琦）、《月夜狗声》（陈奕纯）等，周作人《故乡的野菜》的絮语趣味之于《五味》（汪曾祺）、《丑石》（贾平凹）等，徐志摩《翡冷翠山居闲话》哲理玄思之于《云南冬天的树林》（于坚）、《空山鸟语》（郭枫）等，这些名篇都有被演绎流传的故事，数不胜数。如果细细梳理就会发现，诸多的"五四""美文"经典变成了一个个散文的诗性符号，其文体形式反反复复地被当下作家借鉴、范导、演绎与重新创造，同时它们艺术呈现的智慧又在不断地被盘活而新意迭出，这是一道垂直传承与文化反哺的文脉演绎景观。"五四""美文"的代代传承，是不断进行文体打造而使之在艺术表现形式方面得到与时俱进的创造性提升，给"五四"原生态文化注入新的活力，让读者在极度美的愉悦中得到形式意味的新体验。可见，在散文精品化的历史进程之中，"五四""美文"的文体构成在艺术上的一些原生元素，依然是当下散文参照与传承的不可或缺的"原创诗质"。美国著名社会心理学家亚伯拉罕·马斯洛创立了需求层次理论。1954年，

---

① 刘鸿伏：《父亲》，《现代散文选读》，江苏教育出版社2007年版，第25页。

马斯洛在《激励与个性》一书中提及另外两种需要：求知需要和审美需要。笔者认为，在马斯洛的需求层次理论中，还应加一条规范需求（通过模拟、因循、传习等进行规范）。求知、审美、规范这三者的结合，对于作家来说，就是创新的需求，就是在继承传统的前提之下模拟、因循、传习，从而达到适者生存，以顺应创造新文学传统的需求。这是文学经典之所以不断被传承、被改写、被盘活的社会文化发展的哲学。

综上，"五四"散文被传承下来的"原创诗质"，是"自我表现"核心理念统御下诗性呈现的宝贵传统。而对"五四"散文传统的当代传承，则彻底盘活了源头性资源，最终实现的是原生文化资源反哺性的发展。因此，发展中的当代散文，只有怀抱着对"五四"散文的敬畏和对传承的文化自信，才能使当下承载国学意义的散文，重建散文美学及散文审美的价值理念，进而开创一个超越"五四"散文的姹紫嫣红的新局面。笔者相信，"五四"文化的宝贵传统，无疑会在批判性继承中给当下的文学以发展与繁荣的正能量。

第二十章

散文评论与审美诉求

散文评论的写作，如从文本的意义上进行理论的解读，是比较容易的；但要在实践的意义上进行把握，就困难得多。本章尽可能形而下地、深入浅出地进行解说，旨在评论实践中能够切实把握它的可操作性。

什么是散文评论？顾名思义，就是对散文作家作品、美学原理、思潮流派、文学史现象等进行评论、研究的议论性质的论文。它写作的对象是散文，研究的问题是散文。它的功能是帮助读者切切实实地理解与认知散文创作、理论等方面的问题，同时也帮助散文作家在理性上获取文体自觉，以使21世纪的散文创作走向繁荣。

第一节　散文评论的审美标准

诗歌、小说、戏剧、散文等作为文学体裁，有着它们共同的评论标准；但对于某一种样式的评论来说，又有着各自特殊的审美标准。因此，散文文体评论也有自己的标准。学习、把握散文评论的文本写作，首先必须理解、认知一些基本的审美标准。必须把握的，主要有以下四个标准。

第一，关于"自我表现"的审美标准。

"五四"以后的中国现代散文借鉴、整合英式随笔的"自我表现"传统，建立以作家个性为本位的新散文文体。"自我表现"就是表现作者一个真实的"自我",是现代散文审美的一个核心理念。对于一篇散文来说,写得好不好、感人不感人,首先就要看作者是不是表现了他自己,是不是真实地、深刻地表现了他自己,这是评定一篇散文好坏的最重要的一个审美标准。

凡是好的、优秀的、经典的散文,都是真实地、深刻地表现作者自我的。如鲁迅的《野草》、巴金的《随想录》,都对自我的思想进行了深刻的自我解剖,甚至把自己灵魂里阴暗的、丑恶的东西写在文章里,向读者坦白,进行自我批判。所以,《野草》《随想录》才会成为文学史上的经典作品。由此可见,只有把握最基本的"自我表现"的核心理念,而且将之一以贯之,初学者才能进入写作散文评论的门槛,才能写出符合散文审美理念的评论来。

第二,关于"真实性"的审美标准。

散文是"真"的艺术。除了作者要表现真实的自我而外,散文的真实性还包括题材的真实、情感的真挚、人格的真诚等。这些真实性的把握,关系到散文评论的写作是否到位与肯切。其中,把握题材的真实性尤为重要。

散文题材的真实性不容动摇。现在理论界有一种散文可以像小说、戏剧一样虚构的说法,这是完全错误的,是误导散文创作的伪理论。举例说,有一个很著名的小说家,他没有去过俄罗斯,却写作并发表了《俄罗斯散记》,因为人没去过,所以他笔下所写的,是根据书本和网上的材料编造出来的内容。还有一位很著名的散文家兼小说家,在散文《西路上》中把西部某石油城写成遍地是供人淫乐的休闲场所,这也是违背现实的夸张,而且十分荒诞。可见在"虚构"理论的诱导下,自然会出现小说不像小说、散文不像散文的混乱后果。散文与小说、戏剧比较,一个根本的区别是散文不容虚构,所以散文题材是绝对真实的,而小说、戏剧可以并应该虚构,它们的题材都是非真实的。把握住这一审美界限,是初学者学习写作散文评论的一个原则。

第三,关于散文"理趣"的审美标准。

散文总是表达作者的思想的。"思想"一词未免有些笼统,而

"理趣"则比较明确。所谓"理趣",就是看散文作品表达的思想是否深刻、是否新颖、是否有打动读者的一股力量。一般来说,散文作者在自己的生活中,遇见人物,经历事件,或游览山川名胜,或读书思考,总会有自己的彼时彼刻的感悟。由感兴到感悟,到思想上吉光片羽的出现,最后进入到思维的理趣境界,这是理性升华的过程。散文的思想应有"理趣",是指散文应具有哲理性的思考。一篇好的散文,会给读者以理性的启迪,让读者受到深刻教育,读者甚至因接受作者思想上某一个信条而思考自己的人生脚步与事业发展。如范仲淹的《岳阳楼记》,借岳阳楼春与秋两季不同的景物与景色,抒写"忧谗畏讥"与"宠辱偕忘"两类不同的思想情操,最后推出"先忧后乐"的高尚情怀与哲理;再如,张爱玲的《爱》,书写一个乡村女孩子一生的遭遇,寓理于事,揭示了男女婚恋的哲理性。《爱》的结尾有这样一句话:"于千万人之中,遇见你要遇见的人。于千万年之中,时间无涯的荒野里,没有早一步,也没有迟一步,遇上了也只能轻轻地说一句:'你也在这里吗?'"作者以此哲理感喟,阐释初恋的偶然性和情感记忆的永恒性,这在以往的散文中从没见过,实属第一次,故而成为文学史的经典。评论者对"理趣"的把握,必须看作者所表现的是否深刻、是否新颖,这样才能对一篇散文的思想性,作出正确的评判。

第四,关于美文姓"美"的审美标准。

文学性的散文称之为"美文"。新文学发展之初,周作人借鉴英式随笔而提倡"美文",其实"美文"并非从"五四"新文学开始,中国文学史上早就存在一个"美文"的传统,一部《古文观止》就是证明。必须说明的是,有一种说法,认为散文只要表现真情实感,只要将真情实感写出来就行了,至于艺术性可以忽略不计。这是一种极其错误的看法。《左传·襄公二十五年》记载,孔子认为:"言之无文,行之不远。"意思就是说,文章如果没有文采(即艺术性),就不能流传很远,也就不能让读者获得美的享受。几千年来,散文美的本质,是从孔子及其《论语》开始奠定的文学基因,这应该是毋庸置疑的中国散文美学传统。

美文姓"美",写作散文评论必须把握散文艺术性的审美标准。凡是题材好、内容好的散文,一般在艺术性的表现方面也是好的。因此,评论一篇散文还必须分析、评判在艺术形式及手法、技巧方面的优长或短缺。每篇散文因思想内容的不同,故而与之适宜的艺术形式也不尽相同,所呈现的"美"的形态也不尽相同。评论的时候,必须因文而异,而且要把握一篇作品最主要的艺术特点来进行文本上的解读,切忌有一个"立意深刻""结构缜密""语言精练"的模式,来套用诸多的散文单篇,那就失去了文本细读的个别性和特殊性。

评判一篇作品的高下,或者评判一位散文作家整体创作表现的高下,都必须把握艺术层面的审美及其特殊性,忽略了对艺术美的掌控,就不可能写出准确、中肯的散文评论。

第二节 散文评论的审美类型

散文评论的文本类型是多样的,也就是说,散文评论文体的文本形态是多样的。认知它们的文本形态,才能做到写作时带着文体感,获得文本写作的自觉,才能真正把一篇散文评论写得有模有样,符合评论文体的具体要求。

散文评论的文本类型,根据评论对象和写作宗旨,大体可以分为序言式评论、印象式评论、细读性评论、综合性评论及史论性评论等五种。

第一,序言式评论文本。

所谓序言式评论,指这类散文评论一般作为散文集的序言。常见的散文集的序言,一般由散文集的编者自己来写,如周作人和郁达夫分别为《中国新文学大系·散文一集》与《中国新文学大系·散文二集》所写的导言。以历史时期、题材、作家群体、个人等为对象而进行编选的散文集很多。这类散文评论多是说明编选的宗旨、过程,而在文本的主体部分,则是对编选的作品进行粗略的、扫描式的评论。个人散文集的序言，一般是对某一散文作家的整体创作进行评说，粗略地叙述某作家散文创作在思想、艺术、风格等方面的一些特色。如百花文艺出版社出版的"百花散文书系"，包括"现代散文丛书"（朱自清、冰心、何其芳等50种）与"当代散文丛书"（杨朔、秦牧、刘白羽等30种）两大部分，每一位散文家的选集，都由专家学者来选编，并且由他们分别写一篇关于散文家的序言，这些都是序言式的散文评论。序言式评论要求整体把握，抓住群体或个人的创作特色，进行准确到位的评说。

第二，印象式评论文本。

顾名思义，印象式评论是对某一位散文作家作印象式的描述。如阿英的《现代十六家小品》，对周作人、俞平伯、朱自清、钟敬文、谢冰心等16家散文进行印象式的评说；再如林非的《现代六十家散文札记》，对鲁迅、冰心、郁达夫、朱自清等60家散文进行个人特点的评点；报刊上也经常见到这类评论，包括关于某部散文集的书评。这类散文评论的写法，以散文的体式写散文评论，通常采用随笔、札记的文本形式，即以散文的笔致和笔调写，故而文笔显得自由随意，活脱潇洒。这类评论不拿架子、平易近人，故而深受读者的欢迎。采取散文的笔致与笔调，不是毫无约束，笔下放马，只是在行文上自由；而在整体把握上，与写作序言式评论一样，必须抓住有关散文作家的特点，展开关于作家个人特点的描述。

第三，细读性评论文本。

细读性评论，就是"文本细读"的评论，主要指对单篇散文作品尤其是经典、名篇的解读性的赏析。这类文章多见于《名作欣赏》《中学语文教学》《语文月刊》《中学语文论坛》《语文学习》等刊物。如《"大美无言"的美文经典》[①]一文，对朱自清的《背影》从美学上进行解读，包括作者在浑然皆朴的风格中如何演绎美文的

---

① 林道立、张王飞、吴周文：《"大美无言"的美文经典》，《文艺报》，2011年8月15日。

"美"的创造；如曾华鹏的《释〈野草·题辞〉》①，对《题辞》这篇《野草》中最难解读的作品，从鲁迅的思想苦闷与生命疼痛的视角，进行了准确而有独到的解读。上述的多种刊物经常对中学语文教材中的散文名篇，进行文本的分析讲解，以帮助中学语文老师对中学生进行授课，也多可以作为这类散文评论的范本。细读性文本的写作，要求从思想、艺术两方面对作品进行评论，既要抓住字词句章解析，又切忌字词句章的繁琐。做到因文制宜，贴切中肯，才是细读性评论文本写作的始点与终点。

第四，综合性评论文本。

综合性评论，是指宏观地对散文的文体理念、社团流派、作家作品、散文思潮等研究性课题进行评论。这类散文评论常见于《文学评论》《中国现代文学研究丛刊》以及各种社会科学类学报中。其中多见的是散文作家的评论，此类评论抓住某个作家的主要特点，从一个或几个方面立论，对其散文创作进行整体观照，这实际上就是散文作家论。例如，俞元桂等著的《中国现代散文十六家综论》②，分别对鲁迅、周作人、瞿秋白等16位现代散文家的创作，进行整体的、综合性的评论。综合性评论在文本上的特点，是从多方面对某一位作家进行综合考察，将其创作的思想、艺术、风格等的个性准确地描述出来。这种评论的关键在于，对其各方面特点进行综合之后所获得的感悟与认知既是真实的，又是准确的。而感悟与认知是否真实与准确，取决于评论者的见识、学养和理性思辨水平的高低。因此，初学者应该在这些方面认真修炼自己，才能切实写出好的散文作家论来。

第五，史论性评论文本。

所谓史论性评论，是指在文学史的背景下考察、研究散文的社团流派、散文思潮、美学理念、方法论嬗变等方面的研究论文。例如，

---

① 见曾华鹏：《现代作家作品论集》，江苏文艺出版社2004年版，第230—236页。

② 俞元桂等：《中国现代散文十六家综论》，华东师范大学出版社1989年版。

汪文顶的《无声的河流》①中的《现代散文的基本观念与发展历程》《中国现代散文流派及其演变》《"五四"散文抒情体式的变革与创新》等多篇论文都是史论性评论。这类散文评论一般视野开阔，用文学史的眼光和见识，对发展中的散文问题进行宏观的散文史定位。这类散文评论对作者的素质要求很高，必须以科学、厚实的文学史观统辖，展开对研究对象的思辨性评论，没有厚实的散文理论与散文史研究的基础，是写不出来的。对此，我们不要求大学生在本科阶段就学习，可以等到研究生阶段具有了一定的学养之后，再行试作。史论性评论的高级阶段是现当代散文史的撰写，如林非的《中国现代散文史稿》、俞元桂主编的《中国现代散文史》等。还有一种更高层次的散文史论性研究，这就是散文研究的"再研究"。如汪文顶的《现代散文研究述评》、徐瑞岳主编《中国现代文学研究史纲》中的《中国现代散文理论批评的发展概观》等；柳宏的学术专著《清代〈论语〉诠释史论》，是对中国第一部散文集《论语》在清朝多家诠释研究的梳理、考据、思辨的再研究，也是一个很好的例子。对于史论性评论文本中的"散文史""再研究"文本的写作，是青年学子今后努力的高端目标。只有具备深厚的学识积累、开阔的研究视野和掌握丰富的研究方法经验，才能驾驭它们的文本书写。

按照散文评论的具体对象，还可以分为单篇文本的散文评论、作家论散文评论、社团流派散文评论、思潮散文评论、理念散文评论、宏观史识散文评论、美学问题散文评论，等等。这一种分类虽然可以成立，但缺少归纳与概括的学理性，故而本章没有采用。

第三节　细读性评论文本的写作

笼统地论说散文评论的文本写作，难以覆盖第二节所述的各类文本。这里只选取细读性评论与综合性评论中的散文作家论，进行文本

---

①　汪文顶：《无声的河流》，上海远东出版社、上海三联书店2003年版。

操作环节的说明与解释。这两类散文评论，是散文评论写作中最为常见的类型，是学习散文评论的基础。而在两者中，细读性评论文本的写作是学习散文评论文本写作的起点，也是散文评论者初学时必须学会的"解剖麻雀"的基本功。因此在这一节里，笔者着重对"细读性评论文本"的写作进行解说。散文作家论的写作，将在下一节讲述。

写细读性评论之前，必须做好写作的资料准备。准备的具体内容，包括了解该作家的生平、创作情况以及相关作品的评论文章等。这些资料必须认真阅读，加强记忆，可做适当的笔记和资料卡片，以备写作之需。

散文评论，就是散文审美在文本上的实现。因此，散文评论文本的写作过程，是审美的过程。写作者基本或完全吃透了一篇散文的"美"，包括立意的美、构思的美、题材的美、结构的美、意境的美、语言的美以及各种艺术手法、方法与技巧的美，对这些做到了成竹在胸，才可以进入实际写作的过程。当然，在这一过程之中，对散文作品各种"美"的认知，还会不断地在文本结撰中参悟与深入。可以说，散文评论文本操作的全过程，是写作者头脑里的审美，最终完成于文本的审美操作。

细读性评论文本的写作，在具体操作上必须把握以下一些审美的主要环节。

第一，应该把握"自我"灵感和思想审美的环节。

"自我"是指散文作者的"自我"。文学创作离不开灵感，灵感由作家、艺术家在社会生活特殊情境中生成的感悟和思辨而来，绝不是想它来便能招之即来。灵感的产生具有偶然性和飘忽性，任何好的文学作品，都缘于作者的灵感而产生的创作激情和冲动，因为它们，最终才有作品的诞生。同样，任何好的、优秀的散文，都是因为散文家的灵感的产生，而随之创作出来的。没有"自我"的灵感，就不可能创作出好的、经典的散文。

一篇细读性评论的写作，首先必须弄清楚在作品里"自我"的灵感是什么，它又是怎么产生的，实际上就是弄清楚作者写作其时的心理背景和审美心境。如评论朱自清的《背影》，就得弄清楚他的灵感来自父亲的来信。父亲来信说："我身体平安，惟膀子疼痛利害，举箸提笔，诸多不便，大约大去之期不远矣。"这只是一个感兴，一个情感爆发的由头。而这一由头，引发了朱自清对父亲深深的歉疚之情。他想起平素父亲对自己的关爱，越想越觉得自己对不住父亲，于是乎眼泪止不住哗哗地流下来，在泪水中写成了《背影》。其实，在过去很多年中，朱自清对父亲很不满意。父亲讨小老婆甚至讨妓女做妾，父亲去学校领走"我"的工资，父亲在徐州做官落了一屁股的债，等等。可眼下父亲说自己快死了，朱自清倍觉愧疚。来信就这样引发作者的灵感，戳中了长期愧疚的"泪点"。《背影》发表后，朱自清特地把发表此文的《文学周报》第200期寄回扬州家中，父亲看了很激动，从楼下跑到楼上，读给朱自清的母亲听。朱自清弟弟回忆说，此后父子之间的矛盾"尽释前嫌"。

灵感的解读，需要我们去搜集某一篇散文的相关资料，从中探寻作者创作其时的审美心境，这是实证的考据。如果史料不足，也可以根据文本中思想情感的表现，进行大体的厘析和推断，从而把握一篇散文诞生的原初的感兴和艺术感觉的生成。《背影》的例子，可以帮助我们理解单篇散文评论写作的第一个环节的重要性，只有正确把握作家创作的审美心境与心理背景，才能进入还原性审美的正常轨道，从而进行准确的评论。

灵感与思想相生相随，散文家都是思想家。一篇好的散文总会在思想的某一个节点上让读者动容：或是对社会世相深刻的感悟，或是对道德伦理情操真纯的体验，或是人生成长道路上的励志，或是沉思默想中独有诗情的发酵，或是拥抱大自然风光时心灵的洗涤……总之，分析时必须因文而异，抓住散文思想表现的突出之点，以理解一篇散文在思想上的吉光片羽，即在前面强调过的"理趣"。凡是优秀、经典的散文都会在思想上给读者以新颖的、深刻的并让读者为之顿悟的"理趣"。同时，对散文思想的审美与评论，还必须考察、揣摩哲理性的升华。凡是经典与名作，常常会把思想上升到哲理的高

度，达到哲理的表达——"理趣"的最高境界。台湾散文家林清玄的
《可以预约的雪》，说出了在生老病死的人生无常中，"永远保持着
预约的希望"的哲理，让读者在遭遇逆境之时获得一种活下去的能量
和勇气。于坚的《云南冬天的树林》，通过树林里自生自灭的自然景
象的描述，寓寄"向死而生"的哲理并创造了澄明的境界。刘亮程的
《寒风吹彻》，诠释了海德格尔的哲学，使读者觉得每个人在无可规
避的"寒风吹彻"的人生坎儿面前，领受的是希望而不是绝望。哲理
的深处，往往是诗意的饱和点。对于一篇散文来说，哲理越是深刻，
表现出来的诗意就越显得隽永。上述例子说明，一篇散文的思想是否
达到哲理的境界，是散文审美和评论的一个尺度。诚然，把握这一尺
度，未必是检视散文的唯一标准，但哲理的思考和升华应该是散文家
审美创造的一个方面的诉求，也是叩动读者心灵的思想力量。对此，
散文评论之时，应该准确地抓住并按在文本上进行解说。

　　第二，应该把握"自我"情感形态的审美环节。

　　散文与诗很接近，两者都是在文本上强调主观抒情的文学体裁。
一般来说，艺术性散文的抒情有三种类型。其一，像魏巍《谁是最可
爱的人》、刘白羽《长江三日》等直抒胸臆、直观抒情的散文；其
二，像朱自清《荷塘月色》、鲁迅《秋夜》、余光中《听听那冷雨》
等委婉的间接抒情；其三，像郁达夫《故都的秋》、孙犁《亡人逸
事》等，把直观抒情与间接抒情结合起来，多属于叙事性散文的抒
情。比较起来，后两种类型的散文在创作总量中所占的比重较大。
就散文的抒情而言，大致可归类为上述三类"自我"的抒情方式。其
中，间接抒情更有隐蔽性，因此也就更有迷惑性和艺术张力。就审美
的理想和趣味而言，第二类型和第三类型的抒情方式，是属于诗的抒
情方式，直接继承儒家温柔敦厚的诗教传统，是诗性表达的散文。
《诗经》的一个艺术理想或称审美理想，是"诗可以怨"，诗可以教
化于民，但必须"发乎情，止乎礼义"。也就是说，情感的表达，必
须做到中庸的状态和情境，做到"怨而不怒，哀而不伤"，即做到抒
情的委婉、含蓄和深沉。写作散文评论的时候，具体到对单个作品进

行分析，必须抓住散文作者的抒情方式及其抒情的具体特征。对此理解透彻了，散文评论的文章才能解说得清楚。

如鲁迅的《风筝》，是借事述怀，借风筝的事说另外一件事情，即借儿时戕害弟弟童心的往事，暗里抒写后来兄弟失和的情殇。从字面上看，鲁迅所写的是儿时不准弟弟玩风筝的一件小事，但这仅是表层的理解。往深处看，作者是借事说事，借风筝之事，隐说兄弟失和之后的痛惜与伤感。这是鲁迅在这篇散文中抒情的沉郁和顿挫。如果不能抓住在抒情写意方面这一"转了弯子"的特点，就不能写好《风筝》的评论。余光中的《听听那冷雨》，是借冷雨说自己，写自己对冷雨的感受时，借助"窗外在喊谁"的声音幻觉和眼前冷雨的凄凄迷迷，内衷抒写自己对大陆故土的乡愁。抓住这一情感形态的表现特点，才能写好《听听那冷雨》的评论。从上述两例可以看出，间接抒情特别具有抒情的魅力，"自我"表现出来的情感形态是"怨而不怒，哀而不伤"的美，或借人说事，或借事说事，或借托物言志，都是审美的借托和蕴藉，并因作者思想的差异和艺术表现形式的差异，而显示出个性殊异的情感形态。所以，解读这类散文必须把握作者在文本中抒情的个人方式，还要进一步把握文本中依托艺术感觉的人、事、景物等特定的意象，才能最终抓住作者情感表现的特殊性，从而写好一篇准确的评论文章。

第三，应该把握"自我"艺术形式呈现的审美环节。

现当代散文是一个艺术宝库，它既继承了古代散文的艺术传统，还在"五四"以后整合了英式随笔的艺术传统，同时又整合了外国现代主义文学的方法与手法，尤其在改革开放的40年中，散文接受西方现代主义的东西越来越多（如于坚的《云南冬天的树林》、庞培的《森林与河流》等），因此现当代散文比古代传统散文更有艺术性。散文艺术形式的审美，就是考察、辨析一篇散文艺术形式"自我"呈现的主要特征以及它与其他散文艺术表现的差异，把它的独特性给找出来。独特性包括构思、结构、意象、意境、情调、各种艺术表现方法与手法的运用以及文本形态的选择等。对于艺术形式的审美，有两点必须引起散文评论初学者的注意。

第一点，对一篇散文的艺术审美，只要把握一两个方面的主要特征即可，也就是说，写作评论时，必须抓住最主要的艺术特点，而不必面面俱到，正所谓人无完人，文无完文。举个很小的例子，《背影》看上去已经很完美了，可开头一句说"我与父亲不相见已二年余了"，其中"不相见"与"二年余"两处是书面语言的表述，不符合口语的习惯，读起来还有些拗口。如果把"不相见"改成"没见面"，把"二年余"改为"两年多"，即全句改成"我与父亲已两年多没见面了"，就很顺畅、很口语化了。事实上，好的散文，不可能方方面面都做得很好，不可能在各个艺术表现的层面都好到极致和具有超人的独创性。什么都好，这在实际的散文创作中是不可能做到的。但是，名作、经典都会在某一些艺术形式和技巧方面显示它们的独特性。仍以《背影》为例，这篇散文在艺术"自我"的呈现上最显著的特征有三个方面。一，借助于父亲爱儿子的题材，表现儿子对父亲的感恩之情，这是两个主旋律的复调表现，即父爱子、子爱父两种情感的胶着呈现，其中子爱父则是第一主题。二，情感抒写的忏悔与伤感的调性，使"我"对父亲的怀想忆念走向深刻。作者用写作其时忏悔、自责的心情，写八年前自己的"太聪明"，如嫌父亲把自己当小孩、跟脚夫讲价钱时嫌他"说话不大漂亮"、在车上再三叮咛时"暗笑他的迂"，等等。这些反思增添了顿挫的"忏悔"调性，与父爱子的情感则构成了"不和谐"的音调，仿佛在双声重唱中出现了先后拉开一拍或拉开一个音节的变化，形成了此起彼落的"错位"效果。唯其如此，"不和谐"的音调节奏的变化，使两个主题的复调表现相得益彰，中间有了父之情与子之情、八年前大学生的自我与八年后大学教师的自我之间进行对话的形式意味。三，全文所有的艺术形式都是质朴的，展现的是大美无言的美。①对《背影》艺术形式的把

---

① 参见吴周文：《散文审美与学理性阐释》，广东人民出版社2016年版，第244—245页。

握，只要抓住这三方面"自我"的特点进行分析，就可以对这篇散文的艺术呈现有一个基本的、概括的认识，就能写出准确细读《背影》的评论文章。

第二点，对一篇散文进行评论，必须在总体上考量、把握各种艺术形式的整合与表现的程度是否自然和谐、是否举重若轻、是否达到巴金所诉求的"无技巧境界"。对此，必须强调，"无技巧"不是不讲技巧，而是艺术形式与技巧的表现达到了让读者看不到技巧，甚至觉得没有技巧，其实是技巧娴熟到百炼钢化为绕指柔的地步，是一种完美的"大化"之境。举个例子，《荷塘月色》的开头这样写道："……月亮渐渐地升高了，墙外马路上孩子们的欢笑声，已经听不见了；妻在屋里拍着闰儿，迷迷糊糊地哼着眠歌，我悄悄地披上大衫，带上门出去。"读者初看这句话，看不出什么技巧。细读就会发现，作者用白天墙外孩子们的吵闹，反衬夜晚院子里的寂静；用屋子里妻子哄孩子睡觉的"眠歌"，反衬此刻屋里的安静；以自己的披衣衫、带上门的动作，渲染出门前的宁静。这里运用动与静的艺术辩证法、反衬与渲染的手法，创造了月夜一片寂静的氛围。可见，在不刻意中见经意，在平实中见无痕的技巧，在平淡自然中见缜密的无言之美，这就是"无技巧境界"表现的整体特征，是衡量、评判一篇作品艺术性的着眼点之一。

初学写作散文评论，应该对上述整体艺术呈现的程度，通过反复阅读与反复琢磨，培养对散文作品的艺术悟性，进而能够自由地把自己的感悟在评论文本中表达出来。

第四，应该把握"自我"语言金字塔审美的环节。

所谓语言金字塔，是笔者定义的说法。散文与诗歌、小说等其他文学体裁一样，都是语言的艺术。文学作品最后的完成，是依靠字、词、句堆砌起来的语言建筑。而对于散文来说，语言修辞的功夫则比其他文学体裁更讲究。或许有人说，诗歌的语言不是比散文更加讲究吗？但从实际情况看，诗歌诚然讲究语言的凝练、形象、韵味和诗之节奏等特点，但诗歌毕竟是高雅的体裁，唯其高雅，所以在语言和辞藻上可以刻意、雕琢和华丽。而散文的语言恰恰与此相反，不可刻意，不可雕琢，不可卖弄，不可装腔作势。它也可以华丽，但是在自然和谐的前提下才可以华丽。散文语言要求的是自然、和谐、清通、流畅、质朴，还要有节奏感和音乐性，读起来朗朗上口，悦耳动听。古代科举考试，考的是散文，不考诗词。古代考核一个人的才学不看你创作的诗词，而只看你写的散文，看在几百字中你的思想是否一气呵成，看你的文字表述是否流畅、精粹、凝练。正因为如此，当代散文审美的最终标准，也是沿袭这个古代传统的价值观念。因此，一篇散文的审美，最终要考量作者"自我"语言金字塔的建筑，是否达到清通、凝练、玲珑剔透和完美无瑕。

具体说来，一篇散文语言的审美，主要是考量散文语言的艺术表现力，对全文抒写思想和情感的准确、形象与抒情性，这就诉诸散文家遣词造句的"自我"创造。余光中先生曾经在《剪掉散文的辫子》一文中提出过散文语言"质料"的艺术诉求，认为语言应该具有"声""色""光"三维"交响"表现的功能。他说，"把中国的文字压缩、捶扁、拉长、磨利"，"在变化各殊的句法中，交响成一个大乐队"。他还说，"我所期待的散文，应该有声，有色，有光……明灭于字里行间的，应该有一种奇幻的光"。他在《听听那冷雨》中，还善于用一些半欧化的句法、古文词语、方言和俚语的杂糅以及无标点的超长句子，打破规矩的修辞格，以此跳出了公共话语、常态表述的俗套。如"滂天的暴雨滂滂沛沛扑来，强劲的电琵琶忐忑忐忑忐忑忑，弹动屋瓦的惊悸腾腾欲掀起"。作者故意用叠词、用"弹动屋瓦的惊悸……掀起"的错谬并拉长的句法（一般应写成"弹动惊悸的屋瓦……掀起"），创造了语言铿锵遒劲的节奏。再如，"回到台北，世人问起，除了笑而不答心自闲，故作神秘之外，实际的印象，也无非山在虚无之间罢了。云雾缭绕，山隐水迢的中国风景……"这段话中分别活用了三位诗人的诗句：李白的"笑而不答心自闲"（《山中问答》）、白居易的"山在虚无缥缈间"（《长恨歌》）、杜牧的"青山隐隐水迢迢"（《寄扬州韩绰判官》）。这是作者活用古典诗词化为自己的创造，可以看出作者深厚的语言功力。再看汪曾祺的《金岳霖先生》的语言，也极有个人的创造性。他写自己性格奇怪的老师，就用了与这个人物相协调的色彩和言说风格。汪曾祺朴实无华的文字，近乎笨拙地去记述原生态的生活细节，本色地记叙金先生的音容笑貌。可他的描述之中，糅合了漫画的色调，即以朴拙的漫画线条，粗粗勾画人物的怪诞言行，凸现了人物鲜明的个性。漫画本来就具有美与刺两方面的功能，所以作者在遣词造句中，采用了准"戏说"的态度和幽默心理去进行描写。如写他的形象："他就这样穿着黄夹克，微仰着脑袋，深一脚浅一脚地在联大新校舍的一条土路上走着。"如写他的动作："他把右手伸进后脖领，捉出了一个跳蚤，捏在手指里看看，甚为得意。"还有不少细节描写都运用了夸张和诙谐的修辞，去写他老师作为老顽童身上的"风趣"。作者的"戏说"，有意识地把金岳霖先生身上那些可笑滑稽的细节罗列起来，并且有意识地在语言上凸显他的个性特征，从而在整体语言风格上地创造了善意的幽默感。这种幽默感并非来自冷嘲热讽、夸张变形、反话正说、大词小用等手法的运用，而是来自诸如戴帽微仰、捉玩跳蚤、与鸡同食等细节本身的反常性与可笑性的"戏说"语言。这是汪曾祺"自我"的创造。总之，语言的艺术审美，表现了作家个人的创造性。如果我们拿余光中语言诉求的理论及其创作经验，用于对一篇散文语言的评论，必定会改变传统的、老套的话语系统，而得到一种全新的审美效果。故此，写作散文评论的时候，必须对一篇散文的语言进行细致的分析，把握作者艺术语言表达的个性特点，对语言琢磨透了，才能对一篇散文语言的"自我"，真正地予以理解并对全文进行准确的评论。

第五，应该把握比较思维、求异思维的审美环节。

这第五个环节，应该贯穿散文评论写作的全部过程。在整个散文评论的过程中，初学者都要注意把握比较思维与求异思维。这个环节把握得是否到位，关系到一篇散文评论的成败。

所谓比较思维，就是通过比较认知，把握世界上万事万物各自的特殊性。法国作家福楼拜提出过这样的说法：世界上没有两粒相同的沙子，没有两只相同的苍蝇，没有两个相同的鼻子。这就是说，事物之间的差异性和特殊性普遍存在。将一篇散文放在同一位作家全部散文作品中进行比较，同时放在其他一些散文作家的作品中进行比较，就可以找出它们之间的差异性和特殊性。通过比较分析、缜密思考，评论者才能找出某一篇作品的"自我"的个性特点。举例说，初学者要对余光中的《听听那冷雨》进行评论，就得把它与作者的《假如我有九条命》《催魂铃》《给莎士比亚的一封信》等作品进行比较，找出这篇作品的特殊性；再把他与其他作家的同类作品进行比较，看这篇散文有什么特殊性与差异性。同样写乡愁的，还有周作人的《故乡的野菜》、朱自清的《说扬州》、庐隐的《故国秋思》、刘亮程的《今生今世的证据》、曹文轩的《前方》等。与它们相比，《听听那冷雨》所表现的乡愁，是在台湾隔海遥思的乡愁，是诗人借助冷雨意象进行诗人思维的乡愁。与其他抒写乡愁的散文相比，这篇散文有着很多不同的"自我"特点。将余光中的这篇散文与他本人的其他作品比较，再与其他作家写乡愁的作品比较，就能够在散文评论中表述出《听听那冷雨》的个人理解与感悟了。

所谓求异思维，就是逆向思维，指对别人已有的成见进行求异思考：别人的看法与观点难道是完全正确的吗？有错误吗？有缺陷吗？如果别人的看法与观点有错误或缺陷，那就从它们的反向去进行思考，也就有可能找到正确的答案，就能够写出独立思考的文章来。如要写出新意，除了结合作品对现成的评论文章进行细读、反思之外，还有一个方法论更新的问题。传统的社会学批评的研究模式与方法，在散文评论中还是占有很大的负面影响，应该尽可能破除，让文学批评回到文学的本体。方法论的更新，是指在写作散文评论的时候，应该适当借鉴、运用美学、心理学、符号学、结构主义、格式塔理论等西方理论，改变、改善自己的研究方法，这将会影响研究视角的改变，进而获取新的见解和新的观点，收到求异思维的实际效果。

求异思维十分重要。初学写作散文评论，常常会找些现成的评论文章，然后照别人的观点进行综合处理，其实这是人云亦云、炒冷饭，是初学者的通病。必须指出，没有自己独立的见解与观点，是初学者的大忌。而克服人云亦云这种毛病的有效方法，是学会运用比较思维和求异思维，通过这两种思维，培养自己独立思考的能力和素质，久而久之，就能够写出切中肯綮的散文评论。

第四节　散文作家论文本的写作

散文作家论的文本写作，是初学者在学会评论单篇作品之后的又一个更高的学习目标。除了把握上述细读性散文评论的一些主要环节而外，这里针对作家论文本写作，简略地从五个方面进行解释与说明。

第一，对作家研究资料的把握。

细读性散文评论的写作，要求初学者阅读与掌握某一作家的生平、创作情况以及相关作品的评论文章等研究资料。散文作家论文本的写作，对作家的研究资料的把控，远比写作细读性评论文本的要求要严格得多。不是一般化要求初学者阅读原作家的生平、创作、研究资料，而是必须对作家的研究资料收集齐备，并且对这些资料进行细读、精读，认真进行资料的梳理和研究问题的定向思考，真正达到"知人论世"的要求。

对一位散文家研究资料的把控，是要花很多时间和精力的。现在网络时代为查阅资料提供了快捷途径，可以通过互联网搜集和查看相关的研究资料，这自然可以也是应该利用的。但初学者往往仅依靠互联网，这又是偏颇的做法，因为其中有些虚虚实实、以讹传讹的情况存在。网上的资料可以参考，但还必须通过纸质文本资料的验证，才可放心地使用。对于纸质文本资料的收集，最重要的是三类：一是作家本人的散文集，二是相关的研究论文、论文集或著作，三是作家本人的创作谈与访谈录。这三者缺一不可。只有把握了这三方面的资料信息，对研究对象才能真正做到知人论世。现在有不少青年学生比较浮躁，坐不得冷板凳，舍不得花时间和精力去做学问。要真正想写好一篇散文作家的作家论，就得有严谨的治学态度，从收集、阅读资料开始，端正自己学习写作的态度，培养自己刻苦钻研的精神。

第二，对研究选题视角的把握。

散文作家论是对一个散文群体进行选择。可写的对象很多，现代散文家如鲁迅、周作人、冰心、朱自清、俞平伯、林语堂等，1949年后的散文家如杨朔、秦牧、刘白羽、吴伯箫、郭风、何为等，新时期至今的散文家如巴金、林非、王充闾、赵丽宏、韩小蕙、叶兆言、夏坚勇等，台港散文家如余光中、郭枫、许达然、曾敏之、陶然等。选当下涌现出来的、创作势头正健的新作家更有意义。一般来说，散文作家论是选择一位散文作家进行评论，就其全部的散文创作或一个时期的散文创作或一部重要的散文集进行研究，写出因人而异的评论文章。

选择某一位作家之后，接下来的重要环节是选择评论的视角。或侧重思想方面，如抓住作家习惯使用的题材，从时代、社会、历史、文化、经济、教育、艺术、伦理、科技、环保等诸多思想层次中选取一个题旨，来进行人文的思考与书写。选取的视角，一要切合作家创作的实际，做到有的放矢；二要新颖、独特，给读者以耳目一新之感；三要有学术研究的问题意识，符合研究的价值指向。也可以从艺术层面着手，从符合某一位散文作家在艺术层面的创造性入手，就其艺术表现形式独创性地立论，阐释其主要特征，从而进一步把握作家个性的艺术风格、美学思想及审美机制的构成，展开整体性的考察研究。很多时候，从论文题目的敲定，就能判定论文视角价值取向。如这些标题——《朱自清文体的独创性及特殊的"语言指纹"》《余光中"新散文"的审美理想及其价值》《重建中国当代散文审美诉求的诗性——以赵丽宏为个案研究》《论韩小蕙散文"破体"的创新价值》《唯美诉求与"跨文类"的别开生面——论陈奕纯的散文创作》《二十世纪最后一位泥土诗人——苇岸的〈大地上的事情〉解读》《林语堂及"论语派"审美的价值思辨》，从中就大体能够判定作者在作家论文本上的论述视角。

第三，对散文作家"自叙传"的把握。

在资料阅读与梳理中有一个很重要的问题，就是对研究对象生平事迹、美学趣味、散文理念的把握。对此，阅读作家的创作谈可以了解。另一个途径，是通过阅读作家本人的散文作品，从中获取关于作家本人多方面的信息，因为散文是散文作家本人的"自叙传"。举例说，初学者如果研究叶兆言的散文，就应该阅读他的全部散文。叶兆言还有一般作家没有可比性的"自叙传兼家族传"的色彩。解读与评论他的散文，不能不提到《人，岁月，生活》这一篇很重要的作品，它专门描述作者在"文革"前后读书成长的过程，完全是个人成长史的自传。其实，很多记述个人感兴、感触与感悟及其史识思辨的片段，都是他个人"自叙传"的实录。作为学者书卷气的表现，叶兆言把老叶家祖孙三代的文脉传承，大体上演绎得轮廓清楚。除《纪念》《人，岁月，生活》等极少篇目内容集中写父亲与自己而外，关于祖父、父亲及自己的描述，多是以细节性的碎块散见之于上百篇的散文之中。把这些琐碎的细节整合起来，读者就能够大体上认知"三叶"的生平事迹、坎坷遭遇、创作业绩、人品操行，甚至举手投足与音容笑貌都得以分辨。初学者如果想写叶兆言的散文作家论，就必须从他的散文中进行考据与调查，占有其散文隐在的这个"史料库"并进行细读，才能真正从史料的剔抉爬梳中真正做到知人论世。

第四，对人格审美的把握。

散文是"自我"人格的呈现。"我们仔细读了一篇絮语散文，我们可以洞见作者是怎样一个人：他的人格的动静描画在这里，他的人格的声音歌奏在这里面，他的人格的色彩渲染在这里面，并且还是深刻的描画着，锐利的歌奏着，浓厚的渲染着。"①朱自清也说过："至诚的君子，人格的力量照彻一切的阴暗，用不着多说话，说话

---

①　胡梦华、吴淑贞：《絮语散文》，佘树森编《现代作家谈散文》，百花文艺出版社1986年版，第15页。

也无须乎修饰。"①这就是说，散文作家的人格在其散文中总是自然
而然地表露出来。散文作家论的文本写作，应该重视作家人格的审美
把握。

从某种意义上看，解读一篇散文就可以品藻作者的人格，他的
人格是高尚还是卑劣，是藏不住的，总会在自己的散文中进行描画、
歌奏与渲染。因为散文家绝大多数是学儒、名儒、大儒，是文学方面
的知识精英，所以初学者研究他们的散文创作，也是研究他们人格的
修养与表现。写作某一散文作家的作家论，就是解读、欣赏某一散文
作家人格在全部散文中的整体表现、不同时间的表现、某个特定时刻
（即写作某一作品的时刻）的表现、不同情感形态的表现等。解读其
人格，欣赏其人格之美，再品评在作品文本上如何借艺术手法与技巧
得到"美"的创造，将这些变成自己独特的思想观点，然后写进自己
的评论文本，就能在思想内容的评论方面，显示出初学写作者的基本
成功。人格类型有权力本位的官场人格、金钱本位的商场人格、人性
本位的精英人格，而散文家是人类灵魂的审视者与塑造者，多是精英
人格。初学者应该对这些人格方面的理性认知，有一个清醒的把握，
才有可能进行准确的人格品藻。

第五，对论文学术性的把握。

作家论的写作，自然是学术性研究的写作。初学者在写作中常常
出现的问题，是学术性的欠缺。如何加强作家论的学术性，可以从下
述的几个方面去努力。

首先，将被论述作家的散文创作，放在散文发展的宏观历史背景
下去考察和定位；然后，将其创作的思想和艺术两个基本层面的成绩
或成就，与其前后有代表性的散文家进行比较，进而考察他为散文史
带来了什么，产生过什么样的正面或负面的影响。也就是说，对某一
位散文作家的论述进行史论式的评价，赋以文学史的描述，这就使散

---

① 朱自清：《说话》，《朱自清全集》第3卷，江苏教育出版社1996年
版，第341页。

文作家在历史与现实的对照中，显出其在文学史上的地位与影响。如此处理与思辨，就能够通过作家论的微观研究而显示宏观研究的学术视野和深度。如评论20世纪30年代林语堂的文艺思想，可以将其分别放在新文学的第一个十年"自我表现"的文学思潮与20世纪80年代后期兴起的"闲适散文"思潮中思辨，去认知他作为"论语派"领军人物的幽默、性灵、闲适的创作思想在当下有何正面价值，以及对散文创作实践又有何积极的意义。

其次，学术性的表现之一是论述的理论性，对某一位散文作家展开评论，必须要靠散文理论以及其哲学、美学、心理学、文艺学、符号学等方面理论的支撑，而其中散文理论尤为重要。因此，初学者应该学习散文史、散文美学、散文鉴赏、散文创作谈等理论著作，如林非的《中国现代散文史稿》、喻大翔的《两岸四地百年散文纵横论》、陈剑晖的《诗性想象》、孙绍振的《审美、审丑与审智》、王兆胜的《新时期散文的发展向度》、佘树森选编的《现代作家谈散文》，等等。学习这些著作之后，才能获得理论基础与论述底气，掌握散文评论的话语体系，才能在文本的论述中显示出学术的理论色彩。

再次，学术性的另一表现是研究的前沿性。所谓学术研究的前沿性，是指所研究的专题，是承继前人又超越前人并具有开启后人的学术价值。所谓"超越"和"开启"，既指所提出的问题在研究领域上的超越和开启，又指在思想性和理论性到达前沿的位置。具体到散文作家论来说，就是散文作家论所研究的是前人没有感觉、没有发现的问题，却被你感觉、发现并在文本中论述出来了。尤其是关于当下散文创作的敏感问题，通过某作家的评论发表了自己的意见，更是前沿性的表现。散文评论的前沿性，还表现为用新的研究方法对某一位散文作家进行创作的阐释与论说。

以上关于散文作家论的写作意见，供初学者写作时揣摩和领会。初学者只要有认真刻苦的学习态度和求知问学的毅力，就一定能够写好散文的文本解读与把握好研究性散文评论的写作。

附录一

当代散文家经典作品审美笔记

"当小说写"与大美无言的境界

——读孙犁《鞋的故事》

　　新时期复出后的孙犁创作了很多散文，先后结集为《晚花集》《秀露集》《澹定集》《尺泽集》《远道集》等。在个人文学创作的道路上，他用散文写下了浓重的一笔，由优秀的小说家华丽转身为出色的散文家。除了高中语文教材里选入了他的《亡人逸事》外，《现代散文选读》里又选了我们下面准备讨论、解析的《鞋的故事》。其实，孙犁晚年的散文有很多作品都是适宜选入教材的，只是限于选材的广度和教材的容量而难免遗珠。所以，如果读者喜欢文学并期待有所发展的话，可以多读读孙犁的作品尤其多读读他的散文，从中一定会得到良多的启悟和教益。

　　《鞋的故事》的叙事内容颇单纯，仅仅写了一个农村年轻女子给作者送"家做鞋"的故事。

　　人生经历中有很多很多难忘的故事。对孙犁来说，他对这个送鞋的故事难忘，与他的出身、经历和个人的生性喜好有关。孙犁是河北省安平县孙遥城村人，从小在农村长大，所以爱穿"家做鞋"。作品的开头就明明白白交代了他对"家做鞋"的情有独钟，反复说明自己喜欢穿"家做鞋"是多年来的一个积习。他的鞋先后由母亲、叔母、爱人帮了做。只有进入大城市读书的那些年，受环境和同学的影响，觉得"家做鞋"土气，才一度买其他鞋穿。不过抗战开始后，作者因参加了革命队伍，自然又穿上农村妇女做的"家做鞋"了。孙犁妻子于1970年去世，从此，长期住在天津城里的孙犁，他的"家做鞋"就得靠一些熟识的农村妇女代做，保持着穿"家做鞋"的习惯。笔者也有见证。1983年暑期，笔者到孙犁家拜访他的时候，就见他穿着布鞋，而且客厅里还摆着日常穿的"家做鞋"。在那些帮忙做鞋的妇女中，有很多令作者难忘的人。其中那个叫小书绫的，则是值得作者写文章怀想的一个女孩儿，显然，她曾经深深地感动过作者。

从表面上看，《鞋的故事》这篇文章所叙说的是小书绫两次帮忙做鞋的前因后果。然而，在鞋的故事背后，作者向读者传达了很多值得深思的思想。

首先，作者借助凡人小事传达了人与人之间的脉脉温情。作者写了自己的平易、善解人意和宽厚待人。他从不摆官员、作家的架子，保持着农村人的质朴和善良，也很乐意和农民交流沟通。他看做饭的柳嫂（即家里的保姆）"里里外外很忙"，知道她"会做针线"，但"不好求她"做鞋，所以并没有强人所难。这表现了作者的平易和善解人意。当知道柳嫂为其小妹妹在忙着置办嫁妆，就出手相助，拿出一些钱（那时工资低，估计出手几十元），就对柳嫂说："请你把这点钱带给她，看她还缺什么，叫她自己去买吧！"柳嫂在他家帮忙的时间长了，就送个人情；小妹妹来访，"我"招待其吃饭。这些都表明作者主动关爱柳嫂，爱屋及乌，表现了作者的善良、宽厚和仁慈。另一方面，作者又写了柳嫂和小妹妹的淳朴、热情和善良。柳嫂接受了"我"的馈赠之后，特地把小妹妹带到"我"家来，当面致谢。当小妹妹再三表示"谢承"的时候，作者就提出"做一双便鞋"的事。后来小书绫果真趁柳嫂回家时带来了一双精致的鞋。第一双鞋不合脚，小书绫又给"我"做了第二双鞋，托了母亲带来。送鞋，意义非同寻常。如作者所说，"自古以来，女孩子做一双鞋送人，是很重的情意"。所谓"很重的情意"，主要包含两层意思：第一，女孩子给意中人或者给未婚夫做鞋，以示爱情。第二，女孩子给长辈、亲人做鞋，表示孝敬。小书绫先后为"我"两次做鞋，可见她对"我"的回报之重、"谢承"之深。这些都表现了农村女孩子人性中的善良。从某种意义上说，文学就是带给读者希望和温暖的，一直怀有草根情结的孙犁，尤其善于表现乡村妇女天然的质朴的人性与人情，赞美和塑造她们美丽的心灵世界。《荷花淀》和《嘱咐》中的水生嫂、《采蒲台》中的小红母女、《光荣》中的秀梅、《村歌》中的双眉等，都是具有金子般美丽心灵的妇女形象。《鞋的故事》所抒写的故事，是做鞋的小事，故事本身是表现人间温暖的载体，小事之中见人与人之间的那种关切、帮助、体贴、理解、支持、诚信、宽厚和推心置腹。这种关爱是双向的，作家温暖着柳嫂和小书绫，姐妹俩也温暖着作家，两方面温暖的交流与融合，产生了细微深处见精神的效果，向读者传达出人间的真爱与真情——这远比几十块钱、两双布鞋有更高价值，从而让读者读过作品之后，感到盈怀的脉脉温情。

其次，散文传达了作者对传统文明精神消亡的忧虑。如前所述，作者对人们在生活中互相关爱的人文精神是肯定和赞美的，但面对现在，作者不免充满了忧虑。随着社会的发展和文明的进步，"家做鞋"与乡村的土灶等事物一样，慢慢地退出我们的日常生活以至于完全消亡。那么，鞋所附丽的传统服饰文化以及与之相融的淳朴的民风民情，会因此而消亡吗？这正是作者所忧心纠结的问题。作者说："我们这一代人死了以后，这种鞋就不存在了，长期走过的那条饥饿贫穷、艰难险阻、山穷水尽的道路，也就消失了。"又说："农民的生活变得富裕起来，小书绫未来的日子，一定是的。"这里，孙犁承认并且肯定，"家做鞋"的消失是时代进步使然，相信告别"家做鞋"的同时，包括乡村小书绫们在内的全国广大人民也会告别"饥饿贫穷、艰难险阻、山穷水尽的道路"，从而过上甜蜜美满的小康生活。文章的最后又说："那里的大自然风光，女孩子们的淳朴美丽的素质，也许是永存的吧。""也许"，是个模糊的、不很确定的词。揣摩"也许是永存的"这句话的意思，还包括难以"永存"的话外之音，显然这就是作者用不确定的"也许"所透露出来的忧虑了。这篇散文写于1984年12月26日，那时随着市场经济转型，人们的物质生活逐步提高，其后近30年的发展，正符合孙犁"一定是的"的预期与预断。但也就在这个时期，一个以钱为核心的价值观念和市场化商品化的意识，左右着人们生活的方方面面。人性异化、道德沦丧等，让现代人的精神无所皈依，连老作家冰心后来都写了《我的家在哪里？》，她也感到精神漂泊，无家可归了。贾平凹在其《商州三录》里也描写了市场经济的发展对落后农村的潜移默化的深刻影响，山民们学会了工于心计、漫天要价。可见，孙犁写作该文时的忧虑，已被后来越来越严重的物质文明发展的负面性所证实，说明他是一位很有预见性和极敏感的社会学家（这与孙犁的经历不无关系，参加工作后当过战士、教师、官员，并长期从事新闻与编辑工作）。应该说，孙犁关于人性人情中真善美永存的希冀，是其难得的良知和追求；同时，他的忧虑，也表现了他的道义与责任感。所以，读这篇散文的时候，读者应该从当代经济的急速发展与传统文化的逐渐消亡的对比之中，去思考当代精神文明的重建和社会和谐的共建。我们的中学语文老师应该针对现实生活中种种人文精神委顿的状况，结合课文从正面对学生进行人性、人情的真善美教育，从作者和小书绫身上汲取爱的营养，以培养学生健全的人性与品格。

《鞋的故事》的文本创造，给读者以审美的思考与启悟。

孙犁对自己有一个约定，所写的都是生活中真实存在的人物，凡是假名真事的就是小说，凡是真名真事（如《鞋的故事》里写小书绫）就是散文了。这个用人物真名与假名来区分散文与小说的标准，是专属于孙犁的。这也从一个侧面向我们证明，他是把散文"当小说写"的；同时，像《荷花淀》《山地回忆》一类的小说其实是"散文化"的小说；在孙犁的散文中有相当多"当小说写"的作品。所谓"当小说写"，就是他运用了小说的叙述方式和相当多的叙事元素。如写于20世纪40年代后期、50年代初期的《张秋阁》《王香菊》《齐满花》《赵桂兰》等，写于新时期的《乡里旧闻》《报纸的故事》《病期经历》《鞋的故事》等。而《鞋的故事》就是一篇很典型的"当小说写"的作品。

小说的第一要素是写人物，第二才是讲故事，讲故事的最后目的，还是为了写人物。孙犁写人物，最擅长的是写农村妇女，而且对年轻女孩的刻画尤其擅长。他善于抓住女孩子的语言和行动，去凸显其微妙的心态。这篇散文主要叙说小书绫帮助"我"做鞋的故事，然而交代这个故事，必须叙述一些相关的细节——"我"对"家做鞋"的情结，用柳嫂做保姆及为她"做人情"等，而笔力主要集中在小书绫两次做鞋的事情上。显然，关于两次做鞋的叙写，就是旨在描写小书绫的勤劳、淳朴、善良和实诚的性格。作者在小书绫来"我"家致谢的情节里，对她进行了工笔的刻画。

　　　　小书绫坐在炉子旁边……
　　　　"你给了我那么多钱，"她安定下来以后，慢慢地说，"我也帮不了你什么忙。"
　　　　"怎么帮不了？"我笑着说，"以后我走到那里，你能不给我做顿饭吃？"
　　　　"我给你做什么吃啊？"女孩子斜视了我一眼。
　　　　……
　　　　我看出，女孩子已经把她一部分嫁妆穿在身上，她低头撩一撩衣襟说：
　　　　"我把你给我的钱，买了一件这样的衣服。我也不会说，我怎么谢承你呢？"

　　在这段文字里，作者用"你给了我那么多钱"等三处语言描写，以及用了"安定下来""斜视""低头"等动作描写，把小书绫见到"我"之后的那般羞涩、矜持和拘谨的情态，刻画得跃然纸上。同时，作者又以她的"我也帮不了你什么忙""我给你做什么吃啊""我怎么谢承你呢"等几处简短的心声，从外向里写，将她羞涩、矜持和拘谨之外在情态背后的泼辣、直率和野性，刻画得惟妙惟肖、栩栩如生。除上述的情节而外，作品写她私访婆家（如不满意就会退婚），表现她对婚姻的负责和果敢；写她拼命织席并且去山沟里教他人织席，每月赚得20元以补贴家用，表现她的吃苦耐劳；写她为作者做第二双"家做鞋"的时候，是站在院子里边看孩子，边做针线，如此"一针一线……做成的"，表现了她持家的认真与干活的爽快。可见，作者随意的叙说中，笔笔都是对人物的塑造。虽然不同于小说人物的精雕细刻，但在孙犁的笔下，"外"写与"里"写结合、粗笔和工笔结合，如此就举重若轻地完成了对小书绫的刻画，这种功力不得不说是大手笔的杰作，令人拍案叫绝。

这篇作品的语言是清通洗练、明白晓畅、极有韵致的，这是孙犁小说、散文语言的一贯风格。所谓清通洗练，就是指他的散文语言干干净净，简洁凝练，而没有叠床架屋的修饰，没有多余的空话废话。如写自己对"家做鞋"的积习，说："我幼小时穿的鞋，是母亲做。上小学时，是叔母做，叔母的针线活好，做的鞋我爱穿。结婚以后，当然是爱人做，她的针线也是很好的。"这段话里用排比句式概括叙述"幼小时""上学时""结婚之后"三个时间段，说明自己穿"家做鞋"的岁月之久长，对穿这种鞋很习惯因而很喜欢；同时，在叙述中间又顺带评价了叔母和妻子针线活的手艺，是"好"和"很好的"，说明自己对"家做鞋"始终怀着一种欣赏的情结。这种极其清通洗练的语言，让我们想起郑板桥的"删繁就简三秋树"的诗句（也是一个审美的原则）。绘画、写文章应该用最简练的笔墨表现最丰富的内容，以少许胜多许。不要繁复，不要枝蔓，应删繁就简，犹如三秋之树，遒劲秀拔，没有累枝赘叶，在简明中显得格外生动。称孙犁的语言极有韵致，是说其语言中表达的内涵非常丰富，虽然言简意赅，但给读者留下了很大的联想和想象的空间，让你感觉到韵致蹁跹，意味无穷。如写小书绫来访时的情状："她看人时，好斜视，却使人感到有一种深情。"她并非生理上的斜视，而是第一次到姐姐帮工的主家来，不免羞涩拘束，不敢正视"我"。从中，可以看出小书绫是个有礼数、有涵养的姑娘。正因如此，"我"主观上感到她的斜视里"有一种深情"。再如，小书绫告诉"我"，用"我"给她的钱买了衣服，并且在"我"面前展示的时候，作者写她"低头撩了撩衣襟"。就这几个字，至少表现了这样几层意思：第一，用"撩了撩"的动作，把做嫁妆的衣服整熨帖给"我"看，姑娘表达着自己的爱美之心；第二，低头是羞涩之态，姑娘有意压抑平时直率的野性子，姑娘爱美又不想在生人面前太张扬；第三，姑娘认真地、郑重地把衣服展示给"我"看，真心向"我"表示感谢。类似这样的例子，还可以在《鞋的故事》中找出很多。说三分留七分，说一句留三句，这就是孙犁语言描写的韵致，或称气韵生动的情韵。当然，作者遣词造句的准确与洗练，归根结底源于他对生活中事物的细致观察和个人独特的艺术感觉，使用语言的个性亦源于此。

有人准确地评价汪曾祺，称其"落花无言，人淡如菊"①。这话用在孙犁的身上更为合适。他一生淡泊，到晚年专事散文的时候比汪曾祺更为淡定，加上他的审美理想实现了理念上的嬗变与自我超越，对以文学表现政治有了全新的理解与把握。如他所说，"政治作为一个概念的时候，你不能做艺术上的表现"（孙犁《文学和生活的路》）。这个时期他的"老年人的文体"的创作，提升到一个百炼化柔、大美无言的境界，于是，他才能够写出《鞋的故事》这样的精品来。贾平凹在《孙犁论》中说过这样的观点，孙犁只有一个，模仿孙犁易学难成。笔者以为模仿或者学习孙犁，最主要的是揣摩、学习其执着求真的思想、虚静求美的心境和淡泊求善的人格。当我们的文学青年看淡、舍弃写作的功利，自然就会走近孙犁的精神境界和他的艺术世界，从而在写作上达成自己企求的崇高目标。

---

① 张宗刚：《诗性的飞翔与心灵的冒险》，北岳文艺出版社2012年版，第24页。

惟有"食"者留其名

——读汪曾祺《五味》

作为散文家的汪曾祺，从某种意义上说，比作为小说家的汪曾祺更为有名。为何？理由之一，是他写了很多谈吃的文章。早在2005年，山东画报出版社就出版了他的散文集《五味》，收录了《故乡的食物》《吃食和文学》《宋朝人的吃喝》《昆明菜》《鳜鱼》《五味》等32篇作品。《五味》是汪曾祺谈吃的一篇代表作。

在解读这篇作品之前，我们必须为"吃"正名。在过去很长的一段时期里，由于大讲无产阶级与资产阶级斗争的必要性与持久性，大批所谓的"吃喝玩乐"的资产阶级生活作风，故而"吃"经常作为资产阶级糜烂、享乐思想的一个黑色象征。谈吃，是"封"，是"资"，是"修"，是"可耻"，是"放浪"，是"背叛革命传统"。其实这是过去历次政治运动留下来的极左思潮，是一种完全错误的认识，应该从我们的头脑里彻底清除。从这方面说，汪曾祺的这篇散文也是为"吃"正名。

人类基础的生活保证就是衣食住行。人类赖以生存的文化中离不开服饰文化、饮食文化、建筑文化和交通文化，这些是人的基本生存需求。我们的先贤早就有所关注，用"食色，性也"四个字予以概括，成为流传至今的至理名言。"食色，性也"这句话，出自《孟子·告子上》，被误以为是孟子说的，实际上是告子的名言。由于被记录在《孟子》里，故而有了张冠李戴的错误。然而，这个命题与思想的原创者是孔子。孔子说："饮食男女，人之大欲存焉。"这句话比告子早出100多年，是孔子关于人之生命形而下的看法。孔子认为，人起码的生命需求，离不开两件大事。所谓"饮食"，就是指吃饭的生计；所谓"男女"，是指男女性爱婚恋之事。既然如此，汪曾祺在他的散文里写了那么多谈吃的文章，归根结底也是一种"代圣贤立言"，但绝不是八股文的那种"伪立言"。汪曾祺是以自己的生活经验以及对美食文化的理解，来阐说与演绎儒家伟大的哲学观点的。这么看，《五味》并非游戏之作。读者应该从哲学的意义上认识"食色，性也"，摒弃过去以吃为耻的理念，建立起以吃为荣、为乐、为本的健康理念。

文章题目是"五味"，却写了酸、甜、苦、辣、咸、臭六种味道。看起来有些无理，其实并不矛盾。五味，指多种味道，"五"字非实指的"五"，是指"多"的概数。如成语"三番五次""五味杂陈""一五一十""五花八门""五颜六色"等。数字中的三、五、六、九，经常作为概数在诗文中出现，这是数千年来语言使用的约定俗成，并非汪曾祺在这篇作品里犯了低级错误。这一点读者在解读时必须厘清，否则犯低级错误的倒是读者自己。

《五味》围绕着吃的滋味，叙写中国各地的民间美食文化，也就是写民间关于吃的风俗习惯，以及相关的民风民俗与历史变迁。为什么汪曾祺的这些叙述，读起来这么津津有味，对读者这么有吸引力？究其原因，可以分说如下。

一，亲历性。亲历性使作者的叙述获得了可信度。所谓亲历性，就是亲身经历的、真实可信的属性。我们读此文，第一感觉是真实，觉得汪曾祺所说吃的种种，来源于他走南闯北的见识，他的耳闻目睹，他所叙说食品的滋味，绝大多数是他自己在各地亲自品尝过的经验。如，吃过广西芋头扣肉，"极甜，很好吃"，"但我最多只能吃两片"；如，吃过一个熟人家人邮来的"折耳根"（即鱼腥草），她让"我"尝了几根，苦而且有"一股强烈的生鱼腥味"；如，在越南海防街头吃牛肉粉，"辣得不行"；如，"我在美国吃过最臭的'气死'（干酪）"；等等，这些都是作者自己品尝过的"五味"的食物。作者记忆罗网里积淀的，自然是一生难忘的经验，读者过目之后觉得真实，也觉得难忘。生活中真实的事情，是具体的物质与感性的存在，是真真切切地感动过作者的经验。唯其如此，《五味》表现的就是审美的第一要素——真。书写"真"，才会产生与"真"孪生的"美"。

二，趣味性。作者叙说各地吃的风俗，是给读者以知识性，帮助读者开眼界、见世面、长见识。但作者有意识地挑了一些新、奇、怪的事情来说，让读者感到新鲜而且有趣。如说几个山西人在北京下馆子，"坐定之后，还没有点菜，先把醋瓶子拿过来，每人喝了三调羹醋"；如写辣椒的一种特殊吃法，"跟几个贵州同学在一起用青辣椒在火上烧烧，蘸盐水下酒"；如说一种辣椒，"在川北，听说有一种辣椒本身不能吃，用一根线吊在灶上，汤做得了，把辣椒在汤里涮涮，就辣得不得了"；如说一位台州的同学特别能吃咸，"到铺子里吃包子，掰开包子就往里倒酱油"；如说吃"臭"熟了的"苋菜秸子"，"外皮是硬的，里面的芯成果冻状。嚼住一头，一吸，芯肉即入口中"，湖南人谓之"苋菜咕"，因为吸起来"咕"的一声；等等。这些叙写仿佛有些夸张，其实是真实的毫不夸张的情景。但因为这些情景本身具有可笑性，经作者收集起来一一组织安排，又产生了几分幽默感，故而引起读者会心的解颐。

三，人文性。此文的人文性，首先表现在叙写内容的广博。短短两千余字的文章，围绕着"无味"这个叙说中心，涉及的地区有山西、北京、辽宁、福建等20个省市，还写到越南和美国；提及的民族有汉族、傣族、佤族等；涉及的人物有同事、同学、贾平凹、闻一多、保姆、"一个大人物"等。用一句话概括，就是信息量很大。人文性还表现在散文叙述出"五味"的历史沧桑感。作者说"五味"，既注意突出民风民俗，又注意与民风民俗有着必然联系的历史与时代。如写醋的时候，又写到糖："我家曾有老保姆，正定乡下人，六十多岁了。她还有个婆婆，八十几了。她有一次要回乡探亲，临行称了二斤白糖，说她的婆婆就爱喝个白糖水。"这里说明，糖是最好的礼物，"喝个白糖水"就是高级的享受。显然，这是指物质匮乏的20世纪50年代或者改革开放的初期（排除60年代和"文革"时期，因为这两个时期的糖凭票计划供应，不可能一次性买到两斤），人们生活的拮据与艰难。如说到长沙火宫殿的臭豆腐，写"一个大人物"年轻时在此吃豆腐，说了句"火宫殿的臭豆腐还是好吃"，"文革"中有人便把这句话作为"最高指示"写在殿壁上，这是揭示非常时代的个人崇拜怎样影响人们的精神生活，怎样变成生意的招牌。说到王致和的臭豆腐，则批评一瓶一百块的包装，给顾客的消费带来诸多不便，这是作者对民生的一种关怀。这些内容的插入都是顺手捎带，或是对既往的一声叹息，或是机智幽默的一击，或是善意微笑的建议，表现出作者一身正气、敢于直言的文化批判精神。

中国是世界上最讲究食物"色香味"的国家，随着改革开放，中国的美食文化已经走向世界，几乎遍及每个国家。世界上每一座城市都有中国菜馆，甚至在海外的每一个中国菜馆都有"扬州炒饭"和"狮子头"。汪曾祺所指称的"世界之冠"，并非夸张。每一个中国人都应该为此感到无上的骄傲和光荣。细细体味《五味》，读者从中得到的正面教益是很多的。俗话说，"五味调和百味香"。把握了"五味"，烹调出适合各色人等口味的佳肴，就能有益于人们的健康。读《五味》千万别进入误区，作者并非叫我们一味地去瞎吃、狂吃、海吃，不是教我们去过花天酒地的糜烂生活。作者要告诉我们的是，应该懂得品赏全国各地食品的"色香味"，借此见识食品背后的风俗人情，做一个文明的、道德的、有文化素养的美食家，做一个21世纪精神文明的建设者。为此，我们应该健康地吃、卫生地吃，反对铺张浪费地吃，批判腐败糜烂地吃。雷锋在其1962年8月6日的日记里，曾经说过几句很经典的话。他说："我们吃饭是为了活着，可活着不是为了吃饭。我活着是为了全心全意为人民服务。"这些话可以作为"食为天"境界的思想诠释——吃好，是为了个体生命的健康生存；个体生命的健康生存，更为重要的，应该是为了民族、社会和祖国的"匹夫有责"之担当。否则，大写的"人"何异于虫豸、何异于猪狗？！

《五味》在文本上有着很不一般的艺术呈现。

特点一，貌似"流水账"的结构形态，其实并不松散。说《五味》散，确实是散，是记流水账似的，想说就说，率性写来，仿佛一气呵成就把"五味"说完了。散文的一个特点，是姓"散"，这篇散文可以说是很典型地在文体上体现了散文的散漫失纪。汪曾祺说"五味"，纵横南北地说，网罗东西地说，从国内说到海外，从历史说到现在，从保姆说到"大人物"，可谓散漫至极、随性至极、自由至极。然而，"流水账"的结构还是有不散的逻辑在。《五味》没有常见的所谓"开头"，开门见山就进入正文。以叙写的内容看，依次写酸、甜、苦、辣、咸、臭，自然形成了包括结尾在内的七个内容层次，也可以说是七个部分。第一个层次，第1—7节，这一部分写酸；第二个层次，第8—11节，写甜；第三个层次，第12—17节，写苦；第四个层次，第18—20节，写辣；第五个层次，第21—22节，写咸；第六个层次，第23—31节，写臭；第七个层次，是文章的结尾，指出"中国人口味之杂也，敢说堪为世界之冠"。人们常说的酸甜苦辣咸这个"五味"的排列次序，就是该文外显的逻辑，作者只是在习惯列序的后面加了臭味的叙说。从这一方面看来，此作杂说的散漫背后，在宏观上还是有次序链的控制与约束的，因而文本的结构又显得井然有序、杂而不乱。

特点二，采用"谈话风"的叙述方式，使读者倍感亲切。所谓"谈话风"是朱自清先生最早提出来的，按他的解释，写文章如同谈话并且努力达到与读者谈话的境界。他还说"这种谈话风的文章"的审美效果，就像"寻常谈话一般读了亲切有味"（《内地描写》）。朱自清在这里强调的，是行文走笔的叙述方式，讲的是作者叙述时对读者的一种亲和的态度。汪曾祺在《五味》里的叙述方式，就是这种"谈话风"。他心目中有着读者和听众，有着一种与读者、听众进行交流的身临其境的感觉与心境，仿佛跟老朋友促膝对坐，饮茶聊天。从"山西人真能吃醋"开始，一直到全文的结束，让你感到作者不是在写文章，而是在跟你聊天，天南地北地聊、古今中外地聊……他用"谈话"的平等身份与平等态度，让你不得不听他的，成为他文章的忠实听众与读者。这种心有读者、平易平等的口吻和态度，是非常高明的叙述方式，也是很聪明的叙述策略。

特点三，用"重口味"的白话"聊天"，使全文语言充满原生态气息。所谓"重口味"是比喻的说法，是指作者这篇文章的语言服从于"谈话风"的需要，几乎全是大白话，是民间大众平时交流的原生态口语，似乎没有进行多少打磨加工，就搬来用了。如下面的这些句子："我和贾平凹在南宁……到外面瞎吃。平凹一进门，就叫：'老友面'！""都说苏州菜甜，其实苏州菜只是淡，真正甜的是无锡。""延庆山里夏天爱吃酸饭……把好好的饭焐酸了，用井拔凉水一和，呼呼地就下去了三碗。"像这样的大白话，满篇都是。同时，为了强调原生态的白话的真实氛围，作者还多用语不成句的招法，让一连串的口语词和词组（或称口语的短语），顺着表达的意思一气呵成地构成"驴蛋打滚"的句式，堪称汪曾祺的奇招。如："这是什么东西？苦，倒不要紧，它有一股强烈的生鱼腥味，实在招架不了！""牛肉极嫩，汤极鲜，辣椒极辣，一碗汤粉，放三四丝辣椒就辣得不行。""麻辣烫。麻婆豆腐、干煸牛肉丝、棒棒鸡；不放花椒不行。花椒得是川椒，捣碎，菜做好了，最后再放。"面对这些例子，我们对其中的一些句子很难用主语、谓语、定语、状语、补语等句法条律来对照分析，甚至也无法按照汉语教科书来给《五味》的句子进行定性定位的分解。换言之，《五味》用白话颠覆了教科书上规定的条条框框。汪曾祺"重口味"的魅力正在这里。叶圣陶先生曾大体说过这样的意思："说话，是用舌作文；作文，是用笔说话。"前一句意思是说，说话的时候，要像作文章时那样简洁流畅；后一句意思是说，作文章的时候，要像平常说话那样通俗自然。朱自清先生也主张"用笔如舌"。两位散文家强调的是，写文章必须用平易、通俗的口语，对此真正能够做得到的作家并不很多，汪曾祺却是实实在在地做到了，而且用"重口味"的白话写作，更是难能可贵。

"流水账"的结构形态、"谈话风"的叙述方式、"重口味"的白话"聊天"，加上以"我"的喜好说事，偶尔以特写镜头嵌入（山西人饭馆喝醋、"我"与贾平凹在大排档吃"老友面"）等，这些艺术表现方面的归趋，达到了一种"无技巧境界"。这种高超的境界是巴金先生在新时期之初提出来的，他说："艺术的最高境界是无技巧。"无技巧，不是真的不要技巧、不用技巧、不讲技巧，而是在娴熟技巧上的出神入化、举重若轻，是达到至巧近拙、大智若愚、百炼钢化为绕指柔的化境，以至于让读者看不出作品里还有技巧在。这是绚烂之极归于平淡的境界。汪曾祺晚年的散文创作，达到了这种"无技巧"的笨拙状态，想怎么写就这么写，有破绽也无须防，随性随意写下来就是大手笔，就是好文章。《葡萄月令》《金岳霖先生》等是如此，《五味》作为一篇奇文，更是汪曾祺"无技巧"的典型之作。

李白在《将进酒》里诗云："古来圣贤皆寂寞，惟有饮者留其名。"古今历史上包括自称酒仙的李白在内的很多文学家，如横槊赋诗的曹操、七步成诗的曹植、竹林七贤的刘伶、佯醉的欧阳修、泛舟抒怀的苏轼以及写下《美食家》的陆文夫、喝白酒才过瘾的高晓声等，都是以诗文、饮酒这两者而留名的。笔者在这篇解读文章煞尾之时，戏改李白的诗句为：惟有"食"者留其名。汪曾祺不仅因为他的小说，而且还因为诸如《五味》等谈吃的经典文章，而留名于后人、留名于文学史、留名于中国的美食文化史。

让祥瑞的紫色流过心灵

——读宗璞《紫藤萝瀑布》

宗璞，为著名哲学家冯友兰之女。原名冯钟璞，常用笔名宗璞，原籍河南省唐河县，1928年生于北京，为当代著名小说家与散文家。代表性作品有中短篇小说《红豆》《弦上的梦》《三生石》《我是谁》等，还有长篇小说《野葫芦引》《南渡记》和散文《紫藤萝瀑布》等。《南渡记》的第二部《东藏记》获第六届茅盾文学奖。她因发表于《人民文学》1957年第7期的短篇小说《红豆》而出名。这篇作品发表之时适逢"反右"，被指认为表现小资思想与情调的"大毒草"而遭到批判。

《紫藤萝瀑布》是宗璞的散文名篇，发表于《福建文学》1982年第7期，收入《宗璞小说散文选》。它先后被收入人教版、苏教版等初中语文教学课本，作为一篇美文在中学生中广为流传。笔者参与主编的《现代抒情散文100篇》（江苏教育出版社1994年版）等很多散文选本，都选入此文，它已经成为新时期散文的经典之作。

散文作为一种直接抒情的文体，其创作总是与作者特定的审美心理密切相关。所谓创作契机或所谓感兴、灵感，讲的都是作者写作其时的审美心理。或喜悦，或激昂，或愤怒，或忧愁，或哀伤，或抑郁，这些都是作者在规定时间、规定场景、规定经历与规定体验所生发的情感的表现形态。正因如此，我们在面对一篇散文的时候，必须抓住这一解读的"钥匙"，否则你就不可能真正分析、品鉴出它的妙处，也不可能得到符合作品实际的解读结果。《紫藤萝瀑布》中有这样两句话值得读者注意，作者说，紫藤萝"带走了这些一直压在我心上的焦虑和悲痛，那是关于生死谜、手足情的"。这句话，话中有话，是解读全文思想内容的一个提示。此文写作于1982年5月6日，其时作者的小弟冯钟越（飞机结构强度专家）正患胃癌住院，命悬一线。所谓"生死谜、手足情"，即指此事（数月之后其弟去世，作者柔肠寸断作《哭小弟》以悼念）。20世纪80年代初期，一批批50岁上下的知识精英过早夭亡的消息时有耳闻，他们多因"文革"中身心被摧残和"文革"后科研任务繁重、工资微薄、家庭拮据等原因而英年早逝。因此，宗璞写作这篇散文的审美心境，是她自己所说的"焦虑和悲痛"。笔者在网上看到一些关于《紫藤萝瀑布》的教案，说作者在打倒"四人帮"之后，感奋于正本清源、拨乱反正，感奋于邓小平实事求是的思想路线和"一个中心，两个基本点"的治国方略，故而"心在欢笑"。显然，这种想当然的牵强附会，完全不符合作者原初的审美心境，这是政治文化批评范式的惯性思维使然，因此是不科学的，自然也是不可取的。

死树复活，是作者意料之外的一个发现，而这发现使宗璞在焦虑和悲痛中获得安慰和希望，这才是作者在《紫藤萝瀑布》中所抒写的真实思想和情感，舍此，没有别的解释。作品写道，作者原先见到家门外的一株紫藤萝由繁荣走向枯败，"后来索性连那稀零的花串也没有了"，以至于"紫藤花架也都拆掉"。然而，"过了这么多年，紫萝又开花了，而且开得这样盛……"一棵紫藤萝的死而复生，引起作者惊奇、惊诧和惊醒。因此，她停下脚步，细细观摩、品赏起来。为什么说作者感到惊奇、惊诧和惊醒？这是因为她像做梦似的，看到了紫藤萝死而复生的真实情景；然而，这不是梦幻，而是眼前实实在在的现实。接着，作品生动而且细致地描述了紫藤萝花事吸引"我"的主要看点，也是紫藤萝花盛开的几个特征。

对此，作者从以下几个方面进行描述。

第一，写紫藤萝盛开的壮观和辉煌。所谓壮观，是紫藤萝花盛开总的气势，"像一条瀑布，从空中垂下，不见其发端，也不见其终极"，仿佛在"流动"，在"欢笑"，在"不停地生长"。"瀑布"总是飞流直下的，作者让读者从飞流直下的想象之中，去联想紫藤萝花开的繁茂至极。所谓辉煌，是指紫藤萝花的色泽是阳光制造的，

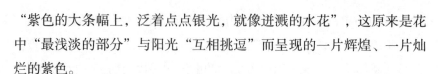

"紫色的大条幅上，泛着点点银光，就像迸溅的水花"，这原来是花中"最浅淡的部分"与阳光"互相挑逗"而呈现的一片辉煌、一片灿烂的紫色。

第二，写紫藤萝盛开的寂寞和笑闹。所谓寂寞，是指紫藤萝开花的时机是"春红已谢"，一"没有赏花的人群"，二"没有蜂围蝶阵"，故而紫藤萝花是在寂寞和孤独的外在环境中自我开放的。所谓笑闹，是指紫藤萝开花的繁茂，"花朵儿一串挨着一串，一朵接着一朵，彼此推着挤着，好不活泼热闹"；甚至，作者听到它们"我在开花"的又笑又嚷的声响，虽然在寂寞和孤独中开放，但它们孤芳自赏。

第三，写紫藤萝盛开的沉淀和能量。所谓沉淀，是紫藤萝花"上面的盛开、下面的待放"，如此把"上浅下深"的色泽有层次地沉淀了下来。为什么紫藤萝花奋力开放而有沉淀之态？究其原因，是它的花是"张满了"的"帆"，而且在"帆"的下面，还有一个支撑开放的"船舱"，"鼓鼓的，又像一个忍俊不禁的笑容"，充满了快乐奋进的正能量。

第四，写紫藤萝盛开的芳香和祥瑞。作者说，"香气似乎也是浅紫色的"，这句话令人联想到"紫气东来"的寓意。传说老子过函谷关之前，关令尹喜见有紫气从东而来，预兆将有圣人过关，遂做迎客准备。果然老子骑着一头青牛款款而来，在此关驿被主人盛情挽留而写下《道德经》。因此，紫气寓意祥瑞，它给人们带来吉祥、财富和好运。作者说香气"像梦幻一般轻轻地笼罩着我"，显然这句话是说，祥瑞眷顾"我"，"我"从中得到了心灵上极大的抚慰。用作者的话说，是获得了"精神的宁静和生的喜悦"。

正因为作者体察到紫藤萝的壮观与辉煌、寂寞与笑闹、沉淀与能量、芳香与祥瑞，所以对眼前的紫藤萝有了"生的喜悦"的感悟，这便给"紫色"赋予了特殊的意义。她从紫藤萝的死而复生和"紫色"的寓意中，由焦虑悲痛走向宁静喜悦，感悟到生命的奇妙和生命力的强大。由此对沉疴在身的小弟，也充满了精神慰藉，期待着紫气东来，给她的小弟以及她的全家带来安康、吉祥和福祉。直白地说，作者从紫藤萝死而复生的情景中，感受到一个祥瑞的征兆，盼望着借紫藤萝的好彩头，小弟身上也能迸发生命的奇迹。应该看到，作者这种祈祷和期盼，分明是沿袭了"紫气东来"传统文化的社会心理定势，有些预见未来的禅悟意味。在家庭、人生遭遇逆境之时，有这样的祈祷和期盼是道德向善的精神自慰，因而也是积极的符合常情的人生态度。笔者在网上查过十多份《紫藤萝瀑布》的教案和教学设计，无一篇有关于"紫气东来"这一层寓意的解释，应该说这是执教者一个常识性的疏忽。

另一方面，也是这篇散文思想性最主要的方面，是作者通过对紫藤萝花盛开特征的描述，升华到关于生命的哲理思考。也就是说，宗璞感悟到紫藤萝生命力的奇妙与强大之后，进一步从花事联想到人事、物事。作者说："花和人都会遇到各种各样的不幸，但生命的长河是无止境的。"这就是说，花有或枯或荣的时候，草有自灭再生的时候，人有生老病死的时候，但自然与社会永恒的真谛，是"沉舟侧畔千帆过，病树前头万木春"的生死更替与生生不息。在哲学意义上说，这是生命力的强大、延续和永恒。显然，作者的哲理思考是积极的，是充满正能量的。在之前写到"沉淀与能量"的部分，作者虽然提及紫藤萝花的能量，但那只是概述，仅是先埋下一个伏笔。为了强调生命力的强大、延续和永恒，作者在结尾部分则再一次描写其能量，特地放大、渲染了紫藤萝永恒的生命力：

> 我抚摸了一下那小小的紫色的花舱，那里满装生命的酒酿，它张满了帆，在这闪光的河流上航行。它是万花中的一朵，也正是由每一个一朵，组成了万花灿烂的流动的瀑布。

这是紫藤萝死而复生之后生命力的一幅特写，满满的"酒酿"（动力之源）是作者对生命力永恒不灭的一个极为形象的诠释，也是作者在观赏紫藤萝花盛开之后的最为深刻的感悟。说到这里，笔者不得不对全文的题目"紫藤萝瀑布",表示十分欣赏。把紫藤萝花盛开的生命力,用"瀑布"加以比喻,是力与美绝妙的概括。因此,引文的特写可以看成是全文的画龙点睛、作者哲理性思考的最后升华。推而想之,也许作者最初看到这棵紫藤萝的时候,跳进头脑里的就是这个关键词"瀑布",然后面对盛开的紫藤萝而进行"瀑布"的文学想象,于是自然而然地形成了作品"瀑布流动"的整体构思。而"瀑布流动"的艺术构思,在很大程度上又决定了全篇艺术呈现的状态,即选择了与之匹配的艺术表现的方法和手法。

作品最显著的艺术特色,是对盛开的紫藤萝花进行了化静为动的描写。本来紫藤萝花是静止的画面,可在作者的笔下,它却成了一幅幅动态的画面。如以下的这些描写:"像一条瀑布,从空中垂下";"深深浅浅的紫,仿佛在流动,在欢笑";"花朵儿……彼此推着挨着";"每一朵……像是张满了帆";"我……觉得……瀑布也在我心上缓缓流过";"紫色的瀑布……不断地流着,流着";它们"组成了万花灿烂的流动的瀑布";等等。这些描写都是化静为动,且这些化静为动,都是反衬"寂寞开无主"的静,反衬无人赏花、无蜂蝶采蜜的落寞和孤独。化静为动、以动显静、动静相反相成,是中国经典诗文创造意境的常用手法,如"日月之行,若出其中。星汉灿烂,若出其里"(曹操《观沧海》),"蝉噪林愈静,鸟鸣山更幽"(王籍《入若耶溪》),"鸟宿池边树,僧敲月下门"(贾岛《题李凝幽居》),"山舞银蛇,原驰蜡象"(毛泽东《沁园春·雪》)等,都是经典的例证。现当代散文经典作品中采用如此艺术手法也屡见不鲜。宗璞在这篇散文里化静为动的手法,还与个人情绪的抒写有着和谐的契合。对此,下面在谈到抒情问题时,再做详细的解释。

《紫藤萝瀑布》是一篇咏物抒情小品。宗璞的此类小品写得不多,其他的还有《丁香结》《好一朵木槿花》《水仙辞》等。所谓咏物,常常是托物言志。托物言志本是古典诗词中常见的一种表现手法,后来也普遍地运用到散文中来,取其象征比附的情韵,抒写作者隐蓄的思想情感。经典名篇中有鲁迅的《秋夜》、冰心的《往事》之七《红莲》、朱自清的《荷塘月色》、茅盾的《白杨礼赞》、郭沫若的《芭蕉花》、许地山的《落花生》、陆蠡的《常春藤》、杨朔的《茶花赋》等。托物言志是《紫藤萝瀑布》艺术表现的一大特色。第一，作者借助对紫藤萝的观察、认知和感悟，对其生命力的强大和生生不息进行哲理思考，这就形成了这篇散文独有的"言志"：以紫藤萝言说生命力的哲理，言说绝处逢生的偶然之中，有着必然的生命力的延续和永恒。因此她告诫读者：对于人生，一方面，要有与挫折和磨难进行对抗的意志和勇气；另一方面，应取"紫气东来"的期约，让人生永远有着充满阳光的希冀。这是作者借紫藤萝言说的最重要的思想。第二，作者的情感表现与对紫藤萝认知的过程是契合在一起的。一方面写看花、忆花、悟花的过程，另一方面写自我情感由焦虑悲痛到宁静沉思再到意气振奋的过程，思想与情感互融，表里整一。可见，作者的托物言志里有含蓄的、隐秀的抒情，契合并曲包着作者自己情感的流动，是个人情感与诗情的内在外显。因而，思想与情感叠合起来表现，便显得相当深刻，是一种玲珑剔透的深刻。

毫无疑问，《紫藤萝瀑布》是一篇美文。它美在托物言志的构思，美在哲理思考的隽永，美在言志与抒情的契合与整一。然而作为语言艺术之一的散文的品赏，最终还是落实于语言之美。此作最终美在语言的平中出奇，即寓绚烂于平淡。这也是宗璞在此作艺术表现上的一个显著特色。

所谓寓绚烂于平淡，是指宗璞语言表达的功力已经达到老练、娴熟的境界。她成长于清华园，后又毕业于清华大学外文系，自小受中国传统文化教育和西方文化的影响，可谓学养丰赡、文学功底深厚。写作此文时，作者54岁，创作历史已有25年之久。上述资料表明，从绚烂走向平淡，是她对语言风格的必然选择。细细品味《紫藤萝瀑布》的语言，通篇质朴、清通、凝练，这是平淡的内涵。但作者的平淡里充满绚烂，充满语言修辞的艺术美感。这种艺术修辞表现为比喻的迭出（如将紫藤萝花比喻成"瀑布""船舱""帆"等）、拟人的妙用（如花发出"我要开花"的声音）、幽默的灵现（如"每一朵紫花……在和阳光互相挑逗"）、通感的运用（"香气似乎也是浅紫色的"）、开头"停住了脚步"与结尾"加快了脚步"的复沓和圆合等。这些在作者笔下毫不刻意、自由运用，仿佛左右逢源、随手拈来，其实都是绚烂已极的化境，却以平淡出之，这是百炼化柔的语言表达境界。

宗璞的这种境界告诉读者，什么是返璞归真之美，什么是平淡背后的绚烂之美，什么是不足一千字的精短美文的语言凝练之美。

拒做高智商的野蛮人

——读赵丽宏《为你打开一扇门》

　　《为你打开一扇门》（以下简称《一扇门》），是著名作家赵丽宏为《中国学生必读文库·文学卷》（语文出版社、天津教育出版社2000年版）所写的一篇序言的节选。它被列入了苏教版七年级（上）语文课本的第一篇。笔者觉得，把这篇散文选作初中语文教材是非常合适的，而且将它放置第一册的首篇，更是教材编写者的一个明智之举。对刚刚升上初中的学生们，开篇就讲打开文学之门，这确实是把课文与学科、老师引路与学生初学微妙契合的科学性思维。

　　赵丽宏是诗人、小说家，但最符合他的称谓的，应该是资深的、有突出成就的散文家。他创作了散文集《生命草》《诗魂》《爱在人间》《岛人笔记》《人生韵味》《赵丽宏散文》等，报告文学集《心画》《牛顿传》等及《赵丽宏自选集》（四卷），计有60余部、500余万字。《诗魂》获新时期全国优秀散文集奖，《日晷之影》获首届冰心散文奖。《雨中》《望月》《周庄水韵》《致大雁》《诗魂》《顶碗少年》《与象共舞》《晨昏诺日朗》《炊烟》《在急流中》《囚蚁》《假如你想做一株腊梅》《学步》《山雨》等作品里，入选中小学语文课本的，竟有31篇次之多。如此多的作品被当作范本而选入教材的，在当代作家中恐怕很难找到超过赵丽宏的人了。这充分证明他的散文文本，很符合美文的规范。早在20世纪80年代，笔者就关注过赵丽宏的散文，为此写过《捕捉生活色彩和芬芳的诗——赵丽宏的抒情散文》（《文艺理论研究》1984年第4期）和《评赵丽宏的抒情散文》（《扬州师范学院学报》1985年第1期）两篇论文。30多年后，笔者觉得他的散文创作已经走向成熟，且对当代散文创作极有它作为个性存在的审美价值，于是又写了《重建中国当代散文审美诉求的诗性——以赵丽宏散文为研究个案》一文。窃以为，这三篇拙作可以作为初中语文老师讲析《一扇门》时的备课参考。

对《一扇门》的解读，我以为应该把握以下三个问题。

第一个问题，教学者必须把握文学基本功能中教化功能的认知。"为你打开一扇门"，是作者为中学生讲述为什么要打开文学之门，而教学者必须把作者的讲述变成自己的课堂讲演，说清楚文学对中学生的必要与必需。这里，笔者有必要就文学的基本功能向中学老师进行一次交流，并进行新的解释。按传统的说法，文学具有认识功能、娱乐功能和审美功能。这三大功能的说法已经陈旧，忽视了文学的教化功能。我个人认为，正确的表述应该是文学具有教化、认识、娱乐、审美四大功能，而对于中学生来说，教化功能则是文学教育中的最重要的一种功能，或者说是第一功能。"教化"是中国传统理论家与文学家十分重视的一个理念。如《毛诗序》说："故正得失，动天地，感鬼神，莫近于诗。先王是以经夫妇，成孝敬，厚人伦，美教化，移风俗。"它强调了诗歌教化人伦、移风易俗的作用；曹丕在《典论·论文》中把文章强调为具有"经国之大业，不朽之盛事"的正能量，其中也是强调教化；白居易在《读张籍古乐府》中强调诗的功能是"上可裨教化，舒之济万民；下可理情性，卷之善一身"；梁启超在《论小说与群治之关系》一文中说："欲新一国之民，不可不先新一国之小说。"这些说法有所不同，实质都是一致强调文学的教化功能。赵丽宏正是强调文学的教化功能，才说："一个从不阅读文学作品的人，纵然他有'硕士''博士'或者更高的学位，他也只能是一个'高智商的野蛮人'。"这几句话，是这篇文章的思想灵魂，是"文眼"。文学的教化功能的主体是真善美的教育，阅读文学作品可以使读者在真善美与假恶丑相纠结的文学境界中，陶冶性情、净化灵魂与自塑道德情操，从中获得一种具象的思想和情感的传导与教育，这种形象思维教育的效果远比抽象思维教育要大得多。你让学生听一场政治或道德修养的报告，学生很可能不喜欢你枯燥无味的理性说教；而让学生听一场《红楼梦》的讲座或看一部《悲惨世界》，他们则能跟随文学作品进入形象思维的境界，进入人物、故事、情节、细节所构成的具象境界而感同身受，甚至常常感动得热泪盈眶、情难自已。文学告诉读者生活本来的艰辛和人物磨难重重的命运，告诉读者应该怎样生活、怎样做人又怎样博弈，它动情地、婉曲地告诉你如何面对人生与事业。因此，文学是读者生活百科的"指南"与"教科书"。如果人缺乏文学方面的教育，就必然出现心智结构的残缺，也就是赵丽宏所说的，你在学问上取得了硕士、博士学位，但还是一个"高智商的野蛮人"。因为你在心智上缺少了道德情操的修养，缺少了德智体美四大素质中排列第一的"德"的素质，缺少了文明人不可或缺的社会文明所共持之道德、伦理、情操的规范，那无疑与"野蛮人"无异。质言之，实施文学的教化，是对小学生、中学生、大学生全面实施素质教育的必要和必需。

第二个问题，教学者必须把握文章主体部分内在的逻辑思路。文章的第三节是主体部分，讲述文学大门里面的"新奇美妙的风景"，也就是对文学本质进行了多维度的解释，有着作者缜密的逻辑思路。笔者不妨按讲述的层次，逐一进行以下的解析。

第一层次，讲述文学与历史的关系。"文学是人类感情的最丰富最生动的表达，是人类历史的最形象的诠释，一个民族的文学，是这个民族的历史。"这是讲述文学将人类感情进行最丰富最生动表达的基本特点，并用这一特点诠释历史，诠释一个民族历史的今昔。所以，第一个层次指出的文学与历史的关系，是以文学的形象思维诠释历史的一种关系。第二个层次，讲述文学与时代的关系。作者一连用"缩影""心声""社会风俗画""人文风景线""精神和情感的结晶"等五个关键词作为定性判断，认定文学是时代生活与时代精神的反映与表现，这五个定性判断也是从反映与表现时代的内涵上，进行了具体和形象的概括。第三个层次，讲述文学与人类精神文明的关系。"优秀的文学作品，传达着人类的憧憬和理想，凝聚着人类美好的感情和灿烂的智慧"，这几句话是揭示文学对人类精神文明的价值与意义。人类社会发展依赖于物质文明和精神文明这两大支柱，两翼并飞，缺一不可。作者指出，文学传达人类对未来的憧憬和理想，同时又凝聚人类美好的感情和灿烂的智慧。两句话的内涵非常丰富，又非常深刻。大体应该这么理解：文学表现人类的精神文明就集中于这两个方面，故而文学与艺术比之哲学、宗教、道德、伦理、历史、教育等意识形态门类，更具教化的绵软性（寓教于乐）、人格的理想性与先知先觉之精英的导向性，它是建设人类社会精神文明最重要的属于观念性的一种特殊的上层建筑。从这个意义上说，赵丽宏深刻地强调了文学对社会精神文明建设的至关重要的作用，它能够在"软性教化"中发挥举精神之旗、立精神之柱、建精神家园的巨大能量。上述解释，是由赵丽宏两句话的展开而来，他只是限于文学语言的表达而未能细说。以上三种关系，从文学的外延和内涵揭示了作者所理解、所认知的文学本质。

第四个层次，讲述阅读优秀的文学作品对了解历史、社会、自然和人生大有裨益，进而说明文学阅读的重要意义。"大有裨益的事情"如何变成现实？作者对此进行了三点说明。第一点，从文学接受方面说，文学作品之于读者有一条潜移默化的特殊途径，它是"近朱者赤，近墨者黑"隐形状态的传导，是作家与读者润物无声的心灵对话。第二点，由于这种特殊影响的途径，久而久之，日积月累，文学阅读就必然形成"一种文化的积累，一种知识的积累，一种智慧的积累，一种感情的积累"；对于读者来说，潜移默化的过程加上正能量的积累，就是裨益之所在。第三点，说明文学的裨益造化人。作者指出，如果"大量地阅读优秀的文学作品"，就会"不仅能增长人的知识，也能丰富人的感情"，而变成"有文化有修养的现代文明人"；反之，即使你拥有了丰富的知识与学问，也还是"高智商的野蛮人"。

上述可见，文章的主体部分首先以前面的三个层次，从文学与历史、文学与时代、文学与人类文明三方面讲述打开文学之门的意义，实际上是从本质意义上对文学进行了诠释。在理论上诠释阅读文学的意义之后，作者进一步在第四个层次里，从途径、积累、造人三个层面具体说明阅读文学作品对读者尤其是中学生所产生的积极影响。显然作者的讲述条理清晰、层层推进、极富逻辑性与说服力。因此，文章的最后小节就顺理成章、水到渠成地得出"文学确是一扇神奇的大门，只要你走进这扇大门，就不会空手而归"的结论。

第三个问题，教学者必须给这篇文章的文体定性，并且把握其精美的主要特征。众所周知，赵丽宏原本是一位诗人，他是因创作诗集《珊瑚》而问鼎文坛的，后来也潜心研究、品赏中国古典诗歌，写下《云中谁寄锦书来》一书，可见他是一位有着诗人气质与诗学素养的散文家。由诗走向散文，此类作家有冰心、朱自清、何其芳、余光中等，赵丽宏也是如此。正是因为诗人气质和诗学素养，他驾驭任何散文的样式都会如冰心等作家那样，自然而然地表现出其诗性——诗的意境、诗的情调、诗的趣味、诗的语言，从而表现出诗的艺术魅力。《一扇门》原是一篇序言。序跋是散文的一个品类，是作者或编辑者说明成书的缘由、主旨及过程等的体裁。这篇序言只谈主旨内容，割舍了成书的缘由、过程等其他内容。于是，现在收入教材的文章就是以议论为主的议论文了。就议论的内容而言，文章是讨论打开文学之门的重要性和必要性的问题。毫无疑问，《一扇门》在体裁上赋以诗性，如以叙事、抒情、议论等进行散文分类，我以为它应该是一篇"诗性的议论性散文"，冠以"诗性"的属性，是出于对这篇文章思想与艺术呈现之总体特征的认知。

《一扇门》是一篇精短的美文。之所以言其精美，笔者可以列出下面几条理由加以说明。首先，用"打开一扇门"言说学文学的主旨，命意本身是一个精当的比喻，有引导青少年亲近和进入文学领域的作用。作者没有说开门入室之后的"室"是什么，其实不言自明，"室"就是华丽的文学宫殿。宫殿里究竟藏些什么？这就是文章主体部分的前半部分那些关于文学与历史、时代、社会精神文明关系的诠释，以及后半部分关于文学阅读意义的讲述。这两个方面的诠释与讲述，就是宫殿的"华丽"之所在。其次，文章虽短，但有起承转合结构的精致。"世界上有无数关闭着的门"，是文章的起始之句，接着对打开"探求"还是在门外"沉睡"展开议论，在对照中指出"探求未知的天地……一个乐趣无穷的过程"的必要，为全文制造了引人入胜的悬念。从无数门说到文学的这扇门，这是文章的"承"；文章的主体部分是讲述文学的本质和亲近文学的意义，这是文章的"转"；从结构上的"转"而进入文章主旨内容的讲述，展现了进入文学之门的无限风景。最后一节"文学确是一扇神奇的大门……就不会空手而归"点题，紧扣中心议题，以斩钉截铁的口气强调打开文学大门之后，一定会有"神奇"的收获。如此归结全文，恰与开头的"开门"相呼应与圆合，可谓针脚绵细和缜密。再次，语言的精练，尤其讲究诗性修辞的精练，是文章一个重要的艺术表现特点。如前所述，文体是诗性的议论文，加上向青少年说话的口吻，这决定了语言的自然感与亲切感，在自然与亲切中表现了流畅的精练。同时，用语言的修辞格演绎成诗意的表情达意，是语言诗性的突出表现。如用"沉睡"，暗喻"不开门"；以"为你展现新奇美妙的风景"，暗喻打开某"一扇门"的学习所获；以"缩影""心声"等几个排比词组，定性优秀文学作品的效能；以"积累"的复沓，强调"积累"的成效；等等。这些都是艺术层面的诗性表达。余光中先生说过："把中国的文字压缩、捶扁、拉长、磨利"，"在变化各殊的句法中，交响成一个大乐队"。赵丽宏也是如此，用多种修辞方法使自己的语言具有余光中先生所说的字词应有品格的"质料"，他总是选择他认为最有效的文字和语法，去作诗人思维的表达。《一扇门》语言"质料"的诉求，就是一个明确的证明。

关于生命哲学的思考

——读刘亮程《今生今世的证据》

中国文学与文化传统中，有一个绵延的主题，这就是"家园情结"或称"乡愁"。《古诗十九首》里的"胡马依北风，越鸟巢南枝"、杜甫的"露从今夜白，月是故乡明"、李白的"举头望明月，低头思故乡"、高适的"故乡今夜思千里，霜鬓明朝又一年"、李觏的"人言落日是天涯，望极天涯不见家"、柳宗元的"若为化得身千亿，散上峰头望故乡"、刘禹锡的"南人上来歌一曲，北人莫上动乡情"、李商隐的"何当共剪西窗烛，却话巴山夜雨时"等，都是写诗人们的怀乡之情。思乡的流行歌曲也很多，如《乡愁》《常回家看看》《谁不说俺家乡好》《九月九的酒》《望故乡》《外婆的澎湖湾》等。至于写怀乡的散文，就更多了。如周作人的《故乡的野菜》、朱自清的《说扬州》、冰心的《我的家在哪里？》、王鲁彦的《父亲的玳瑁》、黄河浪的《故乡的榕树》、郭枫的《老家的树》、杨朔的《蓬莱仙境》、余光中的《听听那冷雨》等。这些都证明，"乡愁"是一个永恒不衰的文学主题。

为什么"家园情结"会成为文艺尤其文学作品的永恒主题？这是因为人具有本土性。

"无可奈何花落去，似曾相识燕归来"，说的是家燕，它们会成双作对地再回到原先主人家的堂屋修巢和生儿育女。像燕子一样回归出生地的还有海龟、大马哈鱼等，它们记忆力惊人，都能回归原地繁殖后代；像信鸽、野兔、蚂蚁、蜜蜂等，都能回到巢穴而栖息安生，绝不会忘记它们的家。人自然比动物更具有"回归""回巢"的本性。"家园情结"之所以成为文艺作品尤其是文学作品的永恒主题，是因为人具有超越一切动物的天然的本土性。除动物的生理性之外，人还拥有人文性，即包括与人生社会相关的复杂的心理性、情感性、伦理性和审美性等。文学评论与研究者把注重写故土乡情的作品称之为"乡土文学"。以散文而论，当今乡土散文创作中出现了一些著名的乡土散文家，如早殇的苇岸、河南的蒋建伟、台湾的余光中和许达然、创作《商州三录》的贾平凹、讲述老南京人与事的叶兆言以及著有《村庄的真相》的周荣池，等等。其中最有名当然是创作《一个人的村庄》的刘亮程。而选入江苏中学和职业学校语文教材的《寒风吹彻》和《今生今世的证据》，则可以看作他的代表作，后者是注重表现本土性的一篇佳作。

笔者以为，只要把握了下面的几个问题，就能解读此文，进入刘亮程的思想世界。

第一，把握作者"草根哲学"的思想。

总体上了解刘亮程的"草根哲学"思想，对理解《今生今世的证据》的思想内容有非常重要的意义。如果认真阅读并思考刘亮程的散文，便不难理解他在乡土散文中所表现出来的"草根哲学"。概括地说，他对过去养育他的那一片乡土及其农耕文化有太多的留恋，身处后工业社会文明的他采取了思想反叛和精神出逃的姿态。他在《城市牛哞》中说："我是从装满牛的车厢跳出来的那一个，是冲断缰绳跑掉的那一个，是挣脱屠刀昂着鲜红的脖子远走他乡的那一个。"在《逃跑的马》里写一匹马，说"马既然要逃跑，肯定有什么东西在追它。那是我们看不到的、马命中的死敌"。刘亮程用牛、马联想自己，认为只有逃脱、反叛，才能与现存的悖谬社会相对抗。唯其如此，刘亮程的"草根哲学"表现了他很另类的思想：以守拙的视野，回望那逝去的村庄——农耕社会文明里有价值的东西，而寻找与他生命同在的证据。《今生今世的证据》就是从寻找关于院落证据的角度，反复抒写自己的生命与院落之间的关联，去认知、融入他生命血液里的梦幻。逝去的本该永远逝去，但刘亮程却让它在自己的情感世界里永不逝去，反复咀嚼、反复回味、反复咏叹，进而反复进行他的哲理思考。在他看来，逝去事物的形体可以腐烂消亡，但其附丽的文化及灵魂却永在，尤其会与人的生命缔结成不灭的故事。

第二，把握作者笔下院落意象的意义。

写家，可写故居、村庄、故乡、家庭、父母、亲人等。刘亮程的《今生今世的证据》，写的是他几十年前居住过的院落，那是他曾经的家。贺知章的《回乡偶书》云"少小离家老大回，乡音无改鬓毛衰"，刘亮程虽然没有像贺老先生那样等到白胡子一大把才回到故乡，但他对人事、物事消磨的感觉与贺诗却很有些相似。贺诗强调的是"唯有门前镜湖水，春风不改旧时波"的物是人非，那个家还在；而刘亮程强调的是人非物亦非，尤其强调了"物非"——记忆中的自家院落及周围的村庄早已不复存在。

因为既往院落的不复存在，所以作者对院落的找寻，本质上是寻梦；因为毕竟无法将痕迹拼贴成院落的全貌，所以与之俱来的是作者梦碎的审美感觉，并且这种忧伤的感觉贯穿全文。唯其如此，刘亮程笔下的院落意象，便具有以下两个方面的明显特征。第一个特征是院落意象的残破性。对院落的回望，作者靠的是浮想联翩，靠记忆中的印象而进行零碎的叙写。院墙、树木、圈棚、炉灶、残存的房体以及破墙圈、门洞、南窗、烟道、锅头那个墙角上的块巴、朽在墙中的木头和铁钉……这些细节和零碎物象，构成了关于院落残破的"印象图"。这幅残破的"印象图"附丽着作者找寻院落的满满情思，附丽着作者对"家"完全失落的伤感和疼痛，残存的只有作者破碎的心灵。第二个特征是院落意象的双重性。院落的意象从物质层面来理解，是指有形有色的房屋、围墙、院里的禽畜窝棚及树木等。但这篇散文不仅写物质形态的家园，更重要的，也是作品的第一意义，是写精神家园在自己灵魂里的残破。换言之，作者是借记忆中家园的残破与寻觅，写自己内心精神家园的残破与求索。所以，解读这篇散文必须把握院落意象的双重意义：院落残破的"印象图"，正是作者情感世界所有残破与荒芜的"意描"呈现。全篇的文字都聚焦于院落，直到作品的结尾才故意点出全文的关键词"家园"，这是文本本身以"有形写无形"的一个证明。这是在旧文章学中被称之为"指点"的技巧。解读此文，必须理解这一"指点"的关键性，它将全文的思想进行了山重水复之后的升华。

第三，把握作者情感抒写的逻辑思路。

此文难以解读，难就难在情感表现的另类。喜欢刘亮程的读者都清楚，他是贴着家乡那块寒冷与贫苦土地的另类、痛苦、深沉的思想家，他对个人情感的抒写也常常表现出另类的特点。《今生今世的证据》所表达的是作者情感上的理性思维。理性思维一般是比较抽象的一种思维，但此文中，一是借助残破的"印象图"来展开，二是以情感的抒写附丽于理性思维，这就形成了文字表现的曲折和艰深。因此，把握作者情感表现的逻辑思路便显得十分重要。

作者情感逻辑思路有一个起伏曲折的过程，包括"深深憾悔""迷惘寻觅"与"最终绝望"三个阶段。

第一个阶段，作品的第1—3节，写对逝去院落的寻找，写感情是一种"深深憾悔"的状态。"我走的时候，我还不懂得怜惜曾经拥有的事物。"鉴于此，便随便推墙、砍树、拆毁圈棚和炉灶，把养育"我"、使"我"成长、给"我"乐趣的院落遗弃以至于毁坏了。"我"只想到搬去的地方一切都会有，且日子会一天天好转。因此，"我"不懂得去留恋，不懂得向院落里那些与自己生命永远关联的"熟悉的东西"去告别，自然更不懂得向墙圈、门洞、南窗、烟道、锅头块巴、墙中木头和铁钉去祈愿。总之，当时根本不懂得它们是"我今生今世的证据"。虽然叙述的语言中没有出现"忏悔"的字眼，但字字句句是忏悔的调性，基调指向追悔莫及的遗憾与无法弥补的悔恨。之所以憾与悔，是因为写作此文的时候，作者才猛然醒悟、觉悟过来：曾经的生活需要证据以证明"我"生命存活的过程和价值所在。

第二个阶段，作品的第4—8节，是"迷惘寻觅"的阶段。主要写作者对逝去院落的寻觅，而且是写他记忆梦幻中的寻寻觅觅。正因迷惘，便要在质疑的茫然中去寻找他生活与生命的证据。这是全文中最难解读的部分。作者说："有一天会再没有人能够相信过去。我也会对以往的一切产生怀疑。"这两句话是解读文章主体部分的关键句。这一部分出现了一个很有寓意的意象——"地深处的大风"。作者在梦魇中把它认知为摧毁院落和周围村庄的主宰。大风、大鸟、瘸腿男人都是作者梦魇中的意象，它们使作者难以找到"回家的路"。尤其大风留在"他的一生中"，以致使原先那个"我"的村庄变成了别人的村庄，使"我"难以找到自己少儿和青年时期生命的证据。由于既往村庄、院落已经死亡，"意描"村落、院落生机与生气的大红公鸡、黑狗和"那一缕夕阳"，也便随之统统归于沉寂。刘亮程寻觅院落背后的理性思维，是对后工业文明消磨与消弭他的村庄和院落及其所附丽的农耕社会文明的质疑，也是对后工业社会使他再也找不到过去生活与生命的证据的痛惜。因此，大风和大鸟象征着后工业文明风驰电掣的时代脚步，而在刘亮程的"草根哲学"里，它们破坏了他所守拙的农耕文明，使作者陷入深深的迷惘。

第三个阶段，作品的第9节，是"最终绝望"的阶段。作者说，"当家园废失，我知道所有回家的脚步都已踏踏实实地迈上了虚无之途"，这是作品情感表现最后的高潮。这个抒情的高潮戛然而止，用这样精短的一句话结束全文，承接第二部分而产生"最终绝望"。从情感表达的意义上看，这句话是对第二部分寻觅无果的一个总结。院落与村庄既然已成"废园"，既然家园已不复存在，作者面对的自然就是一条"虚无之路"，那么回归家园则成了最终的绝望。唯其绝望和迷惘，作者便更觉得有必要对家园的回归，作不息的思考和慢慢的求索。一些关于此文的教案里，对结尾一句，从字面意思的反义方面进行解说，指出作者最后是在寻找精神上的家园，诚然这是正确的。尤其对中学生，更应该从正面进行引导，指出故土、村落、老家、老宅，是一个人的"根"，是一个人的精神支柱，是一个人本土性依托的伊甸园，是见证每一个人生命的证据。一旦忘记或弃绝自己的"根"——人的本土性，一旦忘了养育自己的那一片热土，他的灵魂便无处安放与皈依，那就是一个精神漂泊、行尸走肉的"死灵魂"。然而，结合刘亮程的"草根哲学"去理解，他所寻觅的精神家园，应该是他所留恋、怜惜的那个"一个人的村庄"及其农耕文明里所有的真善美。这令笔者联想起鲁迅《过客》中过客的"绝望反抗",明知前方是黑暗、是坟地、是无路,偏要执着地、一如既往地前行。刘亮程带给我们的思考就是:当我们把一盆脏水泼掉的时候,是否也随意把孩子与脏水一起泼掉?!笔者以为,这就是此文哲理思索的终极主旨。

第四,把握此文艺术表现的最重要的特征。

作者是诗人,是从诗转向散文创作的,所以刘亮程的散文有着诗人的气质底蕴,这就决定了《今生今世的证据》艺术表现的诗性。

前文指出,作品以情感的抒写附丽于理性思维,其实就是诗性的表达方式。在艺术表现上,此文首先运用诗的想象,形成理性思维的形象化抒写,即哲理用形象包纳。抓住院落的意象——残破的"印象图",作为抒写的实实在在的根据,同时又在关于村庄、院落的联想中进行"深深忏悔""迷惘寻觅""最终绝望"的哲理性思考,这就形成情理交融、情胜于理的抒情气势。其次,作品用荒诞、魔幻、隐喻等现代主义手法,将"印象图"碎片与感觉、印象、幻觉、梦忆之细节,统统拼贴起来。刮动万物骨骸和根须的大风、夜晚独自鸣叫响彻村庄的大鸟、在黑寂村巷孤独逃窜的"我"、紧追"我"并用腿捣地的瘸腿男人等,这些幻象的臆造是奇崛和荒诞的,也正是现代手法寓意的张力,把作品的意境表现得扑朔迷离和特有抒情色调。再次,全文的语言特有诗的表现力。诸如第1、2、3节中"我不懂得……""我不知道……""还不知道"等句式的复沓,与作者诗情的推进和回环十分谐和,是诗句铸就了咏叹的调性;如"风穿过一个人慢慢松开的骨缝"一句,不说一个人如何成长,而以"慢慢松开的骨缝",含蓄说明人在骨骼不断松动中长大成人;再如,第8节写到"一年又一年,那时我就知道一个土坑漫长等待的是什么",作者故意不说出答案,而让读者根据上文的描述(指"这些墙最终会回到土里"的意思)去意会、联想并理解它延伸的句外之意,即人和墙一样必须回归于土的本土性。诸如此类的语句在作品中随处可见，作者在语言上酿造诗意的功力，为文本的诗性表现力夯实了基础。

　　总之，《今生今世的证据》是抒情性的哲理散文，它以特殊的理性逻辑思路、现代主义的手法以及诗性的语言，将读者带到了生命必须回家、人生必须证明的哲理彼岸。

豁达、澄明及强大的人格襟抱

——读史铁生《想念地坛》

2010年的最后一天，59岁的史铁生走完了他的生命旅程。我们为他的辞世深感痛惜，同时又为他文学创作的突出成就而感到骄傲。长篇小说《务虚笔记》《我的丁一之旅》，短篇小说集《命若琴弦》，散文《我与地坛》《记忆与印象》等，都是他留给读者的佳作。他的多部作品获得大奖：《我的遥远的清平湾》《奶奶的星星》分获1982年、1983年全国短篇小说奖，短篇小说《老屋小记》获首届鲁迅文学奖，长篇随笔《病隙碎笔》获第三届鲁迅文学奖。这些奖项表明，史铁生的创作确实不同凡响，独特的思考往往让其作品获得撼动人心的思想力量。尤其是他散文里的哲理思索，使他的散文影响远远地超过了他的小说。仅其写于1991年的《我与地坛》一篇，就足以让20世纪的中国文学史永远铭记史铁生的名字。正如韩少功不无夸张地说过："《我与地坛》这篇文章的发表，对当年的文坛来说，即使没有其他的作品，那一年的文坛也是一个丰年。"①2002年，史铁生仍然以地坛为题，创作了姊妹篇《想念地坛》。这篇作品同样精彩，而且被选入江苏版的《现代散文选读》（丁帆、杨九俊主编），作为必教必学篇目。鉴于很多读者只关注前者，而不注重后者，故对《想念地坛》进行深入的解读和评论，进而解读用生命写作的史铁生，无疑是对他最有意义的纪念。

选择文学写作并且死而后已，以此作为个人生命过程存在的那一份坚守、那一份价值，是与史铁生个人坎坷的悲剧命运相关的必然。

---

① 转引自陈劲节：《地坛：生命的起点》，http://www.chinese163.com/html/article/31941.html.。

他于1969年到延安插队，1972年因双腿瘫痪回北京，这是他第一次大病。但他没有因此消沉，而是选择了文学作为人生追求的事业。后来他又患肾病并得了尿毒症，每周需透析两三次方可维持生命，这是他第二次大病。对于常人来说，如果先后罹患瘫痪与尿毒症，其精神很可能早就被击垮。但史铁生却看破生死，坦然处之，始终以写作作为自己的第一生命，并且坚守了30多年，这不得不说是一个生命的奇迹，是文学信仰创造了他的生命奇迹。在他的作品里，有许多是以残疾为主题和题材来表达他对生命、命运等问题的感悟的。如《我们的角落》《命若琴弦》《病隙碎笔》等，这些准非虚构小说，以作者的个人性、题材的亲历性、生命的揭秘性和故事的猎奇性，丰富了非虚构小说以作家自我生命为本位的创作理念与经验（从20世纪80年代在中国翻译出版美国学者约翰·霍洛韦尔的《非虚构小说的写作》起，至今，理论界一直在讨论非虚构小说创作的话题）。而以地坛为题的《我与地坛》和《想念地坛》，则是作者感悟生命最为真实、最为深刻的作品。

地坛，又称方泽坛，位于地坛公园内，始建于明嘉靖九年（1530年），为北京五坛中的第二大坛，坐落在安定门外东侧，与天坛遥相对应。地坛是一座庄严肃穆、古朴幽雅的皇家坛庙，是明清两朝祭祀"皇地祇神"之场所，也是中国最大的"祭地"之坛。自然，遭遇生命劫难的史铁生到地坛这祭祀圣地不是祈愿祈福，而是为了沉入个体生命的思考。这里笔者必须简要地提及《我与地坛》的内容，以帮助读者深入理解《想念地坛》的思想。在《我与地坛》里，作者将15年来摇着轮椅在地坛散步的思考，通过如"我"与地坛的宿命、"我"母亲因"我"而与地坛生成的宿命、"我"眼里地坛的春夏秋冬四季变幻的景观以及一对常年相伴的老夫妻和偶遇的聋哑少女等人物，把关于生与死、灵与肉、命与缘、福与祸的纠结以及纠结生成后的痛苦与困惑，"天问"式地、隐喻般地表现出来。如果说，《我与地坛》还纠结在痛苦和困惑中，还没有完全摆脱宿命的思想的话，那么11年之后写作《想念地坛》时，作者则进入了一个豁达、澄明的境界了。

　　史铁生对过去到地坛散步的重新认识，首先书写的是精神升华到豁达的境界。这里必须说明的是，作者写这篇散文的时空视角，是对既往的"我与地坛"的回望与反思，写作时他人并非在地坛，其思想是在天马行空的"想念"之中。他通过回望与反思，悟到的最重要的关键词是"安静"——"想念地坛，主要是想念它的安静。"在史铁生的反思里，地坛是安静的，又是不安静的。就地理的自然环境而言，这里毕竟是游人稀疏的公园，"喧嚣都在远处"；但地坛毕竟有它春夏秋冬的生机和故事，故而它的安静"并非无声"。作者之所以深深感到它的安静，感到它的与世隔绝，是因为它的安静，让自己有了年复一年、日复一日的"动"："摇了轮椅，一次次走来，逃也似的投靠这一处静地"，而且让"一个无措的灵魂，不期而至竟仿佛走回到生命的原点"。也就是说，地坛的安静，让身患重疾的作者反复考量自己的生命长度，反复考量自己的痛苦与困惑，反复考量苦难对生命意志的验证，让自己残留的生命得以重新开始。这正是地坛对作者的恩赐。作品中有一段关于生命死亡的想象："我记得我有了一种放弃的心情，仿佛我已经消失，已经不在，惟一缕轻魂在园中游荡，刹那间清风朗月如沐慈悲。于是乎我听见了那恒久而辽阔的安静。恒久，辽阔，但非死寂，那中间确有如林语堂所说的，一种'温柔的声音，同时也是强迫的声音'。"（这里引用林语堂写基督教的文章《火光的威严》中的话，来表达作者如受到神灵启迪而感悟生命真谛的状态。林文的原话是："他用一种真正高贵的声调，例如'凡劳苦担重担的人可以到我这里来，我就使你们得安息。'这是耶稣温柔的声音，同时也是强迫的声音，一种最近二千年来浮现在人理解力之上的命令的声音。"）其实，这些描述表达了作者借助西方宗教来领悟人生和看破死亡的淡定、从容和彻悟。死并不可怕，死如睡眠，每个人在夜里沉沉睡熟，意识无存，全然不能感知外在世界。作者明白了，选择生还是选择死，这本身并不可怕。如果怕死，只看到"绝路"，只想到"怎样去死"，怀着百般无奈去死，这是可怖的；如果赖活，苟且做一堆徒悲人生、死乞白赖的"行尸走肉"，这也是可悲的。在作者看来，以上两种情状都不可取，否则才是真正的人生悲剧，才是精神上的侏儒。史铁生就这样"仿佛走回到生命的原点"，豁达了，顿悟了，柳暗花明了；于是他就有了"绝路"之后的"生路"，即有了自己明智的发现与选择：文学写作。如他自己在作品中所说："写，真是个办法，是条条绝路之后的一条路。"

因身患残疾或沉病而选择文学创作的作家很多。在外国，写下《钢铁是怎样炼成的》的奥斯特洛夫斯基、创作《尼尔斯骑鹅旅行记》并获得1909年诺贝尔文学奖的瑞典女作家拉格洛夫，这是读者熟悉的例子；在中国，写下《轮椅上的梦》等长篇小说的张海迪，写下22万字自传体小说《只要生命还在》的大连作家刘海英，拄着双拐、站在电脑前写作的武汉作家曾文寂，那位38岁患了进行性肌肉营养不良的广州女诗人林爽英（笔名旻旻），两腿残疾却写出《兵变1938》的影视剧作家郭亚平，被网友称为"第二保尔"的段云球，因遇车祸而靠肩膀的带动在电脑上码字的郭丞……灾难之后，他们反而让自己的生命在文学的天空中更自由地飞翔。在他们之中，用哲学来解读自己残疾生命的，唯史铁生一人。归根结底，是地坛的安静让史铁生在冥冥之中悟出了"向死而生"的哲学。他从鲁迅身上继承了"反抗绝望"的思想和精神。鲁迅以《过客》中的过客形象，演绎了明知前路是绝望的而偏执奋进，并且拒绝养息与拒绝他人施舍的"向死而生"的哲学。他说过："《过客》的意思……即是明知前路是坟而偏要走，就是反抗绝望，因为我以为绝望而反抗者难，比因希望而战斗者更勇猛，更悲壮。"① 《野草》中的《影的告别》《求乞者》《死火》《颓败线的颤动》《这样的战士》等篇章，同样演绎了这种面对死亡的人生哲学。鲁迅逝世前的10年间，其身体一直处于亚健康状态，可他为了医治与重铸国人的灵魂，而与帝国主义、反动统治当局的帮凶与帮闲进行着不懈的斗争。他把自己的身体比作"病叶"，即使将坠，也要面对自己的人生，"在极短时中相对"。笔者以为，史

---

① 《鲁迅1925年4月11日致赵其文函》，《鲁迅研究资料》第9期。

铁生的"向死而生"与鲁迅的"反抗绝望"的人生哲学是一脉相承的，史铁生也是"反抗绝望"。当他把自己的生死置之度外而在反抗宿命、追索人生意义时，就必然进入了豁达的人生境界，也就能达到常人难以达到的"宁静以致远"了。如同他自己所描述的那般淡泊宁静："有时候我设想我的墓志铭……我轻轻地走，正如我轻轻地来，扫尽尘嚣。"（《病隙碎笔》）

史铁生对地坛的回望与反思，其次书写的是精神升华到澄明的境界。所谓澄明，是指人的精神世界澄澈如水、磊落光明。作品以很大篇幅，抒写与诠释了个人写作的意义。作者借用了一个"写作的零度"的概念，从多方面书写他的彻悟。零度写作，这个命题来源于法国文学理论家罗兰·巴特1953年发表的一篇论文《写作的零度》。所谓零度写作的方式，多指作者在作品中不掺杂任何个人的想法，完全是机械地陈述。零度写作并不是缺乏感情，更不是排斥感情，而是将澎湃饱满的感情控制降至冰点，让理性得以升华，从而让作者得以客观、冷静、从容地抒写。史铁生认为这个概念"已经契合了我的心意"，"在我想，写作的零度即生命的起点"，即生命的开始、人生旅途的重新出发。首先，他感到写作之于他，是"由之出发的地方即生命之固有的疑难，写作之终于的寻求，即灵魂最初的眺望"。也就是如他在前面所说，他在地坛思索自己生命何去何从之疑难的时候，忽然想到用笔来书写自己，"不考虑词句"，"也不过问技巧"，就是一味让自己的思想情感命笔驰骋，如此获得了"忽临的轻松和快慰"，进而让生命"时来运转"，获得信实的支撑和眺望。其次，史铁生对"写作的零度"言说个人的理解：回到"零度"，就是"重新过问生命的意义"。他从法国作家罗伯·格里耶和创作《等待戈多》的贝克特身上，"笑遇荒诞"，并且以自己的体验读到了写作的荒诞感，因为荒诞"逼迫你去看那生命固有的疑难"，而去冷静地追寻与确认自己生命的价值。再次，作者联系当前文坛现状，批评与"写作的零度"相悖的功利主义。什么"弃心魄的困惑于不问"，什么把写作"变成潇洒""变成身份或地位的投资"，什么"爱上了比赛、擂台和排名榜"等，这些无疑都是在写作方面绝对功利主义的表现。作者现身说法，用他在《八子》和《务虚笔记》中都写过的一个人物，形象地说明并批判这种功利主义是"天赋的诡作"：一个孩子用"我第一跟谁好，第二跟谁好"排座次的方式就轻易赢得了权力，建立了自己霸权的秩序，而且获得了"我"和另外很多孩子的阿谀和服从。史铁生用这个例子表白自己，写作时追求、恪守的是"写作的零度"，是一种作家的灵魂自省与匡正时弊的批判精神。以上三个方面，是作者对"写作的零度"的理解和理念：写作让自己的生命超越残障、重新开始，让自我涅槃之后重新考问生命的意义，让自己面对物欲横流的世俗世界而拒绝功利主义。这些都表现出史铁生写作时的精神达到了澄明的境界，而且是全盘的澄明。诚如铁凝所说："诚实与善思对活着的人是多么的重要。他坐在轮椅上那么多年，却比很多能够站立的人更高、更高。他那么多年不能走太远的路，却比更多游走四方的人有着更辽阔的心。史铁生是一个'伟大'的作家，他当得起'伟大'这个词。"[1]

面对个人的生死，史铁生可以做到豁达；面对灯红酒绿的物欲世界，他可以做到澄明。在他的想念和反思里，还有更深度的抒写：地坛是他个体生命体验的精神家园，换句话说，地坛是他美好精神家园的符码。他反复强调的回到"零度"，就是回到他的一个理想的、至高无上的自由精神的家园。因此，在作品的结尾部分，作者意味深长地强调只有回到地坛式的"安静"，才能回到"零度"，因此才能恪守精神家园。唯其如此，他在人格情操的修炼上提出了两个"放弃"、一个"柔弱"的原则。所谓两个"放弃"，就是放弃"强力"，放弃"阿谀"。他指出，要弃绝"面要面霸，居要豪居，海鲜称帝，狗肉称王……"，弃绝"名人，强人，人物"，以及弃绝为获得强势而在人际关系中的阿谀奉承、投机取巧、争权夺利、欺世盗名

[1] 《别样生日聚会追忆史铁生　铁凝赞其为伟大作家》，中国新闻网，2011年1月4日。

等的庸俗作风。所谓"柔弱"，就是指坚持谦谦君子的正直善行的人格，面对官场人格、商场人格及其阿谀奉承、投机取巧等作风而反道使然、我行我素，就像作者描述的地坛里的那些老柏树那样："历无数春秋寒暑依旧镇定自若，不为流光掠影所迷。"作者明确强调，这种"柔弱"是"万物的美德"，它并非软弱，"是信者仰慕神恩的心情，静聆神命的姿态"。"柔弱"之中的关键字是"柔"字，这是温柔敦厚的诗教之"柔"，是百炼钢化为绕指柔的修炼之"柔"。从这方面理解，史铁生所恪守、坚持和赞美的，其实是中国传统的温柔敦厚的人格襟抱，既表现为外在的柔弱、儒雅和敦厚，又表现为内在的从容、坚韧和强大。作者从感悟精神世界的豁达、澄明，到顿悟人格操行的自我恪守和坚持，分明是进入到哲理境界，这就把对地坛的言说书写，引向思想的深刻和诗意的深邃。作品最为给力的一笔，是对这种人格力量给予了斩钉截铁的肯定："但要是'爱'也喧嚣，'美'也招摇，'真诚'沦为一句时髦的广告，那怎么办？惟柔弱是爱愿的识别，正如放弃是喧嚣的解剂。"显而易见，作者认为在商品化、媚俗化的今天，唯有坚守、坚持两个"放弃"和一个"柔弱"的处世原则，才是深怀良知、有所作为的知识精英们所拥有的护身法宝。

《想念地坛》的书写和表现是诗性和诗意的。读这篇散文，如果按照传统解读文本的思维定势，去寻找时间和空间的叙述逻辑以及对叙事方法进行条分缕析，那将是一件很困难的事情。作者将记叙、描写、抒情、议论融为一体，听凭心性自由地、随意地抒写，字词章句似乎杂乱无序，其实贯穿其中的是作者的哲理感悟与伴随感悟生成的激情。常见的散文是按照作者的感觉来写，故而有它常见的时空叙述逻辑和叙事方法。而在这篇散文中，作者是写形而上的感悟而非写形而下的感觉。作者让形而上的哲理诗情成为内驱力，统摄全文，故而我们读这篇散文分明感觉到作者一气呵成的气势和浑然一体的气概。我们可以窥斑见豹，窥见史铁生散文的大体风格。当他超越时空与生命的哲理、热烈澎湃的诗情交融、交织，如山洪决堤、喷薄而出的时候，那就如他自己所说，再也来不及考究词句与技巧，而是直抒心性、一泻千里、淋漓笔端、随物赋形，表现的是心灵的真实、思绪的奔腾。形式和内容在很多时候存在二律背反现象。在一般情况下，两者辩证统一起来，很难说是孰重孰轻（传统称内容决定形式的理念，是不科学的）。可偏偏有史铁生《想念地坛》式的个案，当豁达澄明的心境进入叩问人格襟抱的时候，他那"我已不在地坛，地坛在我"的山呼海啸般的哲理诗情，就让作品的表现形式退居第二位了。哲思的深邃与博大，使一些诸如"当你立于生命固有的疑难……你就回到了零度"的箴言警句，错落于段落之中，蔚然而成与内在的哲理诗情相得益彰的文章气韵。这内容消解形式、颠覆形式、大于形式的错谬，正好暗合了巴金"无技巧境界"的理念。史铁生与巴金灵犀相通，共持共识一个偏激得颇有哲学意味的创作理念：散文的形式技巧可以忽略不计，但真情实感永远是它的灵魂和生命，舍此，便没有散文的佳作精品，也没有散文的形式技巧和诗性诗意的魅力了。

史铁生在《想念地坛》里给读者做人与作文两方面的启示，值得我们永远记取。

美在于寻找与发现

——读贾平凹《月迹》

　　众所周知，贾平凹是一位小说家，其《秦腔》获得茅盾文学奖。但创作伊始，他两栖于小说与散文。20世纪80年代初的《一棵小桃树》，就引起老一辈作家孙犁先生的好评，孙先生曾在《人民日报》上撰文向读者推荐。《月迹》是贾平凹早期散文的代表作，最初发表在《散文》1980年第11期，后编入他的第一本散文集《月迹》。他对月特别钟情，还写过《对月》《月鉴》，比较起来，在三篇关于月的作品中，还是《月迹》写得最好。

　　以月为吟咏题材的诗文作品很多。就散文而言，最著名的是朱自清的《荷塘月色》，还有巴金的《月》、庐隐的《月下的回忆》、杨朔的《金字塔夜月》、陈奕纯的《月下狗声》等。至于古代诗词中写月的作品，更是数不胜数。

　　月亮这一意象，已经成为中国传统文化的一个精神符号，在诗人与散文家的心中有着思想情感的多种意蕴：幽静（如贾岛的"鸟宿池边树，僧敲月下门"）、孤独（如李白的"举杯邀明月，对影成三人"）、忧伤（如张继的"月落乌啼霜满天，江枫渔火对愁眠"）、乡愁（如杜甫"露从今夜白，月是故乡明"）、永恒（张若虚的"春江潮水连海平，海上明月共潮生"）、祈愿（如苏轼的"但愿人长久，千里共婵娟"）、美好（如王维的"明月松间照，清泉石上流"）等，不一而足。在《荷塘月色》里，月色作为荷花的衬托物，与荷花一并整合而表达作者圣洁、美好的人格理想，因此，月色代表朱自清的人格理想，寓意圣洁与美好。那么，贾平凹笔下的月，有着怎样的寓意呢？这是读者解读这篇散文的一个至关重要的问题。

　　著名的雕塑家罗丹在《罗丹艺术论》里说过："美是到处都有

的，对于我们的眼睛，不是缺少美，而是缺少发现。"贾平凹是一位美的追求者，他喜欢讲小说故事，也善于在散文中讲故事。早期散文中他讲述桃树、丑石、鸟巢、静虚村等故事，为他的读者所熟知。《月迹》则是讲述"我们"兄妹三人寻找中秋之月的往事，引导读者从自己的身边去发现月亮的美、寻找月亮的美，告诉成长中的他们，美在于发现与寻找。咏月，这个被前人写得很多很滥的题材，在贾平凹的笔下却写出新意，有了他作为"鬼才"的创造性：他演绎了罗丹"美在发现"的哲理，引导读者以发现美的眼睛去寻找美。于是，他构思了几个孩子在中秋夜晚寻找月亮踪迹的故事。这个构思就在于写出孩子们寻找月亮的过程，既写月亮流动之轨迹，又写孩子们为之寻找之行迹，两者整合为一个生动的叙事文本，既曲曲折折而又饶有趣味。因此，概括起来，《月迹》的构思便明显具有这样两个特点：第一，演绎并诠释罗丹的哲理；第二，以几个孩子寻找月亮的踪迹为线索，结撰成了一篇故事体的哲理散文。

如果深究一步，作为一种思想情感的符号，贾平凹笔下的月亮究竟象征什么？对这个问题，不少中学语文老师的教案解释为孩子们希望自己拥有一份美丽，表现了追求美好事物的纯真愿望；或者解释为孩子们对美好生活的渴望与追求。这些解释都没有错，只是还没有落到月亮作为一个意象之文化意义的实处。笔者认为，还是应该从作品里去寻找答案。作品在结尾部分通过与弟弟、妹妹的对话，说出了它的含义。"我"问："月亮是个什么呢？"弟弟的回答是"月亮是我所要的"，妹妹的回答是"月亮是个好"；哥哥"我"的看法，则是"我同意他们的话"。这里"所要的"和"好"，是三个孩子的共同感受，是亲兄妹共同拥有的"好"，因为"我们有了月亮，那无边无际的天空也是我们的了"。这是他们寻找与发现月亮之后，在月圆之夜最终获得的感受，即兄妹共享月夜的温馨、圆满、自由和欢乐。月亮，就是他们拥有月亮之后的自己，就是拥有"我们按在天空中的印章"的自己。由此可见，孩子们与月亮融为一体了，月亮象征或隐喻孩子们在温馨、圆满、自由、欢乐中成长的自我。

这篇散文最鲜明的艺术特色，是服从于"美在发现"的哲理书写，对"月迹"进行有层次的描写，而且写得流畅生动、惟妙惟肖。俗话说，画鬼容易画月难。谁也没有见过鬼是什么样子，怎么画都可以；可对于月亮，人们所见到的都是一个样子，故而很难在笔下写出个人的特点来。而贾平凹画月，表现了他非比寻常的才情禀赋。在他眼里，月亮仿佛是个淘气的小男孩，仿佛是个调皮的小姑娘，又仿佛是一个逗诱孩子们的大姐姐，于是它就被生生刻画在纸上了。作者是极有层次地对月亮进行描述的。一写镜之月，主要写月形："原来月亮是长了腿儿的……白道儿……半圆儿……"最后变成满盈的穿衣镜里的"圆"。二写院之月，主要写月色：平视看，月色洒在桂树上"玉玉的""银银的"；举头看，月亮"正在头顶"。三写杯之月，主要写月影：每个人的杯子里都有影子，"浮起一个小小的月亮的满圆"，手一动，"酥酥地颤"。四写水之月，主要写月光：月光把"粗糙"的河滩变成"一大片净沙"，"灿灿地闪着银光"；沿着河岸跑，就像一首歌里所传唱的，"月亮走，我也走"，哪一处的水里"都有月亮"。五写眼之月，主要写月的缩影："我突然又在弟弟妹妹的眼睛里看见了小小的月亮"，"我想，我的眼睛里也一定是会有的"。作者对镜之月、院之月、杯之月、水之月以及眼之月的描写，是动态的描写，描绘出月在爬动（镜之月）、在闪动（院之月）、在颤动（杯之月）、在跑动（水之月）、在灵动（眼之月）。而为了进行动态的描述，作者采用了移步换形的方法，而且表现得虚虚实实。所谓移步换形，就是从房里写到院子，从桂树写到酒杯，从小河写到沙滩，随着地点的转换，分别凸显不同地点的月的形状、光色、倒影的特征，从而写出孩子们具体的感觉与感受。所谓虚虚实实，就是指一方面写月迹，即通过穿衣镜、院子、酒杯、河水、眼睛这些实体，灵活虚变地写月的形状、光色、倒影的特征，以达到直接写月的目的；另一方面作者又穿插关于桂树、嫦娥的故事，关于寻月的行动情节及对话细节，关于孩子们对"月亮是什么"的议论的叙写，大体都是关于月亮的间接描写，这也是另一种意义上虚与实的结合。

著名散文家丰子恺说："我常常'设身处地'地体验孩子们的生活；换一句话说，我常常自己变了儿童而观察儿童。"（《子恺漫画选》自序）贾平凹也是如此。他以童心、童真和童趣写月亮，仿佛如丰子恺那样"自己变了儿童"而写儿童。说到这里，读者或许会问：《月迹》所叙述的"寻月"的故事，是不是生活中发生的真实故事？"我"是不是贾平凹？笔者的回答：可能是，也可能不是。山里出生的贾平凹有可能经历过这样的事情，也可能是他虚构出来的一段童年故事，而虚构的可能性大些。之所以这么认为，笔者是有根据的。贾平凹对散文真实性的原则，不太看重。对此，张宗刚教授的文章曾披露过：贾平凹在写《我是农民》《西路上》等散文的时候，把一些"大违常理，怪诞不可信"的细节写进散文，"混淆了散文与小说固有的边界"。（《散文之末路》）这个问题是贾平凹的软肋，是其散文创作中的一个问题，散文创作本应该做到写真人真事，是不允许进行虚构的。但中学语文老师完全没有必要与学生讲述《月迹》是真实还是虚构的问题，权且把它作为一个完全真实的故事进行讲析。话再说回来，不管《月迹》是真实还是虚构的，贾平凹以童心来写孩子们的儿童心理与儿童感觉，却实实在在是这篇散文的又一艺术特色。

用第一人称叙述的时候，贾平凹便"自己变了儿童"，已经回到童年时代，回到与弟弟妹妹同享的"青灯儿时"，回到天真无邪的儿童思维。例如：月亮"长了腿的"，"悄没声儿地溜进来"；议论月亮是谁的，"我们便争执了起来，每个人都说月亮是自己的"；端着酒杯，"大家都喝下肚去，月亮就在每一个人的心里了"；等等。这些描述把儿童的心理感觉、情感、欲望，很自然、很幼稚也很天真地描绘出来，而且惟妙惟肖，异常逼真。贾平凹突出了儿童的"第一天性"，而这"第一天性"只属于儿童，只属于儿童的自然、天真与冲动，是一种不受道德、法律、习俗、礼仪所约束的为所欲为与率性所思，一切只服从他们无理智的任性与欲求。读《月迹》，笔者很自然地联想到鲁迅以童心写作的《朝花夕拾》里的儿童散文。如果在《朝花夕拾》里还多多少少读到一点"成人味"的话，那么，我们在《月迹》里则完全被贾平凹的"自己变了儿童"而触动。孙犁在读到《一棵小桃树》的时候说过："这篇文章的内容和写法，现在看来也是很新鲜的。但我不愿意说，他是探索什么，或突破了什么。我只是说，此调不弹久矣，过去很多名家，是这样弹奏过的。它是心之声，也是意之向往，是散文的一种非常好的音响。"（《读一篇散文》）孙犁所说的"新鲜"的写法，其实就是贾平凹回到童真写儿童的拟态叙述与拟态描写，这种拟态乱真的审美艺术感觉不仅仅表现在上述的几个例子中，而且贯穿全篇，溶解于字里行间的审美创造效应里。

考量《月迹》以童真写童真的审美机制时，笔者发现了"天人合一"的哲理意蕴与艺术呈现的整合，这成为这篇散文令人拍案称奇的艺术处理。先具体看作品的几处"天人合一"幻知觉的描写。第一处，是奶奶讲嫦娥的传说时，孩子们把嫦娥与三妹比美，妹妹说"月亮是属于我的了"，即写妹妹"嫦娥即我""月亮即我"的幻知觉。第二处，当奶奶提到月中桂树之时，产生了"我们"的幻知觉，"似乎我们已在月里，那月桂分明就是我们身后的这一棵了"。第三处，即作品结尾，写三个孩子在野外寻找月亮之后，"来了困意，就坐在沙滩上，相依相偎地甜甜地睡了一会儿"。他们拥抱月亮、拥抱自然，与大自然融为一体了。这些幻知觉的描写，完全体现了作者的哲学思想。应该说，贾平凹这种"天人合一"思想的抒写，不仅源于拟态乱真的审美感觉，而且源于他固在的"天人合一"与"虚静"的哲学诉求。因此，在这里有必要再宕开一笔，对老庄哲学进行不算放肆笔墨的一些解释。

庄子说："有人，天也；有天，亦天也。"天、人本是合一的，但在人类社会里由于人为的各种典章制度、道德规范，人丧失了自然本性。所以人要摆脱自身的藩篱，将人性从禁锢中解放出来，复归自然，达到一种"万物与我为一"的精神境界，即"天人合一"的理想。而要实现这一理想，在人自身的修行方面则要追求

"虚静"。老子则提出道家修养的主旨为"致虚极，守静笃"。贾平凹对"虚静"哲学颇有喜好，他在写作《月迹》之时，还同时写过散文《静虚村记》，其描述"静虚村""桃花源"式的生活状貌，吃饭、喝酒、养鸡、种菜、聊天等都具有静谧、祥和与友爱的"天人合一"的境界，直接表露了作者的哲学思想。可见，贾平凹在《月迹》里所描写的"虚静"，有意识地通过上述三处幻知觉而"放大"，是作者匠心独运的"指点"，而且这样的强调，更使这篇散文平添了人景交融、诗情画意的氛围以及几分美丽的童话色彩。

此外，为服从以童真写童真的需要，这篇作品在语言上追求自然、明快的同时，还特别注重使用少儿才会有稚气的短句、口语对话的节奏、两两同字的叠词（如款款、玉玉、银银、淡淡、痒痒、袅袅、酥酥、灿灿等），凸显少儿的叙述口吻、说话习惯与心理色彩，这也是读者鉴赏此文时应该把握的一个问题。

《月迹》的发表距今已有30多年，经过改革开放的历史转折，我国完成了从计划经济到市场经济的转型，信息化与全球化进程快速推进。然而，随着国家经济的高速发展，出现了很多令人担忧的文化现象，我们在传统文化与人文精神方面失去了很多宝贵的东西。因此，需要重读《月迹》。面对社会的浮躁、人性的扭曲、以权谋私的黑暗与腐败、一夜暴富的急功近利等，每一个中国人必须以良知和社会责任感，让自己的内心获得虚静而思考如何严肃、从容地解决问题。我们需要返璞归真，回归一种本真淳朴的生活方式，回归大自然涤荡我们心胸的那种心旷神怡与宁静淡泊，从而回归人性的纯真、善良以及人与人之间的信任、体谅与友爱。因此，重读这篇散文，有着它的现实意义。

笔者惊叹贾平凹的先知先觉。"文化寻根"思潮出现于1985年之后，而他提早五年就有了对传统文化的选择，在《月迹》《静虚村记》等早期散文里提出"文化寻根"的思想，这确确实实是难能可贵的。也许他对老庄哲学的偏爱是他的执拗，可这种执拗使贾平凹获得了他的成功。因为对于文学家与艺术家来说，执拗是创作的正能量。正如著名心理学家荣格所说："这样发展出一种狂热，一种偏执或着迷，一种对心理平衡危害最厉害的极度夸张的片面性。这种片面性的能量无疑是成功的秘诀。"[1]笔者认为，如此理解贾平凹审美创造机制的个性，对解读《月迹》也是大有益处的。

---

① 《西方心理学家文选》，人民教育出版社1983年版，第145页。

人生"苦旅"与"前方"的呼唤

——读曹文轩《前方》

　　笔者解读《前方》的时候，发现此作的艺术思维与作者的身份有着密切的关联。1954年出生于江苏盐城农村的曹文轩，于1974年入北京大学中文系读书，应该属于"文革"中的"工农兵大学生"。他凭着自己的努力，毕业后以优异的学业成绩留校任教，现为北京大学中文系教授、博士生导师。他一方面做学问，著有《中国八十年代文学现象研究》《思维论》《曹文轩儿童文学论文集》等；另一方面还热衷于儿童文学创作，著有《红葫芦》《草房子》《三角地》《山羊不吃天堂草》《红瓦》等，是著名的儿童文学作家。他多次获奖，如凭借改编电影《草房子》获第八届中国电影童牛奖优秀编剧奖，并获第十九届中国电影金鸡奖最佳剧本奖；《青铜葵花》获"五个一工程"奖、国家图书奖、第七届中国作协全国优秀儿童文学奖、冰心文学大奖；长篇小说《根鸟》获第六届宋庆龄儿童文学奖佳作奖与获得国际安徒生奖的提名，等等。

　　鉴于此，《前方》所展示的，是作为儿童文学作家与著名学者驾驭散文体裁的思维和风采。所以，曹文轩能够从一位印度摄影师的摄影作品《前方》，浮想联翩而演绎成这篇同名的散文，且使之成为他散文创作的名篇。

　　欣赏一幅画或摄影作品而写出诗文，这并不鲜见。朱自清根据朋友送给他的一幅《月朦胧，鸟朦胧，帘卷海棠红》的画，写成了同名散文；台湾音乐才女郑华娟根据油画《蒙娜丽莎》，写成了《蒙娜丽莎的眼泪》的词曲；方纪根据毛泽东同志赴重庆谈判前于机场告别的照片，创作了散文《挥手之间》……此类例子还可以举出很多。中学语文老师在教案中把《前方》指认为"摄影散文"，这一定义未必妥当。其实，《前方》属于咏物散文，即根据有形的物件赋情写意、沉思默想而创作的散文；不过，此篇是面对一幅照片而引发的思考与情思而已。如果一定要给这篇散文在体裁上定性，准确地说，它应该是一篇哲理思索的抒情散文。

《前方》的作者借助摄影师提供的画面，进行了五个层次的哲理思索。笔者结合作品，就五个层次分别进行解说。

一辆"积了一身厚厚的尘埃"的旧汽车，"临时停在路旁"，"一车人，神情憔悴而漠然地望着前方"。这是印度摄影师所摄的画面，是此文第一节所描述的内容。这一简明的描述，明确交代了全文引发思考与抒情的意象，而且创造了类似马致远《秋思》所描述的"古道、西风、瘦马"的情调，是一种苍凉的、恒郁的情调。作者面对这幅景象，引发了第一个思想层次的思考："他们去哪儿？归家还是远行？"这是追问，是引发遐想的追问，并且明确指出，这群旅人的现时状态与本质特征，是"他们正在路上"，不管是归家还是离家，他们是一群望着前方的、艰苦跋涉的流浪者。这是第一个思想层次思考的答案。

按常理说，看到这幅画面，绝大多数作者都会像余光中、刘亮程等人那样写回家、写乡愁。可曹文轩偏偏逆向而行，不写回家与乡愁，而是写人的"离家"。于是，作者在作品中展开了第二个思想层次的思考：人有克制不住的离家的欲望。

为什么"人有克制不住的离家的欲望"？作者暂且避开了人的本土性，避开了人与家园的那种千丝万缕的乡愁，而进行哲理性的逆向思维。作者找到的第一个根据是"祖先们是在几乎无休止的迁徙中生活的"，指出迁徙是我们先祖的本性；并一步逆向求证，先祖迁徙的本性，是由动物的迁徙本性而来。今天，"我们在电视上，总是看见美洲荒原或者非洲荒原上的动物大迁徙的宏大场面：它们不停地奔跑，翻过一道道山，游过一条条河，穿过一片片戈壁滩"，而"人类的祖先也在这迁徙中度过了漫长的光阴"。换句话说，人的"离家的欲望"是源于人的迁徙性，向远古追溯，人类的迁徙性是由动物的迁徙性承继延绵而来。即使后来人类有了"家"，有了人类的道德文明，有了约束人的行为的法律和公理，但人"先前的习性与欲望依然没有寂灭"，故而习性与欲望决定了人"离家"或"远行"的本性。这是第二个层次思考的答案。

除了迁徙本性而外，究竟人为何离家或远行？这是作者进一步的思索。于是，作者展开了关于现代人离家原因的第三个思想层次的思考。

对现代人离家的原因，作者进行了三个方面的回答。第一，离家，是因为外面世界的诱惑。外面的世界"广大无边""丰富多彩""富有刺激性"，同时也充满"艰辛"和"危险"；但离家能够"开阔视野"，"壮大和发展自己"。唯其如此，外面的世界总是诱惑人离开家门，去"闯荡世界"。这是人的"生命的快感"与"虚荣心"。第二，离家，是因为无奈。对于流浪者来说，之所以离家，是因为"家容不得他了，或是他容不得家了"，是不得不离，是不得不走，是一种决绝的离走。这是从一个人与家庭的诸多矛盾的方面来思考的。或许是出于当事者与父母、兄弟姐妹的矛盾，或许是出于当事者与丈夫或妻子的婚姻危机，或许出于乡亲之间的怨怼，或许出于灾荒、瘟疫等灾难……故此，离家的每个人都有各自不同的故事。第三，离家，是因为理想的呼唤。作者说，"人的眼中、心里，总有一个前方"，"前方"是全文的关键词。人的眼睛总是往前看，但"前方"不确定、很模糊，如雾中之月，似水中之影。然而，人们为什么要离家远行？那是因为他们"听到了呼唤他们前往的钟声和激动人心的鼓乐"。"钟声"与"鼓乐"，是诱惑人们向前的东西，是理想在向他们呼唤。如果说离家的第一个原因强调的是人们受外面灯红酒绿物质世界的诱惑，第二个原因强调的是人们各自家庭的个人因素，第一、第二个原因共同强调的是客观方面的原因，那么，第三个原因则强调主观原因，而且是诸多原因中最为重要的原因。理想，是一个人浪迹天涯的生命支柱，它使流浪者"兴奋""行动""如痴如醉"，它给流浪者以信念、以意志、以毅力、以力量等人生拼搏的意义。因此"前方"这一关键词，在此文中被赋予理想的意义，或者说成为"理想"概念的代称。总之，离家、远行、返乡、又出行、再回家，在人生道路上，流浪者之所以决然地离家，是因为在他们心中永远拥有一个"理想"，这个理想永远是他们的精神家园。

回答完人们离家的原因之后，作者进入了第四个思想层次的思考。

人们出于迁徙本性也好，出于主观或客观的种种原因也罢，他们的流浪必须向着"前方"，随着时代的演进，一代又一代的流浪者深感"命运把人抛到了路上"。如此思考，就把离家上升到人的生命本体上考察问究，从而得出"人生实质上是一场苦旅"的哲理性结论。事实上，每位流浪者都是怀揣着美好理想踏上人生苦旅的，或者是纯粹为了改变某种社会制度而带着以生命赴汤蹈火的理想，如李大钊、方志敏等；或者是为了改变民族命运而求得富国强民的理想，如鲁迅、胡适等；或者是为了教育救国、科学救国的理想，如叶圣陶、李四光等；或者是为了自身的进德修业、用知识改变自己命运的理想，如朱自清、季羡林等。理想，是精神层面的信念与信仰，是人们精神力量的源泉。总之，种种理想演绎为种种人生道路，其不同的过程总是表现为相似的本质：人生实为苦旅。你奔着前方，得在路途上忙碌奔波、吃苦耐劳、左冲右突、坚持不懈；你得像照片上那群人那样，忍受长途跋涉的颠簸、劳顿、惶惑、焦躁、孤独、忧愁、烦恼以及失败之后的苦涩。这是苦旅不可规避的过程与命运。即使大多数人获得了成功，但成功的喜悦也掺杂了苦涩与血泪的味道。

至此，作者虽然给"离家"作了哲理性的结论，但在此结论的基础上，进入更深一层的问究，这就是第五个思想层次的思考。前面四个层次的思考，作者剥离了人的本土性而进行形而上思考。到作品的最后，曹文轩又形而下地回到了人的本土性，回到了照片所提供的画面，然后宕开一笔，进行"人的悲剧性实质"的思考。作品说："人的悲剧性实质，还不完全在于总想到达目的地却总不能到达目的地，而在于走向前方、到处流浪时，又时时刻刻地惦念着正在远去和久已不见的家、家园和家乡。"这是从流浪者与"家、家园和家乡"的感情上进行议论。人总离不开他的本土性，时时刻刻处于乡愁难以解脱的状态。作者以有关乡愁的流行歌词，崔颢、宋之问、卢纶、李益、韦庄等人描述乡愁的作品，以及《古诗十九首》中关于乡愁的诗句，描述形异质同的乡愁，个中同质的是那种"无家可归的感觉"。这里，作者同样用了逆向思维。顺向思维（即习惯思维）应该是接着写人对家、家园和家乡的依恋，可作者却一方面肯定流浪者的乡愁，另一方面又陡转进行逆向思考，以崔颢"日暮乡关何处是，烟波江上使人愁"的思乡诗为例，具体说明了绝大多数流浪者的心灵深处，还有着无家可归的漂泊之感。作者点明并重新回到"人有克制不住的离家的欲望"的中心议题，从而最终指认流浪者浪迹天涯的宿命性，其本质必定是一个悲剧，是一个朝朝暮暮在路上作人生苦旅的悲剧。

曹文轩认为，人们谈论哲理性往往表现为类似格言一类的"较低层次的哲理性"，他则要求文学作品应该表现深层次的哲理境界。对于这种深层次，他解释为"作者对人生、生活、文化、历史和宇宙的深刻的哲学思考"，并把这种思考称之为寻找"哲学根柢"[1]。这种深刻的思辨诉求，使曹文轩的哲理思索在《前方》中有着不同寻常的特点。除了上述逆向思维的特点而外，还有读者不易发现的"现代性"。具体地说，作者以现代主义文学的一个基本主题——"现代人无家可归"来解读一幅照片，并据此展开哲理思索。作者有两个方面的思想启导。第一，源于对第一、二次世界大战之后普遍生成的人类"无家可归"的社会心理之感悟。第一、二次世界大战，成了人类心里挥之不去的梦魇而产生了深刻的心理危机。战争毁坏了家园，使世界上很多无辜的人妻离子散，再也找不到家与精神家园，感到一切都无以复原、无以救赎与无以生存，因此人们普遍地怀疑"上帝死了"，对未来充满了极大的恐惧、悲哀和绝望。这种思潮使德国

---

[1] 曹文轩：《中国八十年代文学现象研究》，北京大学出版社1988年版，第349页。

出现了"废墟文学"，日本出现了"人证文学"，苏联出现了"解冻文学"。这种思潮于几十年后，在中国与思想解放运动切合，这便产生了新时期的"反思文学"思潮。《前方》顺乎逻辑地接受"现代人无家可归"的思想是毋庸置疑的，对此很多读者还缺乏认知。第二，源于对中国改革开放之后普遍生成的"现代人精神被放逐"的社会现象之感悟。由于市场经济的转型、现代科学技术的急剧发展，钱本位的价值观念冲击、消解甚至代替道德、伦理、教育、文化等方面的价值观念，使精神与文化传统断裂，因此现代人一是感到无家可归，二是感到难以找到回家的路。尤其对于人性的异化、伦理的沦落和道德的崩坏，作为学者和作家的曹文轩比普通人多了几分先觉的思辨，多了几分痛彻五脏六腑的情愫。唯其如此，我们可以说他解读照片《前方》时，抓住了"离家—苦旅—悲剧"这一生命的"哲学根柢"，以现代主义的视角和对当下社会心理的感悟，以忧患意识进行了创造性的自我解读。所以，读者不难理解，他为什么会采用偏激的逆向思维而写成此文。

为什么曹文轩对儿童文学情有独钟？笔者以为，没有一颗对儿童的大爱之心，是断然不能成为儿童文学作家的。同样，在此文中他所表现出来的情感，也是对普通人的爱。而这种人类之爱，是一种可贵的出于大爱情怀的悲叹和怜悯。哲学家乌纳穆诺说："怜悯是人类精神爱的本质。"[1]朱光潜说："怜悯的实质……是与别人同患难的强烈愿望。"[2]我们读《前方》，能够感觉作者变作儿童，融入一群流浪者中，文字的叙述过程，仿佛是他带着一颗童心在进行苦旅的跋涉，故而能够感觉到字里行间流露出来的辛酸和一腔满满的悲悯。

前面提到，此文是一篇哲理思索的抒情散文，体裁的性质与刘亮程的《今生今世的证据》颇为相似，都是在演绎、阐释哲理的过程中融入作者的诗情。而《前方》在艺术表现上与《今生今世的证据》比

① 乌纳穆诺：《生命的悲剧意识》，北方文艺出版社1987年版，第90页。
② 朱光潜：《悲剧心理学》，人民文学出版社1983年版，第77页。

较，有作者个性创造的风采。

我们不能不佩服曹文轩的联想和想象是那样灵动和富于才情。此文的创作仅仅依据摄影师的一幅照片，既能够不拘泥于画面进行就事论事的说明，又能够不依样画葫芦作摄影技巧方面的解释。作者以照片为引子，重新构思，另起炉灶，演绎并腾挪成现在面目的抒情散文。这其中完全靠作者的联想和想象，作者的想象力让他的审美创造充满了全盘的灵动。文章围绕着流浪者说事，叙述与说明的文字处处有着各种各样的画面在，整体上是"看图说话"。诸如：动物大迁徙的画面，走出家门的画面，逃离家园、结伴上路的画面，幻想听到钟声与鼓乐的画面，《围城》中汽车拥挤的画面，丰子恺笔下老汽车抛锚的画面，等等。读者解读这篇作品之时，必须也跟着作者的形象思维，在头脑里想象这些画面，才能真正品味《前方》借画面感来阐释哲理的情境，也才能细细体味作者怎样依凭联想和想象的画面，逐步地把自己的诗情抒发出来。

作者通过画面的叙写，把诗情一步步吐露出来，这就很鲜明地形成了此文的抒情节奏。如前所述，作者的哲理思索通过五个层次予以展开。因此五个层次的思想内容逐步加深的哲理思索，便形成了抒情的起搏（第一层次思考中的追问）、沉着（第二层次思考中对人的迁徙性的追溯）、扬起（第三层次思考中对离家原因的思辨）、顿挫（第四层次思考中对"人生苦旅"的顿悟）以及最后的高潮（第五层次思考中对"人的悲剧性实质"的认知），使抒情显出有序的节奏与情感跳动的波澜。同时，也使作者对苦旅流浪者的悲悯之主旋律，在节奏与波澜的强调中得到反反复复的彰显。所以，苦旅与悲悯成为抒情的主调，贯穿于此文的始终。

情感的表现最终是遣词造句的落实。此文的语言表现出浓浓的抒情色彩，而最明显的色调也是与主调一致的悲悯和苦旅。悲悯和苦旅是贯穿全文的语言色调。悲悯是内在的情感，以苦旅的外在描述得以表现。例如，"一辆破旧的汽车""积了一身厚厚的尘埃""神情憔悴而漠然""一路风尘，一路劳顿，一路憔悴""是命运把人抛到了路上""坑洼不平的路面""一车人摇得东歪西倒""受着皮肉之苦""心中体味一派苍凉"等，都是令读者感到压抑、窒息、灰暗和悲凉的词句，实质上是作者的悲悯情感使然。这些虽是再平常不过的词语，但与作者关于苦旅的哲理语言进行配置，整合起来就创造出一种苦涩的韵味、一种苍凉的色调、一种情理并茂的笔致，也就成为很有质感与弹性的艺术语言了。

每个人都是旅人，都是流浪者，都是人生路上的匆匆过客，为了那个充满诱惑的"前方"而艰难跋涉。从这个意义上说，每个人的人生都是灰色的，都带有悲剧性。朱自清说自己，"我的颜色永远是灰的"（《论无话可说》）；叶圣陶称朱自清有"永远的旅人的颜色"（《与佩弦》）；朱光潜则指称朱自清"至性深情的背后也隐藏着一种深沉的忧郁"（《敬悼朱佩弦先生》）。从人的悲剧性来说，曹文轩关于人生苦旅的思考之所以是哲学的，是因为带有普泛性。朱自清对自己的定性及朋友对他的描述，就是一个很好的证明，而这样的人生况味比比皆是，就发生在每个人身上。然而，当人生拥有了"前方"，那"钟声"与"鼓乐"则永远是五彩缤纷的。如此看，人生又并非全然的灰色。

书　评

现代散文审美话语范式的建构与实践

——评吴周文《散文审美与学理性阐释》

万士端

鲁迅曾在《小品文的危机》中说，"五四"时期"散文小品的成功，几乎在小说戏曲和诗歌之上"。散文及其理论研究曾是中国文学研究的重要方面，但"五四"以后，随着小说、诗歌的相关理论建设和批评实践日渐繁荣，散文理论研究似乎成了"弃儿"，散文理论趋于贫困，散文研究总体上被忽视。新时期以来，有不少学者致力于散文研究，成绩斐然，吴周文先生就是其中有影响力的一位。多年来他在《文学评论》等刊物上发表散文研究论文300余篇，出版《杨朔散文的艺术》《散文十二家》《朱自清散文艺术论》《二十世纪散文观念与名家论》《散文审美与解读》等专著多部。吴先生近年出版的《散文审美与学理性阐释》（广东人民出版社2016年版）是又一部散文研究力作。该著以严谨的学理和晓畅的文字，努力建构一种现代散文审美话语范式，是当代散文研究中一本不可多得的"为散文立论、立法"的学术佳作。

一

吴周文先生在该著后记中写道："我的思考与研究的起点与终

点，是关于散文审美话语的建构。我的思考与研究算不上系统与全面，但基本上是围绕着散文审美与历史观念、散文审美与诗性价值、散文审美与作家自我、散文审美与经典文本之间的学理性阐释来展开的。"（该著第340页）正是凭着这种对散文审美话语建构的自觉和坚持，吴先生为当代散文研究创造了一种审美话语范式，让散文的解读和批评回到了本应该有的审美的层面。按照这种思路，吴先生以散文审美与审美观念、散文审美与诗性价值、散文审美与作家自我、散文审美与经典文本四编作为全书的基本框架。

在《中国现代审美观念的建立》一文中，吴先生以历史的眼光指出中国现代散文审美的大变革始于"五四"，"在这场声势浩大、前所未有的思想革命和文学革命中，完成了中国散文观念由近代至现代的根本性嬗变"，"这就是以'个人本位主义'为主体的散文审美观念，替代了传统的'文以载道'的基本散文审美观念"（该著第3页）。吴先生进一步指出，这种个人本位主义的基本观念，在艺术性散文的实际创作中，又逐渐演化出"意在表现自己"的审美原则。这一时期的散文作家们把表现自己作为美的价值和美的理想，以"人"的价值标准替代"道"的价值标准，从而建立了"意在表现自己"的散文价值体系。《论五四散文形式审美的价值建构》对散文形式审美进行了梳理和批评。吴先生回溯了"五四"现代散文的三种形式审美诉求：一，"本真的表情性"，就是把情感植入于形式；二，"独立的创造性"，就是把人格融入于形式；三，"高度的自由性"，就是把生命意识贯注于形式。经由这种抽丝剥茧的分析和梳理，吴先生发现"这些审美诉求昭示着现代散文形式创造的最深刻、最根本的秘密：散文创作中'人'的发现与个体生命意识的自由书写"，并感慨地说，"现代散文尤其是第一个十年间的散文的形式审美给予我们最深刻、最宝贵的启示，也正是在这里"。（该著第97页）

在深入分析了现代散文审美观念的建立和"五四"散文形式审美的价值建构之后，吴先生在《探究散文内在的审美特质》一文中，以十分精练的语言概括说："关于散文审美的特质，如果用一个字来概括，就是'真'；如果用一个关键词组来概括，就是作者的'本真'；如果用一句话加以概括，这就是：作者绝对真实地抒写自己的思想和感情，并且绝对真实地抒写自己的内心体验和对客观事物的感悟与思考。"（该著第57页）。吴先生从自我表现、自我本真、人格审美等三个方面，对散文审美的内在特质进行了逐层深入的论述，意在说明现代散文审美特质的确立，是对古代传统散文文体观念与价值观念的彻底颠覆。自我表现的伟大地位与自我本真、人格审美的价值取向，使散文文本成为"永恒的现在时"，从而"使读者不断发现文本的意义而随之不断地参与文本的写作，即读者获得了一个无限宽广的审美空间"（该著第69页）。

面对当下散文创作与理论的现状，吴先生在《新世纪散文批评理念重建的两个问题》一文中发表了言辞恳切的意见。首先，针对"什么是散文"这一理论界一直争论不休的问题，吴先生旗帜鲜明地反对"大散文"等概念，呼吁"美文"的概念。他指出，"显而易见，用模糊、宽泛、反科学的概念是完全不利于创作与批评的，尤其不利于批评研究的操作"（该著第71页）。吴先生认为，用"美文"这一概念，是最合适也是最科学的概念。理由有二：一是对"五四"传统的继承沿袭。"美文"这个概念最早来自"五四"时期周作人对英式随笔的中文定名，后来影响颇大。二是文体界定的约定俗成。吴先生指出，当前散文评论界不仅要对"美文"的概念达成共识，而且对"美文"个体抒情的属性与短小、精致、凝练的体制要求，也必须重新限制界定，从而给散文创作以正确的理论指导。同时，吴先生认为，"散文创作是一个感性的审美创造工程，是创造散文的美。散文批评是在理性上解析审美创造工程的操作过程及其价值评估，是分析评价散文的美"（该著第74页）。吴先生特别指出关于散文批评我们必须明确一个机制：审美。由此，吴先生关于散文审美话语的建构有了一个明确的指向，"以大'真实'、大'悲悯'、大'自由'及其有机的整合，来概括散文批评的核心价值观念，这是当前理念必须重建的需要"，"这三方面的价值观念，是构成美文审美价值系统的三大轴心。三者中，大'悲悯'是重中之重，尤为重要，因为它是美文人格审美的根据。在三个轴心有机整合的框架下，建立起美文以人格为中心的审美价值系统，我们就可以走过人们所担忧的'散文理论贫瘠'的时代了"（该著第78页）。

如果说上述四篇文章展示了吴先生对散文审美话语的理论体系的建构而努力的话，那么前两编中的其他文章多是以一些具有代表性的作家、作品为个案的学理研究。如《重建中国当代散文审美诉求的诗性——以赵丽宏散文为研究个案》《余光中"新散文"的审美理想及其价值》《"零度"审美境界的解读——以史铁生〈想念地坛〉为例》《诗性与智慧并置的诉求——以肖凤散文为例》这四篇文章就分别以赵丽宏、余光中、史铁生、肖凤为例，从不同的侧面进一步丰富和拓展了吴先生的散文审美话语。不过，更值得我们关注的是第一编中的《林语堂及"论语派"审美的价值思辨》《"杨朔模式"及其悖失态势》《"毛批"杨朔与"诗化"思潮的21世纪价值》等三篇文章。吴先生不为流俗和定评所囿，将研究对象置于特定的历史语境下"再解读"，从审美学的角度细加剖析。在《林语堂及"论语派"审美的价值思辨》中，吴先生指出："当我们剥离政治化思维及其诉求，回到文学审美之后就会发现，林语堂审美的标新立异和'论语派'实践的审美思潮，让我们毋庸置疑地去追寻小品文意义的深度指向及其价值。"（该著第30页）在《"杨朔模式"及其悖失态势》一文中，指出："'杨朔模式'是缺乏悲剧精神和健全审美品格的文学思潮，让绝对的理性战胜了诗和美学。这就从根本上偏离了文艺为人民服务、文艺为社会主义服务的正确轨道，也是背离了五四现代散文'人学'的精神传统和'表现个性'的基本审美特征。"（该著第34页）吴先生在《"毛批"杨朔与"诗化"思潮的21世纪价值》一文中指出："以史学理念和美学理念，重新史识'毛批'杨朔及'诗化'散文思潮，我们就会发现当下与21世纪散文美学的重建，仍然需要当年的思想突围——'诗化'所提供的历史艺术资源，这一点是毋庸置疑的。从20世纪60年代散文'诗化'思潮中在理念上总结其艺术精神，重建散文诗性的核心价值理念，则是当下的必需与必然。唯其如此，才能有利于散文的振兴与发展。如果把脏水和孩子一起倒掉，是一件很不理智也很不尊重历史的事情。"（该著第56页）持论公允，切中肯綮。

二

吴周文先生把对散文审美话语的建构作为其进行散文研究的出发点，并致力于用审美话语融合哲学、美学、文艺学、社会学、文体学等学科。其中，吴先生颇注重人性与心理学的深度发掘，他将对现代散文文本的人性与心理学的深入解读置于其审美话语的架构中。在《鲁迅：另类浪漫主义的自我解剖》中，吴先生认为《野草》一方面表现了作家思想中的苦闷、彷徨、虚无的一面，另一方面也表现出作家向光明进取、执拗地要求与"过去的生命"作彻底的决裂的另一面，这两者构成了《野草》思想上的复杂的矛盾。吴先生指出，《影的告别》和《墓碣文》是突出书写心灵矛盾的两篇，这两篇都隐晦地剖示着作家心灵两方面的矛盾，但又同样表现出作家否定"旧我"、与"旧我"决裂的积极态度。在《朱自清：审美艺术感觉的自我呈现》一文中，吴先生将心理学分析与散文审美话语融合在一起，认为构成作家心理驱力的因素有两个：一是早先的生活经验，二是审美的情感运动。吴先生指出，朱自清的散文是他"意在表现自我"的"心理场"，且显露出其审美心理定式的特殊性——"个人遥远的回忆，常常是朱自清寻求审美愉悦的源泉，是他心理感应的内驱力和定向趋势"（该著第180—181页）。对朱自清写于20世纪30年代的回忆性散文，吴先生认为："往事造成他时过境迁的心理距离，使他在痛定思痛之后能够静观默想。同时这种反思，是他对现实的困扰和对未来的迷惑所导致的逆反心理。他企图在失落的梦里重新找回美，从伦理和道德的视角，将个人的爱与恨、忧与乐重新注入他的乐章，以确认自己对于现实存在的生命价值。"（该著第181页）吴先生发现，朱自清的《背影》这类家庭小品，"因为深层情感里的积淀蕴蓄着心理驱力的能量，一旦审美知觉通路指向几年前或遥远的回忆，就引起心理的倾斜与失衡，那些心灵的积淀便升华为审美的情感和审美的理想"。吴先生还发现，"美好的自然事物，常常是'忧恐'的朱自清个人人格理想的意象。这也是朱自清心理感应的定向趋势"（该著第182页）。吴先生这种对创作审美心理的分析和识见是十分精彩且深入的，是对其现代散文审美话语的拓展和延伸。

在《一念耿耿为自己喊魂：余光中的〈听听那冷雨〉》中，吴先生指出余光中用意识流的自由联想与内心抒白，来写内心寻觅故土情的乡愁。他认为，我们要理解《听听那冷雨》，就必须抓住作者作为诗人的一种特殊感觉——"执拗地想念家国的忧伤"，尤其要抓住作者听雨时内心的疼痛感。吴先生由此展开了对该文心理与审美相融合的文本细读。吴先生注意到，作者面对着台湾的"春雨"，心底涌动着"中国情结"；借对"雨"的感觉，抒写久别"江南"故土的眷恋以及隔海"望乡"惆怅与隐痛，结尾处更是点出作者对故乡的苦思苦恋已成茫然无望的期待。

三

在该著中，吴先生文本细读的功夫与审美话语的阐释，形成了具有鲜明个人色彩的散文论。这体现在以下三个方面：

其一，宏大的文学史批评视阈。首先，这体现在他的文学史视阈的广度上。吴先生在解读一个散文文本时，往往将其置于众多相关联的文本中进行纵横比较。"以文学史家的胸襟和眼光，将所涉及的问题置于文学史发展的背景中展开分析研究"，从而在一个更加广阔的文学史视阈里"见证"其应该有的价值和位置。如在《父亲，是我生命的路碑：刘鸿伏的〈父亲〉》一文中，吴先生将刘鸿伏的《父亲》与文学史上众多写父子亲情的散文相联系，指出其受朱自清的《背影》的传承影响，并将这两篇同是写父亲的散文放在一起"细细揣摩"："如果读者细细比较《背影》与《父亲》的异同，也许可以帮助我们深刻理解这个道理：简练，永远会精妙地、成功地通向艺术之门。"

吴先生以文学史角度解读作家作品时，总能站在一定的理论高度。如在《韩小蕙：肩负大道人心的自我独行》一文中，针对韩小蕙的散文中挥之不去的炫惑与追问这一"现代情结"，吴先生指出："也许只有把韩小蕙的散文放在现今文化转型的背景下进行考察与定位，我们才能认识其文本创造的时代特征与文化内涵。"正是在这一理论视野的关照下，吴先生发现，"不管韩小蕙自觉还是不自觉，其文本创造总会被各种先锋思潮与现代理念所裹挟而生成某些'现代主义'的色调，进而生成了当今时代的文化诗性"，并进而对韩小蕙散文的诗性作出深刻揭示。

其二，兼容并包的理论视野。吴先生既擅长使用中国传统的批评工具，也善于选择和运用西方新的批评方法。这种兼容并包也使得其文本解读呈现出一种既大气厚重又与时俱进的气象，这表现在吴先生对"知人论世"的传统批评方式的承传上。如《"浓得化不开"的诗情与另类表达：徐志摩的〈翡冷翠山居闲话〉》，开篇伊始就细致入微地描述了1925年徐志摩与陆小曼恋情遇阻的诸种情状，从而引领读者进入到《翡冷翠山居闲话》写作时的真实语境之中。

吴先生在散文解读时常常引入西方新的文学批评资源，从而开启了其文本阐释的全新视角与模式，增强了其学理性阐释的深度和力度。如《大美无言与经典主义的美学：朱自清的〈背影〉》中，吴先生就引入了巴赫金的复调理论来赏析朱自清的《背影》；在《自我思想的出逃与反叛：刘亮程的〈寒风吹彻〉》一文中，吴先生引入了存在主义哲学家海德格尔的"向死而生"的理念。

其三，作家作品特性的准确把握。吴先生的散文研究总能关注到不同作家、作品中所蕴含的最独特、最本真、最鲜活的"精魂"。正如吴先生所言，他追求"永远不重复自己"的境界，因而总能"面对不同的作家与面对不同的散文作品，因人而异、因文而异，写出符合作家个性与作品特点的论文来"（该著第341页）。从该著第三编的六篇作家论就可以清楚地看出：评鲁迅，则突出其自我表现与创作方法的选择；写朱自清，则强调其自我表现与艺术感觉的呈现；论巴金，则重视其自我表现与极左时代的决裂；说汪曾祺，则体味其自我表现与闲适话语的演绎；谈韩小蕙，则展示其自我表现与"情志合一"理念的独行；论陈奕纯，则聚焦其自我表现与传统文本的"破体"。正是有了这种因人而异的研究方法的切入，不同作家的最独特的心灵镜像总能被吴先生准确地捕捉、摄取。

　　吴先生在该著后记中有一段"夫子自道"："这些论文试图考察与梳理百年散文创作的历史，着重就五四散文从'载道'回归'言志'及回归与反回归的多次反复中，描述散文家主体与不同时期社会世态及政治文化之间的心灵对话；并且以不同历史时期经典作家及经典作品，阐释百年间散文的诗性的建构、观念的嬗变、思潮的兴衰、对传统的批判与承传、对外国现代主义的接受与借鉴，以及文本形式的审美创造等方面的学理性问题，展开了个人的思考和研究的空间。"（该著第340页）吴周文先生在此著中着力于散文审美的研究，探究和揭示散文文本审美的多重意义，为现代散文研究建构了一种审美话语范式，这是该著的学术个性与学术价值之所在。

（原载《社会科学动态》2017年第3期）

评吴周文《散文审美与学理性阐释》

孙德喜

2016年6月中旬，我因车祸负伤住院，我的硕士生导师吴周文先生得知情况后，冒着酷暑到医院看望我，同时赠送我他的新著《散文审美与学理性阐释》（广东人民出版社2016年版）。得到老师的著作，我很想一口气将其读完，但是医护人员告诫我，由于手术后体质较虚，不能看书。我只好按捺住自己，待到出院回家，并且等到身体状况有了一定的康复，才好好拜读。过了一段时间，我终于将这部厚实的著作阅读完毕。就我的总体印象来说，吴老师的这本著作应该是对100多年来白话散文的总体审视，突出概括了百年散文的精神状态与价值取向。我相信，该著不仅给我以很大的启发，同样也会给中国现当代散文的研究者以学术启迪。

如果说梁启超的"新民体"为现代白话散文的诞生作了有力的铺垫，那么《新青年》杂志的创办则意味着现代白话散文的诞生。现代白话散文之所以有别于中国传统的散文，不仅在于以白话取代文言，而且在于思想意识与文学观念的变革。如果说白话取代文言只是语言表达方式上的革新，那么思想意识与文学观念的变革则是文学灵魂的"涅槃"。因此，吴周文在审视百年散文时首先将目光投向"现代散文观念的建立"，他把"现代散文观念的建立"的具体文化语境和过程作为重中之重的深入考察对象。从历史来看，中国文学尤其是散文以"文以载道"为创作原则，最关键的是，这"道"为皇权专制思想和伦理道德。到了五四新文化运动时期，在西方现代人文思想文化的启蒙下，现代散文在反封建反专制的同时，树立起人本主义为主体的散文观：以个人为本位，坚持表现自我。吴周文在考察这段历史进程时，尤其突出了英式随笔对中国现代散文作家和散文理论家的深刻影响，同时对以朱自清为代表的散文家提出的"意在表现自己"的散文美学作了具体的阐释，突出了个人主义价值观。由此，他揭示了"五四"时期中国散文价值取向的转型，而这一转型不仅标示着古代散文与现代散文的分水岭，而且大力推动着现代散文的发展。而这就是现代散文发生的巨大动力之所在。

在研讨了"五四"时期散文观的变革之后，吴周文就现当代散文史上重要的散文流派与散文现象进行透视。综观这一个世纪以来的中国散文史，散文流派与散文现象纷繁复杂，如果要作一一探讨，那势必要撰写出一部厚厚的散文史著作。然而，吴周文已经退休了，既没有年轻人那样充沛的精力，也没有通过申报课题项目来组织团队共同攻关，当然也没有得到一笔科研经费。他是根据自己的兴趣和爱好做一些研究，这就决定了他的研究不是系统的，而是抽样分析的方式，既就散文史上重大问题提出自己的观点，又为后人的研究提供方法论等方面的经验。林语堂领衔的"论语派"是20世纪30年代最重要的散文流派，它不仅继承了"五四"文学的某些传统，而且独立于党派政治之外，但成为左翼文艺家们的斗争对象。因而，学界不少人对这个散文流派作了深入的研讨，有关林语堂及其"论语派"的讨论自20世纪90年代以来一直是现代散文研究的热点。吴周文对此着重进行了研究。在讨论这个论题时，他首先从现代散文发展史的宏阔视野中阐述了林语堂的"论语派"与20世纪20年代文坛上影响巨大的"语丝派"之间的精神联系。二者虽然存在不小的差别，但是在追求散文的艺术美——与周作人最初提出的"美文"之美是相通的，在精神内涵上都承接了英式随笔的"自我表现"。随后，吴周文讨论了林语堂及其"论语派"遭到了以鲁迅为代表的左翼人士的"诟病"。对于鲁迅与"论语派"之间的文字交锋，现代文学研究者都很清楚。但是如何看待这个问题，长期以来，学界因受定势思维的影响，基本上都是褒扬鲁迅而贬抑林语堂及其"论语派"的。吴周文对以鲁迅为代表的"太白派"与林语堂等人的争论则"尽可能地用历史事实说话，尽可能客观地还原历史"（该著第21页）。通过具体的历史考察，吴周文认为两者之间并不像人们所说的是"争论""论争"或"斗争"，而是"切磋讨论"。二者讨论的焦点是革命话语取代个人话语，作为政治斗争工具的散文观与寄情言志的散文观之间的分歧。在讨论这个问题时，吴周文说了这样一段引人深思的话："简单化社会学批评的价值取向之根源，是政治诉求，它无可避免地遮蔽甚至抹杀了文学本质及其多元诉求，因此常常带来批评的形而上学和结论的简单粗暴。如果我们剥离政治诉求，如果我们剥离30年代的政治化思维的语境和规避社会学批评的惯性思维，对林语堂的审美观重新予以考辨和认识，那么就不难发现：他被诟病、被否定的思想里面，恰恰正是文学审美范畴里一些合理的价值元项。"（该著第24页）在这里，吴周文指出了"太白派"诟病"论语派"存在的严重问题：其"否定式思维"既存在简单化的社会学批评的武断性问题，又遮蔽了某些"合理的价值元项"。这不仅冲破了长期以来定势思维对学术研究的严重拘囿，而且显示了回归文学本体——审美的要求和多元化开放的文学观，同时让学术回归学术，进而客观公正地认识发生在80年前的争论。

如果说"太白派"与"论语派"的论战是现代文学阶段散文史的一个典型案例，那么20世纪60年代杨朔提出散文"诗化"的问题以及杨朔散文模式的存在则是当代文学阶段中散文史的极其重要的现象。中华人民共和国成立后的30年里，在散文界影响最大的就是杨朔散文模式，而杨朔散文模式成功的一个十分重要的因素就在于杨朔提出并努力践行的"诗化"主张。吴周文首先对杨朔散文模式进行了历史反思，他通过将这一具有代表性的散文现象放在具体的政治历史语境中去考察，在突出极左政治对文学和艺术的严格控制与严重扭曲的同时，指出了杨朔散文模式存在的致命问题——对五四新文化运动以来现代散文之魂"自我表现"的严重背离，从而沦为政治工具。不过，杨朔提出的"诗化"主张及其艺术实践虽然存在明显的人工斧凿之痕迹与不够大气的严重缺陷，但是对于当时散文的艺术苍白淡薄和语言单调乏味具有一定的纠正意义。虽然杨朔在提出这一主张时显得很低调，但是由于得到了毛泽东的批示而产生了巨大的影响。在这里，吴周文不仅还原了历史，而且仔细辨析了杨朔"诗化"主张的理论意义及其对后来数十年散文创作产生的巨大影响。就杨朔的所谓"诗化"来说，其实不过是向古典文学借鉴语言形式的"诗化"，然而缺乏的是"诗化"的基础：思想与精神的灵魂，其实是以更加精美的形式表达那个时代所赋予作家的政治宣传重任。因而，他的"诗化"论具有跛足特性。当然，对于杨朔的"诗化"主张，我们不能一概否定，还是应该看到其存在的意义与价值。吴周文通过阐述充分表明了这一观点。

经过以上论述，吴周文将五四新文化运动中提出的"自我表现"作为中国现当代散文内在的审美特质提了出来，而"自我表现"的实质就是作家的"本真"。"自我表现"虽然是来自西方文学的精神传统，但是对人类的文学创作具有普适意义。20世纪的中国散文创作史表明，只要当作家们自由地、开放地表现自我时，散文就呈现出繁荣的态势，而且拥有深刻的文化与精神内涵；反之，散文就失去其主体地位而在伪饰中沦为统治者斗争的工具。不过，散文仅仅强调"真"或者"自我表现"是远远不够的，散文的根本之处还在于思想的独到与深邃，从而将其中的形象和情感提升到特有的境界。不过，吴周文从人格审美的视角论述了散文之真，同样具有启发意义。

在以上论述的基础上，吴周文对一个世纪以来的散文精神作了高度概括：大家在"美文"概念上达成了共识，在英式随笔的基础上加深对散文概念的理解和认识，明确了建立散文审美机制的目标。而且，更重要的是，这两者已经被认为是构建新世纪散文理念的基石。

如果说《散文审美与学理性阐释》中的第一辑（当然也包括第二辑中的某些文章）是吴周文对现当代散文精神审视所作的理论阐述，是高度的概括，那么该著的第二辑、第三辑与第四辑则通过具体散文作家和散文作品的论述，进一步展开对现当代散文的文本透视。在这一部分中，他所论述的有赵丽宏、余光中、史铁生、肖凤、鲁迅、朱自清、巴金、汪曾祺、韩小蕙、陈奕纯、胡适、徐志摩、孙犁、贾平凹、刘鸿伏、刘亮程、于坚、庞培、苇岸、金曾豪、王英琦、林清玄等人及其作品。这些作家作品的选择并非完全是现当代散文史上的经典，但是他选择这些作家及其作品展开论述自有其考量。一方面，这些作家及其作品都围绕着"自我表现"的写作；另一方面，有些作品在题材上比较接近，具有一定的可比性。就第二辑中所论述的作家作品来看，这些作品都涉及散文的诗性和审美问题。它们的审美形态虽然各异，但是其对于诗性价值的追求则是一致的。就第三辑作品而言，"自我表现"是其共同特征，然而各自在"自我表现"的方式上风采各异。在第四辑中，许多作品都是表现亲情与友情之作。如胡适写母亲，朱自清和刘鸿伏写父亲，孙犁写亡妻，汪曾祺写老师，贾平凹写友人，等等。在这些散文中，虽然所写的对象与作家的关系有些相同、有些相似，但是由于所表现的都是人间至情，因而都具有一定的可比性。读了以后，我们可以看出这些文章既有一定的理论阐述，又有精细的文本解读，深入挖掘了论述对象蕴藏着的思想、情感与文化内涵。因此，在条分缕析的作品解剖中，论者不时有新的发现。朱自清的代表作之一的《背影》是现代散文史上的经典之作，长期以来，许多专家学者撰文予以探讨和研究。20多年前，吴周文曾经撰文《〈背影〉：爱的二重奏》赏析朱自清的这篇文章。在这篇赏析文章中，他认为《背影》所表达的是父与子之间"爱的二重奏"。20多年后，他再读这篇经典散文，又有了新的理解和认识。他首先在重读中发现了该散文体现了"'距离'创造美"的理论，而散文中的时间距离酝酿出了作品的"朦胧美"。同时，该散文还运用"复调"、反衬、"单纯"等创造美。因而，这是"一个'无为而为'，大美无言的美的创造"的经典。在这些欣赏和剖析的文字中，我们虽然可以看到作者从思想内涵到艺术创造的特殊分析，具有某种程式性，但是这对师范类的大学生将来就任教师职业还是有所帮助的。而吴周文所在的扬州大学文学院的前身是扬州师范学院中文系，担当着培养中小学语文教师的重任，因而，这种文学批评方式仍然具有重要的作用。

历史跨进了21世纪，我们的散文该向何处去？该如何健康地发展？这可能不太好作具体的预测。但是，我们可以肯定的是，21世纪的中国散文一定会从20世纪以来散文走过的历程中吸取经验教训，并得到有益的启示。这就需要准确、科学、全面地把握"五四"以来的散文发展史。吴周文的这部《散文审美与学理性阐释》通过百年散文的精神审视给当下散文创作提供了很好的参照。

（原载《扬州教育学院学报》2016年第4期）

后 记

从1984年上海文艺出版社出版第一本拙著《杨朔散文的艺术》算起，这本《散文文体自觉与审美诉求》，是我出版的第11本著作了。

人们常说，散文理论是贫瘠的。这话放在20世纪七八十年代，是适用的；如果放在当下，恐怕不完全符合实情。近40年来，除了俞元桂、林非等老一辈的先生早期奉献了有影响的研究成果而外，后来有很多学者也致力于散文理论的研究与创作的评论，如姚春树、孙绍振、刘锡庆、傅德岷、张振金、佘树森、喻大翔、曾绍义、徐治平、范培松、汪文顶、古耜、王兆胜、陈剑晖、李晓虹、林道立、张王飞、谢有顺、袁勇麟、王尧、方忠、丁晓原、黄科安、肖剑南、曾焕鹏、徐学、梁向阳、滕永文等。加上广东人民出版社出版的"百年散文探索丛书"与此套"文化自信与中国散文丛书"的作者，他们都是当下散文研究的栋梁与骄傲。由陈剑晖教授牵头并参与策划的这两套丛书，推出了20种散文理论著作，该社如此"扶贫济困"，和我们散文研究者一起摘掉"贫瘠"的帽子，此举善莫大焉、功不可没。

自然，研究散文的专家学者比较少。30多年前，编过我发表在《文学评论》上的稿子的杨世伟先生，对我说过，他尝试写过散文评论，但没想到还真难写。这是因为，散文的理论研究与评论，必须在人与文的结合、哲学与美学的糅合中把握散漫的研究对象，完全不同于诗歌、戏剧与小说，没法像其他文学体裁那样靠船下篙；加上现代文学史家对散文的轻视已成惯性，所以散文的理论研究，一直不被文坛看好。我在一篇文章里说过这样的观点：至今已经出版的几十种"中国现代文学史"版本，先期开列专章的大家，是鲁、郭、茅、巴、老、曹；新时期之后的专章，增加了沈（沈从文）、艾（艾青）、赵（赵树理）（如钱理群等《中国现代文学三十年》），这些都是小说、诗歌、戏剧的大家。其中，没有一位是散文家。周作人、朱自清、冰心等以散文为主要实绩的作家，至今没有一位以专章形式进入任何一部文学史的叙说框架。仅凭这个事实，就足以说明问题。唯其如此，我们研究散文理论与评论散文创作的同仁，更应该感到散文研究责任的重大。同时，我也真诚地希望，我们的散文理论工作者要相互团结、相互帮衬、相互支持、相互包容，共同为散文理论建设的繁荣和昌盛，奉献自己的才智和力量。而在这一方面，我特别感佩陈剑晖教授。他在广东人民出版社的全力支持下，通过自己的出谋划策和精心组织，与孙绍振、王兆胜等同仁主编了"百年散文探索丛书"与"文化自信与中国散文丛书"，还邀我加入后一套丛书并冠我以"主编"的名义，剑晖之于散文的理论建设更是功德无量。这里，我特别感谢善于团结散文理论同仁的兆胜、剑晖对我的抬爱。

退休之后的这些年，我反复思考的一个基本主题，是散文的审美。而这本拙著从散文本体上，集中思考、研究与描述散文的文体自觉与审美的关系，大体对散文审美的传统、范畴、理念、类型、方法等，按我的私见进行了探究和讨论。作为传承国学的散文，充满了中国3000年历史的文化自信。在五四新文学革命中诞生的"白话美术文"即今天通称的散文，又积淀、传承着一个世纪的现代文明，尤其还积淀着共和国70年的散文文化。因此，我个人觉得，散文的审美研究是一个"富矿"，值得我们深入开采与挖掘。这是我的信仰，亦是自己矢志不渝的方向，自然也是我撰写本书的初心。

我有个习惯，书稿慢慢写，每写完一部分就拿给学术期刊发表。故此，本书大部分章节已经公开发表过。发表本书部分内容的刊物，有《文学评论》《中国现代文学研究丛刊》《文艺理论研究》《当代作家评论》《江苏社会科学》《扬子江评论》《南方文坛》《上海师范大学学报》《天津师范大学学报》《扬州大学学报》《新语文学习》等。在此，我谨向上述刊物以及相关编辑，好友丁帆、谭帆、吴义勤、李静、杨剑龙、夏康达、徐志伟等表示由衷的感谢！本书第五、九、十一、十四章，分别与同志张王飞、林道立合作完成；第十八章，与同志陈剑晖合作完成。这里，我也向上述的同仁、同道致以谢忱！

同时，我向广东人民出版社肖风华社长、责任编辑古海阳先生表示真心的感谢！

最后，我还要向一直关心拙著出版并以各种方式对拙著进行宣传的师友，如林非、姚文放、张振金、曾绍义、马宏柏、郭媛媛、孙德喜、万士端、傅华、翟业军、王慧骐、王兆胜、滕永文等，表示我的感谢。附录万士端、孙德喜对拙著《散文审美与学理性阐释》的评论，这对读者理解本书散文审美的部分，有较大的参考价值，所以然也。

2019年2月12—13日

于苦茶书斋